魅丽文化 花火工作室

预定你心动

苏鎏 著

江苏凤凰文艺出版社
JIANGSU PHOENIX LITERATURE AND ART PUBLISHING

图书在版编目（CIP）数据

预定你心动 / 苏鎏著. —南京：江苏凤凰文艺出
版社, 2020.11
ISBN 978-7-5594-4781-4

Ⅰ. ①预… Ⅱ. ①苏… Ⅲ. ①长篇小说 - 中国 - 当代
Ⅳ. ①I247.5

中国版本图书馆CIP数据核字(2020)第058295号

预定你心动

苏鎏 著

责任编辑 张 倩
特约编辑 丐小亥 艾璐璐
封面设计 ABOOK STUDIO 殷舍 Design QQ 812784044
出版发行 江苏凤凰文艺出版社
南京市中央路165号，邮编：210009
网 址 http://www.jswenyi.com
印 刷 湖南关山美印有限公司
开 本 880mm × 1230mm 1/32
印 张 10.5
字 数 350千字
版 次 2020年11月第1版
印 次 2020年11月第1次印刷
书 号 ISBN 978-7-5594-4781-4
定 价 39.80元

目录

contents

目录

contents

第一章 我就是那个傻瓜

苏格下了飞机，拦了辆的士直奔录音棚。

B市正值雨季，连绵的大雨下了几天，路边积起一个个水潭。车轮碾过，水花四溅。

不堵车的话，从机场到录音棚大概四十分钟路程，司机是个话痨，一路跟她聊着这鬼天气，抱怨连连。

苏格在飞机上睡了一觉，精神还行，一边给老徐发微信，一边跟司机有一搭没一搭地说着话。

老徐问她到哪儿了，她回："在路上，人都到了吗？"

"没，江眉也堵着，你别急。"

老徐是这回的班主，把他们这帮人组织起来不容易。尤其苏格，她已经很久不配电视剧了。她现在在S市混，专门给电视台配译制纪录片。

纪录片市场女声不多，苏格也算是个香饽饽，这次完全是卖老徐面子。

听对方提起江眉，她眼前出现一张熟悉的脸。江眉和苏格差不多时间入行，从前算是竞争对手，她长得不如苏格好看，但性格好，气质也不错，一开口艳惊四座。

她们抢工作抢角色，也抢……男人，但不管怎么抢，她们都没撕破脸，算是朋友吧。

后来，苏格扔了工作和角色，连男人也扔了，只身一人去了S市。江眉依旧在B市混，苏格偶尔听到她的消息，知道她混得风生水起。

前头司机说得兴起，已经从股票楼价谈到了年轻人的择偶标准。说起他的一个朋友，挑女朋友只有一个要求：漂亮。

漂亮的女人满大街都是，可谁能看得上他一开出租的？

司机透过后视镜看坐在后排的苏格，心想这姑娘是真漂亮，美得很抢眼。他又想起对方报地址时的声音，有个词怎么说来着？对，黄莺出谷。他就问苏格喜欢什么样的男人，当然不说男朋友，旁敲侧击，只说男明星。一个个小鲜肉提出来挨个说，姓李的，姓杨的，姓陈的，全是时下最热门的。

苏格靠在那里打字，头也不抬，懒懒地回了他一句："我以前的男朋友比他们帅多了。"

他是真的帅，尤其拿刀的时候。热恋的时候，苏格有时候一看他那个样子就走不动道儿，难怪江眉也喜欢。他长得好，家世好，技术也好，手术成功率很高，在那样一个人才济济的地方足以傲视群雄。

唯有一点，他性格不太好，公子哥嘛，被宠坏了。

开了半个多小时，车子慢慢接近目的地。在一个拐弯处，司机没留意，跟迎面来的车擦了一下。司机气得一打方向盘，开始骂人。他觉得错在对方。

苏格赶紧劝他，万一打起来对谁都不好。

车碰了就没法走，得停下来讨论责任问题。苏格无奈坐了回去，一扭头发现身边开过一辆车。

一辆黑色汽车，副驾驶座上坐的像是江眉，看来她也才到。再看驾驶座，是个男人，侧面很像他。车速有点儿快，苏格还没看清，车子已汇入前方车流。

苏格抬起手腕看看表，觉得自己快迟到了。

司机还在跟对方掰扯不清，两人闹着要报警，事情一时半会儿解决不了。苏格看看前方相隔一百米左右的大楼，又看了下计价表，掏出几张纸币搁在副驾驶座上，随即开门去后备厢拿箱子。从包里拿出口罩戴上，苏格拖着箱子冲进了雨幕。

司机看她单薄的身子，好心提醒她："小姑娘，打伞。"

苏格抬手冲他扬了扬，继续往前跑。她跑得很急，到楼下时整个人淋得半湿，站那儿直喘气。虽说下雨，楼下还是围了一圈人。

粉丝消息灵通，都知道今天这里有男神女神开工。苏格远远就看到他们手里举的自己的灯牌，想了想又转身，绕到后面从偏门进去。

因为匆忙，她没发现刚才那辆车就停在门口。车里的江眉看了一眼身边的男人，有点儿不确定："是她吗？"

男人也看到了苏格小小的身影。哪怕戴着口罩，隔了十几米的距离，他还是一眼就认出了她。

一点儿都没变，又像是变聪明了。

"是她。"男人的声音浑厚好听，让人直起鸡皮疙瘩。

苏格进了偏门搭电梯上楼，赶在江眉前头到达录音棚。很快人到齐，老徐开始在那儿训话，主要训的是那帮新人。苏格在旁边擦淋湿的头发，偶尔听到一耳朵。

这是大导演章导的新作，大投资大制作大格局，请的都是国内如今最当红的一线男女明星，连男二女二都是名角。

所以老徐压力很大，如果这事成了，他以后在这个圈子里的名声更大，要是搞砸了，说不准就要回家吃老本。

训完话就进棚试录，头一场就是苏格和江眉的对手戏。苏格是章导钦点的女主，江眉给女配配音。两人合作过很多回，隔了这么久也不见生疏，一路下来很顺利。

大家轮流进棚，休息的时候，苏格就在那儿看剧本，偶尔跟人搭个话。

除了几个新人外，剩下的都是熟人。大家讲话没顾忌，主要就是聊江眉的婚事。

是的，江眉要结婚了。打一见面，苏格就看到她手上戴着的亮闪闪的大钻戒，很漂亮。江眉也不避讳谈这个事儿，看得出来她对新郎很满意。

苏格面上云淡风轻，内心汹涌澎湃。果然还是被江眉抢了去，刚才看他送江眉过来，她就应该想到的。

工作从中午开始，一直忙到晚上九点。本来要忙到半夜，老徐体谅她才回来，提前收工。

苏格很久没配电视剧了，对自己的声音没底，还在那里听回放。大家商量着去哪儿吃夜宵，讨论得热火朝天。

他推门进来的时候，一眼就看到了苏格。

屋子里围了一堆大老爷们，个个嗓音震天响。而她就这么安静地站在那里，头上还戴着厚重的耳机，似乎在听什么。

过了片刻，听完了，她取下耳机，跟身边坐着的男人聊了几句。对方拨了几个键，她又重新戴上耳机。

屋子里的人渐渐安静下来，都盯着他看。江眉冲他一笑，正准备走过来，又像是想起什么，走过去扯扯苏格的袖子。

苏格正跟老徐讨论自己刚才配的一段，她觉得有点儿问题，想重新录一遍。老徐说明天再录，她正在那儿犹豫，江眉把她叫了过去。

于是她就跟他见面了。

苏格以为自己会激动，心跳却异常平静。她很自然地笑了出来，冲对方一伸手：

“好久不见，恭喜你。”

旁边的江眉一脸疑惑，拿手肘捅捅她：“恭喜什么？结婚的人是我，该接受恭喜的人也是我。关他什么事儿？”

这下苏格愣住了。她本以为江眉的结婚对象是他，所以是她想错了？

她的手顿在半空，那人也没有回握的意思。僵持了片刻后，苏格尴尬地把手收了回去。

他自始至终没说话，吝啬得连个单音节都不愿给她。

房间里突然爆发出一阵欢呼，那点小小的尴尬瞬间被化解了。老徐提议去吃夜宵，他请客。苏格本不想去，但她心里清楚，老徐是因为她才大方一回。

他从前的抠门样儿，苏格记得清清楚楚。盛情难却，她不能让人花冤枉钱。

其他人也都同意去，包括他。这叫苏格很意外，印象里他顶讨厌这种应酬。

他能去，老徐特别高兴，觉得倍儿有面子。在场这么些人，没有不认识他的，也没人不知道他的来头。能和他同桌吃饭，与有荣焉。

众人收拾东西下楼去，苏格走的时候见他在走廊的尽头打电话。他站得很直，整个人有种挺拔的气势。一身黑色风衣，手插口袋的时候，衣服下摆被轻轻一撩，简直要把苏格平静的心湖扰乱。

她别过头，不去看他，假装那个人并不存在。

一帮人搭电梯下楼，苏格到楼下大厅才想起自己的箱子留在了棚里。她问老徐要了钥匙，一个人上去拿。

有个同事担心她，问要不要陪她上去。苏格帅气地一摆手，一个人走进电梯。

上楼出了电梯，她就着走廊不甚明亮的灯光找到录音棚的大门。开门进去后，她开了灯，在角落里找到了自己的蓝色行李箱，一回头发现门口站着个人，要不是她定力好，当场就要尖叫出声。

他居然没走，电话已经打完了，这会儿两只手都插裤子口袋里，就这么面无表情地盯着她看。

苏格本来挺镇定，还想约他一起下楼，被他这么看了两分钟后，她的头慢慢低了下去。

她不知道自己在心虚什么，只觉得眼下的气氛压抑得叫她喘不过气来。

隔了这么长时间不见，一见面还是被逼到了绝境。她知道，他就是在逼她。

苏格琢磨着要不要绕过他离开，却听他开口叫她的名字：“苏格，你刚刚是不是以为跟江眉结婚的人是我？”

苏格深吸一口气，总算找回了自己的声音：“不好意思，误会了。”

他的嘴角就扬了起来，脸也在笑，可眼底看不到一丝笑意。

她感觉更难受了。

他又开口：“难受是吗？你凭什么觉得我会一直等着你？我是傻瓜吗？”

苏格心里咯噔了一下。

他说完这话就转身离开，没给苏格一句解释的机会。

下楼走出大门，他坐进了自己的车子。车子半天没有启动，他整个人显得有点儿烦躁。他掏出手机，编辑了一条短信。

“是，我就是那个傻瓜。”

四年前，中非小国乍得边境，一个叫乌里的小城。这里与利比亚接壤，临近沙漠地带，一年四季炎热干燥。除了滚滚热浪，这里还有常年不间断的各种武装冲突。枪械、炮弹、流血、轰炸，成了人们最熟悉的东西。

正午时分，一枚炮弹落在了城市的中央。一栋三层砖房被炸出一个巨大的洞，砖块纷纷往下落，露出内里的钢筋和水泥。

短暂的沉寂后，是混乱嘈杂的声音。哭喊声、叫骂声，还有指挥救人的声音，交织在了一起。

离此不远的综合医院，手术室的灯晃了两下，眼看就要灭掉，却又顽强地重新亮了起来。金发护士莎拉松了一口气，随即听到手术器械被扔进盘子里的声音。她抬头一看，一双深邃的眼睛正盯着她看。

对方开口：“把病人推回病房，严密观察二十四小时。”

“好的，李医生。”

莎拉又看他一眼——东方人，白净、斯文，瘦削却不单薄。她有一次无意撞见李医生在换衣服，文弱的外表下是一副精壮的身体。难怪他能在这里待这么久。

李医生和她一样，都是来非洲支援的医疗人员。他们这一队一共八人，除他是亚洲人外，其余清一色来自欧美。

刚来的时候，李医生曾被怀疑能否在这样恶劣的环境下生存下来，他看起来太像个斯文教师了，但后来他用实力证明，他比他们任何一个更有韧劲。

像今天，他清晨五点做手术，到现在已连续工作近八个小时。他们该吃午饭了，可伤员还是一个个不停地往里送。

刚才外头的炮声无比清晰，显然落在了平民区里。不出意外的话，很快就会有新的病人被送进来——血肉模糊，奄奄一息。

她提醒李医生该去吃点东西，对方冲她点点头，摘了口罩的脸，线条柔和精致，是东方人特有的俊美。

李默摘掉手套，去水池边洗手，刚洗了一会儿，又是一枚炮弹炸开的巨响。他充耳不闻，只在心里计算时间——可能只够他回办公室喝口水。

在走廊里碰见法国同事，一个高大帅小伙，脸色发白，站在那里，精神有些崩溃。

他冲他喃喃道："不行，李，我不能再待下去，我要回去。"巨大的精神压力几乎将他压垮。

李默镇定地看着他："去哪里？"

"回法国，我要去机场。"

说完，他转身要跑，李默不大却坚定的声音在他身后响起："如果我是你，就会老实待在这里，至少等这波冲突过去。你知道，没有比这里更安全的地方。"

他说的是实话。乍得战乱多年，无论是哪一方都很清楚，医疗资源是比黄金更紧缺的东西。不到万不得已，他们不会轰炸医院。

法国人脸色灰白，脚步却停了下来。

李默没空跟他多说，不远处有人抬了担架冲过来，他绕过同事，迎面走过去。

是个女人，被炸断一条腿，血不住往下滴，洒了一路。担架旁站了一个六七岁的男童，眼里满是惊惧和担忧，他被拦在手术室外。

临进门前，李默听见对方用带着口音的英语问他："我妈妈会死吗？"

李默回头看他："不会，她伤了腿，交给我。"

"真的？"

没人知道她能不能活下来。李默想了想，伸手摸摸他的头："真的。"

他其实并不喜欢小孩，但这会儿这孩子的眼神让他心软。

手术室重新忙碌起来，输血输液，递工具，缠纱布，每个人又重新进入战斗状态。

手术还算顺利，女人的命保住了，但一条腿必须截肢，是右腿，以后生活会有诸多不便。

手术进行到最后一步，他开始缝合截肢后的右腿伤口。针刚扎进皮肉里，手术室的门突然被人粗暴地踹开。一群持械黑人闯了进来，迅速将在场的医生护士包围。

所有人都是一惊，除了李默。他手没停，依旧在那里缝合伤口。

黑洞洞的枪管指着他们每一个人，为首的黑人男子身上背了把M16突击步枪，手里还拿着把布朗宁手枪。他扫了一眼在场的众人，最后直接走到李默身边。

枪口顶上对方的太阳穴，他冲李默吼："停下，赶紧给我女人接生，她要生了。"

李默声音淡淡的："先去待产室待着，女人生孩子没这么快。"

"你不想活了？我让你给她做手术。"

"手术台现在没空，让她自己生。"

他没听到女人的尖叫声，应该还没到最后产程。他在国内专攻脑科，到了这里成了十项全能。不过几个月时间，他接生的孩子已超过五十个。

黑人男子暴怒，跳起来挥拳头，眼看枪托就要砸中李默的脖颈，后者终于缝完最后一针，迅速转身拧住对方的手腕，一把将那黑人掼到墙上。

巨大的撞击让人觉得手术室仿佛都在晃。

不知什么时候，李默手里多了把手术剪刀，刀尖离黑人男子的右瞳孔不到五毫米距离。

他再次开口，声音冰冷深邃："我让你滚，听到没有？"

黑人男子愣住了。他绝没想到这个不算魁梧的亚洲男人，可以有如此大的爆发力，钳制住他的那只手，钢硬如刀，丝毫挣脱不得。

黑人男子是"乍得叛军"中的一员，手里掌管一小部分人，仗着手里有武器，在这座城市向来横行无忌。没想到今天在这里，当着手下这么多人的面，他被一个亚洲男人制得服服帖帖。

他不服气："你不怕死吗？"

他们这么多枪，随便哪把里面射出一颗子弹，都会要了他的命。

李默冷笑："那就试试。"

话音刚落，门外又冲进来一群荷枪实弹的男人。比起刚才那些散兵游勇，这帮人显然训练有素。他们统一着装，手里拿着最新式的武器，面上戴着头罩，一进来就呈包围之势，每个人的枪口都顶住一个黑人的脑袋。

除此之外，还有两个人走过来，将枪对准了黑人男子。

不用看，黑人男子也知道自己输了。这帮人不是善茬，像是训练有素的雇佣兵。

他举手投降，招呼手下人快撤。

李默继续回手术台整理东西，隐约间听见有人叫他的名字，标准的中文。

他回头一看，一个年轻女人坐在轮椅上，腹部高高隆起。她疼得满脸是汗，看着李默的眼神充满渴求。

“救我。”女人拉住他的手，“我不想死。”

是个中国人。

李默皱眉：“生孩子不会让你死，但我敢肯定，你要再跟着那个男人，迟早得死。”

女人默默流泪：“我没办法，你知道的。”

李默不再说话，叫人清理手术台，准备给女人做手术。

助手跑了进来，拿来他的手机：“李医生，你的手机一直在响，要不要接一下？”

李默一看是国内打来的，就让对方替他接通，刚把脑袋凑过去准备说话，电话却断了。

这里信号不好，接不到电话是常事，他也没管，继续做手术。

一个小时后他回到办公室，终于有时间吃口饭。午饭已经成了晚饭。

手机上有一条短信，很短，语气却很急。

“李默，你父亲快不行了，速回，二叔。”

李默神情一黯，拿上外套转身冲出办公室。

他搭最早的一班飞机回国，第二天傍晚才到达 B 市。他跟父亲只见到最后一面，父亲已说不出话来，父子俩望着彼此，相顾无言。

很快，他们便阴阳相隔。随着父亲的离世，李默心里曾经的恨意似乎也淡了下来，一切慢慢归于平静。

接下来的一周，他一直住在酒店，处理父亲的身后事。

李家家业庞大，诸事繁杂，人丁也格外兴旺，不管处理事情还是跟人打交道，都是一件颇费精力的事情。他甚至觉得还是留在非洲工作更轻松些。

一周后，事情暂时告一段落，他在二叔的建议下，搬回李家老宅。

“本就是你爸的房子，他现在不在了，你该回去住。”

现在的李默身价不菲，李二叔虽不知他父亲财产的具体数目，但以亿计跑不了。

或许有百亿？他的这个侄子，是个大金蛋。

他和弟弟两人送侄子回家，顺便把他的行李从酒店拿回家中。

李家老宅如今异常冷清。李父生前最后一段时间住在医院，家里只留几个下人打扫房间。

李默感到有些疲倦，让人给两位叔叔上茶，自己一个人上楼去。他边走边扯领带，准备先回房洗个澡。

他的房间在走廊靠右手的第二间，空了很多年，他已经很久没回家了。推门进去，意外地发现房间里亮着灯，浴室里传来哗哗的水声，李默不由得皱眉。没想太多，他走过去开门。

浴室里烟雾蒸腾，里面的东西都笼上了一层薄雾。水汽氤氲的室里，露出一个女人模糊的身影。

苏格愣了下，下意识地回头看了一眼。

她洗澡前摘了隐形眼镜，浴室玻璃上又满是水汽，一眼望去什么都没看到。大概是听错了。

家里有阿姨在，她并不担心安全问题。至于闹鬼什么的……苏格笑了。

洗完澡吹过头发，她穿着睡衣坐在那里擦乳液，突然有人来敲门，苏格去开门。

“苏小姐，少爷回来了，麻烦你下楼一趟。”是阿姨。

苏格愣了一下。少爷，是李济山的儿子？她低头看看自己那一身装束，冲阿姨笑笑：“行，我换身衣服就下去，很快。”

苏格换衣服的时候，李默坐在楼下客厅等着她。他不说话，脸色也看不出情绪，但他的两个叔叔心里直打鼓。这个侄子打小心思就深沉，他这个样子已足够说明一切。不笑，就代表生气。

两人互看对方一眼，用眼神示意对方先开口。李三冲他二哥眨眼，小声道：“哥，你说。”

李二瞪他一眼：“你怎么不说？”让他吃炮火，当他傻吗？

他说话的声音略大了点，李默听到后转头朝他俩看，看得两位叔叔心里一哆嗦。李二硬着头皮尝试着开口：“那个，小默，你爸爸生前见了个大师，这是大师的意思。”

李默冷哼一声，满脸不屑。

大师的事情他听他爸提过。病入膏肓的人容易着别人的道，大师跟老人家说这个女人跟他命格相合，请来照顾便能消灾解惑。这种明眼人一看就是神棍的言论，他当时听了不过笑笑，没想到他爸还真把那女人请回来了。

现在是怎么回事儿？人都走了，冲喜的“活佛”还得供着是吗？

李三壮着胆子插句嘴：“小苏我们见过，人还是可以的，要不你们好好谈？别生气，别发火啊。”

李默看他一眼：“我不生气。”这话说得谁都不信。

苏格从楼上下来的时候，看到了一个挺有意思的场景。三个男人，一个年轻，两个年老，年轻的男人坐单人沙发上，有着如帝王般的气场。简单的黑衬衫和黑西裤，冷峻、严肃，却不显沉闷。

他抬头的时候目光微凛，只轻轻一扫，就叫人心头一紧。

苏格不免心里有点儿紧张，但她面不改色，比起另外两个年老的，她努力让自己看起来从容大气些。

李二一见她来，跟见了救星似的，立马把她领到前头给侄子介绍：“就是这位，小苏。”

苏格伸出手，做自我介绍：“你好，我是苏格。”

这算是李默第一次见苏格。他的第一反应是，这女人的声音非常好听，然后才有第二印象，这女人长得很漂亮。

她年纪不大，一身卫衣、运动裤，把好身材都藏了起来。刚洗过澡，头发吹得七八成干，长长的黑色发丝飘在肩头，有几分书卷气。再细看，五官却是大气明艳型的，美得很直接。脸上那副圆框眼镜掩盖了几分她的锋芒，整个人又有些青春朝气。年纪不大，身材火辣，长相抢眼。

“你多大？”他想到个问题。

“二十一。”

苏格站在他对面，觉得这人叫人有点儿生气。他都没站起来和她说话，她出于礼貌伸出去的那只手也不见有人来握，只能自己默默收回来。

典型的有钱人家公子哥的做派，但即便是坐着，他周身散发的气势依旧叫人倍感压力，苏格下意识地后退了一小步。

屋里的气压低得让李二李三受不了。

“我父亲生前，让你住在这里？”

“是。”

“他现在走了。”

苏格明白他的意思，说：“我是他请回来的。”

李默挑了挑眉，还没开口旁边的李二立马帮着解释了一句：“小苏是护工，你爸生前一直由她照顾。”

不说还好，一说李默的眼神愈加晦暗，饱藏深意。

苏格知道他在想什么，外面跟他一样想法的人不在少数。但她不在乎。对她来说她来李家的目的已经达成，别人爱怎么想她，都与她无关。

于是她微微耸肩。

“所以你们现在没关系，你跟李家也没关系。”

苏格沉默片刻，答：“可以这么说。”

“那好。”

李默终于站了起来，他一起身，苏格才发现他有多高。这身高在亚洲男人堆里绝对算出类拔萃，娇小的苏格在内心比了比，自己估计只到他肩膀处。她觉得他还是坐下更好些。李默上前一步，两手插兜里，说话的时候气定神闲：“我给你三天时间，你找地方搬走。”

李三皱眉看着李二，小声说了一句：“三天，太赶了。人家一个小姑娘。”

李默扭头看他叔，不悦地皱眉，然后又看苏格，还真是个小姑娘，不化妆的脸有一丝稚嫩，像个漂亮的娃娃。可他没打算收留这么个来历不明的小妞儿。

“你要经济上有困难，我可以替你付一年的房租。”

“不用了。”

李默盯着她的眼睛看，意外看到眼神里有一丝笑意。

苏格抿唇望着他，又说一句：“我就住这里，哪儿也不去。”

“这是我父亲的房子，苏小姐，你没有权利继续住这里。”

“我有。你父亲生前给了我一份遗嘱，说要把这套房子留给我。遗嘱在周律师那里，他是你父亲的老朋友，处理他所有的财产问题。你要不信可以找周律师问问。”

“就这一套房子？”

苏格不明白他的意思，问：“怎么？”

“老头向来大方，只要是他看上的女人，送房送车送包包。他就送你一套房子，未免小气。”

苏格神情微定，露出一丝笑意：“李先生您大概误会了，刚才您叔叔也说了，我就是个护工。你父亲生前感念我对他的照顾，特别赠予了我这套房子。仅此而已，没有别的意思。”

他若信她，便当真是傻子了。

不管这房子因着什么原因给了他，苏格这小妞儿与李家定有不小的牵扯。他也没兴趣知道这些恩怨。

一套房子而已，本来给她也就给了。只是这房子对他有特别的意义，他不能拱手让人。

“这样，苏小姐，我们做个交易。李家在市中心有一套三层别墅，占地比这大一倍，价格粗略估算是这套的五倍。我把那套给你，你把这套还我，如何？”

李三又开始多话：“小默真大方。”一出手就是几千万。

大家都认为这个交易不错，苏格肯定会答应。毕竟她一个农村来的姑娘，凭她自己，一辈子也挣不了这么多钱。

苏格没多想，笑了笑，拒绝道：“不用了，我觉得这里挺好，我住惯了。要不您搬那儿去吧。”

李默的脸色终于冷了下来。他开始意识到，面前这个小女人不好糊弄，应该说是相当难搞。

苏格心里也直打鼓。她的棋不多，唯一的一枚就是那份遗嘱。她没造假，觉得把这个给李默，对方应该能认。毕竟他看起来不像个不讲理的人。当然，只是看起来而已。

李默沉默了一会儿，面色一变，反倒笑了。他笑起来比不笑更好看，可苏格看在眼里，只觉得越来越不安。

他们现在是对手，对手笑了，就意味着她要遭殃。

李默道：“明天我找周律师，研究一下那份遗嘱的有效性。”

“李先生，遗嘱不是伪造的。签字的时候，周律师也在旁边。”

“冒昧地问一句苏小姐，你跟我父亲认识多久？”

“两个月。”

“我父亲去世前在医院住了半年，病情时好时坏，有时候糊涂起来连人都不认。他签遗嘱的时候，旁边有医生在场吗？”

苏格仔细回忆了一下，实话实说：“没有，只有我和周律师。”

“那我们需要找专业人士评估一下，确认他签遗嘱时是清醒的，具有完全行为能力。否则遗嘱的有效性值得怀疑。”

苏格有点儿蒙：“可是事情过去这么久了，到哪里去找专业人士来评估？”

“遗嘱签署有日期，可以去医院调医疗档案，看他那几天前后的病情发展。”

“病历可以证明一切吗？”

“病历可以作为参考，但上了法庭，最后怎么判罚，得看法官的解读。”

“所以你要跟我打官司？”

苏格觉得这人也有点儿奇怪，五倍于这套房子的资产都愿意给她，却为了一套老房子要跟她上法庭。

“是，我有钱，也耗得起，打官司打个一年半载也没关系。在这之前，这房子依旧属于李家。苏小姐，你还是得搬出去。”

苏格咬唇不说话，她被他带进沟里去了。

“所以我觉得，你还是接受我的提议比较好。你要嫌少，我再给你加个五千万。”

李二李三都觉得侄子肯定是疯了。这都快上亿资产了，多少这样的破别墅买不下来？他这是要干什么？

李默盯着苏格看，潜意识里觉得这小姑娘不会同意。

果然，苏格一口回绝：“不用，我们打官司吧。”

“你有钱吗？”

“有一点儿，可以请个律师。”

说这话的时候，她一直望着李默的眼睛，丝毫没有退缩的意思。走一步算一步，是她现在唯一的想法。

屋里气氛实在太僵，李二终于站出来打圆场：“算了，小默，今天太晚了，不如先休息吧。有什么事儿明天见了周律师再说。你们都累了。”

“好。”李默没有坚持，他的目的已经达到。

现在这女人就算想走，他也不会轻易放她走了。

李二李三都不想掺和这糟心的事儿，借口时间不早溜之大吉。很快，屋里就剩李默跟苏格两个人。

李默扫她一眼，抬脚往楼上走。走出几步，他听见后头苏格叫他。

“刚刚那个人是你吗？”声音真的好听。

李默没反应过来，顿了两秒回头，点头道：“对，是我。”

苏格一夜无梦，第二天一早起床去跑步，跑完回来进厨房做早餐。

苏格的早餐很简单，煮点稀饭，煎个饼，顺便加一碟自己家带来的咸菜。她妈腌的咸菜是一绝，天天吃也不腻。

煎饼的时候她随口哼了几句歌，想起头几天阿姨刚见她的时候，夸她有一副动听的好嗓子。这算是苏格的一个优点。

她有个爱说三道四的婶儿，每次提起她总要撇嘴。但再怎么埋汰她，有两件事情也不得不承认：第一，苏格嗓子好；第二，她长得漂亮。

长得漂亮的女生在这个城市有很多机会，苏格也不乏那样的机会，但她都拒绝了。她选择用她的另一个优势谋求生路——当配音演员。

有意思的是，苏格大学念的是电影学院，正儿八经的表演系学生。不少人看了她的脸后，都觉得她天生就是吃这碗饭的人。

苏格学了几年却发现自己对演戏这事儿兴趣不是很大，反倒有一回被台词老师介绍给一部动画片配音，从此一脚踏入这个大坑，再也不想出来。

她这才发现，比起靠脸，她更喜欢靠声音吃饭。

她在这行断断续续做了一年多，算不上多有名，经验倒是积累了不少。今天没课，但十二点要开工进录音棚，给一部新戏配音。

想起这个，苏格心情就好，哼歌的声音有点儿大。

李默从一楼健身房出来，他裸着上身，头发湿漉漉的，下身只系一条浴巾，全身上下散发着浓烈的男性荷尔蒙。

他路过厨房的时候听到苏格的歌声，下意识地停下了脚步。苏格听到声音转头一看，两人打了个照面。

李默半裸的样子直接扎进苏格眼睛里。大早上看到这么性感的一幕，她有点儿不习惯。

李默也没料到会这样跟苏格见面。

他刚从非洲回来，暂时不打算回去，医院那边还没去办回院手续，所以这几天先在家休息。

他六点起床，在楼下健身房锻炼了几个小时。健身房有浴室，他运动完后进去冲澡，出来才发现没拿上衣。通常这个时间阿姨会出去买菜，但他忘了家里还有苏格这么一个人。

尴尬若有似无。

苏格有点儿呼吸不畅。这个男人不穿衣服的时候，气场居然一点儿不弱，甚至更强。他身材看起来很不错，肌肉结实有力，却不过分壮实。她不太喜欢男人一身的肌肉，薄而匀称比较好看。他的身材和他的脸很相称。

苏格有个坏习惯，喜欢研究别人，而且研究起来很专注。她完全忘了自己这会儿正在对着一个男人的半裸体发呆皱眉，而这一幕被李默看了个正着。

他本来想走，又觉得有趣，索性站在那里清了清嗓子。

苏格回过神来收回目光，把煎好的饼盛进碟子里，假装什么也没发生，走出厨房。路过李默身边时，她似乎闻到了一股男性特有的阳刚之气。她耳根子有点儿发红。

她把碟子搁在餐桌上，状似无意地问对方："你吃了吗？"

一回头，那个高大的身影近在咫尺，苏格只要往前再走两步，脸就能贴上对方的胸膛。这男人高她太多了。

他的胸膛微微起伏，皮肤颜色偏白，八块腹肌，还有人鱼线，比穿着衣服看起来更有料。

看着看着，苏格又有点儿走神，直到听见李默再次咳嗽的声音。

"看够了吗？"

苏格偷看他被抓了个正着，心里有点儿尴尬，但面上一点儿不显，一本正经地劝他："你最好穿件衣服，万一让阿姨看到不好。"

"阿姨买菜去了，不在家，只有你能看到。"

"所以你是故意让我看的？"

李默失笑，他还没堕落到这种程度。但他没否认，反而笑着冲她一扬下巴："还你的。"

苏格没听明白，想了想才意识到他在提昨晚的事情。他这算什么，看了她洗澡的背影，所以现在还她一身肌肉是吗？可她并不觉得自己占便宜，反倒更吃亏了。

“你觉得这样算是还我吗？”

苏格说话的时候盯着他的腰际看。窄而有形的腰身，这男人的身材能去当模特儿。

空气里有了剑拔弩张的气氛。李默看她不依不饶，就顺着她的话头往下说：“那你想怎么样，要我把下面也脱了？”

语气虽是疑问，但动作是毫不犹豫。李默已经很多年没被人挑衅过了，这小妞儿真是不知死活。

苏格看到他那动作，全身汗毛瞬间倒立。她当然知道他想要做什么，也明白自己这会儿应该有什么反应。

她就该骂他一句流氓，然后捂着眼冲上楼去。可那样她就输了。

于是她故意梗着脖子不动，眼睛比刚才睁得更大，死死地盯着李默的手。大不了就是辣一回眼睛！

李默也是说到做到的人，毫不犹豫就把腰间的浴巾一解，动作流畅帅气。

苏格的呼吸几乎停滞，直到她看清李默浴巾下面暗藏的玄机，才松一口气。他居然还穿着一条平脚内裤。

她发现自己的心情有点儿复杂，庆幸中带了一点……失落。真该狠狠掐自己一把，都什么时候了，还有心思想那种事情。

李默笑得不怀好意。刚才苏格脸部表情的变化让他看了个透，死鸭子嘴硬说的就是她这样的人。

“这样够了吗？”

苏格抿唇不语，口袋里的手机突然响了。她低头去拿手机的时候，目光扫过李默下半身某个地方，大脑一片空白。

等反应过来的时候，脸已经红了。她假装边接电话边往客厅走，隐约听见背后对方嗤笑的声音。

电话是江眉打来的，跟她念同一所大学的朋友，播音专业刚毕业，跟她一样搞配音。

江眉的声音听上去有点儿不安：“苏格，我刚刚听说你的角色出了点问题。”

苏格脚步一顿：“怎么了？”

那边江眉还没说话，身后李默就叫住她。

“跟你说个事儿，周律师……”

苏格才想起今天要去见周律师：“不好意思，我今天有工作，中午前能搞定吗？”

“周律师家里有事，要回老家几天，今天先不见。你忙你的，他回来我会通知你。”

李默说话间已经走过苏格身边，大步往楼梯口走去。那边江眉听到声音，好奇地问：“苏格，你家里有男人？”

“没有，电视的声音。”苏格随口掩饰过去，又问，“你刚刚说什么，我的角色怎么了？”

这是苏格新接的戏，八十集的大制作，她负责给剧里男主的母亲石月红这个角色配音，那是一个贯穿全剧的灵魂人物，戏份足，发挥空间大，算是她出道这么久，接的比较大的一个角色。

今天是她们开工第一天，可江眉告诉她，有人跟她争这个角色。

最初这个角色定的是一个叫秦雪的前辈。秦雪大苏格十几岁，在这个圈子里摸爬滚打很多年，资历和经验都长苏格一大截。

但她临时变卦，接了一部大电影，推了石月红这个角色。负责这部戏的班主吴鹰，因为上部戏跟苏格有过合作，对她印象不错，就把她叫来补这个缺。

“秦雪又回来了，找了吴老师说要接这个戏。咱们不是还没开工吗？我听说吴老师想把你换下来。”

“我没接到吴老师的电话。”

“我也只是听说，不一定准。那你今天还去棚里吗？”

当然去。苏格不是头一天出来工作的新人，捕风捉影的东西她见得多了。为江眉一个电话就旷工，这种事儿她可做不出来。

再说了，就算真的不要她了，也得让吴鹰亲自跟她说。这仗还没开始打呢，哪有自己先跑的道理？

苏格按原计划吃过早餐，收拾了一下房间就出门搭地铁。到了棚里大概十一点半，吴鹰一见她就把她叫了过去。

果然是谈角色的事情。

“小苏你是聪明人，我也不跟你玩虚的。你应该也听说了，别的咱们不多说，先试戏，你跟秦雪都试，谁行谁上，凭本事吃饭，怎么样？”

苏格冲他露出一个温柔的笑：“就按您说的办。”

美女总让人分外怜惜。吴鹰也有点儿不好意思：“这次要是没成，算我欠你一个人情，以后一定给你补上。”

“别这么说，吴老师，您肯给我机会试戏，就是对我最大的帮助。”

两个人彼此客气一番后，苏格准备进棚，走之前听到旁边有人在那里嘀咕了一声：“听说今天周影帝要来。”

周影帝是这部戏的男主角周声，近几年蹿升速度飞快的一线男星，风头正盛。刚在国外拿了个电影节影帝，红得烫手。在剧中，石月红跟他的对手戏最多。

苏格听了这话没什么反应，拿着本子进棚去了。她正在那儿戴耳机，外头有人推门进来。

周声的助理小徐打头，后面一个高大的身影走了进来。

几乎所有人都同时站了起来。

苏格工作的时候，眼里一般容不下别的东西。

她试戏的内容是一段长长的独白，在石月红诸多歇斯底里的台词里，这一段是少见的温和派。

戏里石月红和周声演的男主母子关系紧张，她生病去医院，司机开车送她回家，她一个人拎了一袋子药进家门，突然情绪上头，拉着新来的阿姨说周声小时候的事情。

年过半百的强势女人，头一次露出脆弱的一面，慢悠悠地说着往事，颇带了几分感慨。年轻姑娘的脸，说出来的却是苍老质朴的声音，反差强烈。

周声正好听到了这一段。

他从小被送到国外，英文讲得比中文溜，虽说演技不错，口音却成了短板。所以但凡他的戏都会找人配音。

原本他有自己的御用配音演员，但这哥们前一阵嗓子出问题做手术，电视剧后期这边档期又紧，无奈只能换人。

他对自己的戏精益求精，头一回跟新的配音演员合作有点儿不放心，今天就来现场看看，结果一眼看到的却是苏格。

周声承认，自己一开始是被这姑娘的脸吸引了。配音演员他见过不少，长这么漂亮的头一回见。说句不夸张的话，就是现在当红的那些小花旦，卸了妆能比得上这姑娘的也不多。

她搞配音，可惜了。

周声进去后跟吴鹰打了声招呼，拿起对方的耳麦，套到了自己头上。

石月红的台词刚好过一个段落，苏格停顿半秒，立马又开始配阿姨的台词。周声对这场戏印象深刻。演阿姨的演员是个临演，拍戏经验不足，记性也不好，一段台词说得磕磕巴巴，光一条就 NG 了十几遍。

最后还是导演没了耐心，就让她结巴着演完了。给她配戏的老演员配得内心崩溃。

想不到换了个声音后，这个角色活了起来。

周声默不作声，直到苏格配完这一整段，他才把耳麦摘下来。

吴鹰笑着问他："怎么样？"

"不错。"

"什么不错？"

"声音不错。"

周声露出一点玩世不恭的笑容，顺嘴又轻轻添了一句："长得也不错。"

吴鹰一愣，看着从里面摘了耳麦出来的苏格。

没化妆，素面朝天，但胜在五官精致。周声是见多识广的人，他看中的都是极品。吴鹰暗想，这个苏格可能不会在配音圈里混太久了。

周声把耳麦递过去："她叫什么？"

吴鹰收回视线，回道："苏格。"

中午时分，市一院院长办公室。

李默回来办回院手续。医院派他到非洲做医疗援助，本来还有一个月才到期。但他父亲突然去世，他赶回来办丧事，一时半会儿回不去。

院长跟李家是老相识。李默他们家族几代都有人行医，人数不少且位高权重。当年他父亲李济山就在市一院工作过，跟院长是老朋友。如果不是后来他离开医院去做生意，搞不好院长这个职位现在就是他的。李济山做的生意也离不开医疗。如今全国乃至国外，都有李家投资的私人医院。别人看李默只当他是市一院的神经外科精英，很少有人知道他手里握有多少家医院，身上又有多少资产。

他既然回来了，院长就不打算再放他走了。

"你父亲的事儿我也很难过，我跟他朋友多年……算了，不提这个了，你要不要再休息一阵子？"

"不用，我明天就回来上班。"

神经外科人手极缺，李默肯回来，院长自然没意见。

两人在办公室又聊了几句，李默起身告辞。离开医院后他没回家，转身给人打了个电话，约对方在附近的咖啡馆见面。

半个小时后，一个其貌不扬的中年男人，推开了咖啡馆的门。

他在李默对面坐下，对方开门见山："替我查个人。"

李默把苏格的资料给了那个中年男人。男人姓关，算是个私家侦探，跟李默相熟。他看着照片里年轻女人的脸，问道："就是那个你爸临终前给了一套房的女人？"

李默嘴角微扬，眼神里透着不屑。

"查查我二叔三叔，这事儿他们两个脱不了干系。"

老头子躺床上动不了，谁给他找的人？李二李三肯定参与其中。

"我听说她现在还住在你爸那套房子里。赶不走吗？"

李默喝着咖啡，不说话。他要赶走苏格是件轻而易举的事情，但他现在并不想让她走。这个女人来他家显然有她的目的，绝对不只是骗一套房这么简单。

能拿钱打发的女人都是小儿科，苏格这样的才是大鱼。

他对这条大鱼有点儿兴趣，想看看她葫芦里到底卖什么药。

"尽快把她的底给我挖出来，越详细越好。"

姓关的一口答应，拿了资料走人。李默一个人喝完整杯咖啡，这才起身驱车离开。

他开车去了城郊的墓地，去看他妈。

他妈前些年去世了。虽说是生病，但在李默看来，这病都是被他爸气出来的。他爸走了之后，他是头一回来看他妈。

他看着墓碑上的照片说话："老头子去了，你要是在下面看到他别手软，有仇报仇，有冤报冤，把心里的不痛快都骂出来。"

他妈到死都恨着他爸，这点他清楚。

姓苏的女人知道他爸是个什么样的人吗？

正在看剧本的苏格，无端端背上凉了一阵儿。

因为只是试戏，她今天不用待太久。秦雪来得比较晚，苏格也没特意留下来听她的戏，跟吴鹰说了两句就准备离开。

吴鹰那时候正跟周声说话，本想借着机会介绍苏格给对方认识。结果苏格客气地打了声招呼就转身走了。他还是头一回见女人这么不愿意往周声跟前凑的。

周声饶有兴致地目送苏格离开，扭头就跟人聊别的去了。吴鹰吃不透他的态度，也没敢多提这个事儿。

苏格没留意那两个男人对她的态度，包里手机振动个没完，她一出门就赶紧接起来。

对面传来个小姑娘不满的声音：“你怎么才接电话！”

“我在工作，有事儿吗？”

“你来我学校一趟吧。”

苏格看看时间，想着这会儿应该正上课，就问：“你又怎么了？”

“别问了，赶紧过来吧。”

苏格觉得像是身上黏上了块牛皮糖，有点儿甩不掉了。

她出门搭地铁，直奔市第一实验中学。到了给小姑娘打电话，不多时门卫让苏格签字进去，苏格直接就去了老师办公室。

办公室里打着冷气，苏格进去打了个哆嗦。上课时间老师们大多不在，只有初一（3）班的班主任马老师坐那儿，面前站了个小姑娘。

小姑娘长得不错，还有点儿婴儿肥，一双眼睛贼得很，一见苏格就露出求助的目光。苏格硬着头皮上去：“马老师，李茜怎么了？”

马老师扫她一眼，有点儿不满意：“怎么又是你这个姐姐？李茜，我跟你说过，让你找你家长来。你爸妈呢？”

“我打小没妈，我爸前一阵去世了。”

马老师轻咳两声，有点儿尴尬。

“那你现在的监护人是谁，是你这位姐姐吗？”

她说话的时候看向苏格，苏格下意识地摇摇头。

“那就找你监护人来，你家里还有别人吗？爷爷奶奶什么的。”

李茜无聊地耸耸肩：“我有个哥，他在非洲医疗援助，赶不回来啊，老师。”

马老师快要崩溃了。这一家都是什么人，把个十二三岁的小姑娘一个人扔学校里不管了吗？

转念一想又不对。李茜父亲去世，他哥不回来奔丧吗？但这话又不好直接问，气氛有点儿僵。

马老师又拿出李茜留下的联系人电话拨过去。这电话一早上没通，她本不抱希望，没想到这会儿却接通了。

电话那头的人自称姓孙，跟马老师客气一番后挂了电话。马老师瞪着李茜："你哥一会儿就过来。"

李茜嚣张的表情立马没了，整个人蔫了下来。她拉了拉苏格的衣袖，要她救自己。

苏格有点儿无奈："马老师，我能先了解一下李茜犯了什么错误吗？"

马老师痛心疾首地把李茜的恶劣行径说了一遍。苏格听了也很无奈，中二期的少女总是这样。李茜在学校里看中了个男生，早上把人堵进女厕所按在墙上"调戏"。

"还要亲人家，你说这叫什么事儿。"

"老师，我没亲他。"李茜辩解道。

"如果不是班长及时赶到，你应该已经亲上去了吧。"

李茜撇撇嘴，小声道："亲一下怎么了？男生又不吃亏。"

苏格赶紧打她一下："回头给那个男同学道歉。"

李茜还想再说两句，被苏格狠狠拧了下手臂，疼得直"哎哟"。

她正在那儿表演呢，办公室的门又开了。李默黑着一张脸走了进来，有一股山雨欲来风满楼的气势。

李茜的气焰彻底没了。

李默淡淡地扫了她一眼，扭头想跟老师打招呼，一眼看到站在旁边的苏格，整个人脸色一沉。

这个女人怎么跟他妹妹在一块儿？

回去的路上，李默的脸黑得跟炭一样。

苏格跟李茜坐在后排，一个镇定自若，一个垂头丧气。李茜看起来有点儿怕她哥，悄悄在那里给苏格发微信。

"苏姐姐，一会儿你要救我。"

苏格给了她一个爱莫能助的表情。她敢肯定，李默现在的气至少有一半是对她发的。

进屋后，李默把李茜叫进书房，苏格觉得没自己什么事儿，转身要上楼，却被对方叫住。

"苏小姐，麻烦你也进来一下。"

苏格觉得他那声"苏小姐"简直是咬着牙说出来的，不免有点儿想笑。但一进书房，压迫的气氛接踵而至，她就有点儿笑不出来了。

李默长李茜很多岁，又是长兄，说话行事都带了一股父亲的威严。李茜在马老师跟前还能嘴硬地辩解几句，到了李默这里，除了“是是是”“对对对”，就不会说别的了。

李默让她去给那个男生道歉，李茜一脸纠结：“一定要吗？”

对方不说话，沉默让人心焦。

“好吧，你今天就不该带我回来，我正好在学校里，跟他道歉就是了。”

今天是周五，李默的意思是把她带回来收收心。他常年在外，没空照顾妹妹，他爸也不是会管孩子的人，所以李茜一上初中就住校，偶尔周末会回来。

在外人看来，这孩子衣食无忧，是投了个上好的胎，只有李默知道李茜有多么缺失亲情。

“周一去也来得及，也让人家消化消化这个事儿。那男生现在肯定不愿意见你。”

“为什么不愿意？我长得这么漂亮。”

苏格强忍着才没笑出声。

李默瞪她一眼：“你这么漂亮还能做这么不漂亮的事儿。说说吧，为什么喜欢人家？”

“长得帅呗。”

苏格有点儿不明白——李茜从小对着她哥那样的大帅哥，按理说对男色应该免疫了，怎么会这么热情地看上一个男生呢？

想到这里，苏格偷看了李默一眼。对方似乎感受到了她的目光，视线扫了过来，苏格立马假装看窗台上的一盆花，仿佛置身事外，但有些事儿怎么也绕不过去。

李默不可避免地问到了她跟李茜的关系。他之前确实没想到李茜会认识苏格。

他是在回家的路上接到老孙电话的。老孙是李家的世交，他不在的时候，妹妹就拜托给了老孙，所以老师把电话打到了老孙那里。

老孙在电话里说李茜在学校里犯了事儿，还说她找了个姐姐去糊弄老师。李默一猜就知道那个所谓的姐姐肯定是妹妹找的托儿，但他绝没想到那人会是苏格。

看她们两个的样子，认识不是一天两天了。

李茜对这个倒没什么不能说的：“我跟苏姐姐认识几个月了，她人很好，帮了我们班一个女生。上次我来例假不知道怎么办，还是她到学校来帮我的呢。”

李茜说得直接，另外两个人听得都有点儿不好意思。

苏格不太想回忆那次的情景。她也不知道为什么李茜似乎看她特别顺眼。她曾帮过李茜班上一个女生，那个女生跟李茜关系不错，她们也就这么认识了。

李茜家人不在身边，把她当姐姐般依赖。那是李茜头一回来例假。苏格以为现在的女生从小上网，应该什么都懂。但李茜在这方面很懵懂，头一回流这么多血，还是上课时间，弄得一裤子都是，吓得她直接躲进了厕所。

她在厕所里给苏格打电话，苏格只能给她送裤子和卫生巾。

女生之间这种事儿算平常，但当着李默的面直接说出来，未免有些叫人脸红。

李默显然也有点儿尴尬，自己的这个妹妹，真的是缺心眼。

他轻咳两声，想跳过这个话题。但李茜是个“真脑残”，还在那里详细地跟她哥描述那天的场景，最后还不忘添一句：“苏姐姐买的卫生巾很好用，比我室友的好用多了。”

李默忍不住出声打断她：“有事为什么不找周声？早跟你说了，我不在的话就找他。”

“你一去非洲就是半年。有一次我给周声打电话，他说他在山里拍戏。你们这些男人怎么懂我们女生的事情？哥，你会挑卫生巾吗？你分得清楚干爽和棉柔吗？你知道哪家的小翅膀黏性比较好吗？你知道还有棉条、月经杯那些吗？”

苏格发现自己已经快要无法直视卫生巾这个东西了。

李默终于被他妹搞烦了，喝了她一声，叫她回房间好好反省去。

“今天晚饭别吃了。”

“为什么啊？”

“想想你那男同学，长得帅能当饭吃。”

说完，李默把他妹推出了书房。李茜在门外小声抗议了两句，转身找阿姨下方便面去了。

偌大的书房只剩下李默跟苏格两个人。

苏格十分不习惯跟人单独待在这样的空间里，尤其对方还是个男性，对她怀有深深的敌意。

李默这书房的装修风格也叫她不适应，色调太暗太深，这会儿临近黄昏，房里光线昏暗，更叫人觉得压抑。

苏格想要离开。

“苏小姐，”李默叫住她，不带任何寒暄，“你接近我妹妹为了什么？”

“你也看到了，为了你家的财产。”

李默皱了皱眉头，微眯的双眼目光凌厉。

“你倒是很直接。”

“你心里就是这么想的，我不过是替你说出来。”

两个人中间隔了四五米的距离，就这么互不相让地瞪着对方。苏格心里有些打鼓，但就跟头一晚见面时一样，哪怕是硬撑，她也不想有半点示弱。

李默也没退让的意思，非但不让，还一步步朝苏格走过来。他越走越近，苏格的心也越跳越快。她觉得自己快要撑不住了，头一次这么想逃离一个地方。

李默走到离苏格不到一米的地方，终于停了下来。他严肃的脸上露出一丝笑意，说出的话却略带警告的意味：“别惹事，苏格，乖乖待着。”

苏格忘了自己是怎么回到房间的，坐到床上摊开手心，发现一手的汗。她转身进浴室冲澡，发现衣服居然也是湿的。

她这才知道自己怕李默，这男人叫人心慌。

李茜是个没事都要作妖的小姑娘。周末的两天基本见不着人影，据她自己说是跟朋友逛街去了。

苏格有时候想劝她好好学习，想想人家上面还有个亲哥，也就不操这份心了。

李默比李茜还忙，天天在医院加班。李茜每次吃晚饭都要吐槽她哥：“老嫌我周末不回家，你说我回家干吗啊？他又不陪我。”

说完这话又去看苏格，冲她笑得贼嘻嘻：“苏姐姐，你别怕我哥，他这人其实对女人挺好的。”

是吗？苏格懒得接她话。

周日那天晚上，苏格接到吴鹰打来的电话，告诉她角色拿到了的事儿。苏格也没太高兴，石月红这个角色，实在不是个轻松的活儿。

这是个反面角色，人物性格尖利不讨喜，关键是特别歇斯底里，八十集的剧里，她几乎每集都出场，绝大多数时间在那里大喊大叫。苏格才配了半天就觉得脑袋缺氧，喊得嗓子都疼。

吴鹰就让她回家多琢磨琢磨。

一连好几天，苏格都处在一种疯狂的情绪里出不来。她白天要工作，每天回家都是凌晨，还得再花两个小时看片子背台词，之后匆匆睡一会儿又要起来继续工作。

幸好这段时间李家兄妹不在家，一个回学校找人“道歉”去了，另一个听说回来收拾了一箱子行李，上医院值班去了。

李默不在家，更利于苏格练习。二楼晚上就她一个人住，随便怎么喊都行。她就这么对着电脑屏幕，一遍遍学着怎么用恶毒的话数落别人，怎么在瞬间爆发情绪，说哭就哭，说骂就骂。

她头一回知道，配音竟是个体力活。

李默在医院住了一个星期，终于轮到一天休息。他开车回家，拎了箱子悄声上楼。

当时是夜里一点半，他刚做完一个八小时的手术，人有了些倦意。

刚到楼梯口，就听到楼上有动静，像是什么人在吵架。

那个姓苏的女人带人回家来了？

他继续往楼上走，很快听出是个女人的声音，紧皱的眉头略微松开一些。走到苏格房前，他停下步子仔细听里面的动静，却听不出到底在说什么。

声音太吵，隔着门板都能感觉到里面地动山摇般的情绪。

他抬手敲敲门。夜里一点半，他想知道她在干什么。苏格却根本没听到，还在忘我地念台词。

李默等了会儿见里面声音不停，终于忍不住伸手开了门。

苏格依旧没察觉到，直到把那一大段台词全部说完，累得想要去拿水杯，一个转身才看到李默靠在门边，一脸冷淡地盯着她看。

他今天穿的是白衬衫和深色西裤，头两颗扣子没扣好，帅气中透着一股懒散的味道。他眼角微抬，目光在苏格身上扫了一圈，跟带了探测器似的，看得苏格心怦怦直跳，总觉得那目光颇有深意。

看到苏格的那一刻，李默很想请她去自己科室坐坐。

气氛有点儿僵，苏格没话找话。

“回来了。”

“是。不过看来回来得不是时候。”

免费看了场猴戏。她刚刚到底在干吗？鬼上身吗？

李默上前几步走到苏格面前，高大的身体挡住了大半的光，苏格感觉眼前一暗，下意识地往后退两步。

“需要给你看看吗？我是医生，专治各种脑病。”

“包括脑残”——最后那四个字李默没说出来。

苏格指指后头的电脑屏幕：“工作，我是配音演员。”

“据我所知，配音演员出声儿就可以了。你的那些夸张的动作……”

“我要投入角色，有时候身体幅度会大一点。”

当然，苏格也承认，自己刚才是夸张了一些。她以前也没这么疯，主要是这个角色太让人……一言难尽。

李默的视线越过苏格的肩膀，看向后面的屏幕，越看，眉头皱得越紧。苏格看他这样也回头看，不禁抚额。

屏幕里，男主的妈又一次情绪崩溃，正在天台上发疯。据说拍这部剧把演母亲的这位老艺术家累得够呛，杀青后直接就进了医院休养。

到底是哪个奇葩的编剧给写了这么一个神经病角色？

苏格刚才吼得凶，嗓子毛毛的，转身去拿水喝。李默也不走，安静地看着屏幕里演的戏，半天才问她：“周声的戏？”

苏格水喝到一半，把杯子从嘴边移开：“你也看周影帝的戏？”

“我不看。”

“那你怎么认识他？”

苏格也觉得李默不可能看这样的家庭伦理剧。他这个人看起来就不像有娱乐活动的样子。他会认得周声，出乎苏格意料。印象里，这种冷傲的知识分子，跟他们生活在不同次元。

李默也不回答她这个问题，只问她：“你在戏里配哪个角色？”

“男主角的妈。”

李默打量她，她哪里看起来可以演别人的妈？

苏格微微一笑：“变声就行。”

这话说完后，李默半天没反应，眼睛还盯着屏幕看。苏格心想他不会想在她这里看一晚上电视剧吧，她可准备睡觉了。

苏格抬起手腕看看表，提醒对方：“不早了，李先生，要不我们各自休息如何？”

“苏小姐，这里原本是我的房间。”

这个苏格真不知道。她一直以为这间是客房，经他提醒倒是觉得像。这屋子很大，装饰以冷硬风为主，还配有不小的浴室和按摩浴缸，更像是主卧。

“你要不高兴，我搬别的屋去住。”

“不用，你继续住。有个问题我很好奇，苏小姐……”

“你问。”

李默顿了片刻，露出一丝坏笑：“你跟我孤男寡女同住一屋，就不怕夜深人静的时候，会发生点什么？”

苏格镇定地抬头，迎上他的目光：“你不会。”

“你又知道？”

“我知道。”她喜欢研究人，虽是个缺点，但缺点有时候也能转化为优势。从第一眼看到李默起，她就知道，这个男人绝不会碰她。所以她才敢在这里继续住下来。

如果换作李二李三，她才不会和他们同住一个屋檐下。

李默没再多问，转身出了房间，拎着箱子回了对面的房间。洗过澡后，他窝在沙发里，拿手机进邮箱，翻看姓关的发给他的关于苏格的一些资料。

最近太忙，他都没顾得上这个事儿。

资料里显示，苏格家在S省Z市的一个山村里。那地方不是太富裕，但也没穷得吃不上饭。家里四口人，她是长女，下面有一个小她很多的弟弟。母亲在家务农，父亲就在B市隔壁的T市打工。

看起来身家清白，人口简单，没什么复杂的背景。

苏格在本市一所大学就读，表演本科专业。李默一看名字觉得有点儿眼熟，想了想发现就是跟自己母校隔一条马路的电影学院。

苏格一个小山村出来的姑娘，能考进电影学校，果然还是托了她那张脸的福吧。

李默识女无数，也不得不承认苏格是漂亮的，而且非常漂亮。

令他有点儿意外的是，表演出身的苏格从没演过戏，却在配音这个圈子里混了有一阵儿。虽没配过大制作的女主角，但配音作品已有长长的一列。除了电视电影外，还有游戏广告。其中一款浪味鲜的广告，李默隐约觉得自己好像在电视里看过，倒是没听出来那是苏格的声音。

李默一目十行，将这些内容都记在心里。从表面来看，苏格没什么可疑的地方。姓关的给的资料里还提到，两个月前他父亲李济山病重，听信了一位传说中的大师的建议，需要寻找一个特定时间出生的女子到家照顾，便可长命百岁。

李二李三帮忙找了不少人，都被李济山回绝了。最后这个苏格，是他的亲妹妹李茜找来的。

看到这里，李默不由得坐直了身体。这个苏格，实在太不简单了。

资料里还提到，大师见过苏格，说她有大富大贵之相。这让李济山大喜，当即就把人请回了家。

这期间发生了什么外人不得而知，姓关的也没有查到什么异常。表面看来苏格确实只是一个小小的护工。但他们两人之间具体谈了些什么，无人知晓。

这个苏格，当真不简单。

苏格第二天睡过头，没起早锻炼，随便扒拉了两口饭就赶去录音棚。一下午的工作连轴转，到了快吃晚饭的时候，周影帝居然又来了，还跟上次一样，说是来听自己的配音。这次给他配音的是洪昇，国内配音圈男声里数一数二的人物。

苏格上洗手间的时候听人闲话，说周声三番五次过来，洪昇面子上觉得有点儿挂不住。

"这是不信任他的业务水平还是怎么的？洪老师脸都气绿了。"

可再气，周影帝也是得罪不起的，大家面上依旧得恭敬地捧着人家，还得装出一副客客气气的样子。

苏格不掺和他们的事情，只管做自己的活儿。到了饭点，一帮人围在一起吃饭，吃的是最简单的盒饭。

旁边休息室里，周声还没走，正跟洪昇聊角色的事儿。他的助理小徐出去给他买晚餐，他说他要吃日料。

吃饭的时候，苏格总觉得有目光落在她身上，抬头一看，见吴鹰正在看她，似乎有话要说。

她放下筷子看对方。吴鹰想了想，吩咐她："周老师累了，你给泡杯咖啡送进去。"

别人都齐刷刷地看她。

苏格觉得奇怪，又不方便发问，只能搁了筷子起身。她刚走出两步，吴鹰又叫住她："小徐包里带了咖啡豆，周老师只喝那个。"

影帝就是影帝，喝个咖啡都比别人事儿多。

苏格在休息室里摆弄那个咖啡机，她是第二回用这个东西，还不太熟练。

咖啡泡好后，她就端进去了，正好洪昇出来，看她做这事儿有点儿奇怪。他想说什么，那边吴鹰叫了他一声，他只能先不管苏格。

周声坐沙发里闭目养神，听到动静以为是助理来了，就说了句：“放下吧。”过了一会儿又说一句，“晚上通告给我推了，有点儿累。”

苏格默默把咖啡放下，没接他的话。

周声觉得不对，睁开眼，见是苏格便微微一笑，又看到桌上的咖啡。

“辛苦你了。”

“周老师您客气了，您休息，我先出去了。”

她一刻也不想在这儿多待。

周声没管她，拿起咖啡喝了一口，突然叫住她：“这是你泡的？”

“是，用的是您助理带来的咖啡豆。味道不对吗？”

她确实不大会泡咖啡，刚刚当着这么多人的面不好拂吴老师面子。但她隐约觉得不对，好端端的，为什么让她泡这杯咖啡？周声根本没说要喝。

周声又品一口咖啡，没说好坏的事儿，只问她：“你叫苏格？”

“是，周老师。”

“你哪里人？”

苏格顿了一下，微微皱眉。她摸不透周声的意思。

“没别的意思，就随便问问。你不愿意说也没关系。我听你口音，似乎不是B市人。”

苏格想起他之前在棚外拿耳机听的事儿，便问：“是不是我的发音有什么问题？”

“没有，只是没有京味儿。你发音挺好，配得也不错。”

“谢谢老师。”

周声还想再说几句，助理买饭回来了。苏格见状立马离开，半秒也不肯多留。她跑路的样子有点儿意思，周声嘴角露出一丝笑意。

等苏格出去带上门后，他叫来助理：“你去查一查，看这个苏格哪里人，什么背景，越快越好。”

小徐有点儿疑惑：“声哥，您这是……”

“别多想，让你查就查。”

隔着一扇门，苏格感受到了一丝凉意。

人多的地方是非就多。

苏格本来是凭吴鹰的交情才进了组，这是配音圈是再常见不过的事情。但因为周声的搅和，她一下子就成了关系户。

小道消息说得很清楚，说她傍上了周声这条大腿，干掉秦雪，拿到了石月红这个角色。

江眉跟她说这些的时候，苏格头都没抬，只反问她："你觉得像吗？"

"我不知道。他们说得有鼻子有眼的，说你跟周影帝关系很……"

苏格的目光扫向她："那他也太弱了，好歹得干掉林丽，给我弄个女主角当当。"

林丽是这部戏女主角的配音，听说还是周声的影迷。

"或者直接给我找个剧组，哪怕演个女四女五的，不比现在这样来钱快？"

苏格觉得自己亏死了，吼成这样，一集也才二百五十块，一整部戏配下来，连两万都没有。

她总自嘲就是个"二百五"，他们这个圈子里混得最好的那一批，像是洪昇这类人，一年的收入也就跟影视圈十八线小艺人挣得差不多，她这样的拿什么跟人比？

江眉听了有点儿失落，叹口气又笑："也是，咱们算什么。也不知道教主一年挣多少，不过听说他家很有钱。"

教主是江眉的偶像，配音圈最神秘的大佬，一般干他们这行的都没几个见过他。他产量极低，根本不接电视电影，最多也就接几个广告，价钱还贵得离谱，完全脱离了他们这行的普遍价格。

别人配广告一般二十秒或三十秒起跳，十秒一加价。听说他是十秒起跳，五秒加价，单价更是高出旁人几倍甚至几十倍。

确切地说，没人知道他具体会拿多少钱。那样类似于神隐似的人物，连见一面都难。

迷恋他声音的粉丝不计其数，每次他的广告一上线，网络播放量都能跟顶级流量小生比肩。教主没有微博，粉丝自发给他建了后援会，苏格进入这个圈子后也好奇去看了看，发现居然有几百万粉丝，吓得鼠标都掉了。

只是一个后援会，人数就堪比很多在线明星了。这年头声音控怎么也这么多？

江眉就是其中之一，她跟苏格在一起的时间，一半在聊工作和八卦，另一半就是在安利教主。无奈苏格这个人油盐不进，听多了就打击江眉一句："万一是个女的呢？"

“怎么可能？”

“没什么不可能的，你让洪昇配个女人，他未必做不到。”

江眉就很郁闷，她把教主当老公来爱，在她的幻想里，教主就该腿长一米八，脸蛋像朵花，拥有惊天动地的美貌才对。女人什么的……

“好吧，她是女人我也爱。”

苏格觉得江眉真的没救了。

江眉那时在吃饭，边吃边刷手机，突然尖叫一声：“群里说教主今天来我们这里配音，天哪，我要去堵他。”

“你在工作。”

“他晚上来。肯定就在楼上的棚里，我今天一定要见到他。”

苏格懒得理她，只管自己做事。晚上十一点半左右，一天的工作快接近尾声，苏格今天的戏份全部搞定，她正在那儿收拾东西，吴鹰匆匆找到她，问她江眉在哪儿。

“跑哪去了？电话也不接，还差她那一段。她不来，别人怎么下班？”

苏格这才想起半天没见着江眉。

她打对方手机，果然没接，脑中突然闪过吃饭时江眉说过的话，不会真的追“老公”去了吧。

吴鹰已经转身找别人问去了，苏格扔下手里的包，悄悄开门出去，直接往楼上跑。走到一半，上面有人下来，苏格来不及收脚，差点跟人撞在一起。

立马有手过来想要推开她，又听有人道：“小徐！”

声音很熟悉，苏格抬头看，发现是周声，身边除了他的助理小徐外，还跟了一帮人，十足大明星出场的架势。

苏格赶紧往旁边退，想给他们这行人让出地方。周声却停着不动，反倒朝她走了过来。

他越走越近，苏格越退越往后，很快就撞到了墙上。她听到对方轻笑一声，不由得皱起眉头。

周声这人风评不是太好，听说有点儿爱玩，不知是不是假洋鬼子做久了，对男女关系没那么在意。娱乐圈里他的绯闻女友可不少，都是当红女星。

苏格半点儿都不想跟他扯上关系。

她转身要下楼，却被对方叫住：“苏小姐，我们认识吧。”

苏格顿住脚步，望着对方的眼神带了几分警惕。周声忍不住又想笑，他又不吃人，她怕什么？

看她的长相不是那种小家碧玉式的秀气，是非常明艳的那种漂亮。但这会儿的苏格看起来有点儿萌，如果不是身边人太多，周声都想伸手摸她的脸。

“你不记得我了？”

“周老师，您好。”

“你好，你叫我名字就可以了。我不是你的什么老师，不用这么客气。”

“您太谦虚了。”

“是吗？我比你大不了几岁吧，苏格。”

他换了一种称呼，显然觉得关系上更显亲密一些。苏格进退两难，走也不是，留也不是。

“你们这戏还没配完？”

“还没，快了。”

“今天结束了吧。”周声抬起手腕看表，“我也收工了。”

听他的口气像是要请苏格吃点或喝点什么一样，苏格有点儿蒙，正想着怎么回绝他，一抬头看到从上面下来的江眉，立马道：“还没，我来找我同事，还得继续忙。”

周声顺着她的目光望去，果然见到一个女生，便扬了扬嘴角：“行，那你们忙，下次再见。”

“好，周老师再见。”

周声不由得蹙眉，还想说什么，苏格已经几步上前拉过江眉，快速下楼去了。

两人消失得很快，周声却没有要走的意思。小徐在旁边轻声问：“声哥，咱们现在去哪儿？”

“还能去哪儿，回家。”

“那斯佳姐那边的派对……”

“不去。”

周声的声音有点儿不悦，大踏步往楼下走。小徐跟在后头心里直犯嘀咕。斯佳是周声新戏合作的女演员，当红花旦，人气不比周声差，对他也挺有意思。对方抛了半天媚眼，周声才答应参加这个派对，结果因为一个配音演员不识抬举，周声一个不悦，斯佳那边就得空欢喜一场。

小徐看出来了，周声刚才是想带那个姓苏的去派对玩的，可对方很不给面子。

这女人是真傻假傻，没有周声，她能拿到那个角色？秦雪来者不善，资历又深，吴鹰那么精的人，不想得罪谁一目了然的事情。

收了好处却不想回报，这个叫苏格的小姑娘厉害上天了啊。

两个人上了车。周声闭目养神，车开出一段才问："我让你查苏格，查到什么没有？"

"查不到太多。这个苏格看起来没什么特别的，就是一个小山村里出来的女生。大学还没毕业，她学的表演，但现在做配音，其他的真没了。"

关于这一点，小徐有点儿不解。学表演最后当不成演员的多了去了，但苏格这种长相不应该。她只要乖乖的，肯听话，拿个小角色不成问题，估计就是脾气太犟。

周声又问他："陈导的新戏快开机了吧，人都定了没？"

"还没。这戏有咱们的投资，您想再送几个人进去？"

"留意一下女性角色，看看有没有适合苏格的。"

小徐以为自己听错了。就刚刚苏格那表现，心眼小点的就该把她配音的角色都撸下来，他家影帝还要给她接戏拍？

他真的好奇死了，他家影帝头一回对个姑娘这么感兴趣。以前那些绯闻全是炒作，他其实最清楚，周声没对什么女人动过真心。看看他对斯佳的态度，这个苏格祖坟冒青烟了吧。

另一边，苏格配完音已过零点，累得东倒西歪，顾不得想周声那事儿，也没问江眉见没见着自己的偶像。

她坐车回家，到家上楼后一看对面房间门缝里透出一点光来，才知道李默回来了。

打从上回她"发神经"被李默撞见后，两人又是几天没见。她渐渐习惯这个男人来无影去无踪的生活。甚至有时明明在吃饭，他也能被一个紧急手术叫回去。

守着那么大的家业还这么拼事业，苏格都有点儿佩服他。

她拧开自己的房门，匆匆洗澡，上床睡觉。

李默也回来没多久，洗完澡没立马睡，就靠在床头看资料，正看得入神，就听见有人在那儿拧他门把手。

老房子的房门都不带锁，他回来这么久也没想过改一下。苏格都不怕吃亏，他怕什么。

他屋里就亮了一盏台灯，门刚开的时候光线太暗，只能隐约凭身形认出似乎是苏格。

他就问她：“这么晚了，有事儿吗？”

半夜进他房间，还不敲门，李默有点儿奇怪。

苏格也不说话，穿了身纯白色的纱质睡裙慢慢走进来，一直走到李默床头。

“到底什么事儿？”

李默正准备下床，突然发现苏格伸出手来，朝他的脸摸了过来。李默伸手，直接抓住她手腕。

“你干什么？”

苏格眼睛睁着，目光怔怔地落在他脸上，空洞无神。她不挣扎，也不说话，任由他这么握着。李默盯着她的脸看了一会儿，不由得失笑。这是装的还是真的？

苏格手腕子很细，稍一用力就会断的样子。长发披肩，脸上没戴眼镜，一身宽松的睡衣从头遮到脚，乍一看有点儿像女鬼。

她脚上没穿鞋，白嫩嫩的脚面直扎眼球，看得李默有片刻的失神。

他不由得笑了。苏格知道自己有这毛病吗？以前没人跟她说过？

他放低声音：“你走错门了，这不是你房间。”他说话的时候顺带把她的手放开。

苏格没有醒的意思，往前走一步却被床挡住了，于是她又转身，往门那边走去。

李默虽是医生，也知道梦游这个事儿，但还是头一回接触这类病人，一时好奇心起，索性跟着她出门去。

苏格出了房间直接往楼梯口走，李默也没想太多，条件反射般上前几步，整个人挡在了她的面前。

他发现了，苏格这梦游跟扫地机似的，碰到障碍就自行调换方向。

女人柔软的身体撞到他胸口，还带了微微的体香。她的发丝擦过他的脸颊，转身的一瞬间裙摆微动，有点儿撩人的味道。若不是看出她在梦游，李默真要当她有什么不轨企图了。

苏格的房门还开着，她就直接走了进去。李默在门口看她，见她径直走到床边掀被躺了回去，这才替她把门关上。

回房后李默没什么睡意，索性起身拿出电脑，开始找关于梦游的一些资料。

苏格第二天起床，觉得手腕子有点儿酸，盯着自己的右手看了半天，也没看出什么端倪。

她洗漱干净出门去，她今天有课，一早上四节课排得满满当当。下了课，她没去食堂吃饭，先回宿舍收拾东西。

她宿舍没退，东西也没全拿到李家。去的时候屋里没人，她走到自己桌边一抹，灰尘积了厚厚一层。

她找出抹布打扫卫生，正抹椅子呢，有人开门进来，有两个室友吃完饭回来了。这两人平时跟苏格关系一般，向来看不起她是从小山村来的，当着她的面就叫她土包子。

苏格念书早，年纪小，本着尊敬前辈的原则，轻易不跟她们起冲突。这两人每次扎出来的矛都跟扎在棉花堆上似的，扎了三年多都快没脾气了，可时间一久，她们又忍不住说她坏话。

“听说了吗？陈导的新戏有她的份儿，你说她是不是跟制片人有点儿什么？”

“肯定是，要不能有这机会？清高什么啊，以为不睡别人就能给她角色，做梦呢。”

声音太大，苏格一句不落地全部听了进去。

表演系的学生也分三六九等，像苏格的另一位室友孙露云，长得既清纯又漂亮，又是星二代，专业课成绩虽说一般般，但从大三起已经开始陆续有戏约了。

她跟苏格关系最好，哪怕人在外地拍戏，也时不时发微信跟她联系，常说的一句话就是：“唉，你就是长得太好了。”

苏格跟孙露云是完全不同的另一个极端。苏格也漂亮，并且漂亮很多，但她的漂亮反倒成了一种累赘。其实凭她的本事，上戏不难，老师们也愿意给她推荐机会，可每次对方一见她的真人，就总有人会把歪心思动到她身上，就好像难得见到个美的，不睡一睡岂不可惜了。

苏格为此推掉了很多剧本，现在索性一心搞起了配音，钱虽少，却活得踏实。当然，系里像她这样的女生绝无仅有。

第三种就是像这两位室友这样的，想拍戏没机会，只能安心待在学校里学习。

这种人属于大多数，但像她们这么嘴碎的不多见。

她们见着苏格也没不好意思，彼此对视一眼，笑着走了进来，一进来就开始使唤人。

“苏格，帮我抹一下椅子，太脏了，简直没法儿坐。”

说话的叫尚甜甜，T 市人，家里条件相当不错，身上的衣服没有低于四位数的。跟她在一起的叫于菲，算是她的跟班儿，两人一唱一和，以欺负苏格为乐，可苏格从来不好欺负。

她看一眼尚甜甜的椅子，回一句："是够脏的，我这儿还有抹布，你要吗？"

"我懒得擦，我这刚做的指甲呢。"

"那让于菲给你擦，你们关系好，她不会介意的。"说着把另一块抹布递了过去，"干净的，我没用过。"

于菲脸色很不好看，刚想说什么，苏格又来一句："你们这么好的朋友，你不会不乐意吧。"

于菲发现尚甜甜正看自己，想想刚吃了对方一顿大餐，只能恨恨地拿过抹布，替室友擦桌椅。

苏格心情不错，擦完自己的又给孙露云擦。她正擦着，收到对方的微信。

"亲爱的，你真的要上陈导的戏吗？"

苏格莫名其妙："哪个陈导？"

"陈正升导演啊，他新导的魔幻大片，听说投资三个亿啊，女人你转运了。"

苏格正想骂她胡说八道，想起刚才尚甜甜和于菲的议论，似乎说的也是这件事情，不由得皱眉。

"你听谁说的？"

"我们组有人在传，你别连我都瞒着哦。"

"不瞒，不过造假就算了。"

孙露云不信她，缠着问了半天，甩都甩不掉。八卦了半天后，两人的聊天又转到另一个话题。

"你在外面住得怎么样？"

"挺好的。"

"那人没为难你吧？"

"不会，挺客气的。"

"那你那毛病他知道吗？"

苏格知道自己有梦游这个毛病。据说打小就有，家里人早看习惯了，她自己也没当回事儿。经孙露云提醒，她才回过神来，也不知道李默有没有被她吓着过。

“你睡觉可得穿严实了，万一那是头色狼呢。”

苏格想起李默那一副眼高于顶的样子，不觉得他会瞧得上自己。再说他也不常在家，苏格住进李家这么多天，见他的次数屈指可数。

“没事儿，他不会知道。”

这条发出去后，那边半天没动静，苏格以为孙露云忙去了就没理，整理了几本书进包里，正准备离开，微信又过来了。

“顾煜廷找我要你的新手机号。”

苏格一愣。

“我没给他，没你的允许，我不会给他。可是苏啊，你们真的没戏了吗？”

“分了就是分了，哪来那么多的破镜重圆，又不是小说里写的。”

孙露云发来一串可惜的表情包。

顾煜廷大她们两级，目前研究生在读，算是学校的才子，长得也不赖，不少人拿他当校草看。他当初看中苏格的时候，伤了多少女生的心。

偏偏苏格傲气得很，根本不把他放在眼里。这也是让尚甜甜等人不满的原因之一。她们心里高大上的学长，在苏格这里成了一粒尘埃，让她们怎么服气？

有人说他当初考本校的研究生，就是为了苏格。

因为没答应顾煜廷的追求，苏格当初被不少女生找麻烦。她也觉得奇怪，这些姑娘的脑回路是怎么长的？她不答应她们不该高兴才是吗？哪有这么撮合自己的情敌和自己喜欢的人在一起的呢？真是大无畏精神。

后来，苏格被这些女的搞烦了，加上顾煜廷追得挺认真，她就答应了，也就是几个月前的事儿。

两人一起吃过几顿饭，俗气地互送过礼物，还牵了手。有一回，顾煜廷送她回宿舍，在门口想亲她，被她推开了。

后来，她给他发微信，说人太多，亲不下去，下次找没人的地方再亲。

结果还没等到那一天，学校论坛就有人踢爆顾煜廷背着她跟别的女生乱搞的事情。那两人接吻的照片被放到网上，那张帖子一夜之间火遍校园，她和顾煜廷都成了名人。

苏格的初恋就这么戛然而止。现在想想挺后悔，初恋这么美好的事情，即便不成也该被做成标本永久地珍藏起来。偏偏给了一个渣男，看来以后谈恋爱，还是慎重为妙。

事情出了后，顾煜廷找过她很多回，道歉，求饶，挽回，说的都是些最俗套的话，什么“一时被迷惑”啦，什么“把她当成你”啦，什么“我最爱的始终是你”之类的。

苏格听得三天没吃下饭。

这男人长得再好看，要没脑子也没用，偷吃都能让人拍着，她怎么可能再跟这样的人好下去？

为免他烦自己，苏格在搬出学校后就换了手机号，同学间只给了孙露云一个。她没打算再见顾煜廷。

拿了书包，苏格离开宿舍，走出校门口没几步就碰上顾煜廷，他开着车从外面回来，一见到苏格就开窗喊她名字。声音太大，旁边的人都听到了。

苏格想低头走过，那人的车已经挡在了面前。顾煜廷跳下车来，上前想抓苏格的手，却被她避开了。

“小格。”

这称呼叫苏格起了一身鸡皮疙瘩。她以前就跟他说过，别给她取什么小名，就叫苏格挺好。叫什么小格，腻歪死了。李茜都没他这么幼稚。

顾煜廷找了她好多天，终于见着面了，难免有些激动。他冲苏格道：“我们能找个地方谈谈吗？”

“不能。”苏格直接拒绝。

“别这样，我真有话要说，你就当最后一次。”

“你的最后一次已经用掉了。”

苏格嫌烦，抬脚就走，穿过马路走到对面医科大学校门口。她要在这里搭公交车。

一辆车从校门里驶出，苏格一看，车牌有些眼熟，再看看坐在驾驶座里的人儿，想也没想就冲他招手。

李默停下车子，盯着苏格看。

顾煜廷有点儿傻眼，过来问她：“这什么人？”

“男朋友。”苏格说完这话直接拉开副驾驶座的门，一屁股坐了进去。

李默看看坐在副驾驶座上的苏格，没开车。

顾煜廷顺势就过来敲玻璃，围观的人慢慢多了起来。

她扭头看李默。

对方问："什么人？"

"不认识。"

男人修长的手指在方向盘上轻轻地敲打着，颇有些节奏。吃瓜群众越围越多，顾煜廷戏精上身，演得愈加卖力。苏格简直烦死他了。

"再问你一遍，这男人是谁？"李默的声音低沉，隐隐透着些不耐烦。

苏格只能道："前男友。"

李默露出一个满意的笑容，终于踩了一脚油门。车身擦着顾煜廷飞驰而去，害他一个趔趄摔到了地上。苏格回头看到这一幕，忍不住想笑。

她其实觉得很解气，但坐好后又摆出一张正经脸。待车子驶出一段距离，她才道："请您吃饭，当作答谢。"

李默本不想答应，又觉得她声音着实好听，于是改了主意，点头同意。

"去哪儿吃您定吧。"苏格心情太好。

李默没推辞，就这么一路往前开。

车里气氛安静，也没放个音乐什么的，两个并不太熟的人坐得这么近，时间一长，苏格就有点儿不自在。她想了想，主动找个话题："您这是回学校办事？"

"顺手救你一回，不用这么假客气。"

您来您去的，简直烦死了。他更欣赏那个梗着脖子跟他对着干，内心纠结到要死却还敢看他解浴袍的小丫头片子。

"好吧。"苏格耸耸肩，"你应该毕业很多年了吧。"

李默瞥她一眼，目光疑似不满。他看上去有这么老吗？苏格正低头跟孙露云发微信，没注意到他的目光。从这个角度望过去，她脸显得特别白，因为白就显小，凌乱的发丝散在脸颊边，虽然明艳漂亮，却掩饰不住身上那一股子学生气，确实比他小很多。

他那点子没来由的不愉快，一下子烟消云散。

李默把车开到医院附近的一家小饭馆，格局不大，也没有包厢，里头布置走温馨路线，非常普通的一家家常菜馆。

这样的环境让人没什么压力。饭馆老板是个四十来岁的中年胖子，看起来跟李默是熟人，从点菜开始就拿他们两个开涮，凑 CP 凑得不亦乐乎。

李默也不反感，在那里兴致勃勃地接他的话。

老板问苏格："小姑娘你满十八了没有？不要被人骗了啊。"

"她精着呢，不会上当。"

"也是，看上去就长得聪明。李医生挑人眼光一向不错。"

"过奖。"

"看你俩这么配，今晚这单我给打个九折。"

"谢谢您了。"

苏格免费看了一场相声表演。

吃饭的气氛不错。苏格午饭在食堂吃少了，晚饭就吃得比较没形象。后来也不知道是谁怂恿喝酒，她跟李默两个一人喝干了三瓶啤酒。

苏格酒量不行，都忘了怎么上的车。还是李默脑子清醒，打电话叫了代驾。

苏格醉了后很安静，就这么窝在车后座的角落里睡觉，一点声音也没有。那样子很像人家养的那种萨摩犬，有点儿蠢又有点儿萌。

到家快九点，阿姨已经回房。李默把人扶回房后转身进了自己房间，拿衣服进浴室洗澡。洗完后出来想倒杯水，就看到楼梯口苏格的背影。

他叫了一声，对方没反应，扶着楼梯慢慢往下走。李默不出声，跟在后头，两人一起下了楼。

苏格就跟看得见前面的路似的，一路走来没半点障碍，径直绕到客厅，一屁股坐到了沙发上。她伸出手，似乎在找遥控器。李默走过去拿起来准备递给她，一接触到她空洞的眼神，自己先乐了。梦游的人看什么电视！

他还是有点儿不信，抬手在苏格面前晃了晃。对方看都没看，安静地坐在那里，不出声，也没动作。

李默就站她旁边陪着，两个人跟较劲似的，谁也不先动。

到后来还是李默认输，眼看时间不早了，他想伸手去把苏格拉起来，对方却身子一软，直接就往沙发里一靠，缩着身子睡起觉来。

初秋的晚上，屋里没打暖气，多少有点儿寒意。苏格就穿了一身单薄的睡衣，李默看着她这个样子，着实感到头痛。

他突然觉得自己好像在照顾一个小孩儿。

苏格睡觉的样子挺好看，薄薄的唇抿成一条直线，五官显得更为柔和。她其实是那种温柔的长相，但平日里对上他的时候防备心很重，就有那么点尖锐和不讨喜。

李默想了想，索性去问阿姨要了条薄被，给苏格盖上。

他就蹲在她面前，盖被子的时候听到她一个人在那里嘀咕。声音太小，他凑近了也没听到。

“你说什么？”他试着问了句。

本以为苏格不会回答，没想到她很快就回了句：“我想喝酒。”

“你今天喝够了。”

“那明天再喝。”

李默不由得来了点兴致，坐到沙发对面的茶几上，开始套苏格的话。

“你叫苏格是吗？这是真名？”

“嗯，我妈有时候叫我招弟。”

李默没忍住，差点笑出来。

“你来我家干什么？”

“住。”

“为什么非住这里？”

“房子好大。”

“我给你套更好的。”

“这里好，特别好。”苏格开始嘟囔，李默就听不清楚了。他凑近了想听清她说的话，结果被一阵阵酒气熏得喘不过气来。

他有点儿后悔带小丫头去喝酒，这会儿还得耐着性子接着哄。

“你说说，这里哪儿好？”

“房子大。”

“我有更大的房子。”

“这里最好，我喜欢。”

李默发现自己好像在原地绕圈子。苏格说完那话转了个身，卷着被子面朝里呼呼大睡起来，任凭李默怎么逗也逗不出半个字来。他就想，小丫头不会醒着，故意作弄他吧。

他一转头，拉开茶几下面的抽屉，翻出一支马克笔来。本想直接在苏格脸上画乌龟的，想想这东西不好洗，挺漂亮一姑娘脸上画那么个东西，怕是几天出不了门。

李默这人从前特别混账，打小就招猫惹狗，被他欺负过的姑娘不计其数。要搁十年前，苏格这张脸肯定被他画得满满当当。

但现在他收敛了很多，大概是救死扶伤的事情做多了，人也变得麻木无趣起来。

他想把笔扔回抽屉，转念一想又拔下笔盖，抓起苏格露在外面的一只手，开始在她手背上作画。

李默的画技是打小磨炼过的，画什么像什么。几笔下去，一只乌龟探着脑袋甩着细小的尾巴，就这么活灵活现地趴在了苏格的手背上，可惜颜色不对，太黑了。

他欣赏着自己的画作，还觉得挺满意。这过程里，苏格一点醒的迹象也没有，甚至都没有哼哼一声，由着他"作威作福"。李默平日里正经久了，难得放纵一回，觉得有点儿意思。

只是酒喝多了上头，他又成天休息不够，这会儿人就开始犯困。他坐在沙发上想等这酒劲过去了就上楼睡觉，结果不知怎么搞的，一眯眼的工夫居然就这么睡着了。

两个人就着一张长沙发，各睡一头，似乎谁也没有打扰谁。

一夜很快过去，第二天早上阿姨起来做早餐的时候，看到客厅里那样一幅情景，不由得目瞪口呆。

原本各睡各的两个人，不知道什么时候已经搅和到了一起。苏格歪在李默胸前，被他搂进了怀里。一条薄被把两个人盖了个严严实实，只露出两个脑袋。

厅里有没散尽的酒味儿，阿姨不由得感叹一声："喝酒误事儿啊。"

正这么想着，外头李茜一阵风似的冲了进来，刚要扯开嗓子喊，就被阿姨抬手制止。

她指指沙发上睡得正熟的两人，示意她安静。李茜探头看到那画面，不由得乐了。

她想干坏事儿，就使唤阿姨给她去做早餐："我从学校来的，太急了，没顾得上吃东西。"

阿姨拗不过她，笑着往厨房走去。李茜待人走远后，绕着沙发走了三回，确定她哥确实没醒，这才拿出手机开始给他们拍照。

一定得全部拍下来，这样，以后挨训的时候才有谈判的资本。

她打小就怕她这个哥，比他爸更厉害更凶。他在这个家说一不二，李茜在他这里碰了无数个钉子。她总想着哪天能扳回一局，但她哥为人谨慎严肃，轻易不犯错误。

今天是个意外之喜。

李茜忙活了十多分钟，各个角度的照片拍了一箩筐，这才满意地收手，站在一边一张张细细欣赏。

不得不说她哥长得是真好，那睫毛长长的，比她一个女生还漂亮。

再看苏格，也是大美人一个。他们两人靠在一起的样子，美好得跟幅画似的。李茜看着看着，冒出一点嫉妒的小心思。

印象里她从没见过他哥这么对一个女生，还是在家里。

正看得起劲儿，一团黑影压了过来。李茜反应很快，立马收回手机跳开几米远，警觉道：“哥，你干吗？”

李默一身低气压，刚睡醒，头发有点儿乱，一件白 T 松垮地挂在身上，有种平时没有的慵懒的帅气。

“这话该我问你。”那样子，仿佛魔王初醒。

苏格睁开眼睛的时候，看到的就是这样的一幕。

第二章
为什么喜欢她

苏格在他们的争执中醒来，迷糊间只听到“照片”两个字。

她抱着薄被盘坐在沙发上，开口问：“你们在说什么？”

刚睡醒的苏格眼神有点儿迷离，李默一回头就对上这样的目光，被李茜激起的怒气就消了一半。她傻傻的样子还不错，美得没那么嚣张。

李茜激动得想要冲过去，被李默一把拉了回来。他上前几步冲苏格道：“没什么，你先上楼去吧。”

白净的脸实在太扎眼，向来冷静的李默鬼使神差伸出手来，轻揉了两下她的头发，像是在哄小孩子。

苏格完全呆了，都忘了计较这事儿，就这么乖乖起身，抱着被子往楼上走。走上几级台阶，她才觉得不对，一扭头发现李默扯着李茜往书房走，她张张嘴，没发出声儿，游魂似的回了房。

进屋后她站了一会儿，这才发现手里的被子不是自己的。

一恍神，她看到了手背上的那只乌龟，惊得差点把被子扔地上。谁给她画的这东西？一定是李茜。

她扔下被子冲进浴室洗手，洗了十分钟都没洗掉。那只乌龟就这么昂首挺胸地望着她，挑衅的样子居然有点儿像李默。

真的很欠揍。在李默看来，李茜这孩子当年出生的时候就把名字取错了。

“你不该叫李茜。”

“那我该叫什么？”

“李欠揍！”

李默抄起手里的那本书，恨不得砸她头上。小姑娘很会演，她哥的手还没扬起，她就先抱头鼠窜，满嘴求饶。

“哥，我错了，我就是觉得好玩，没恶意的。”

“手机拿来。”

李茜可怜巴巴地靠在门边上：“不给行吗？”

“不行。”

“照片我自己删。”

李默嘲讽的笑十分明显。他双手插兜，盯着他妹：“拿来，别再让我说第三次。”

李茜非常舍不得，在那儿磨蹭了半天，终究是把手机递给了她哥。天不怕地不怕，她就怕老哥发脾气。

李默收了手机后却没立马还给她：“删完了再给你。”

“那我这段时间怎么办？我没手机用了。”

“那是你的事。你是学生，好好回学校上学。我听说你这次月考没一门功课及格，李茜，你不要逼我……”

话还没说完，李茜就尖叫着拉开门跑了出去。这世上比她哥发脾气更可怕的事情是，她哥要亲自管她的学业。她只是想回来拿点东西啊，为什么这么倒霉？

上楼的动静太响惊到了苏格，她开门一看，就见李茜风一样地从她面前跑过。她叫住李茜：“你跑什么？”

“我拍了你跟我哥睡觉的照片，他现在要收拾我，我得马上走了。”

苏格被这爆炸性的消息炸得晕头转向，站在门口愣了很久。直到李默从楼梯处上来，两人的目光不经意间撞到了一起，她才浑身一个激灵，迅速退回房里，“砰”的一声关上门。

声音太大，吓了李默一跳。这女人是怎么了？

他回房关门，拿出李茜的手机看她拍的照片。不得不说，他这个妹妹除了念书不行外，其他各方面都挺好。

像是拍照这种事儿，她从没受过专业训练，但无论布局、角度还是光线，都运用得不错。不知情的人看了一定以为这是一对小情侣在那儿秀恩爱。

苏格睡觉的样子温柔又迷人，收起了全部的小爪子，就那么自然地靠在他怀里。

李默自认从不是个善茬，尤其对待苏格这种来路不明的女人，更是不会心慈手软。但不知为什么，看了这几张照片，他竟有些心软。

等到苏格被赶出这个家的那一天，不知道两人会用什么样的神情面对对方。李默想到刚才她那个睡眼迷蒙的眼神，一时有点儿心烦意乱。

他把手机扣在床头柜上，洗漱一番后下楼出门去了。

苏格也有事情，她接到一位自称姓杜的副导演的电话，约她在外面见一面。这个杜姓导演苏格听说过，但从未有过交集。

挂了电话，她上网查了查，发现他是陈正升导演团队的人，常年跟着陈导拍戏。如今陈导的新戏《正面攻击》开拍在即，杜姓导演应该也不会落下。

这种时候他找自己干吗？苏格突然想到了孙露云和她说的那个谣言。

她和导演在一家咖啡馆见了面，对方是个爽快人，一开口就说明来意。苏格一听。果然是找她去演戏。戏份不重，一个花瓶女四号，在这部主打硬汉的男人戏里，前后加起来的戏份不会超过十分钟。

但这戏不错，话题也炒得很热。若苏格真的加盟，势必会引起旁人的注意。不说一炮而红，刷个脸熟没问题。

她有些疑惑："您为什么找我？"

"你的形象跟角色相符，陈导看过后很满意。"

苏格愈加奇怪，她从没拍过戏，陈正升导演是怎么单从照片就能看出她符合女四号形象气质的？

杜导说话挺有风度，也没小瞧苏格，只问她档期如何。

"陈导要求高，一旦进组就得从头跟到尾。这戏大概得拍四个月，你提前做好安排。"

听他的意思，这是直接要她进组了。

"不用试戏吗？"

"不用。"

"您就不怕我演不好？"

杜导微微一笑，抿了口咖啡："演技不好可以磨炼，你人到就行，别的不用管，会有人替你安排好。"

说着，他掏出合同，要让苏格签字。苏格拿过合同却没下笔，冲对方礼貌地笑："能让我回家看看吗？我头一回签合同，没什么经验。"

"怕我骗你？上面落款、公章都有，我这张脸你肯定一早就查过，我骗你也没什么好处。”

苏格还是笑，却不肯松口。天下掉了个大馅饼，她却没被砸晕，她这会儿脑子还清醒着。

杜导也不逼她，只让她早做决定：“机会稍纵即逝，陈导耐心不多，但有些人比他耐心还差。小苏你是聪明人。”

他最后的话意味深长，苏格回家的路上一直在想。看来相中她的另有其人，陈导或许连她的照片都没看过。

什么人这么大能耐，能把她塞进那样的剧组？

回到家已是晚饭时间，进去的时候，阿姨正在摆桌，苏格就放了包上去帮忙。她从不觉得自己住这里有什么问题。李默把她看成贪财的女人，以为她要霸占李家的财产，可他不知道，这套房子本就是她的，她只是回来拿回属于自己的东西。

但阿姨的工资是李默给的，家里的开销也是他在负担。苏格住在这里就是白吃白住，所以她尽量自食其力。

她也想过给李默生活费，但他是那样的人，高傲冷漠又疏离，那些钱递到他面前，或许都不会看一眼。

他们之间的矛盾，不是一点生活费就能解决的。

阿姨很喜欢她，不舍得让她做脏活累活，就推她进厨房盛饭。苏格洗了手去拿碗，想不好该盛几碗，也不知道李默在不在家，李茜也不见人影，是又回学校去了吗？

身后传来脚步声，苏格顺嘴就问：“少爷是不是又出去了？”

脚步声越来越近。

“已经回来了。”是个男人的声音。

苏格扭头一看，发现李默就站在旁边，正在那儿挽袖子。他随意的时候没那么冷，英俊得恰到好处。

苏格突然想到早上他揉自己头发的事情，一下子就尴尬起来，目光不自觉地落到他手上。

手指很长，骨节非常分明，常年拿手术刀的缘故，李默的手看上去非常有力量。就是这么一只充满力量的手，摸她头发的时候却异常温柔。

她还是头一次被除父亲以外的男人摸头。

顾煜廷有一次想摸来着，大概是韩剧看多了，但苏格不喜欢，直接就躲了。仔细想想，她对这个男人可能真的没爱吧，在一起就跟完成任务似的。

李默注意到她的目光，边挽袖子边问：“看什么？”

“看你个子多高，好估计你的饭量。”谎话张口就来，苏格也是佩服自己。

李默也不客气，连个谢字都不说，自顾自地洗手倒水，正准备出去，一转身看到苏格手背上贴着两块胶布，脚步一顿又退了回来。

他就这么靠在台板边上，手里拿着杯水，斜眼看人的时候带了一点痞劲儿。

“什么东西？”

苏格把胶布撕开给他看：“李茜在我手上画了一只乌龟，洗都洗不掉，你有办法吗？”

“我看看。”李默拉过她的手，仔细研究，“得用专门的溶剂，家里可能有。”

苏格松了一口气。她白天急着出门，没办法，只能先把乌龟遮住。跟杜导谈话的时候，对方几次观察她的手，搞得苏格怪别扭的。

“你得管管她，太淘气。”

“是该管管，再不管，下回该画你脸上了。”

李默说这话时一本正经，让人背锅半点没不好意思，睁着眼睛说瞎话的本事堪称登峰造极。苏格不知道那是他画的，还对他产生了一点感恩之情。

“先吃饭，吃完给你弄。”

他放开苏格的手，拍拍她的肩膀，大步走出厨房。苏格的心情被他拍得乱七八糟，站在那里好半天才自嘲地笑起来。

想什么呢？这男人可不是个善茬。

吃饭的时候，只有苏格和李默两个人。

气氛有点儿尴尬，苏格没话找话：“李茜呢，回学校了？”

“出去了，找朋友。”

一说起这个，李默也是头疼。

“你跟她认识也有一阵子了，你觉得她这人怎么样？”

苏格不明白他的意思。

“不用顾虑我，有什么说什么，说说你对我妹妹的看法。”

“要听真话？”

李默扫她一眼：“当然。”

“她是个聪明的孩子。”

李默一皱眉。是个人都跟他说李茜聪明，可每次拿到她的成绩单，李默都不觉得她跟聪明这两个字有什么关系。再看她在学校里做的那些事儿，李默愈加头疼。

有时候他也不知道该拿李茜怎么办。再这么下去，小丫头非闯出大祸来不可。

“可是她有时候又很不聪明。”苏格认真思考着，“她学习不好，各科成绩都是下游，一方面是她不努力，另一方面是她没想明白。她还不知道念书的意义，没办法，你家太有钱了。”

“切断她的经济来源？”

“也不是不行，至少应该收一收。我有一回去她学校，就是给她送裤子那一回，陪她去了宿舍。她一打开抽屉，里面居然放着好几沓钱。还有一次，她拉我出去逛街，付款时前后刷了五六张卡。她还不到十三岁，过早接触太多的金钱不是件好事儿，影响她的价值观。”

李默承认对妹妹是宠了点，主要是可怜她没妈。再说除了他，周声也是一个劲儿地往李茜手里塞钱。

他们都觉得愧对她，却又不知道该怎么对她好，除了给钱，想不好还能给点什么。

“不过她本性不坏，对朋友也好。其实不一定非要按成绩论英雄，性格培养更重要。”

“性格也不好，被宠坏了，随随便便就亲人男生，不像话。”

苏格想笑又没笑，李茜这孩子确实欠揍，那男生该有心理阴影了。

吃过饭，苏格主动收拾碗筷，却被阿姨夺了下来：“你去休息，我来就行。”

苏格正想说什么，李默在那儿冲她招手：“你过来。”那样子就好像在招呼一只小狗。

苏格和他一起走进客厅，李默让她坐下，自己转身走开片刻，回来的时候手里多了个家用药箱。

他把药箱搁茶几上，坐在苏格身边开始在里面找东西。他就穿了件简单的白衬衣，袖子挽到七分的样子，专注的神情收敛了大部分的锋芒，看起来没那么高冷。

他挑出一个深棕色的瓶子，示意苏格把手伸过去。

苏格有点儿犹豫：“这是什么东西？”

“能把你那乌龟洗掉的东西。”

“你试过？”

“没有。”

苏格好想翻白眼。她还在那儿思考，李默毫不客气地一把抓过她的手，扯掉了上面的胶布。苏格挣扎了两下，发现力量对比太悬殊，乖乖选择了放弃。

李默旋开瓶子，吸了一滴管液体，直接滴到了苏格的手背上。不疼，凉凉的，挺舒服，苏格放心了。

李默替她把透明状的液体完全揉开，动作果断又不失温柔。苏格觉得今天这一天实在太玄幻了，从早上揉头发开始，一切都走歪了。

两人谁都不说话，仿佛刻意忽略了那一点细微的暧昧和尴尬。揉了一会儿，李默抽了张纸，替苏格擦拭手背。

乌龟慢慢没了最初的样子，苏格想到它那形象，开口道：“其实李茜绘画技能不错，这只乌龟她画得很好。你考虑过送她去学画画吗？”

李默面不改色：“可以试试，或许能让她静下心来。”

现在的李茜，都快成一只皮猴了。

头一遍没擦干净，李默又开始第二遍操作。他的手指在苏格的手背上来回打转的时候，后者的心跳得突突的。她努力强迫自己冷静下来，却隐隐感到身体开始微微发热。一定是离得太近的缘故。

他们两个近在咫尺，苏格微一抬头就能看到李默纤长的睫毛。这男的长的是真好，估计红颜知己也不少吧。

一想到这个，苏格整个人瞬间冷了下去。

两人都专注在那只乌龟上，没听到开门声，直到李茜提着大包小包冲进来，苏格才反应过来。

她迅速抽回手，抽了张纸盖过了手背，胡乱地擦着。

相比之下，李默简直镇定自如，把溶剂拧好盖子后放回药箱里，起身抢了李茜的话头：“干什么去了？这么晚回来！”

李茜本来看他们孤男寡女坐那儿，想拿他们开个玩笑，结果被她哥占了先机，矛头直接指向她。

“我……买东西去了。”

“把你的卡都交出来，一会儿拿来我书房。”

“为什么啊，哥？”

李默拎着药箱走出几步，回头瞪她一眼：“学生以学习为主。”

那一眼目光深沉，一下子又恢复到了从前的模样。苏格心头一凛，彻底清醒过来。

李茜手一松，七八个袋子全砸在了地板上。要不是她哥在，她非当场哭出声来不可。

等李默走后，她拉着苏格问：“到底怎么了？我哥吃错药了？他是不是更年期提前了啊？”

没收她的卡，她以后怎么活？

苏格有点儿同情她，又想到这是她给李默的建议，于是默默转身走人。

李茜一把拉住她：“先别走嘛，苏姐，你跟我哥刚才在干什么？”

说起这个，苏格就来气：“把你给我画的乌龟洗掉。李茜，你太皮了。”

李茜才念初一，个子却跟李家人一样蹿得老高，站在苏格身边一点儿不显矮。她目瞪口呆地望着苏格：“什么乌龟？我没画过啊。”

“还说没有，你看我这手背上还留了一点儿。”

“我真没有，我哪会画乌龟啊，我这人除了画鸡蛋，别的什么都不会画。我哥才是画画高手。”

苏格疑惑，看她：“真的？”

“我发誓。我上午回来的时候光顾着拍你俩睡觉的照片了，哪有时间给你画乌龟。哎哟，我去，我哥拿了我的手机，我得去要回来。”

说完，她一阵风似的跑掉了，扔下苏格站在原地，心里跟炸开了锅似的。

失去的那段记忆一下子涌上心头，原来昨晚睡梦里那个舒服的枕头是个男人。她无力地拍了拍自己的额头，再这么住下去，会发生什么真说不好。

好在那天之后，李默又回医院去了。苏格把杜导给她的那份合同研究了半天，想不好该不该签。

合同本身没问题，条件也算不错，杜导还给了她一本剧本，便于她研究人物性格。苏格对这个倔强又充满悲情的角色有几分喜欢。但当杜导打来电话询问她是否签好合同时，她还是委婉地拒绝了这个机会。天上掉的一定是馅饼吗，万一是毒蘑菇呢？

杜导对她的决定很是意外，最后颇为客气地问她：“我能问问原因吗，苏格？”

苏格却不知道该怎么回答。

杜导也没逼她，轻笑几声："好，我知道了，我会转告的。"

苏格很想问他要转告的人是谁，但对方已挂了电话。

这个圈子里的消息总是传得最快，前两天苏格接到邀约的事情已在组里传得沸沸扬扬，现在她推了这个本子的消息一出，更是激起千层浪。

江眉第一时间就来找她。

"来路不明的机会，我不想要。"

"可是苏格……"

"换你，你要吗？"

江眉不说话了。天下没有白吃的午餐，她比苏格更懂这个道理。

两人坐在餐厅里一时无言，饭菜送过来后，江眉掰开一次性筷子准备吃，突然想到一个事儿："你说这次这个事儿，会不会跟周影帝有关？"

苏格皱眉。

"太巧了，你们俩刚传绯闻……"

苏格打断她："哪来的绯闻？别乱说。"

"好吧，就算是一些传闻吧，转头就有大电影来邀请你，时间离得这么近。除了周声，你也不认识什么别的圈里的大人物。如果是老师推荐，肯定会跟你通个气。苏格，你跟周声不会真的……"

"我和他根本不熟。"

"可那天在楼梯上，我看他对你好像有点儿意思。"

苏格埋头吃自己的饭，说："你眼睛有问题，我是去找你的，正巧碰上他，说了几句话。说起来还是你害的。对了，见着你的梦中情人了吗？"

江眉一脸愁容："没有，你说教主是不是有隐身大法？这么多年了，我们费了多大的劲儿就想见他一面，可怎么每次都不成功呢？苏格，我都快怀疑他是不是真实的人类了。"

"搞不好真不是，要不怎么能有那样的声音呢。"

苏格听过教主配的广告声优，真的是抖落一身鸡皮疙瘩。那声音听了让人想怀孕，苏格都想见他一面了。

"那周声怎么回事儿，他那天去上面干什么？"

江眉耸耸肩："不清楚，我也就比你早上去一会儿。哎，苏格，你说周声会不会就是教主？”

苏格被块排骨卡了喉咙，瞬间说不出话来。

偏巧手机又响了，她接起来一听，对方十分直接。

“苏格，我是周声。”周声听起来有点儿不高兴，“为什么推了陈导的戏？”

苏格喉咙里那块排骨吐不出来，支支吾吾，说不上话。周声有些烦躁，也不等苏格缓过气儿，自顾自地往下说。

他约苏格见面，说了个地址，苏格都没听清，只隐约听到什么会所，九点钟之类的。说完他挂了电话，剩苏格还在那里跟那块排骨搏斗。

“差点卡死我。”

江眉喝一口饮料，说：“谁的电话？听起来不大高兴。”

“一个……”苏格想说疯子，随即又改口，“一个朋友，没什么事儿。”

江眉不疑有他，还在那里跟苏格讨论周声跟教主的关系。苏格心不在焉地敷衍着：“他要真是，何必找配音。”

“也是。”

江眉托腮沉思，整张脸皱成一团：“那到底是谁啊？我的男神，你就让我们看一眼吧，就一眼。”

苏格跟她这种追星狂人说不到一块儿去，匆匆吃完饭，催江眉回棚开工。

这一录又录到半夜，周声约她见面的事儿，被甩到了脑后。

披星戴月，苏格又是凌晨才走出地铁站。从这里到李家的别墅大概要走十分钟的路，这个时间路上行人稀少，这一路走来，越来越荒凉。

苏格还在想今晚工作的事情，一个人走在人行道上，没留意周围的环境。一阵夜风吹来，她缩了缩脖子，双手紧紧抱住自己。

快到李家大门口时，前头突然亮起一片灯光，照得人睁不开眼。苏格抬手挡了挡，耀眼的光芒里，一个男人下车朝她走了过来。

她脚步一顿，转身想跑。那人却开口叫她：“苏格！”

声音很响，苏格一下子就认出来那是周声。

她转过身去看他。只见周声双手插袋，慢悠悠地走着，整个人痞得厉害。苏格听过很多关于他的传闻，知道这是个纨绔型的人。她不愿意招惹他，偏偏这人总围着她转。

她看周声的目光有些无奈："周老师，晚上好。"

"晚上？"周声一脸不屑的笑，故意抬起手腕看表，"你该跟我说凌晨好才对。"

酒味扑面而来，苏格屏住呼吸。

"我约你九点见面，你跑哪儿去了？"

"我在工作。"

"我等了你三个多小时，苏格，你好大的派头。"

苏格无力抚额："对不起，周老师，我今晚真的有工作……"

"别叫我老师，谁是你老师？"

喝了酒的周声没了平日里伪装的斯文，整个人十分欠揍。

苏格压下心头的火："那周影帝，你找我有什么事儿？"

"我没名字吗，苏格？"

不想搭理他，苏格索性抬脚走人。周声喝了一晚上闷酒，脑子有些不清醒，反应也跟不上，眼看苏格都走出了一段，这才想起来要追。

"喂，你给我回来。"

苏格非但没停，反而加快了脚步，走出几步回头一看，周声踉跄着追过来，那模样又有点儿可怜。

这人平时看着挺像那么回事儿，怎么一喝酒就这么幼稚？

苏格无奈停下脚步，长叹一声。

身后一辆车打着灯开了过来，直接挡在了两人中间。周声身手还算敏捷，堪堪避了开去。车子在苏格面前停下，副驾驶座这边的窗放了下来。

李默一脸严肃，冲她道："上车。"

来不及细想，苏格拉开车门坐了进去。

那边周声也想上车，手刚碰到后排的车门，李默一脚油门下去，直接把他甩到了后面。苏格担心地回头看了两眼，灯光下，周声站在那里，看上去有点儿颓废。

"不用管，他死不了。"

"你们认识吧。"

上回李默教训李茜的时候，苏格听他提到了周声这个名字。当时她没反应过来，现在才算想明白，更何况他不看周声的戏却一眼能认出他，这两人关系应该很近。

"朋友吗？"

李默扫她一眼："苏小姐，好奇心不要太重。"

苏格撇撇嘴，抱紧胸前的包，不说话。车子一路开进李家的车库，下车的时候，李默问她："你这工作总得这么晚回家？"

"没办法，我们这行都这样，投资方为了省钱，就得从我们头上抠。"

"那为什么不去演戏？你学的表演吧？"

关上车门，李默和苏格一前一后往客厅走。苏格跟在后头自嘲地笑："演技太差，没人要啊。"

"演技这种东西，练练就有了。你长成这个样子，又是科班出身，不该没人找你……"

李默说话间转头，看到苏格一张清水出芙蓉的漂亮面孔，心下顿时了然。

她这样的，扔进片场就跟肉扔进狼群，会被吃得连骨头都不剩。

"导演、制片人开出的条件很诱人吧。"

苏格冲他笑笑："真的挺诱人的，还有人找我演女主角。可我演技差，当着他们的面笑不出来，这生意就谈不成了。"

"谈不成也好，不是坏事儿。"

苏格拍拍胸口，一脸痛心疾首的模样："少赚好多钱。"

她演得投入，没注意到前面的李默停下脚步，差点撞他身上。两个人离得很近，不到一米的距离，李默靠在玄关处的鞋柜边，冲苏格似笑非笑地点头。

"你要缺钱就搬出去，我上次开出的条件依然有效。"

一套价值几千万的房产，还有五千万的现金，苏格很难说真的不心动，但她始终坚信一点，天下没有白吃的午餐，况且李默也不是真心实意想给她送钱。

"不用了，谢谢，我觉得这里挺好的。"

"你打算一直住下去？"

"你很想我走是吧。"

没想到李默一口否认："不会，你继续住。也许有一天你会发现，想走却走不了了。"

"什么意思？"

李默先她一步换好拖鞋，径直往楼上走去，只留给她一个意味深长的笑容，还有一个潇洒的背影。

苏格站在玄关处愣了半天，才收拾好鞋子上楼睡觉。

刚拿了睡衣准备去洗澡，楼下有动静，苏格拉开门想去看看，就见李默换了一身轻便装开门出来。

他拦住她："你先睡，我去看看。"

李默下楼的时候，听见客厅里有人在说话。阿姨关心地问对方："要不要给你弄点解酒的东西？"

那人还没答，李默就过去道："阿姨你回去睡，水都不用倒一杯。"

周声气得瞪他一眼。

李默又添一句："以后这么晚，不要给他开门。"

阿姨知道他们的关系，笑笑就回房睡去了。客厅里剩下两个男人，彼此态度都不怎么样。

周声喝多了脾气特别大，瞪着李默的时候跟只藏獒似的。李默突然觉得李茜也没那么欠揍了。

"我找你有话说。"

周声边说边摸脑袋，酒喝多了真是不好受，他脑仁都快炸开了。

"我没话跟你说。想说什么等明天酒醒了再说。"

"就现在，你要不跟我说，我就上楼去找苏格，我知道她在你家。"

李默皱紧眉头。他看一眼楼梯的方向："跟我来书房。"

周声脸上露出嘲讽的笑。

进了书房后，他才道："你对她还不错，怕我吵醒她？"

"给你留面子。怕让人知道外头人人追捧的影帝，喝醉了就这么副德行。"

周声紧了紧拳头，又慢慢松了开来。他整个人比刚才初见苏格时更烦躁，在屋子里来回踱步。

李默也不催他，靠在书桌上看着他走来走去，一脸冷漠的表情。

周声最后还是停了下来，斟酌半天，一开口却直截了当："我问你，苏格是不是你的女人？"

李默笑笑。

"你别笑，都带家里来了，我居然都不知道。"

"这事儿你不用知道。"

“我得知道。你对她是真心的吗？”

“周声，你觉得自己有什么立场问我这个问题？”

“老子想追她，就这个立场，你看怎么样？”

这下轮到李默烦躁了。

“追她干什么？长得漂亮的女人你不缺，少打她的主意。”

“你还真是……”

“周声，你知不知道自己现在在干什么？”

李默突然喝了他一声，吓周声一跳。

他使劲敲了两下太阳穴，一屁股坐到了沙发上：“有什么不知道的，不就是跟你看上同一个女人吗？这也没什么，反正你们也没结婚，咱们公平竞争，看最后她选谁。”

“谁有空跟你竞争？”

“怎么，怕我啊？”

李默冷哼一声：“怕你被我打死，救不回来。”

“嘴真毒。”

“那就快滚，越远越好。”

周声失笑：“还真怕我抢啊。你不会跟她来真的吧，哥？”

“真的假的都跟你没关系。”李默有点儿不耐烦，过去拉周声，把他往外面赶，“快滚，这家不收留醉鬼。”

“那你把苏格让给我？”

李默看他这副样子，心里咯噔一下。周声从小到大谈过的女朋友至少有一个加强排，从没见他对谁这么认真过。

“她不行，你离她远点儿。”

“怎么，还真准备让她当我嫂子？”

李默终于没了耐心，一把将周声推出书房：“赶紧滚。”

苏格回家太晚，第二天差点睡到中午。

她匆匆起床下楼，进厨房想找点东西随便填一下肚子再开工。正在那儿翻箱倒柜，李默进来了。

苏格看他一眼，问："家里有泡面吗？"

"不知道。"

"面包有没有？"

"不清楚。"

"鸡蛋呢？不会连鸡蛋都没有吧。"

"这种问题你该问阿姨。"

苏格关上冰箱门，颇为无奈地看着他。李默明显是故意的，他还在为昨晚的事情生气吧。

"昨天后来谁来了？"

李默不回答，把手里的杯子递过去："给我泡杯咖啡。"

人在屋檐下，忍吧。苏格接过杯子开始找咖啡豆，她对厨房的结构真是不熟，底下一排柜子全开了也没找着。

"上面。"李默提醒她。

顺着他的目光，苏格打开头顶的一扇柜门。一排整齐的罐子排在那里，搞不清哪个是哪个。

"你还没跟我说，昨晚到底谁来了……哎，这么多哪个才是？"

她踮起脚往柜子里探头，手刚碰到最旁边的那个罐子，李默的手就覆了上来。

这一下来得太快，苏格没来得及躲开，两人手心贴手背，弄得苏格十分尴尬。她迅速抽回手，两只手不自觉地来回搓着。

李默倒是气定神闲，拿了罐子递给她："这个。"

苏格低头接了过去，迅速挪到咖啡机边上。李默家的机器跟录音棚的又不一样，她根本不会用，想开口求助又觉得难受，正在那儿犹豫着，李默看出了她的心思，直接过来指导。

他说话条理分明，逻辑清晰，步骤由简到难，丝毫不差，苏格边操作边想，还不如他自己泡得了。

他要么就是太懒，要么就是存心折腾她。这人怎么跟李茜一个德行，果然是兄妹。

想到李茜，苏格不由得想到手背上那只乌龟。她把豆子放进机器里，手搁在按键上。

"我手上的乌龟到底是谁画的？李茜说她不会画乌龟。"

“我画的。”李默说着伸手，摁了启动键。机器运转时发出有规律的响声，把他那句话一下子就吞了，但苏格还是听到了。

她没想到这男人看起来冷峻又难搞，居然也有这么幼稚的一面。

“为什么？”

“一时手痒。”

“那你找张白纸画啊。”

李默嘴角微微上扬，露出一点笑来。他没告诉她本来还想画她脸上呢。

苏格十分郁闷，转身就要走，却听见身后的李默问她：“泡面不吃了？”

扭头一看，某人不知从哪个角落里变出了两袋方便面，冲她一扬下巴：“煮两碗，一人一碗。”

苏格这个苦力只能留下来煮面。趁着烧水的工夫，她把咖啡泡好，推到李默跟前：“行了，喝吧。”

“不情不愿，态度别扭。”

苏格翻他一个白眼，还想让她跪下喊他主子不成？

李默昨晚心情很差，睡了一觉起来一肚子的起床气，结果在这儿逗苏格逗了半天，那点子气就没了。她真的是那种看起来厉害实则好拿捏的人，白长了那么一张大气明艳的脸。

这么想着，他的目光就不由自主地落到苏格脸上。对方注意到那目光，恼火地瞪了李默一眼。结果这人丝毫没有收敛，反而看得愈加肆无忌惮。

李默觉得自己完全有这个资格，这是他的家，但凡在这个家里出现的人和物，都在他的可视范围之内。更何况他看女人一向直接，没什么不好意思的。

苏格越是脸皮薄，他看得越是心安理得。

李默脸上依旧带着浅浅的笑，举着杯子喝了一口咖啡。然后，他的笑容就僵在了那里。

这咖啡难喝得有点儿过分了。周声是脑子有问题还是味觉有问题？昨晚问他喜欢苏格什么，他是这么说的——

“她咖啡泡得好。”

这水平跟好一点儿不沾边。一想到这里，李默的好心情荡然无存。他突然意识到，周声对苏格可能不是玩玩这么简单。他自小女人无数，也有嘴上说着爱，一转眼就丢到脑后的。

但苏格不一样。他昨晚和周声说了苏格的来历，本以为可以让周声知难而退，没想到周声倚在门边笑得一脸邪性。

“哥，老头子死了，他的财产我一分不要，我就要这个女人。”

要不是天色太晚，李默都想抽他。

这个周声比李茜更叫他头疼。虽说不一个姓，到底血液里流着同一个人的血，他们两兄弟，混账得有点儿过分。

李默自打工作后修身养性，收敛了很多，对着外人轻易不发脾气。周声却是不同，名气越来越大，脾气也渐长，像昨晚在家门口就这么跟苏格不清不楚也是大胆，一点儿不怕狗仔偷拍。要不是亲弟弟，李默昨晚都不会让他进家门。

一想到他可能真的会一头栽进苏格这个大坑里，李默就觉得头疼。

苏格专心煮面，偶尔一转头发现李默拿着那杯咖啡正在沉思。他眉头微皱的样子更显五官轮廓，眉眼也更好看，还少了那份让人讨厌的挑衅意味。

突然，他抬头，目光对上苏格的视线。

“苏格，你跟周声很熟？”

“不熟。”

“那他找你干什么？”

“我也不清楚。”

李默一挑眉，上前几步：“苏格，你撒谎的时候语气会变，你自己不知道吗？”

苏格把头撇向一边，弄了下自己的头发。

李默笑出了声：“其实你撒谎的时候喜欢弄头发，你知道吗？”

苏格无语。

“李先生，我跟周声的事情，不需要向你汇报吧？”

“确实不需要。”李默向前一步，目光一下子冷了几分，“不过你跟我弟弟牵扯不清，我多少需要过问一下。苏小姐，你跟我们家的人似乎很有缘，你说是不是？”

苏格几乎被他逼到了灶台边。她想找个支撑，手刚抬起往后伸，就被对方拉了过来。苏格恼了：“你干什么！”

李默没说话，直接把她转了个身，指了指那正在咕嘟冒泡的煮面的锅。

要不是他下手快，苏格的手这会儿应该已经烫成猪蹄了。

周声的事儿让两人情绪都很差，煮好的面也没人吃，最后就这么糊在了锅里。苏格眼看快到上班时间，不能跟李默解释太多，只能这么说："我跟他一点关系也没有，你要真是他哥就劝劝他，少喝酒，伤身。"

她说话的神情有点儿傲，跟平时的温和不同，有点儿上次看他解浴巾时的那股子倔劲儿。李默想留下她再问几句，可苏格潇洒转身，让他扑了个空。

几乎没在女人身上碰过钉子的李默，头一回尝到了失败的滋味。苏格身上有那种劲儿，这是不是周声喜欢她的原因？

跑出门去的苏格心情比李默还差，没吃成饭，外头又下着瓢泼大雨，真是倒霉透顶的一天。

收工又是到半夜，苏格踩着点回到家，进门的时候轻手轻脚，生怕吵醒别人。

结果正在那儿换鞋，屋子里灯一亮，吓得她差点一屁股坐地上。她换了鞋走进客厅，发现李默坐在沙发上，似乎专程在等她回来。

苏格想到白天的事情，心里有点儿别扭，面上还要装得轻松。

"你不上班？"

"今天休息。"

"不睡觉？"

"等你。"

这话听着怎么这么暧昧？苏格干笑两声，走近几步脚下一顿，被面前的景象吓了一跳。

她这才看清李默面前的茶几上，摆满了各色鲜花。除了那里，茶几下面的地毯上也堆满了花束，空气里一阵花粉的香气，呛得人想咳嗽。

谁把整个花店搬到这里来了？苏格直觉这些花不是李默买的。

"哪来的？"

李默看她的眼神深邃："给你的。"

"谁送来的？"

"周声。"

苏格倒抽一口气，躲了一天还是没躲掉。周声这人太混账了，她到底哪里得罪他了？他这算追求吗？跟讨债似的。

"我过敏，你叫阿姨扔了吧。"

“他特意送来给你的，要扔你自己扔。”

苏格累得半死，看到那些花无名火噌的一下就蹿了上来。她特别讨厌李默看她的眼神，仿佛她是一个心机深沉，处心积虑勾引男人的坏女人。

“那就留着吧，明天再说。”

她说完就要上楼，走过沙发时，李默突然起身，直接伸手拽住了她的胳膊。

这一下力气很大，直接把苏格整个人扔进了沙发里。恐惧瞬间席卷苏格的全身，苏格骨子里的倔劲一下子就蹿了上来。

她没有躲，目光直视着对方，一脸坚定的表情。她这样子让李默有点儿想笑，原本想吓唬吓唬她，这会儿却忍不住伸出手开始“调戏”她。

他捏着她的下巴来回打量：“不用这么视死如归，我不吃人。”

李默的指腹有些粗糙，上头带了一层薄茧，捏得苏格生疼。她想把那手扒下来，可双手不受控制地颤抖，怕他看出来，只能拼命往身后塞。

这动作有点儿大，一下就叫李默看穿，他身子往前一倾，离苏格更近了。

“喂，你说过不吃人的。”

“我现在改变主意了。”

“你怎么能这么……朝令夕改？”

这词用得有点儿怪，苏格的声音明显小了下去，可心里又不甘心，嘟囔着补了一句：“反复无常是小人。”

“我就是个小人。你住在这里就得有这个觉悟。我一个正值壮年的男人，成天看着你在跟前晃来晃去，晃得我眼花，心也花。你不是挺爱分析人的吗？那你现在分析分析，我想对你做什么？”

他的气息太近，吹得苏格心乱如麻，思绪乱成了一锅粥。

“你想……打我是吧？”

李默愣了两秒，随即大笑起来。他笑的样子有点儿张扬，不同于刚才的严肃冷漠，反而有了一点人情味儿。

苏格的胆子立马大了几分，开始讨价还价：“你能先放开我吗？”

“不能。”

“那你把手放开好吗？”

“不好。”

“那……”苏格没辙了，“你打我一顿算了，我困死了。”

折腾了一天的苏格已经没力气再跟他废话，她现在只想睡觉：给个痛快吧，李先生！

李默终于松开手，人却没挪动，单膝跪在沙发上，离苏格不过几十厘米的距离。他笑着问苏格：“你以为我只有揍你这一招？”

“那你还想怎么样，杀了我？杀人犯法，不值得。”

“你觉得我能不能想出比杀了你更让你难过的方法呢？”

苏格眨巴两下眼睛，仔细想想，身子禁不住抖了抖。

“你……不会的。”

“何以见得？”

“你要想整我，当初就可以动手了。”

“可你现在招惹了我弟弟，我就得重新考虑这种可能性了。”

“我真的没有。”

苏格一脸冤枉，推了推李默想坐起来，却没能推动，只能继续以这种暧昧的姿势跟他交谈。

“我给他的新戏配音，他来探过两回班，找的不是我，就这么回事儿。后来他给我找了个剧组，我没接那戏，他可能有点儿不高兴。所以那天才来找我麻烦。”

“那这些花怎么解释？”

“我真不知道。我这人花粉过敏，我要真跟他有点儿什么，肯定不会让他送花。这么多花得花不少钱，买点什么别的不行，非买这么多没用的。你说是不是，李先生？”

她叫他“李先生”的时候，脸上有一种年轻女孩特有的调皮表情，李默的喉头不自觉地动了下，轻咳一声，掩饰过去。

他其实也看出周声的意图了，这些花与其说是买来送给苏格示好的，倒不如说是故意送来气他的。

他的这个弟弟生来有反骨，平生最喜欢的事情就是跟他唱反调，幼稚、愚蠢！

苏格躺的时间一长，浑身肌肉都疼，挣扎着坐直一些，额头不小心撞到了李默的脸。感觉对方的唇似乎拂过她的头发，吓得她立马僵住。

这个姿势真的太尴尬了。她甚至可以透过李默敞开的衬衣领口，看见他清晰的锁骨和里面隐约露出的胸膛。满屋子的男性荷尔蒙气息，浓得化不开。

终于，李默似乎觉得够了，站直身体，清了清嗓子：“苏格，你知道我很难相信你。你要这套房子还好说，但你要是傻到从李茜或是周声身上下手，你该知道会有什么下场。我早就跟你说过，乖一点对大家都好，明白吗？”

说完，他轻轻拍了拍苏格的脸颊，转身往楼上走。走到楼梯口的时候，他又转过身来道：“记住我的话，苏格。”语气强硬直接，没有半点商量的余地。

苏格一个人坐在客厅里，望着眼前的花海发愣。恐惧越来越浓，李默这是要动真格了。

一连几天李默都不着家，苏格打他电话总是没人接，见周律师的事儿就一直耽搁着。

转眼一周过去，后天就是苏格新戏开工的日子。那天她在家看剧本，接到了孙露云的电话。

她的新剧刚刚杀青，一回来就找苏格，约她晚上吃饭。

“我生日，你可不能不来。”

苏格不太喜欢参加孙露云的生日派对。因为每年都一样，孙大小姐会请一大帮朋友，在她家的别墅里从晚上嗨到天亮。

苏格去年被吵得不行，后半场就在客房里睡觉。

可她推不掉，不去也得去，毕竟孙露云小姐脾气发起来可不得了。

“你就玩半场，到时间就去客户睡觉。”

苏格盛情难却，搁下电话随便收拾了一下，打车去孙家别墅。她到的时候，豪宅里已经挤满了人。音乐声震耳欲聋，一群男男女女搂在一起贴身热舞。

香槟、美女、帅哥，到处都是奢靡的气息。苏格真有点儿待不下去。

孙露云拉着她进去，绕过游泳池进屋。里面情况好一些，大多是上了年纪的长辈。孙露云的母亲正跟人说话，远远看见苏格就上来打招呼。

说不上来为什么，孙母特别喜欢苏格。苏格的乖巧藏都藏不住。

孙母一见她就拿她当正面教材，开始数落自己女儿。苏格被她夸得有点儿不好意思，视线在屋里来回飘忽。

楼梯上忽然走下来几个人，一男两女。走在中间的男人和她的目光胶着在一起，居然是李默。

李默的目光在苏格身上微微一瞥，随即就落到了别处。苏格也移开目光，假装没看到。

孙露云没察觉到这两人间的交流，热情地上前去挽李默的手臂。旁边的女伴瞪了她一眼，显然不高兴。孙露云毫不示弱，立马瞪了回去。

孙母有些无奈地望着几个女孩子斗法："我们家小云啊……"

"苏格！"孙露云冲这里打了声招呼，不由分说就把李默拉到跟前，"这是我家李叔叔，给你介绍一下。"

苏格明显看到李默的表情有点儿抽搐，显然他不喜欢一个二十多岁的姑娘管他叫叔叔。

"您好，李先生。"苏格假装不认识对方，客气地伸手打招呼。

李默回握住她的手，握的时候用了一点力。他的手掌大而有力，传递给苏格一种极强的掌控欲。她有点儿抗拒这种力量，迅速把手抽了回来。

孙露云在旁边开玩笑："叫什么先生啊，你跟我一样叫叔叔就好了。"

李默脸上的抽搐越发明显。他瞪着苏格，目光里有浓浓的警告意味：你要敢叫就死定了。

苏格低头暗笑，好在孙母上来解围，把李默拉到一边说话去了。苏格松了一口气，和孙露云到一边的餐台拿东西吃。

话题自然围绕着李默转。

"我李叔叔医术真的高。我跟你说过吧，我上大学前的那个暑假查出脑子里有个瘤，可把我爸妈吓坏了。后来是李叔叔给我做的手术，瘤被完整地取了出来，一点后遗症都没有。你说他是不是很厉害？"

孙露云做过手术的事情苏格知道，她还给苏格看过脑袋上那道疤。不过苏格没想到那个医学大拿就是李默。同样，孙露云肯定也不会想到苏格住进的会是李默家。

想了想，苏格觉得有些事还是别跟她说比较好。

苏格拿起一杯果汁抿了一口，抬头就看到李默身边又围了好几个年轻姑娘，清一色的大美女，随便提一个出来跟李默站在一起，都让人想赞一句珠联璧合。

"他是挺厉害的，很受女人欢迎。"

孙露云一脸不屑："那些个货色。"说完觉得不妥，抱歉地冲苏格笑笑，"我知道这样说不好啦，可是那些人真的很讨厌。每次我请李叔叔来家里，她们总能知道消息，然后想着法上我家来，跟一辈子没见过男人似的。”

“那些是什么人？”

“我的表姐、堂姐，还有不知道哪里来的阿姨家的姐姐妹妹们，跟苍蝇见了血似的。每次搭讪的借口还特别老土，一水儿地请他给自己家人做手术。太拼了吧，生病这种事也能随便乱扯吗？”

“搞不好人家真有病呢。”苏格叉了块拿破仑蛋糕搁嘴里，含混不清地笑，“我看他挺享受的。”

“我李叔叔就是这么个人，跟谁都很客气，尤其是美女。不过你别以为他会对她们上心，万花丛中过，片叶不沾身，说的就是他那样的人。”

“你最近水平渐长啊。”

“那是。”

孙露云叉腰乱笑，又傲娇又鬼马，闹得高兴了就抓过苏格的手，拉她进舞池跳舞。

苏格嘴里的蛋糕还没全咽下去，扯着裙角脚步凌乱地跟了过去。两个漂亮姑娘合舞，吸引了众人的目光。

李默就倚在吧台边欣赏，一边跟孙母聊孙露云的恢复情况，一边肆无忌惮地看着舞池里苏格曼妙的身影。

她动起来比安静的时候更漂亮，笑容也好，纯真而不做作。跟周围妆容精致的淑女们比起来，她更像一头无意闯入的鹿，有些格格不入，却又不被束缚。

他顺手搁下酒杯，向身边的一位美女发出邀请，对方自然答应。两个人搂着滑进舞池，很快就来到了孙露云和苏格的身边。

孙露云一看到她那表姐，眉就皱成一团。她嘀咕着暗骂了一句，苏格没听清，问她：“你说什么？”

“没什么。苏格，咱们换一下。”

“换什么？”

苏格还没反应过来，孙露云已经把她推了出去。身后一只有力的手托住她的腰，另一只手抓住她的手腕，苏格下意识就跟着转了一个圈，然后就跟李默面对面撞上了。

刚才是变戏法吗？两对舞伴瞬间交换，没有一点违和感。

跟李默跳舞的是孙露云的表姐许欢，好事被搅显然让她很恼火。她掐了一把孙露云：“我警告你，别找麻烦啊。”

“姐，你都是订婚的人了，怎么，还想给林昭哥哥戴绿帽子？”

“别以为我不知道你的心思，林昭是我的人，你别打他主意。”

“那你就好好对他，别总拈花惹草。否则我要你好看！”

苏格看她们两个乌眼鸡似的模样，忍不住问李默：“她们怎么了？”

“私人恩怨，咱们别掺和。”

说着，他把苏格往舞池外围带了几步。苏格还好奇地往那边张望，被李默强行把头扳了过来。

“他人的隐私，最好别窥探。”

苏格耸耸肩：“好吧。”

反正她也不急。孙露云这人心里藏不住事儿，要是不痛快了，回头肯定第一个找她倒苦水。

她现在比较急的是，李默一只手搭在她腰上，一只手握着她的手，一点放开的意思都没有。

“我不跳了，我要回去了。”

“才来就要走，主人家该不高兴了。”

“我渴了，放我回去喝点水。”

“跳完这支再说。”李默加重了搁在她腰间的力量，把苏格整个人往自己跟前搂了搂。

两人离得这么近，苏格能感觉到对方的呼吸拂过自己的头顶，说不害羞是假的。

“蛋糕吃多了吧。”

“什么？”

李默放开她的手，在她的唇角边轻轻一抹：“下次记得擦嘴，要不别的男人该有歪心思了。”

女生长得太漂亮真不是件好事儿，平白比别人多了几分危险。苏格却没想到这个，她完全被李默那一抹搅乱了心神。这个男人太爱撩人了，随便一出手，就害她少女心泛滥。她能感觉到自己的身体微微发热，耳根慢慢变红。

周围似乎有不少目光正注视着她，这更令人紧张。短短的几分钟对苏格来说像过了一个世纪。音乐终于停止，她立即甩开李默，快步逃出了舞池。

孙露云追过来，看她满脸通红，关心道："怎么了？"

"喝了点酒有点儿上头，我先回去了。"

"别走啊，十二点我还要切蛋糕呢。"

"我吃过了。"

"那些不算啊。"孙露云拉着她不让走，"你先跟我上楼，我找个房间让你醒醒酒。"

两人边说边往楼上走，孙露云还是有点儿不敢相信，频频回头看她："你喝酒了吗？你刚刚不是只喝了果汁吗？"

"喝了喝了，喝得不多。"

孙露云给苏格开了客房的门："你随便用，累了就躺一会儿。到时间了我再叫你。"

苏格心不在焉地应着，进屋后反手把孙露云推出门去。

安静的房间让苏格一颗狂跳的心慢慢平复了下来。她走到沙发边坐下，回忆刚才的情景。

李默的指尖粗糙却有质感，与皮肤相触的时候，苏格明显感觉到了身体的变化。那是女人对男人才有的反应。让她奇怪的是，她对着顾煜廷从没有这种感觉，最多就是不讨厌。

所以她这是怎么了，生病了吗？还是因为对方长得太好，一时迷惑了她的双眼？

她起身进浴室冲了把脸，让自己冷静下来。出来的时候听得外头有人敲门，她以为孙露云又回来了，便过去开门。

门一开，她愣住了，一个完全没想到的人站在那里。

苏格惊诧地开口："怎么是你，顾煜廷？"她是不是眼花了？

顾煜廷一身黑衣黑裤，透出几分阴冷的气息。他喘息声粗重，目光有些闪烁。苏格的潜意识里冒出一丝危险的信号，立即把门合上。可对方出手更快，直接把门顶开，一个闪身冲了进来。

苏格想叫，顾煜廷伸手狠狠捂住她的嘴，把她整个人推到墙上。苏格撞到了后脑勺，痛得直发晕。她想也不想就抓起对方的手，重重地咬了一口。

顾煜廷火了，抬手打了苏格一巴掌。苏格被他打得撞到墙上，捂着脸半天动弹不得。

这男人下手真狠。

苏格脑子飞快地转着，想不好要怎么脱身。突然，她觉得脖颈处一凉，想抬头看看，却听到顾煜廷冷冰冰的声音。

“我劝你最好别动，否则你这张漂亮的脸，可就保不住了。”

苏格意识到那是一把刀，心里的恐惧又加重了几分。她颤抖着声音问对方：“你想干什么？”

“给你个教训。”顾煜廷伸出手，捏住了苏格的脸颊，刀锋轻轻划过她的皮肤，他满意地露出一个瘆人的微笑，“头一回有人敢这么对我，苏格，你胆子不小。”

苏格紧紧贴着身后的墙，冷汗一下子就下来了。她强迫自己冷静下来：“顾煜廷，你别冲动。”

“我今天到这里来，就没考虑这么多。你一直避着不见我，我只能自己找过来。”

“我知道了，你有话对我说。那我们坐下来慢慢说，好吗？”苏格扭头去看沙发，她的手机在那里。她不知道自己顺利拿到手机向外求救的可能性有多大，但总要试一试。

顾煜廷却不上钩：“怎么，想骗我进去？”

“进去对你只有好处，没有坏处。你刚刚动静那么大，搞不好别人已经听到了。你要在门口大吵大闹，很容易引来外人。这里是孙家，外面那么多人，你想走也不容易。”

顾煜廷斜着眼睛打量她。从这个角度看，苏格发现他其实是个长得非常阴狠的人。以前觉得他笑起来还算阳光，想不到真正的一面竟如此黑暗。他勾起嘴角邪笑的时候，苏格甚至觉得他会吃人。

顾煜廷思考了片刻，认同了苏格的说法。他扯了她一把，把人往里推，手里的刀一刻也没离开过她的脖子。有几次苏格觉得皮肤隐隐作痛，想要伸手去摸，却被对方喝住。

“你老实点。”

“我就摸摸，你别割伤我，我怕疼。”这话有点儿撒娇的味道。男人都吃这一套，苏格想搏一搏。

果然，顾煜廷听了这话后手一松，那刀就离开了几厘米。他喜欢苏格这张脸，要就这么毁了还真有点儿舍不得。

两人终于挪到沙发边，苏格一屁股坐下，顺势就把手机放到了屁股底下。顾煜廷没发现她的小动作，只拿刀在她眼前来回晃。

“你也坐吧。”

“我不坐，你别耍鬼心眼。”

“好吧，那你想说什么？”

顾煜廷愣了两秒，表情再次凶狠起来：“我就想问你，是不是真的跟那个姓周的男明星搞到一块去了？”

“哪个姓周的？”

“周声。”

“怎么可能？我跟他一点关系都没有。”

顾煜廷抬手又要打人，苏格赶紧去挡，那巴掌就拍到了她的手臂上。

“你少糊弄我，我都知道了。”

“你都知道什么了？我们要真有什么，网上不会一点消息都没有吧。这根本就是没影的事儿。”

“我有个学姐做记者，她……她跟我说了这事儿，说你跟周声好上了，他还介绍你去陈导的新戏，你敢说没这个事儿？”

苏格真想扶额，这个周声简直害死她了。李默找她算账，现在连顾煜廷都寻她麻烦。这人简直是个灾星。

“陈导的戏跟我没关系。我要真有这个机会，现在还会待在这里吗？这剧现在应该拍了吧，我怎么没进组？你那个学姐消息不准确，你也别听风就是雨。我们俩分手是我们自己的问题，大家都有错，不要怪到不相干的人身上。”

顾煜廷脸色铁青，显然又想到了那段不愉快的日子。

“苏格，你这个人就非得这么倔吗？”

“我没有，只是我们真的不合适。”

“哪里不合适？”

“生活习惯，价值观，方方面面吧。你自小大城市长大，我就是一村姑，我们就算真的恋爱了，你爸妈也不会同意的。你该找个更适合你的。”

“这些都不是问题，只要你愿意……”

“我真没什么好的，你身边漂亮的女生很多，她们都比我好……”苏格拼命贬低自己，想说服顾煜廷。可这人就跟着了魔似的，揪着她不放。眼见苏格不肯就范，他气得一拳头砸在茶几上，手里的刀再次挥到她面前。

“你别这样，我真害怕。”

“怕就跟我在一起。”

“这样有意思吗？”

“怎么会没意思？苏格，我是真心喜欢你的。为什么你总是拒绝我？从一开始谈恋爱就那样。你怪我去找别的女人，可是你要知道，我是个男人，男人跟女人不一样。男人有需求，我找别人只是为了解决生理需要，这跟感情没关系。”

哪怕刀在眼前，苏格都很想笑。

她不懂顾煜廷的脑回路。他刚才这番话的意思是，他之所以劈腿，是因为下半身得不到满足，而这一切都是她造成的。谁叫她苏格这么矜持，不肯跟他上床呢？

可那时候他们恋爱还不到一个月。一个月都忍不了的男人，还指望跟她天长地久？现在的男人怎么无耻得这么理直气壮？

她一边忍着恶心跟这个男人周旋，一边把手伸到屁股底下去摸手机。她想打电话，可不知电话会打到哪里去。她胡乱摸索了一阵后，不确定有没有打出去，顾煜廷却发现了她身下的端倪。

“你干什么？”他冲过来一把拽起苏格的手，手机被带出来掉到了地上。屏幕上显示正在接通，苏格慌得看不清对方是谁。

片刻后，手机被接通。

“喂？”是李默的声音。

苏格扑过来叫了声“救命”，就被顾煜廷扯了回来。两个人同时摔倒在地毯上，苏格还能听到那边李默叫她的名字，可她已经没办法回答了。

顾煜廷勒住了她的脖子，举起手里的刀就往她脸上扎。

生死刹那间，苏格爆发出了强大的求生欲望，死死抓着顾煜廷拿刀的手。顾煜廷也是紧张，那个接通的电话把他吓到了。

万一真有人过来救苏格，他该怎么办？只这么犹豫了一下，就给苏格抓到了脱身的机会。

她从顾煜廷的胳膊里钻出来，爬起来就跑，但被对方一把抓了回来。这回她没让对方再钳制住自己，反而扑过去夺顾煜廷手里的刀。

男女力量本就悬殊，但苏格自小乡野里跑大的，顾煜廷则是典型的文弱书生，加上两人一个想自救，一个却想跑路，原本一点优势都不占的苏格生生掰开了顾煜廷的手，几乎把他的一根手指掰断。

对方疼得号叫起来，苏格趁机把刀夺下，再次起身要跑，被顾煜廷抓着衣领扔回了沙发上。

他整个人借势扑了过来，苏格一个转身，手里的刀恰巧正面向上。

顾煜廷"嗷"的一声惨叫，弯着身子，整个人慢慢倒在了地上，有血从他的下体处流出来，苏格吓得头皮发麻，噌地一下从沙发上跳起来，不住向后退。

李默踹门进来的时候，就看见苏格头发凌乱、衣衫不整地靠在窗边，手里拿着把滴血的刀，整个人抖得不行。

他快步上前，边走边脱外套，将苏格整个人紧紧裹住。他拿下她手里的刀，看见苏格满手的鲜血。

"没事儿，我们去医院。"

苏格一头的汗，看向他的眼神紧张不安："我……我不小心刺伤他了……"

"不用管他。"

"我真的扎到他了。"苏格说着想冲过去，被李默一把抱了回来。

"会有人处理他，你不用理这么多。你也受伤了，你知道吗？"

苏格低头，看到自己两只手臂上的刀伤，惊讶地发现自己居然不觉得疼。极度的害怕掩盖了疼痛，她整个人都麻木了。

外头还有人冲进来，李默扫了他们一眼，只淡淡说一句："弄干净。"

顾煜廷躺在那里不住哀号，声音越来越轻。苏格被带出房间的时候不住地回头张望，看到他被人翻了过来。有人在帮他止血，他叫得更厉害了。

坐进车里的苏格还浑浑噩噩，她安静地缩在那里，两只手握在一起，嘴巴张了又合。终于，她鼓足勇气问："他会不会死？"

"这事跟你没关系。有人潜进孙家意图行凶，被人发现后翻墙逃跑失败，重伤不治。这种事情连上新闻的价值都没有。"

苏格迅速转头，难以置信地盯着李默。他刚才是在信口开河吗？顾煜廷明明是被她捅伤的。

"这就是最后结论，如果抢救过来，就让他去牢里待个十年八年。"

苏格深吸一口气，突然瘫倒在了副驾驶座上。她到这会儿才开始真正地感到害怕，如果顾煜廷是个足够强壮的男人，她今晚的下场恐怕会很惨。她不敢往那方面想，真希望能彻底忘了这件事儿。

车子等红灯的时候，李默从边上拿了瓶水过来，拧开了递给苏格："别想太多，先把手上的伤治好。"

"我不疼。"

都是防御伤，口子拉得不深，这会儿血已经止住了。苏格摸了又摸，觉得自己的痛觉似乎消失了。她怎么感觉不到痛？

苏格不痛，李默倒觉得胸口闷闷的。他的余光落在苏格的侧脸上，看得有些失神。

身后有人摁喇叭，李默这才回过神来，一脚油门踩了下去。

开到医院已近十点，苏格下车的时候腿直发软，扶着车门好半天才站稳。她正要关门，就见李默从另一侧绕了过来，二话不说就把她整个人打横抱起来了。

车门"砰"的一声关上了，震得人心跳加速。

苏格那天一晚上都是晕的。

李默带她去了自家的私人医院，医生对她的伤口进行了细致的处理。因为要检查全身，李默一个人走到了外头走廊里，掏出手机跟人讲电话。

电话是孙露云打来的，一直询问苏格的情况："……我真不知道顾煜廷是怎么进来的……我当然没请他，我跟他又不熟。上次他问我要苏格的电话，我都没给。"

"知道了。"

"苏格怎么样？我去看看她吧。"

"先别过来，你把家里的事情处理好。今天你家人太多，这事儿尽量给我压下去。"

孙露云赶紧保证："我知道，我妈已经让人处理好了。别人都以为我家里进了小偷，具体的他们不清楚。"

李默又提醒了她一些方面，然后挂了电话。他回头看诊疗室的门，看了片刻转过头来，踱到外头露台去抽烟。

接到苏格电话的时候，他没想太多，第一反应就是冲上楼救她。后来一系列的事情接踵而至，他也来不及细细思考。

一直到这会儿，夜深人静，孤身一人，伴着淡淡的烟草味，他才有时间理一理自己的情绪。

头一回见苏格觉得她傲气，后来觉得她幼稚中又夹杂了一丝倔强。他以前没碰到过这样的女生。

他现在有点儿想不明白自己对苏格到底存了什么样的心思。是爱情吗？还不至于。大概猎奇的心理更多一点。男人果然都是贱骨头。

他夹着烟靠在露台边沿，另一只手去接电话。这是手下打来的，向他汇报顾煜廷的情况。听到对方的状况后，李默几乎要笑出声。这个苏格，还真不是一般人。

他回去的时候，苏格已经检查完毕，除了手上的刀伤外，基本没有问题。医生为她做了包扎，让她回家休息。

回去的路上，李默考虑了半天，还是把顾煜廷的伤势和她提了提。

“扎得不错，让这小子断子绝孙。”

苏格很吃惊：“不会吧，这么巧？”

“那么乱的情况，算他不走运。不过也没什么，管不住自己下半身的男人，割了也好，一了百了。”

苏格心情十分复杂，她恨顾煜廷，对他有着深深的厌恶，但也没想过伤他这么深。一个男人那地方受了伤，基本就等于是个废人了。他明明有美好的前途……

“做出那样的事情，他已经没有前途了。他以后的十年会在牢里度过，出来后也抬不起头重新做人。”

苏格苦笑：“算是我害了他吧。”

“你要这么想也行。怪你眼神不好，找这样的男人交往。以后眼睛擦亮些，别往人渣堆里凑。”

苏格拿他的毒舌一点办法也没有。

从医院出来，两人直接去了警局录口供。等待的时候，苏格听到李默在跟警察谈，听他们的意思，以后这个案子她都不必出现了。这算是今晚最大的一个好消息吧。

那天晚上，苏格睡得很不安稳，在床上来回翻身。半梦半醒间，她做了个梦，梦见顾煜廷满身是血地朝她走来，吓得她从床上惊醒。

起来一摸，一身冷汗，苏格再也没了睡意，索性去洗手间擦身换衣服。换到一半的时候，听见外头有人敲门，她下意识就回了一句：“请进。”

话音刚落，李默推门准备进来，结果就看到苏格只穿了一件上衣，下半身两条大白腿晃得人眼睛疼。

他立马退出去，“砰”的一声把门带上。

苏格被关门声惊醒，再想去遮腿已经晚了，被他看光了。这一刻，苏格好想死。

她站在那里听外头的动静，没听到关房门的声音。李默应该还在她房里，他是在等她吗？可她要怎么出去？苏格在里头磨叽了半天，李默忍不住过来敲门，问她：“还好吗？”

苏格匆匆套上睡裤，理了一把头发走出去。她努力装成什么都没发生的样子，一脸平静地问对方：“有事吗？”

“你刚刚是不是做梦了？”

“嗯。”

“梦到顾煜廷？”

“是，他来找我报仇了。”

“他又没死，变不成厉鬼来找你。”

苏格在沙发上坐下，按压着自己的太阳穴：“被他这么一吓，我是彻底睡不着了。”

李默站在她面前：“我给你想个办法？”

说话间，他已经绕到了沙发后面，扶过苏格的脑袋靠在沙发背上：“我学过一点儿，没怎么试过，今天拿你当小白鼠，你闭眼放松，什么也别想。”

苏格照着他说的话去做。刚开始的时候，脑子里还是乱乱的，什么都不想真不是一件容易的事儿，但她的情绪很快就平复了下来。

李默的手指在她头上来回按压着，力道稍微有点儿强，按得苏格脑仁涨涨的。但就是这种感觉吸引了她全部的注意力，她已没空去想顾煜廷。

大脑渐渐放空，睡意一阵阵袭来，苏格前一秒还在想该起身回床去睡觉了，后一秒已经进入了梦乡。

李默听她呼吸渐平，知道她睡着了，这才收回手。

他把苏格抱回床上，关灯带上门，回了自己房间。那一晚后半夜，苏格一直很安静，没再发出扰人的尖叫声。

第二天苏格休息，醒来的时候天已大亮。她从床上起来的时候，感觉全身的骨架都快散了。打架真的很费体力。

她进浴室刷牙洗脸，看到镜子里自己肿起的半边脸，才想起昨天顾煜廷打了她一巴掌的事儿。李默说得对，她真的该去看眼科，怎么千挑万选挑中了这么一个渣男呢？

换好衣服后，她下楼去厨房，给自己煮了两个鸡蛋敷脸。她明天还要开工，也不知道能不能消肿。

阿姨过来嘘寒问暖，看起来像是知道了昨晚的事情，但她又很聪明，什么也没说，只是问她想吃什么。

苏格随口问她李默去哪里了，阿姨听了直摇头：“天不亮就回医院去了。我家少爷也是辛苦，整天这么奔波。我就没见过像他这么好的人。”

苏格觉得自己像在听天书。李默这人应该不算太坏，但也绝不像阿姨所说的那样好。阿姨这亲妈滤镜是有多深。

她不便跟人讨论这个话题，只能一笑带过。阿姨给她下了面条，苏格扯着疼痛的嘴角，吃得有些狼狈。

快吃完的时候，有人来了。苏格听见身后的脚步声，整个人瞬间紧张起来。她如今有点儿杯弓蛇影。

好在阿姨叫了她一声：“小苏，周少爷来了。”

苏格回头，就见周声捧了一束花朝她走来。他把花搁在餐桌上，仔细打量她的脸。

“下手真狠，这男人该死。”

苏格本就对他不太感冒，加之又了解了他跟李默的关系，这会儿就更不想跟他说太多。

“你哥上班去了，不在家。”

“我知道，他要在家，我才不来呢。”

一听这话，苏格差点被呛到。

周声叫来阿姨，让她把花插起来：“回头送小苏房间里去。”

“不要，我过敏，你别送我这种东西。”

周声皱皱眉：“真的假的？”

“真的，上回你送太多，害我全身长包，阿姨知道这事儿。”

“那好吧。”周声冲阿姨摆摆手，“随便你摆哪里吧，别拿上二楼。”

苏格不太喜欢他跟阿姨说话的姿态，他是明星当久了爱摆谱还是怎么的？她总觉得周声对人过于傲气，显得不那么尊重。

苏格不理他，继续吃自己的面条，吃完后进厨房洗碗，把周声一个人晾在那里。

周声有点儿自讨没趣，想走又不甘心，就坐在那里等她出来。

结果苏格出来后还是不理他，径直走过他身边往客厅里去。周声有些坐不住了，开口叫住她："我来这么久了，你好歹倒杯茶给我吧。"

"你自己倒吧，这不是你家吗？"

"我又不住这儿。"

苏格无奈，转身又进厨房泡茶。周声在外面喊："不要茶，要咖啡。"

苏格没答话，找着咖啡豆随便给他泡了一杯。周声才喝一口就想抱怨，果然还是那个味道，跟第一次一样难喝。

"你是不是不会泡咖啡？"

"是，家里穷，喝不起。你慢慢喝，我先走了。"

周声搁下杯子去拉她的手："你别着急，我特意来看你，你陪我坐会儿。"

"我挺好的。"

"都这样了还叫好？"

周声伸手去摸苏格的脸颊，被她迅速躲过。他的手停在半空："听说这次这事儿因我而起，我很抱歉。"

"跟你有什么关系？"

"你那个神经病前男友，不是怀疑你跟我好上了，才把他甩了吗？"

苏格惊讶于周声的消息灵通："李默跟你说的？"

"不是，我自有办法知道。我是好心给你介绍活儿，没想到那男人病得不轻，倒害你受苦。"

他一副深情款款的样子，叫苏格很是吃不消。她摆摆手："真不用自责，周先生，这事儿跟你没关系。他就是借题发挥，没有你，他也会找别的借口找我麻烦，所以你不用理会。"

"那不行。"周声冷哼一声，"我得叫他付出点代价。"

第三章
今夜如此美好

凌晨三点，正尚娱乐的总裁尚靳被一阵阵电话铃声吵得从热被窝里爬了出来。

他神情有些不悦，接电话的时候声音很冲。

对方语气平淡，一上来就自报家门："老尚，是我，李默。"

尚靳一下子睡意全无。他披衣下床，边走边问对方："什么事，老李？"

"出了点事儿，你帮我个忙。"

然后，尚靳知道了一个令他吃惊的消息。他们公司旗下艺人周声，居然是李默的亲弟弟。

李默是何人，他比谁都清楚，除非你和你的家人一辈子不生病，否则总有求到他门上的一天。撇开他们李家在政商两界的地位，单说李默这个人，谁都不敢得罪他。

真正有本事的人，总是让人格外高看。

他跟李默多年朋友，不是最亲密的那种，好歹也能说点知心话。万万没想到，他跟周声居然有同一个爹。

周声是目前炙手可热的一线流量男星，是他公司最当红的艺人。这人不难处，略风流，长相属于自带桃花的那种，跟李默这种冷峻型的搭不上什么边儿。

他对周声的背景知道一些，国外回来，家境富裕，但父母去向成谜。他只当周声家就是在海外混得不错的中产阶级，从没想到来头这么大。公司里来了一尊大佛，他突然有点儿担心，不知自己有没有哪里亏待了人家。

李默说话很客气："这么晚找你，是想让你帮周声安排一下，他明天要去好莱坞拍戏，合同一会儿送到你这儿，你想办法让他签了，机票我已经订好。"

尚靳眼珠子一转，知道这里面肯定有猫腻。但李默显然没有说的意思，他也就不方便问。

"我能问问什么戏吗？"

“黎导的新戏，男二号。”

尚靳倒吸一口冷气。黎导名声在外，好莱坞最知名的华人导演，奥斯卡常客。他的戏很少启用华人，美国本土的超级巨星为了上他的戏都要争破头。

周声虽在国内数一数二，但出了国门还是只菜鸟。李默手眼通天，居然能为他谋来名导新戏的男二号，简直让人目瞪口呆。

只是这事儿这么急，半夜三更突然安排，想来周声在国内一定惹了什么麻烦，他哥才急匆匆送他出国。

尚靳乐得控制不住自己的笑声，跟李默称兄道弟一番，挂了电话后立马打电话给周声的经纪人文念，商量接下来的说辞。

李默挂了电话后，坐在房间里抽烟。苏格略带羞涩的脸在眼前不停地滑过，烟雾里似乎还夹杂着她淡淡的体香。

对他来说，一个初识不久的女人，远远比不上自小操心到大的弟弟。周声这个浑蛋，真是不叫人省心。

第二天是周末，苏格照常开工，李默轮休一天。一大早，他亲自开车去学校，准备把李茜接回家。

李茜在宿舍见到他的时候，有点儿莫名其妙。

李默也不跟她多话，拎起她搁在椅子上的书包，用眼神示意她跟上。李茜被那凶狠的表情吓一跳，手脚不自觉地开始抖起来。

从小到大，她哥只拿这种眼神看过她一回。那是她五岁的时候，不懂事把邻居家的弟弟推进了自家的游泳池，差点害人溺水。他哥跳进去把人捞起来后，就用这种眼神看她。

她哥就在幼小的李茜心里留下了一个印象，她哥是这个家里最不能得罪的人，而不是父亲。

但大部分时间她哥都很宠她，很吃她那一套。她不知道出了什么事，让他哥突然又成了这个样子。

上车的时候，李茜战战兢兢，回家一看，苏格不在，心就凉了半截。唯一的帮手都没了，她心里愈加紧张。

李默把书包往沙发上一扔，状似随意地看她一眼：“李茜，明天起不必上学了。”

“为什么，哥？”

“等找到新的学校再去。最近这段时间你就在家待着，哪儿也别去。”

李茜觉得不妙，转身就要往外走。李默也不追，任由她打开大门冲进院子，但她很快又慢慢退了回来。

李茜简直想骂人。外头院子里站了一排黑衣保镖，清一色大高个，神情严肃冷漠，看向她的目光不带一丝感情。

这些人只听她哥的。换句话说，她被软禁了。

李茜吓得腿软，居然哭了起来：“哥，到底怎么了，为什么不让我上学？”

李默冷笑：“你不爱上学，我就顺了你的意，不好吗？”

“你是嫌我学习成绩不好是不是？那也不用把我关家里啊。”

“李茜，”李默的声音深不见底，“不念书没什么，我要把你放出去，一转头你去祸害人，你让我怎么处理？”

“哥，你在说什么呀？我怎么会做那样的事情？”

“不是已经做了吗？”

李茜彻底糊涂了，她抹着眼泪抽泣：“哥，你能不能把话说清楚？我都听不懂你在说什么。”

“周声今天去了美国，至少几个月都不会再回来。即便以后回来，我也不会让你轻易见到他，明白我的意思吗？”

李茜眨巴两下眼睛，终于想明白了一点。她有点儿窘迫，上前一步试探着问：“哥，你是不是都知道了？”

李默扫了她一眼，眼神锋利如刀。

“哥，你别生气，我们没别的意思，就是想教训一下姓顾的那小子。”

“你们那是教训吗？你们根本不知道‘怕’字怎么写！”

李默脸色一变，抬手就往李茜脸上扇去。对方吓得捂住脑袋，巴掌却没有打下来。她抖了半天才悄悄把手移开一点，发现她哥气得面色铁青，握拳的关节几乎变白。

这次是来真的了。李茜这才意识到了这一点。可是哥哥到底是怎么教训人的，她真的不知道。周声和她说的不是这样的。

“他都跟你说了些什么？”

“他就说要教训一下姓顾的。因为顾煜廷是宋晖的表哥，他就让我跟宋晖打听了一下，看姓顾的有没有出院。他说只是想让姓顾的拉几天肚子……罢了。”

李茜声音越来越小，说到最后连她自己也不信了。她二哥那样心气高的一个人，一旦下手就不会是这种小儿科的恶作剧。她当时应该也想到了这一点，只是这想法在心里一闪而过，就盲目地选择相信了他。

归根结底，家境优渥让她意识不到做任何事情都要付出相应的代价。

李默看着妹妹一脸天真的样子，突然后悔把她保护得太好了。他轻叹一声，伸手理了理李茜粘在脸上的乱发。

周声和李茜一母同胞，但从小生活环境天差地别，也就注定了他们的性格南辕北辙。李茜是真傻，周声却是心狠手辣的人。也就李默还能压制得住他，否则这小子犯起浑来，谁也管不住。这回为了苏格，这小子竟要下狠手，若不是他发现得早，这会儿顾煜廷……

他这个弟弟，有时候连他都看不透。苏格就这么重要吗？

他有点儿疲倦，挥挥手让李茜回房间去。李茜想问他自己能不能回学校，终究还是没敢，哭哭啼啼地回房间去了。

她在房间里害怕了半天，最终还是给苏格打了个电话。

苏格起先听她说的事儿，愣得半天没说出话来：“你什么意思？”

“我都说了嘛，我二哥为了你想狠狠教训那个姓顾的，被我大哥发现了。现在他被送到美国拍戏去了，我也没法上学了。苏格，你帮我求求我哥好不好？我不想整天待在家里，哪儿也不能去。”

苏格哪里还听得进李茜的这些话，她默默收起手机，游魂似的回了录音棚。班主见她脸色不好，关心了几句，还让她早点回家休息。

苏格无心工作，也不跟人假客气，拿了包打的回家。

她进门后，阿姨迎面走了过来，看脸色有几分担忧。她指了指书房的方向，苏格心领神会，径直走过去敲门。

事到临头，她反而平静下来。该来的总要来。

里头李默应了一声，苏格就推门进去。门一开，一股浓重的烟味扑面而来，苏格嗓子不舒服，下意识地咳了几声。

书房里光线不亮，李默站在窗前背对着她。听到她咳嗽，他转过身来，几步上前把烟头摁灭在了烟灰缸里。

苏格脸色不太好，望着他的眼神有点儿无助。

李默心里恨得想骂人，面上还得装得冷硬疏离。他朝苏格走过去，从口袋里掏出一串钥匙，扔到了茶几上。

“这是我给你租的房子，预付了一年的房租，你把东西收拾一下，明天早上会有人来替你搬家。”

苏格笑了笑，弯腰拿起那串钥匙，咬了下唇：“李默，我能问你个事儿吗？”

“问吧。”

“是因为周声吗？”

“是。”

“所以弟弟比什么都重要？”

李默愣住了，他以为这个答案很容易说出口，可临到嘴边，看着苏格的脸，他居然说不出口。

他突然想吻她。

那一夜，苏格睡得意外地好。

第二天一早，搬家的人就过来了。苏格东西不多，统共两个箱子，搬上车后，她跟阿姨告别，临出门前回头一看，发现李茜正在二楼的房间望着自己。

小姑娘泪眼汪汪、可怜兮兮的样子，眼睛里写满了委屈。她也想下楼来送苏格，可她哥说了，如果她敢下楼一步，他就打断她的腿。他是那种说得出就做得到的人。李茜不敢拿自己的腿开玩笑。

苏格笑着冲她挥挥手，潇洒地转身离开，走路带风，长到脚踝的风衣衣角摇曳着，看着有种特别的帅气。

李茜更加舍不得她了。

苏格怕了……李家三兄妹各有各的好，也各有各的麻烦。

李茜是问题少女，中二病发作起来，苏格也吃不消。周声更是出乎她的意料，他对人的那种好叫人害怕，若他真为了她做出过激事件……苏格简直不敢想象。

还有李默……想到他，苏格心里有点儿失落，眼前闪过他昨晚那复杂的眼神。她不愿再多想，把那张脸从脑海里移除，深吸一口气上了车。

李默给她租了一套公寓，两室一厅，在一个中档小区里。这里环境不错，设施齐全，居住人员不复杂，大多是在本市扎根打拼的白领家庭，且多为自住房。住在这里，苏格很安心。

房子新装修不久，走简洁明亮风。苏格把箱子搁在客厅后，在各个房间走动了一番，对一切都感到非常满意。

这个李默脾气虽然大，做事却很细心。

她不急着整理东西，先进厨房给自己做午饭。冰箱里食材一应俱全，很合她的口味。她和那个男人住了不到三个月，他却已经知道了她很多事情。相比较而言，苏格觉得她一点儿也不了解李默。这男人的心深如海。

做完饭正吃着，李默打电话来询问情况。

“挺好的，房租一个月多少？”

“不用还我钱。”

苏格轻笑一声：“没想还，就是问问，要是超出我心里底线太多，到时候我就另找房子。”

她快毕业了，一年后就不能再住宿舍。这里虽然比不上那种高级公寓，但 B 市房价贵如金，只怕这房子的租金也不会太便宜。

李默没回答，苏格等了一会儿有点儿没耐心，正想催他，就听他道：“到时候再说。”

“什么意思？”

“还缺东西吗？”

他转移了话题，显然不想再谈刚才那事儿。苏格也就不再追问，把这房子里里外外夸了一遍。

她长这么大，头一回拥有自己的房子。虽说是租的，但有句话说得好，房子虽是租的，家却是自己的。

一整个下午，她都在布置自己的小家。

她太喜欢这房子了。相比于这里的温馨，李家这会儿气氛有点儿冷。

吃晚饭的时候，李茜终于被获准下楼，和她哥坐在一张桌前。可一对上她哥那张脸，李茜觉得自己还不如回房吃来得更痛快。看到李默那个样子，她哪里还吃得下？

没精打采地扒拉着碗里的饭，李茜不住地叹气。李默本来想当没听见，可这声音实在刺耳，他忍了半天没忍住，不悦地看她一眼：“赶紧吃饭。”

“吃不下。”

“那就别吃了。”

李茜更加觉得委屈：“哥，你这个人真的太没意思了。”

“我不需要你觉得有意思。”

“你对女生都这样吗？真不知道那些女的怎么会看上你，我看她们看上的都是你的钱吧。”

李默把筷子往桌上一搁：“不管是钱还是人，都跟你没关系。”

“哥……”李茜拖长音调在那儿撒娇，“你太无情了，就这么把苏姐姐赶走了。人家多可怜啊。”

李默心头一动：“怎么个可怜法？”

“那么瘦小的人，拖着两个大行李箱，边哭边往门外走。再铁石心肠的人看了，也会受不了的。”

李默本来还有那么点心疼，听李茜这么说反倒乐了。苏格哪里会这样，她是那种遇强更强的人。哭鼻子这种事儿太不符合她的人设了。再说她那长相并不瘦弱，李茜以为苏格是谁，林黛玉吗？

“哭的人大概是你吧。”

“我当然也哭了，我回家了，她却走了。哥，你能不能把她接回来？这次的事情跟她没关系，是我跟周声做的。”

“不错，她确实可怜。不过李茜你要长这个教训，以后你要是再胡来，会有更多的人像苏格一样倒霉。这次事情还算小，若真闹大了，你那是累人累己。”

李茜一副好学生的样子，乖乖听训：“哥，你说得对，我知道错了，不过我也是被周声坑了。我绝对想不到他会有那么大的胆子。要知道他想那么做，我一定不会答应的。我那么喜欢宋晖，如果因为我的原因害了他表哥，他会恨死我的，我们的恋爱之路就会很坎坷。”

李默简直要被她气笑了，瞧她那副小大人的样子。

“你放心，他压根儿没看上你。”

要不是李茜是他亲妹，他真要同情那个姓宋的小子了。是有多倒霉才会叫这么个小太妹看上，整天阴魂不散？

“哥，你别这么说，感情这种事情说不准。”

“也对，万一他哪天眼瞎，或者智商掉线，看上你也是有可能的。”

李茜嘟着嘴，觉得自己受到了伤害。

“你又凭什么说我，你也好不到哪里去。你这是公报私仇，把周声的事儿迁怒到苏姐姐头上，你的智商也掉线了。”

“我是为他好，再这么下去，对他对苏格都不好。”

“他不就是喜欢苏姐姐吗？让他们在一起就好了。在一起后，他就老实了。”

李默听得直皱眉，他从来没有想过这种可能性。周声这人太危险，苏格跟了他不是件幸事。

“他们不合适。”

“可周声喜欢啊。”

“所以他们必须分开。”

把苏格请出家只是第一步，接下来，李默还想好了一系列的后续发展。他的最终目的就是把苏格放到周声看不见也找不着的地方，不管是哪个城市，甚至送她出国。

时间一久，那感情也就淡了。

李茜对此很不以为然：“哥，你真的很笨啊，拐那么大个弯干什么？你要想叫周声死心，找个人做苏姐姐的男朋友不就得了。苏姐姐有了喜欢的人，自然就不会看上周声了，多简单的事儿。”

李默拿起筷子正要继续吃，听到这话手一顿。

“男朋友？”

“对啊，不过这人得好好挑挑，太弱了不行。周声那火暴脾气，一般的男人肯定没活路。”说到这儿，李茜眼前一亮，转头盯着李默直瞧，瞧着瞧着，她就笑了，“哥，你就不错啊。你去追求苏姐姐吧。反正周声拿你没辙，这样就可以永远把他们分开了。”

李默反手拿筷子打李茜的头，小丫头一天到晚想些什么。

李茜不服气：“本来就是，你喜欢就去追，弄那么多事儿做什么，男人要大气些。”

“我还不够大气？我要小气的话，早被你们这两个惹事精气死了。”

一顿饭李茜吃得生无可恋，被她哥揪着训了一个小时。

李默很少一次性讲这么多话，到最后也是口干舌燥，一个人回房看书休息。

那天之后，李茜提的那个建议一直在他脑海里打转。听上去很荒唐，可又不失为一个有用的办法。苏格人虽然走了，可那股气息总好像还在，他总能有意无意地闻到她淡淡的香气，那是女人特有的。

李默被这气息搞得有点儿烦，忍不住点了支烟抽。他烟瘾不大，为了工作基本不抽。但苏格来了之后，他抽烟的频率越来越高。

烟雾升起后慢慢钻进他的鼻子，暂时掩盖住了苏格留下的若有似无的气味。

床头柜上的手机不停在振动，李默夹了烟走过去，顺手拿起电话。他以为是医院打来的。

“少爷，苏格住的小区着火了。”

“知道了。”

李默声音平静，挂了电话后甚至还狠狠地吸了两口烟，但转眼就拿了外套下楼，驾车冲进了浓重的夜色里。

他这才发现从自己家到苏格家竟是这么遥远。

车子开到小区门口不远处就被堵在了那里。私家车、消防车，还有救护车，将原本挺宽的马路挤得满满当当。

李默弃车拔腿往里跑，面前只看到火光一片。

一声爆炸在嘈杂的夜里响起，世界瞬间安静。

接近凌晨的 B 市火车站，依旧是人头攒动。

苏格买了后半夜的火车票，离开车还有一点时间，她坐在候车大厅百无聊赖地刷手机。

一条新闻推送跳出来，她扫了一眼愣住了。

这地方有点儿熟悉，她点开看了一会儿，才想起来是自己住的小区。新闻很短，不过一百多字，配了一张火光冲天的照片。

网上有句话说得好，新闻越短，事情越大。苏格一下子就从椅子上跳了起来，动作太大，吵到了旁边睡觉的阿姨，对方咕哝了几句，翻个身继续睡。

苏格拎着行李箱，想不好下一步该怎么做，她配的戏刚告一段落，加上学校也没课，她就买了票回家看妈妈和弟弟。

去老家的火车不多，下了车还得转大巴，进村还要坐小面包车。回一趟家路途遥远，来回要两天时间。她一共也只有一星期的假，可小区着火了，不回去看说不过去。

她正在那儿犹豫呢，电话响了。苏格还没来得及说话，李默的声音就传了过来：“你在哪儿？”

语气异常严厉，似乎还有点儿气急败坏。

“火车站，怎么了？”

“没什么。”

对方把电话挂了。苏格莫名其妙，回忆起刚才电话里嘈杂的背景音，似乎还有救护车的鸣笛声。

他这是在哪儿？

还未细想，电话又一次追过来：“你去火车站干什么？”

“回家啊。”苏格怕他再挂，赶紧问，“我刚刚看新闻，明珠小区着火了，你知道这事儿吗？”

李默的声音已恢复正常：“知道。”

“那我现在回去吧。”

“不用，烧都烧了，你回来也没用。”

苏格听出了弦外之音：“你这会儿不会是在……”

“对，我在明珠小区。你家已经烧没了，有重要东西吗？”

苏格有些心疼：“我的衣服，还有书。”

“再买就是了，证件有吗？”

“没有，我随身带了。”

“那就好。”

电话那头顿了顿，苏格正打算说再见，就听李默又问：“你几点的火车？”

“两点。”

“行，我知道了。”

这回是真挂了。苏格握着手机愣了好半天，有点儿回不过神。她这才搬进去一周，居然发生这样的大事儿。虽说没有贵重物品，但每一样东西都陪伴了她很久，说没就没了。

她在座位上呆坐了半天，眼看快到检票时间，一咬牙还是起身拖着箱子往外走。快到门口的时候，有人伸手拦住她。

苏格还没反应过来，人就让对方捞了过来。李默直接把她转了个个儿，重新往候车大厅走。

“你怎么来了？”

“找你。”

“找我干吗？”

广播里开始播报检票的车次，李默问苏格：“是你的吗？”

“嗯，是。”苏格掏出火车票看了看，还想问什么，李默已经拉过她的行李箱，径直走向了检票口。

“你特意来送我吗？我正打算回去看看呢。”

“跟你说全烧没了。你家隔壁煤气爆炸，你住的地方一点儿没剩，现在那楼是危楼，你去了也不可能上去。消防队正在灭火，等后续清理完了，如果有东西能扒拉出来，会让你去认领的。”

苏格听得好绝望，她大半的家当都在那个房子里，居然一把火就烧没了。

两人排在长长的队伍末尾，顺着人流慢慢往前走。李默怕她被挤跑，伸手抓住了她的手。

苏格心头一颤，紧张得呼吸都乱了。男人的手坚实有力，给她安全感。苏格失落的情绪渐渐好转。

快到的时候，她有点儿舍不得，小声对他道：“你回去吧，里面不能进，就送到这里吧。”

李默没说话，只是放开她的手，从口袋里掏出一样东西，递到了检票员手里。

苏格探头一看，发现那是一张火车票。她正想问，工作人员催了她一句，她赶紧把票递过去。身后又有人不断涌上来，两人就顺势跟着人群，一路往前走。

李默把票塞回口袋后又重新握住了苏格的手，动作很是自然。苏格猜不透他的心思，只觉得脸上烫得厉害，另一只空的手不住地去摸脸颊和耳垂。

这男人忽冷忽热的，让她有些忐忑。

她浑浑噩噩地跟着对方上了车，车厢走廊里人不多，右手边是一排包厢。李默带她停在了某一间门口，示意她进去。

苏格给他看自己的票：“我的座位不在这儿。”

“我知道。”

苏格买的是硬座。这趟车中间要停很多站，到苏格家乡那一站至少要开八小时。那种硬座坐八个小时，李默觉得简直是受罪。

“别管那个，今晚你就住这里。”

说着，他把箱子拎进包厢，扯了一把苏格。

苏格头一回坐火车包厢，进去后参观了一下，转头问李默：“这票多少钱？”

“不知道。”他把车票递给苏格，“自己看吧。”

苏格看到那价格不由得撇嘴：“这是你的票，这上面写了只能坐一个人，我还是回自己那节车厢去吧。”

李默拉住她：“这是你的，我的在隔壁。”

“你买那么多票干什么？等等，你干吗要上这趟车？”

“疯了呗。”

李默从桌上抽了张纸巾擦脸，一抹居然一纸的灰。苏格这才看清楚，平时人模狗样的斯文败类李大夫，今天居然有些狼狈。

他头发乱乱的，还有点儿湿，脸上有没擦干净的灰，十一月的晚上只穿了一件衬衫，两边袖子卷得不是一样高。衬衫上头掉了一颗扣子，露出一点肌肉，起伏的胸膛很是性感，苏格看了就移不开眼睛。

“看够了吗？”李默笑着凑过来，似乎要吻苏格。

她吓得后退两步，赶紧把头移开：“你怎么搞成这样？”

李默心想：我也不想啊。

不过活了这么久，今天真可以算是他这辈子最狼狈的时刻。

苏格住的那栋大楼爆炸的时候，他想也没想就往里面冲。四散奔逃的人群不住尖叫，他却什么也听不见。

跑到楼下时他被一个消防员死死扯住。对方劝他：“火太大，你绝对不能上去。”

李默反手想给那人一拳，最终还是忍住了。他把人往边上一推，又要往里冲，一股从下而上的热浪直扑面门而来。他的脸就是那时候被熏黑的。

消防员急了，在那儿吼：“你打个电话啊！”

李默回头看他，就这么一恍神的工夫，他被人扯出大楼，扯到了旁边的空地上。

“先打电话，看看人在哪儿。”消防员还在劝他。

然后，他就打了刚才那个电话。

李默觉得这些事儿还是不叫苏格知道好。他摸摸对方的头发，露出一丝坏笑：“这样不好吗？我看你眼睛都没眨一下。”

“谁要看了？”

"我说你看了吗?"

苏格说不过他,气得直把他往外面推:"快走快走,回你自己包厢去吧。"

李默却耍赖不走,往沙发里一躺,一只手握拳敲着额头,一副疲倦的样子:"先让我歇会儿。"

今晚事情太多了。打通电话后,他从明珠小区出来,却发现自己的车被前后夹击,堵在路边根本开不出来。

附近也打不到车,他只能给司机打电话,跑了很长一段路。

票是司机给买的,他就在车站的厕所里洗了把脸,想抽烟才发现身上没带烟,本想跟司机要一支,为了苏格又忍了。

苏格看他确实很累的样子,也不好意思再赶人,坐在床沿边发呆。很快车子启动,慢悠悠地朝她老家开去。

苏格看看表,差不多两点半,外头是无尽的夜色,她就这么和一个不太熟悉的男人,单独坐在狭小的包厢里。

幽闭的环境容易让人紧张,她又想把李默赶回隔壁包厢去。

"你……要不要回去休息一下?"

"不用,这里挺好的。"

"可是我要睡觉了。"

"那你就睡吧。"

李默一直在假寐,听到这话睁开眼睛,打量了一下那张床:"你说这床能挤下两个人吗?"

"当然不行。"

"不试试怎么知道?"

李默坐直身子,起身朝苏格走过来。他脸上又露出刚才有过的坏笑,那笑容越来越大,苏格整个人汗毛直竖,她嗅到了危险的气息。

她从床上跳了起来:"两个人肯定睡不下。你要不想挪地方的话,我去隔壁那间好了。"

说着,她转身要跑,被李默从后面一把抱住。他的手紧紧环着她的腰,唇已凑到了她的耳边:"你在害怕?"

苏格想说没有，可瑟瑟发抖的身体出卖了她。男人霸道的气息将她团团裹住，浓得几乎化不开。

她听到自己开口时发颤的声音："你能不能先放开我？"

"不能。"拒绝得干脆利落。

"那你要干什么？"

"你说呢？"李默说话的气息飘到了苏格的耳边，弄得她全身痒得不行。她的反应让李默笑了起来，他感受着自己的心，仿佛明白了什么。

他想，今夜如此美好。

第二天十点多，苏格他们总算到了目的地的第一站。出站之后，李默去拦车，苏格这才意识到他是空手来的。

"你什么行李也没带？"

"我去你家找你，带行李做什么。"

出租车在城市里穿梭了半天，最后朝城外的乡间小路开去。

李默看着窗外不停闪过的农田，问苏格："你家还有多久到？"

"早着呢。"

出租车不像大巴会绕路，直行的话比平时节省至少一个小时。但即便如此，车子开到山脚下的时候，时间已近两点。

两个人都有些累。苏格带李默在山下的小饭馆吃了碗面条，付了账后催促他："行了，走吧。"

李默一路拖着苏格的行李箱，一双长腿放慢速度，迁就着苏格的步伐。

"早知道要走山路，刚才在市里该换身装备。"

"不会走很久，找到车就可以了。"

李默沉默了，片刻后道："还要坐车？"

"对啊。我家在山里，出租车不肯上山，嫌山路太抖不好开。我们这里有专门上山的小面包车，开上去很快。"

"很快是多快？"

"三个小时吧。"

李默突然有点儿后悔，不该一时冲动跟苏格回家。这破地方来一次得一天，他一共也没几天假期。那还是因为他支非半年，院里为了奖励他，调了半天才调出来的几天长假。

干他们这一行的，尤其是像李默这样的行业专家，想好好休息简直就是梦想。这下倒好，全砸苏格手里了。

苏格睨他一眼："我可没让你跟来啊。"

"是是，全是我自找的。"

他这么说，苏格又有点儿不好意思，人家一片关心，她该受用的。

"我家还行，你别害怕。"

"不怕，有张床睡觉就成。"

非洲那样的环境他都能待下来，苏格家又能可怕到哪里去？能养出这么漂亮水灵的妹子的地方，应该也有山明水秀的好风光。

小面包车很快就找到了，车厢狭小，李默手长脚长，坐在里面十分憋屈，连腿都伸不开。苏格只能安慰他："忍忍就到了。"

行，忍呗。

李默问苏格要衣服："……什么也没带，你家有男装吗？"

"有，我爸爸的，不过他个子比你矮，可能会嫌小。"

"你们那地方有卖的吗？"

苏格捂嘴笑："没有，刚刚山下有，你不早说？"

李默耷拉下一张脸，狠狠瞪了她一眼。

"好了，我会给你借的。我二叔个子跟你差不多高，他的衣服你应该能穿。"

李默暗自好笑，想起他那些"狐朋狗友"。当初他见识了多少人为了追老婆弄得头破血流，他每次总是嘲笑对方。想不到现世报来得这么快，他也有认栽的这一天。

山路不好走，车子却开得飞快。司机是本地人，看得出来他很享受这种飙车的过程。苏格似乎也很习惯这种车速，担心李默不习惯，就用本地方言跟司机聊天，让他开慢点。

司机回头冲他们笑了笑，用不太标准的普通话道："苏娃儿，带男朋友回来见人哪？"

苏格挺洋气的名字，一下子土到了渣渣里。

李默只听懂了这一句，其他的对话完全靠猜。他向来脸皮厚，司机一说完，他就接了一声："是。"

短短的一个字，已足以说明一切。

苏格掐他一把，凑过去小声道："你一会儿见了我妈千万别胡说，她会当真。"

"那你准备怎么介绍我？"

这让苏格犯了难。是啊，好端端的带一个男人回家，让她妈怎么想？可她也没请他来啊，明明这根尾巴就是自己一路晃过来的，怨不得她。

"你要不喜欢，大可以拒绝。我是得到你允许的。"

烫手山芋又被扔回苏格手里，她一边打量李默，一边琢磨着给他冠个什么头衔："一看年纪就比我大，也不能说是同学。"

"是。"

"你这样子也不像我们这里的人，说是老乡，我妈也不信。"

"对。"

"看起来很聪明，也不像傻子，不能跟我妈说是做好人好事儿……哎哟。"

苏格感到腰上一紧，李默的手不知道什么时候伸了过来，狠狠地捏了她一下。

这人真是太坏了。

"你要不怕死就这么说。"李默意犹未尽，凑近了跟她咬耳朵，边说边笑，"听我一声劝，还是男朋友最合适。吃亏的是我，不是你。"

苏格有点儿生无可恋，想了三个小时也没想出来到底该怎么介绍李默，后来她索性放弃了，走一步算一步吧。

到达苏格家所在的村庄时，天已完全黑了。夜里的山林寂静幽深，空气清新，不带一丝浊气。李默一路握着苏格的手，最后两人停在了一户农家前。

苏格紧张得手抖，李默放开箱子，将她整个人抱进怀里，轻声安抚她。

那一刻，两人离得特别近。李默的手指拂过苏格的额发，两个人的呼吸都有些重。

这条路没有路灯，除了月光外，只剩院子里微弱的灯光，透过薄薄的门板钻出来。

夜深人静，美人在怀，李默心念一动。

苏格感受到了他的意图，理智和渴望在心头来回交织，她并不想推开李默。

两人僵持了一会儿，就在李默低头准备付诸行动时，木板门嘎吱一声，一个中年妇女出现在了门后面。

苏格直接把李默往后一推，力道太大，差点把人推进门边的柴火堆里。

李默的手在柴堆上用力一按，手心就被扎了一下。

“苏格，你怎么回来了？”

苏格一见中年妇女就上去挽她胳膊：“妈，我放假，回来看看你。”

“那你也不提前打声招呼？”

“想给你个惊喜啊。”

“喜没有，家里的老黄狗倒让你惊着了，叫个不停。”

苏格这才留意到院子里狗在叫，难怪她妈出门来看动静。她刚才居然没听到狗叫，是因为太投入，太想跟人接吻了吗？

摸摸发烫的脸皮，苏格很不好意思。

苏母笑着瞪了女儿一眼，准备拉她进屋，转头看到站在一边正在那儿拔木刺的李默。

“苏格，这人是谁啊？”

该来的总要来。

苏格傻傻回了一句：“他是李默啊。”

“李默？”

苏母狐疑地打量着这个男人，长相英俊，气质出众，跟他们村那些糙老爷们完全不一样，看起来是个城里人。

李默见对方看自己，忙放下手打了声招呼：“您好。”

他没叫苏母阿姨，倒把她弄得有点儿蒙，她吃不准这个男人跟自己是不是差了一个辈分。

苏母年纪不大，今年刚满四十。李默长得显年轻，但沉稳的气度瞒不了人，苏母推测他应该有三十，说他比苏格大一辈，也不是不可以。

三个人站在那里都没说话，苏格简直快尴尬死了，她推着母亲往里走：“妈，我赶了一天一夜的车，累死了，有没有饭吃？”

“没预计你会回来，哪里还有饭啊？赶紧进来吧，我给你们做点。”

一个“你们”就把李默也包括了进来。后者不客气地拎着苏格的箱子进了小院，路过那条大狗的时候，对方冲他汪汪叫个不停。显然李默这个外来者，令它有些不安。

苏格家里看起来条件一般，跟普通农村人家没什么两样。房子半新不旧，占地倒还可以。屋子收拾得挺干净，进屋的时候李默看到有个男孩正坐那里看电视。男孩听到动静扭头一看，惊喜地叫道：“姐，你回来了。”

那应该是苏格的弟弟，年纪不大，十来岁的模样。

苏格上去拍拍弟弟的脑袋："别整天看电视，多学习。"

"作业都做完啦。"

苏小弟站起身来，身高大概到他姐的肩膀处。姐弟俩长得不大像，苏格是特别漂亮，她弟五官普通，但人透着一股子机灵劲儿，不惹人讨厌。

他跟姐姐感情很好，腻歪了一会儿后才注意到站在一旁的李默，正想发问，就听苏母道："二宝，你把桌子收拾一下，我去厨房做点饭。"

"都这个点儿了，还做啊？"

"你姐他们还没吃呢。"说着，苏母就走了。

苏二宝挪到桌边收拾自己的书本，忍不住问他姐："那人谁啊？"

他背对着李默，没发现对方已经走到了他跟前，一转身差点撞到他，吓得叫了一声。

"你走路没声音啊。"

李默心想：这姐弟俩怎么一个德行，胆子都小。

"我叫李默，你叫苏二宝是吗？"

二宝显然不太满意这个名字，撇撇嘴道："我有名字，我叫苏长军。"

这个名字挺普通，也很符合这里的民风。李默一直觉得奇怪，苏格这名字怪怪的，一点儿不像小山村里走出来的姑娘该有的名字。他有一次问苏格这名字怎么来的，苏格想了想，道："我小时候据说不叫这个名字。那时候我妈要给我报户口，电视里正演《还珠格格》，她就把名字改成这个了。"

"那你原本叫什么？"

苏格坏笑了一声，坚决不肯告诉他。

厨房那边很快飘来了香味儿，苏母在那边叫二宝的名字，要他去院子里取几根晒着的腊肠。他不情不愿地走出去，临到门口还回头警惕地看了李默一眼："姐，你要小心哦。"

苏格忍着笑："知道了，他不是坏人。"

饭后，二宝摸着圆滚滚的肚子，在他妈的笑骂声中满足地笑了。趁着苏母去洗碗的工夫，他又开始纠结那个问题："姐，这人到底是谁啊？"

"李默啊，人家刚刚不是报过名字了？"

“我是问他跟你什么关系。”

“朋友关系，刚才你没听咱妈说吗？”

二宝想了想，好像是听了一耳朵，可朋友也分很多种啊，这种一言不合就直接领进门的，算是什么级别的朋友啊？

李默掏出手机，点进一个赛车 App，问二宝：“会玩吗？”

男孩子没有不喜欢车的，二宝一看，眼前一亮：“喜欢，我听说过这个游戏。可是好贵，每玩一局都要钱，就没有免费的。”

“我里面钱多，你替我玩几局。”

二宝兴奋异常，不客气地接过手机，躲到角落里疯狂飙车去了。他姐这个朋友，挺上道啊。

苏格简直没眼看。李默太厉害，一出手就直取命门，抓住了她弟两个最关键的软肋：馋和贪玩。她先前的担心一扫而空。

苏母洗完碗出来就拉苏格到一边说悄悄话：“你这个朋友，晚上住咱们家？”

“嗯，是不是不方便？附近也没有旅馆。”

“没什么不方便的，家里还有一间空房。我是担心他睡不惯，他看起来没怎么吃过苦吧。”

苏格想了想，说：“没事儿，他以前还住过非洲，比咱们这里破多了。”

“非洲，他是干吗的？”

“医生，他去援非，最近才回来。”

苏母立刻露出敬佩的目光。她虽然很少出村，但透过电视也知道天下大事儿。医生在她心里地位崇高，又是援非的志愿者，更加让人另眼相看。

她对李默的态度，一下子就好了起来。

此刻，李默一个人在苏母给他安排的房间里休息。屋子不大，胜在整洁。苏母拿来了干净的床单枕套，笑着招呼他：“你要有什么需要就跟我说，别客气。”

李默赶紧接过东西：“您太客气了。”

“听说你是大夫啊？”

“是。”

“什么科的？”

“神外科，常给人做开颅手术。”

苏母眼里的崇拜更深了。她看一眼门口，发现没人，凑近了小声问李默：“小李，我问你个事儿？”

“您尽管说。”

“你跟我们家苏格，到底什么关系？”问完觉得太直接，苏母自己也不好意思地笑了。

李默倒是很老实：“目前还是朋友关系。不过我挺喜欢她，我在追她。”

李默这么实在，倒搞得苏母不知道怎么接这个话茬，嗯嗯啊啊了一会儿，就借口出去了。

走到门口的时候撞见来送被子的苏格，两人都有点儿不好意思。苏格怕她妈误会，赶紧道：“我怕您累才给拿过来的，您给他吧。”

苏母摆摆手：“你自己给。”说着就走了。

苏格有点儿疑惑，进屋问李默：“我妈这是怎么了？”

“挺好的，刚跟我聊完天。”

“你们聊什么了？”

李默晃了晃手里的床单枕套：“你帮我铺床，我就告诉你。”

整个一趁火打劫。苏格暗骂自己没用，可还是乖乖接过东西，认真给他铺上。她扯过床上簇新的枕芯：“这是我妈买了给我用的，我还没用呢，倒便宜你了。”

李默笑笑：“那回头给你买套更好的。反正你的也都烧了。”

一说起这个，苏格就止不住地心疼。她现在除了那一行李箱的东西，只剩留在宿舍的零散东西了。她今晚肯定难受得睡不好。

李默有点儿心疼，摸摸她脑袋：“喜欢什么就说，回头都给你买回去。”

“我要的是记忆，是情怀，这东西怎么买？”

老男人忍不住想翻白眼：“也就你们女生整天弄这些不切实际的东西。东西就是东西，人在比什么都重要。你要不是心血来潮突然想回家，我现在大概得去太平间找你。”

“干吗这么说？怪瘆人的。”

确实是她命大，听李默说，她家隔壁煤气爆炸，她要是留在家里的话，只怕得粉身碎骨。这么一想，那些身外之物又显得不那么重要了。

“好吧，烧了就烧了，随它们去吧。你这被子嫌不嫌薄？”

苏格拍拍刚套好的枕头，又指了指放在一边的被子。比起厚薄，她更担心被子的长短。李默个儿这么高，他盖的被子得是定做的吧。山里夜凉，他这过惯了好日子的大少爷，不知道受不受得住。

“我在非洲的时候，跟死人睡过。扯一条白床单，我们两人盖。”

李默说起这些的时候，脸上的神情总是异常地从容。苏格觉得那样的他比平时多了一份卓然的气质，又有些高不可攀。

“非洲很困难吗？”

“比想象中更难。”

李默想起他临走前救回的那个女人，还有她幼小无助的孩子。他救了她一命，却不敢肯定她现在还活着。在那样的乱世里，生存就是最大的奢侈品。

这个话题略沉重，苏格抱着枕头陷入了沉思。她漂亮的眉头皱成一团，大眼睛里有着同情与悲伤。李默走过去蹲下身来，抬手想搂住她。

结果门口有人叫了起来：“李哥，你这游戏太难了。”

苏二宝冲进来，直奔李默而去，要他教自己玩游戏，把姐姐一个人扔在一边。

苏格也不打扰他们，默默地铺好床单就往外走。身后李默叫她：“苏格，给我倒杯水。”

“哦。”

“姐，我也要。”

“自己去倒！”

两个人异口同声，苏二宝一脸委屈，人家还只是个孩子，干吗这么凶？

苏格去厨房转了一圈，拿水回来的时候发现二宝已经走了。李默接过水杯，问她要换洗的衣服。

“你家能洗澡吗？”

“有浴室，但没有热水器，水得现烧，你嫌不嫌晚？”

李默不嫌晚，但一想到苏格昨晚没睡好，又赶了一天的路，怕她累着，便道：“那明天再说。”

正说着话，二宝又来了。

“李哥，这一关我怎么也过不了，你教教我吧。”

李默头一次发现小屁孩真是个麻烦。他接过手机玩了一局给二宝看，边玩边讲解要点："再玩最后一局，然后去睡觉。手机得充电了。"

二宝依依不舍："哥，我今晚能不能跟你一起睡？"

苏格知道他的想法，直接拒绝了这个提议："不行，你想半夜爬起来玩游戏是吧，少打这种歪主意。一局就是一局，玩好了赶紧回去。"

二宝可怜兮兮地望着李默。

"床太小，咱们两个睡不下。"

这个借口还能接受，二宝不情不愿地玩了最后一局，总算通了一关，这才心满意足跑去自己房间睡觉。

苏格也想走，被李默伸手拉住，直接给抱进怀里。

"你就不用走了。"

"为什么？"

"反正你半夜也会摸过来，不如直接留下更好。"

"我在自己家没这个毛病。"

"不见得。"李默一边说，一边轻抚苏格的脖颈。女人细嫩的皮肤触感良好，像掐得出水的嫩豆腐，让人恨不得狠狠咬一口。

苏格被他摸得心猿意马，挣扎了两下发现徒劳无功，只能求饶："我妈在，你别乱来。"

"你的意思是，只要你妈不在，就可以乱来是吗？"

苏格被他的无赖样儿彻底打败了。

"留下点什么。"

苏格不明白："留下什么？"

"什么都好，要不我舍不得放你走。"

苏格想了想，妥协了，于是点点头。她转过身来面对着对方，踮起了脚，李默也顺势弯下身来迎合她。眼看两人的唇就要碰在一起，苏格却一用力，蹿起十厘米，直接吻上了对方的额头。

李默一愣，苏格抓住这个机会，一溜烟儿就跑了。只剩李默站在那里，回味着那个吻，无语地笑着。这个小丫头，果然跟她的长相一样坏，一样勾人。

苏格跑回自己房间，关上门后直喘粗气。平生头一次吻一个男人，哪怕只是在额头上轻轻一吻，也足够叫她心跳加速。

真的太疯狂了，他们认识才多久，还有着那么尴尬的关系，怎么一转眼的工夫，已经进展到这一步了？苏格觉得整个世界都疯了。

第二天一早天刚蒙蒙亮，苏格就被院子里妈妈干活的声音吵醒了。农家人起得都早，苏格有一阵没过这种日子，还有点儿不习惯。

苏二宝上学去了，苏格起来路过他的房间，发现里面乱成一团，就进去给他收拾。

正整理书本，听见门口有人跟她说话："你这姐姐当得不错。"

她回头冲李默笑："那是，比你这个当哥哥的成功些。"

"行，以后我的妹妹也交给你管，你给我盯着点。"

"我可管不住她。"

"你责任重大，不能不管她。"

苏格想说"关我什么事儿"，一眼看到李默脸上暧昧的笑容，立马明白过来。一大早就占她便宜，吃她豆腐，这个人真是够流氓的。

李默进来帮忙，两人很快就忙完手里的活。苏格出去想给李默做早饭，一看桌子上已经摆了满满一桌。比起昨晚的蛋炒饭，今天的早餐简直丰盛得有些过头了。他们家只有过年才吃这么丰盛的早饭。

"看来我妈拿你当贵客。"

李默心想那是自然，一个要追她女儿的人，搞不好将来就是她女婿。女婿头一次上门，隆重点是应该的。

吃过饭，李默提出要洗澡，苏格就去给他烧水。她家没有煤气灶，村里没有液化器，她爸长年不在家，她妈一个人搬不动煤气罐，所以她给家里弄了几个电磁炉。

她妈嫌电费贵，总是不用，平日里还是捡柴烧灶。苏格让李默帮忙翻了半天，才从柜子上面翻出积了灰的电磁炉。

她干活速度很快，李默在那儿给她打下手，有时候还跟不上她的口令。

他望着她的时候总会失神。一个长得太漂亮太白净的姑娘，总觉得跟这黑瓦灰墙的破败房子格格不入。

李默这些年见过很多人，练出了一双毒辣的眼睛，但他一直没把苏格完全看透。她身上有不属于这个山村的独有的气质，可姓关的查不出更多的资料，是她隐藏太深，还是他想多了？

苏格把热水灌满家里所有的热水瓶，然后招呼李默往浴室里搬。所谓的浴室就是一间小格间，四面都是水泥墙，墙上安了个水龙头，拧开只有冷水往外流。

她又给李默搬了个大木桶过来：“你自己兑点温水，我们家只能这么洗澡。”

李默一点儿不介意，顺手开始脱衣服。他就穿了件T恤，一脱立马露出精壮的上半身。苏格没料到他动作这么快，人还站在原地没动，看了个一清二楚，比上回更近更直接，他看起来也更性感。

李默一把拉过苏格，将她摁进自己怀里。苏格的脸颊贴到他胸前的皮肤，只觉得烫得灼人。

“你替我脱。”他的声音沉哑魅惑，像是带着醉人的酒香，苏格一下子晕头转向。

浴室里的水龙头有点儿漏水，滴滴答答的水声不绝于耳。

苏格觉得每一滴水都像是滴到了心头上，敲打着她那颗不安分的心。

她贴着对方胸口的那半边脸已经烫得不行，想要移动却又不敢。耳边有李默强有力的心跳声，比正常速度略快一些。

两个人都有些动情。

李默抬起苏格的下巴与她凝望，后者没有拒绝，眼睛里流出亮眼的光来。

双唇微启，四片唇轻轻地碰到了一处。

外头传来一声大叫：“苏格！”是苏母的声音。

李默手一顿，苏格更是反应迅速，跟条鱼似的从他怀里滑出来，应了一声便往外逃。

她的声音在发抖，李默听了想笑，随即又想，这地方真麻烦，每次想做点什么，怎么总有人打扰？

苏格红着脸跑到外头厅里，就见她妈手里拿了个盆。苏母把盆直接递到她面前：“去，把这年糕送你二叔家去，我刚打的。”

苏格去掀盖在盆子上的湿布，耳边苏母还在唠叨：“你说你早上起来后都干什么了，连头发都没好好梳。”

苏格随手理了理长发：“很乱吗？”

“你自己去照照镜子。”

不用照也知道，肯定是刚才跟李默玩亲亲的时候让他弄乱了。

“妈，你大早上起来做这么多啊。”

“还有，给你们留了。”苏母眼睛一转，拉住要走的苏格，“小李起来了吗？”

苏格眨巴眼睛看了看她妈，这才一个晚上的工夫，就成小李啦。

“起来了，他在洗澡。”

“唉，他很不习惯吧。你们也别住太久，赶紧回城里去吧。”

“妈，”苏格眼皮直往上翻，“哪有你这样的。”

“人家挺好的，这年头城里的男生有几个肯跟你回咱们家这种地方来的，光听听就得吓跑好几个。他没被吓跑，还住得很自在，这样的人很难得。”

“难不难得跟我们有什么关系。”

苏格嘀咕了两声，端着年糕就要走，结果被她妈拽了回来。

“你先别去，等小李洗完了，你们一起去。”

苏格警惕地望着她：“干吗？”

“见见你二叔啊。家里难得来个生人，总要让亲戚们见见。要不回头你们在村里乱逛让人看见，闲话就要出来了。”

小地方就这点不好，偶尔一张陌生的面孔就能让整村人兴奋半天。

苏格没办法，只好端着盆子进屋去。她站在堂屋的中央，眼神不自觉地往那边的小浴室看去。她竖起耳朵听，离得太远听不见声音，好奇心跟猫抓似的，忍不住搁下盆子悄悄走过去偷听。

门板很薄，门锁是那种老式的搭扣，也早就坏了，松松地扣在那里。苏格本来想透过门板上的缝往里看，想起李默没穿衣服，就改成把耳朵贴上去听。

大概力道重了些，门锁一下子就开了，黑灰色的木门发出“嘎吱”一声，门慢悠悠地晃了开去。

李默刚刚洗完，背对着门伸手去拿苏格给他准备的毛巾。听到声音，他准备回头，结果苏格立马尖叫一声：“你别动！”

他就真的没动。

想想好笑，他道：“怎么，想要一起吗？”

“不用了。”

“那你过来干什么？”

“找……找你有事儿。”

李默忍不住笑出声来，好心提醒她：“那你能不能先出去，等我穿好衣服再商量别的事儿？”

这话说完后，他没动，就听身后响起苏格懊恼的声音，门“砰”的一声被合上，凌乱的脚步很快消失了。

苏格暗骂自己简直蠢死了。看到李默裸体的那一刻，她应该立马就跑，而不是站在那里跟他扯淡。多看了十几秒，她眼睛不会瞎掉吧？

她盯着桌子上的盆子看了老半天，最后决定不等李默，自己一个人去隔壁送东西，走到门口的时候听到李默在叫她。

苏格假装没听到，拉开门往外走。走出一段才发现后面跟了个人，她有点儿生气：“你跟过来干什么？”

“讨个说法，总不能让人白看啊。”

苏格紧张地看看四周，上前威胁他：“今天的事情，你不许说出去。”

“你怎么这么横，吃亏的明明是我。”

“我就这么横，这是我的地盘。”

李默忍着笑耸肩：“好吧，听你的。”

他这样居然看起来有点儿无辜和可怜，跟平时冷峻的形象大相径庭。苏格又有点儿同情他，想不好怎么安慰他，低头看到手里的盆，便道：“行了，回头给你炸年糕吃，听话。”

“好吧，原谅你。”

“那你先回去？”

“不行。”

苏格原本脸上挤出一点笑容，听到这个回答整张脸立马垮下去：“你要干吗？”

“跟你去送年糕。刚刚碰到你妈，她让我们一起去。”

一盆年糕有必要两个人送？别以为她不知道她妈的想法。可是没办法，每个女儿都拗不过一个有着一颗爱炫之心的母亲。

苏格站在那里盘算着，旁边有村民路过，一见她就打招呼：“小苏，男朋友哟。”

苏格暗道不妙，赶紧堆出一脸笑：“吴伯，串门啊。”

“去你侯婶家。男朋友不错啊，一会儿领我家去玩啊。”

“行行。”苏格一边敷衍，一边拉着李默往隔壁人家走。好吧，既然吴伯知道了，侯婶也会马上知道的。那个侯婶是村里有名的广播站，一旦她知道，就意味着全村都会知道。

苏格突然有点儿后悔，应该听她妈的劝，早点回B市才好。

两人一前一后进了隔壁二叔家的房子，顿时整个院子都热闹了起来。她二婶平日里就喜欢说三道四，对苏格也不太看得上，大约是嫌她长得太漂亮，老想让自己女儿跟她比一比。

苏格的堂妹比她小三岁，没念大学，去了城里打工，年纪虽小，情商却高，混得还算不错。她二婶就非常得意，每次见了苏格总要念叨几句，诸如“读大学有什么用”“还是挣钱最好”之类的。

打从李默进来后，二婶的眼睛就再没从这个男人身上移开过。

苏家大丫头出息了，居然敢谈恋爱了，谈就谈吧，还谈个这么好的。苏二婶再没见识，李默是什么样的人，她还是看得出来的。

她去女儿工作的城市转过一圈，知道写字楼里有白领，还有金领。苏格带过来的这个男人，光看长相就知道是个有出息的。

李默其实穿得特别普通，苏格找了她爸的衣服给他，上身T恤还算凑合，外套是李默自己的，下头那条裤子就有点儿搞笑了，正常的长裤硬让他穿出了九分裤的感觉。

苏格的二叔就很热情地招呼他进屋换自己的衣服。

“小格也是不懂事，怎么能拿旧衣服给你穿呢？我刚买了条新裤子，你拿去穿，别客气，不用给我钱。”

这最后一句让苏格有点儿尴尬。她二叔别的都好，就是有点儿贪财。

男人走了后，苏二婶就凑过来跟苏格咬耳朵，恨不得把李默的祖宗十八代都给挖出来，尤其是他的年收入。

苏格不太懂医生一年赚多少，看李默的年纪，应该不会很多，就随口回了句：“几万块吧。”

二婶立马松了口气：“也才几万块啊。我还以为他们城里人总要多赚点。我家丽丽在广州上班，一个月也得几千块，一年下来不比你男朋友少哦。”

苏格想说李默不是她男朋友，转念一想又觉得多余，就默认了这个说法。

“那小格，他是干什么的？”

“医生，开颅的。”

二婶的表情又变了一遭："外科医生？小格你不识货哦，他一年怎么可能只赚几万？光红包就拿到手软了。"

"我也不清楚，现在医院不让收吧。"

"都收都收，悄悄塞呗。他是不是没跟你说实话？你可要留心了，别让他骗了。"她嘴上这么说，心里一点儿没觉得李默是骗子，还在那里撺掇着苏格给她女儿丽丽在医院里找个男朋友。

苏格只能道："B 市离广州太远了，异地恋容易出问题。"

苏二婶这才作罢。

李默换了裤子出来，整个人精神不少，苏二婶看得不住感叹：怎么这世上的好事儿，都叫大丫头给得去了呢？

几个人坐下来闲聊，二婶一直拉着李默说话，有些问题问得很是奇怪，搞得苏格有些尴尬。

门口传来敲门声，苏二叔站起来去开门，不多时又折返回来，身后还跟了一个年轻男人。

他一进屋就喊："小格，快看谁来了。"

李默听到声音抬头，只在那男人脸上扫一眼，就嗅到了一股不一样的味道。

男人的直觉有时候也很准，那是情敌间特有的气息。李默注意到来人一进屋，苏格的神情就有些不同了。

年轻男人手里拎了个药箱，气质儒雅，像是读过不少书。他进屋后先跟苏二婶打招呼。苏二婶显然很喜欢他，眉开眼笑，招呼对方坐，又是泡茶又是拿蜜饯糖果，殷勤备至。

苏格的眼睛一直落在他身上，年轻男人和苏二叔攀谈几句后，转过头来看她："你回来啦。"

"嗯。"

李默发现头一回见自己就跟个小辣椒似的苏格，这会儿居然有点儿不好意思。

他又仔细看了看男子的眉眼，长得不错，个子也不矮，就是偏瘦弱，笑起来如沐春风，是讨小女生喜欢的类型。

对方也把目光落到了他身上，两人没打招呼，但目光在短短的几秒内，已有几回交锋。

其他人浑然不觉。苏二婶话多又八卦，忍不住给双方做介绍。于是，李默知道了这个男人叫秦嵩，是这个村唯一的医生；而秦嵩也知道了李默的身份——B市来的公子哥儿，苏格的……男朋友。

这最后一句是苏二婶擅自加的，她话音刚落，苏格就坐不住了，起身想要解释两句，却被李默一把拉回身边的椅子上坐着，两个人的肩膀撞到了一起。

李默说："别耽误秦医生看病。"

苏格抿了抿唇，听了李默的话。她那时候低着头，没有发现秦嵩眼里一闪而过的失望。

秦嵩是来给苏二叔看病的，后者有长年的气喘病，季节交替时特别容易发作。眼看天气一天天冷下来，秦嵩每隔几天就要上他家来一次，给他做详细的检查，预防发病。

他工作的时候异常认真仔细，眼神里有不同于方才的坚毅和严肃，屋里谁都不说话，苏格不自觉地就有些紧张。

她很久没见秦嵩了。两人相识多年，算是一起长大的小伙伴儿。秦嵩大她几岁，是他们村第一个考取市重点中学的学生。苏格小时候以他为榜样，时常激励自己，所以几年之后，她成了他们村第二个考取那所中学的人。

山村小妞初进城市，总有各种不适应和担忧，秦嵩既是前辈又是家人，从学习到生活对她都很照顾。

苏格很喜欢和他在一起，不是恋爱，也不是倾慕，是一种说不清道不明的依恋。

秦嵩学习特别好，年年考第一，高考时顺利考取了B市最好的医科大学，就是李默毕业的那所。苏格后来之所以考电影学院，有一半也是因为秦嵩的关系。

她不想学医，也考不上医学院，退而求其次就去考表演，想着将来至少在一个城市，见个面也不难。

没想到秦嵩大学毕业没选择留在B市，而是回了他们那个小县城。在县医院待了没多久，他又回了村里，接替当时年事已高的父亲，继续为村民服务。

这样的思想境界，苏格觉得自己一辈子也不会有。

村里对秦家父子都特别敬重，想把女儿嫁给秦嵩的中年妇女，可以装满几大卡车。但苏格听母亲说，秦嵩明确跟人表示自己三十岁之前不考虑个人问题，把来说媒的人都打发走了。

正直、善良、伟大，又一心扑在工作上，秦嵩这样的人设，简直完美得难以想象。

苏格后来跟李默谈起他的经历时，两眼冒出激动的光来，像见到偶像的小粉丝。

李默倒有些意外。他看得出秦嵩受过良好的教育，但没想到他跟自己竟是校友。医学院毕业出来的学生，回山村里行医的，估计他是绝无仅有的那一个。

这个秦嵩，叫人很意外。更让他意外的是，苏格在山村里还有一个关系暧昧的男性朋友。很难想象见识过秦嵩这样的人后，苏格居然还会跟顾煜廷那样的渣男谈恋爱，脑袋被门夹了吗？

苏格很无奈："我也没想到顾煜廷是这样的人，他平时看起来人模狗样的，喜欢他的女生也多……"

"所以你跟他在一起，是为了满足自己的虚荣心？"

这个苏格当时没想过，现在被人点破，觉得确实有那么点意思。毕竟太年轻，经不起别人撺掇。

她剥了个枣子扔进嘴里："马有失蹄，我没经验嘛。"

"你跟秦嵩不算经验？"

"那算什么经验，我们又没接过吻，也没有……"

说到一半，苏格觉得不对，赶紧住嘴，可已经迟了。看李默的脸色她就知道，她后面想说的话对方已经猜出来了。

"听起来你挺遗憾的。"

"也没有，我们不是你想的那种关系。"

苏格那脸红得就跟面前那盆枣子似的。小时候跟秦嵩相处没想太多，他对她好，她也赖着他，可那一切究竟是什么，谁也说不清。

别人问起秦嵩的时候，她总说是哥哥，可现在看来，好像又不像兄妹。和他之间到底算怎样的关系，她也搞不明白。

"所以你们是什么关系？"

"我也不知道，朋友吧。"

李默嘲讽地笑笑："男女之间一旦关系不确定，就喜欢拿朋友这个词来搪塞。发明这个词的人真是做了一件大善事。"

苏格瞪他一眼，起身往房里走，走出一段觉得有点儿亏，折返回来又抓了一大把枣子。

二宝从外头进来，一见李默就两眼放光，缠着他又要拿手机打游戏。李默忙着应付他，也就没去找苏格。

他把手机递给二宝，边喝茶边从他嘴里套话。那个秦嵩，始终让他不放心。

二宝心直口快，有问必答，一说起秦嵩也是滔滔不绝："他跟我姐感情特别好，我妈总说他像我们家养的大儿子。秦哥没妈，他爸以前是我们村的医生，后来年纪大了，身体不好，秦哥就回来照顾他，顺便给我们看病。我妈以前总想把我姐嫁给他，说要有个那样的女婿，就什么都不用愁了。我妈腿不好，一下雨就容易犯病。"

李默笑笑，也学苏格那样把枣核剥出来，边剥边道："这也不难，你妈的病我也会治。"

二宝玩得兴起，当时没什么反应，一局结束后才道："你刚刚说什么？"

"没什么。"

李默把枣子塞进二宝嘴里："我问你，你姐想嫁给秦嵩吗？"

二宝毕竟才十岁，对恋爱结婚的事情不太懂，想了想，摇摇头："我没听她说过。她大大咧咧的，秦哥哪看得上她啊？秦哥要找文艺女青年。"

苏格出来扔枣核，正巧听到最后一句，就问："二宝，这话谁跟你说的？"

"不知道，我忘了。"

李默脸上的笑容若有似无，颇有深意地看苏格一眼，把她看得特别心虚，赶紧又逃回房里。

这个苏二宝，嘴上永远少个把门的。

苏格一晚没睡好，第二天一大早就被苏母从被窝里挖起来，要她去后面小树林挖野菜，说要摊饼用。

"叫上李默。"

苏格一想起对方这两天有意无意总是撩拨，哪里敢答应，随口敷衍了几句，背个小筐一个人出门去了。

下了半夜的雨，山地又湿又滑。苏格穿着胶鞋慢慢往上挪，用力地呼吸着山里特有的清新空气。

城市里什么都好，先进、方便，美轮美奂，只是这空气终究比不上山里。

苏格有时候会想，秦嵩到底为什么回来，是不是为了这山清水秀的环境？他那样的人，确实更适合这里，远离尘嚣和世俗，活得和仙人一般。

她蹲在一棵树下，拿随身携带的小铲子挖野菜。好久不做了，现在居然有点儿手生。

正在那儿使劲呢，一个声音在头顶响起：“你以前就很爱挖这个。”

听声音就知道是谁，苏格也不抬头，自嘲地笑笑：“是啊，这就叫由奢入俭难。你看我现在，也是被宠坏了。”

秦嵩蹲下来帮她一起挖：“你本来就受宠。我们村里的孩子个个羡慕你，小公主。”

“是吗？”

“是，我不也一直宠着你吗？”

以前苏格跟秦嵩说什么都不避讳，她总觉得他们是兄妹。可现在大了，懂事了，知道男女有别，她隐约觉得秦嵩对自己，可能并像哥哥对妹妹那样纯粹。

有了这个想法后，她就不敢跟秦嵩过分亲近了。

她没接对方的话，继续努力挖野菜。小筐子底下一层很快就装满了，苏格又起身换了个地方。秦嵩一直没走，就这么跟着她。

苏格觉得不说话有点儿尴尬，就问他：“你来山里干吗，采草药啊？”

秦嵩笑：“我是西医，中医的东西不是太懂。”

“你要是在古代就是个书生，背个书箱，头上系块头巾，误闯进山里遇到女妖精，就把你掳了。”

“你是想说自己是妖精吗？”

“我才不是，妖精会吃人。”

秦嵩看着苏格亮晶晶的眼睛，没说话，眼里盛着千言万语。

泥地打滑，苏格一下没站稳，他想伸手去扶，对方却已经扶住了身边的大树。他默默把手收了回来，没话找话：“你最近怎么样，还好吗？”

“挺好的，工作稳定，收入也不错，我准备帮我妈把家里的房子翻新一下。”

苏格本来想推倒重建，可家里没个成年男人，太露富会被别人盯上。苏格不放心，觉得把里面收拾收拾就可以了。她妈朴素了一辈子，给她建个洋房，她也住不惯。

“果然不一样，现在说话财大气粗。”

“你也可以啊，你要是留在城里，现在发展得肯定比我好。当初你可是能进市一院的，多少人打破头也进不了，你多厉害。”

秦嵩不在意地摆摆手：“无所谓，现在这样也很好。”

苏格就不再劝他，人各有志。

“说说你吧，你明年就毕业了。”

“是啊，大四一眨眼的工夫就过去了。”

“以后怎么办，会留下吗？”

“应该会吧，我现在这工作不错，我不打算放弃。我这技能回山里没用，地都种不好，还不如在外头混。”

“那你找着那人了吗？房子有没有要回来？”

一说起这个，苏格情绪有些低落。这事儿实在有点儿棘手，别看她现在跟李默关系不错，可一旦把所有的东西都抖搂出来，他俩只怕要反目。李默这样的人，应该很讨厌别人耍手段吧。

“这事还在进行中。”

秦嵩听出她不想多讲，也就不再追问，只对她道：“你自己一个人小心点，毕竟人心险恶。如果对方不好对付，你就来找我。记住，别把自己置于危险的处境。”

“我知道，我会照顾好自己的。”

秦嵩没再说什么，刚准备蹲下来忙活，眼角的余光却瞥到了一个人影。他警惕性高，立马把苏格护在身后。然后，他看清了来人的脸。

“是你？”

李默双手插兜，声音有点儿懒：“是我。”

苏格一下子紧张起来。

她和秦嵩都没留意到李默是什么时候过来的。如果他一早就来了，那他是否听到了刚才她跟秦嵩的对话？她不自觉地皱起眉头。

李默一脸温和的笑：“怎么，打扰到你们了？”

“没有，我们正挖野菜，李医生要不要一起来？”

“我不大会，麻烦秦医生教教我。”

秦嵩笑着点头，拿过苏格手里的铲子，递到对方手里。然后，他蹲下来，招呼李默过去，详细给他解释野菜和杂草的区别。

苏格还站着，耳朵里听着他俩你一言我一语地交谈着，脚却有些挪不动步子。

秦嵩心理素质比她好很多，趁李默低头的时候冲她使了个眼色。苏格深吸一口气，犹豫了一下还是蹲到了李默身边。

她不想让对方看出太多，她赌他刚才什么也没听到。

李默看起来一切如常，饶有兴致地比较着几株野草的区别，又挖出一株野菜递到苏格鼻子边让她嗅。

苏格凑过去假装闻香气，眼角的余光一直在观察对方脸上的反应——不露一丝痕迹。到底是这个男人太厉害，还是他真的刚来？

三个人之间的气氛有点儿诡异。苏格蹲了一会儿觉得腿麻，刚想起身就被李默拽住胳膊。她一个重心不稳要摔倒，被对方顺势抱进怀里。

“你看这棵是不是？”

苏格一抬头，对上他的眼睛。李默的眼睛里满是笑意，给人一种肆无忌惮的感觉，仿佛身边的秦嵩不存在。

那一刻，苏格好想拿铲子结果了他。

除了秦嵩，已经没有人在好好挖野菜了。

苏格的筐被秦嵩拿去，他似乎不想当灯泡，就在附近转悠。很快，小筐被装得满满当当，他过来的时候，苏格和李默还蹲在那里讲悄悄话。

“不走吗？看起来要下雨了。”

“走吧。”

苏格应了一声起身，结果蹲久了腿麻，难受得龇牙咧嘴。李默要扶她却被她推开了。

“这里我比你熟，你管好自己吧。”总算挣脱了对方的钳制，苏格一个人冲到前头往山下走。

两个男人跟在后头，一开始都沉默着。后来不知谁先开了口，他们就开始交谈，交谈的重点就围绕着苏格展开。

“她是个不错的姑娘。”秦嵩淡淡地说了一句。

“这我知道。”李默迅速接了一句。

“可你还有很多不知道的事儿。”

李默不理会秦嵩的挑衅，四两拨千斤：“人这一辈子这么长，我们还有很多时间慢慢了解。再说不了解也没什么，以前的都过去了，以后的能参与就行。”

“会有以后吗？”

“你觉得不会？”

秦嵩笑笑："我可没这个意思，学长你别误会。"

"好说。"李默话锋一转，问秦嵩，"怎么想到回这里来工作？医学院不好念，不觉得可惜吗？"

"比起外面，这里有更多吸引我的东西。"

"比如说？"

秦嵩转头，看着身边比自己高半个头的李默，本想再说几句狠的，最后却只是笑笑，没再往下说。

他又去看走在前头的苏格，这个小丫头在他的保护下，终于顺利长到了今天这副模样。他不想给她惹麻烦，所以口舌之快还是免了吧。他比谁都更希望苏格能过得好。

第二天一大早，李默就接到了李茜的电话。小姑娘在电话里哭得稀里哗啦，听起来受了极大的委屈。

李默这一阵子正跟她生气，平日里都懒得理她。但到底是自己的妹妹，小的时候也曾捧在手心里宠过，听她在电话那头撕心裂肺地哭，他真是又烦又心疼。

苏格起床时路过他门口，听到里头男人无奈又宠爱的声音，好奇地探头往里看。

李默扫到苏格的半张脸，伸手示意她进去。

"赶紧帮我劝劝李茜。"

苏格接过手机没来得及说话，对面哭天喊地的声音直冲耳膜，吓得她赶紧把手机移开些，眼角的余光瞥见李默走出房间的身影。就他跑得快，把烂摊子扔给她。

那一整个早上，苏格就在跟李茜磨嘴皮子。事情的起因很简单，说来说去还是为了那个宋晖。

苏格有点儿不理解："他到底哪里好？"

"哪里都好。"顿了顿，李茜又道，"就一点不好，生起气来不听人解释。我都跟他说了，我不知道我二哥要对付他表哥，他非不信，硬说我跟周声串通了，是一伙的。你说我冤不冤？再说我一开始也不知道他表哥就是顾煜廷啊！"

这事苏格也没办法："你别理他，过两天就好了。"

"不会好的。他这个人轻易不生气，上次我要强吻他，他都没跟我翻脸。可这次他真的生气了，苏格姐，我以后怎么办啊？我失恋了。"

苏格心想：你恋爱了吗？明明从头到尾都是剃头挑子一头热好吧。

可这话不能说，否则李茜会哭得更凶。

挂了电话就吃早饭，收拾行李，李默叫了辆小面包车送他俩下山，到了山脚下就有他找的车过来接，直接送他们去最近的机场。

坐飞机比坐火车快很多，那天晚上十点多，飞机停在了B市机场。走出机场的时候，苏格才想起来一件事情，她现在要去哪里？家烧掉了，这个点回学校，校门都关了。她一下子成了无家可归的人。

李默要带她回自己家，被苏格拒绝了。

“既然已经出来了，短时间内不打算回去。即便有一天再回去，我也得名正言顺才行。李默，如果遗嘱是真的……”

“如果没问题，我一定把房子给你。”

“好，谢谢你。”

苏格客气地伸手想跟他握手，李默嫌弃，一把推开。她正郁闷呢，对方上来直接搂住她的肩，带她钻进了来接机的保姆车。

李默最终在酒店给苏格订了一个房间。

“房子在找，很快就有消息，你先委屈几天。”

五星级酒店的标间，苏格觉得自己一点儿也不委屈。

睡了一夜后，苏格回学校上课，乖乖当个好学生。下午放学的时候，李默派了他的司机过来，接她去派出所认领东西。

她住的房子就在事发住户的隔壁，属于损失第二严重的现场，基本上没留住什么东西。衣服全成了灰，护肤品的瓶子烧得发黑变形，意外的是她挺喜欢的一个兔子玩具大概被什么东西盖住了，居然只烧掉了一点。她就把那个玩具带回了酒店。

李默晚上给她打电话，说自己在医院值班，累了一天什么也不想干，就想听听她的声音。

他说话的时候语调温柔深情，让苏格有一刹那的失神，好像这男人真的爱上她了一样。

“我有点儿看不透你，你那天要我走的时候，明明不是这样的。”

“还在生气？”

“没有，就是觉得有点儿奇怪。”

“那下回我也让你赶出去一次。”

苏格心想她还真这么打算过。被赶出去的那天，她就曾幻想过，哪天拿回这套房子，她就把李默的东西全扔出去。想到高兴处还差点笑出声，可到最后又有点儿失落。

她现在一点儿也不想赶走李默。

两人跟热恋中的情侣似的，腻腻歪歪说了一通。后来苏格听见李默电话那边有人在调侃他。

“李医生跟谁聊得这么开心，女朋友啊？”

李默想也没想，就回了一句：“是啊。”回过神来，他有一瞬间恍惚，他怎么就有女朋友了？

第二天傍晚，李默终于抽出时间来找苏格，开车带她去新找的房子。还跟上一套差不多的风格，价位也相似。地段更靠近李默工作的市一院，只隔了两条马路。

苏格跟他上楼的时候多嘴问了句：“我这新家离学校有点儿远啊。”

李默停下脚步，回过身冲她笑笑：“不是你家。”

“那是谁家？”

“是我们的家。”

第四章

你想分手，我也成全你

为免再出现第二个顾煜廷，回来后李默给苏格派了个司机过来，天天接送她上下班。

组里对她的传言很多，这个圈子本来就小，整个B市，配音圈的人加起来也不到百人。

原先在别组流传过的谣言，现在又传到了新的剧组。关于她跟周声的事儿，很多人说得绘声绘色。

“周影帝去美国拍戏，还不忘找人接送她，看来这回是认真的。”

厕所里几个女生在补妆，顺便说别人闲话。

“认真什么，他上回跟那个斯佳传绯闻，据说还开车去她家过夜。这才多久的事儿，又换人了。”

“也是，我看他对这个苏格也就是图一时新鲜，他什么女人没见过？”

“不是说另有其人吗？那个谁说的来着？上回有个男的来接她下班呀，挺帅的。”

“搞不好是周声派来的，他的手下吧。”

苏格在格间里听她们吐槽，心里真替李默不值。这些人眼睛瞎了吗？李默哪里看起来像周声的跟班了？

有人跟她想法一样：“不可能，那个男的我见过，虽然不是咱们圈里的人，但长得可贵气了。那样的人给周声打工，我才不信。”

其他人一拥而上，缠着她追问细节，一副不准备走的样子。苏格实在忍不住，憋着嗓子重重咳嗽了一声。

外面瞬间安静，很快又活了过来，七零八落的脚步声渐渐远去，世界终于清静了。

这些人就不嫌累吗？都说一天话了，也不知道心疼心疼自己的嗓子。

因为这些谣言，苏格明显感觉到了别人对她态度的不同。敬而远之的有，嗤之以鼻的也有，但更多的似乎是套近乎。

那天晚上，她的晚饭都跟别人不太一样，她吃到一半才发现比身边的人多了两个菜。这个世界有必要这么现实吗？

下班的时候，司机依旧等在那里。苏格拉上江眉一道上车，把别人探询的目光扔到了脑后。

车子先往江眉家开，她刚下车，司机正准备启动车子，突然像是想起个事情，跟苏格聊了一句：“二小姐离家出走，少爷今天可是焦头烂额。”

二小姐指的是李茜。李家关系复杂，周声也是李济山的儿子，却不在李家论资排辈，是一个游离的存在。

“她怎么了？”

“不知道，学校下午打电话来说她没去上课，少爷一直派人在找，这会儿应该还没找到。”

苏格知道李茜最近情绪不好。跟宋晖闹掰后，她整天闷闷不乐。书是本来就不念的，原先好歹还会逛街找朋友玩，最近却一直闷在家里，很少出门。

有时苏格给她打电话，听声音也是没精打采。她很想劝李茜想开点，毕竟不过一个男人，又想想这是她的初恋，小小少女，人生中最重要的一桩事情，爱得那么深那么热烈，一下子破碎了是有些残忍。

更何况这事儿还跟她有关。

司机已经启动车子，苏格给李默打电话：“还没找到吗？”

“估计跑哪个朋友家去了，我还在找。”

“要不要报警？”

“找了警局的朋友，他们也在帮忙。”

苏格听得出来他不太高兴，赶紧给李茜求情：“等找着了你千万别骂她，好好谈。”

“行，我知道了。”

对方挂了电话，苏格看一眼时间，犹豫了半天还是找出宋晖的手机号，给他发了条短信。

“不知你睡了没有，我是苏格，你应该知道我是谁。李茜离家出走，可以麻烦你一件事情吗？”

这个号码的得来阴差阳错。有一回李茜拉她逛街，看中一件男式夹克，想给宋晖买，又不清楚他穿多大的衣服，就打电话给他。偏巧手机没电，就拿苏格的打。当时她熟练地背诵着号码，把苏格惊了一下。

“那当然，喜欢的人的手机号怎么能不记下来？”

苏格自叹不如，她连李默的手机号前三位都记不住。

短信发出去很久都没回音，苏格想对方肯定睡了。眼看车子就快到她住的小区，一条信息回了过来。

“您想让我做什么？”

“给她发条短信，劝她回家。”

“她手机没开机，我打过电话了。”

“试试吧，也许她会开的。”

那边又是沉默，五分钟后宋晖回了一条：“发了。”

“谢谢。”

“不客气。”

苏格疲倦地回到家里，躺在沙发上揉自己的太阳穴。她有点儿头疼，也担心李茜。一个小姑娘半夜三更不知去向，万一出点什么事儿……

她一下子没了睡意，坐那儿发呆。也不知道过了多久，手里手机响个不停。接起来一听，是个好听的男孩的声音。

“您好，我是宋晖。”

苏格很意外。

“我找到李茜了，她现在跟我在一块儿。我劝她回家，她不听，您能不能来一趟？”

苏格还没说话，那边李茜就把电话夺了过去，冲她喊：“苏姐姐，别跟我哥说，别让他过来。”

“你们现在在哪儿？”

李茜报了一个公园的名字，苏格抓起包就冲了出去。夜里不好打车，她坐地铁过去，花了近半个小时。

到了公园一看，果然两个人都在。风有点儿大，两个孩子穿得都很单薄，尤其是宋晖，就一件毛衣。李茜坐他旁边，好歹身上还有件大衣，一看那宽大的尺寸，就知道是宋晖的。

她可真会折腾人啊。

苏格走过去跟他俩打招呼，深更半夜，公园里就他们三个人，四周静得可怕，她的声音显得很空。

宋晖见她过来赶紧起身，把自己的位置让给她。苏格跟他接触不多，但就今天的表现来看，这个男生自有他的优势。

他谦逊有礼，待人真诚。他都跟李茜闹翻了，居然还深更半夜跑出来找她。李茜喜欢他，不是没有道理的。

苏格一看都快夜里两点了，就催着李茜跟自己回去，又叫宋晖先走："你家里人该着急了。"

"他们睡了，不知道我出来，没关系的，我先送你们回去吧。"

"你还是个孩子，怎么能让你送？"

苏格看李茜的眼神有点儿严厉："我给你哥打电话，让他过来接。你知道现在有很多人在找你吗？警察也在找，你总得让他们都歇歇。"

李茜自知理亏，点点头同意了。

李默接了电话后一路往这里赶，苏格在电话里给他打预防针："天太冷，孩子在外面冻得够呛。你一会儿见了她别发脾气。宋晖也在呢，好歹给她留点面子。"

"我知道。"

苏格挂了电话，走回两个孩子中间。她问宋晖："你怎么找到她的？"

"我给她发短信，她后来回我了，我就问她在哪里，我们约了在这里见面。"

"怎么在这里，为什么不去麦当劳坐坐？这里多冷。"

宋晖不说话，目光一直看着李茜。李茜心虚得低下头，好半天才挤出一句话，声音太轻，苏格根本没听见。

"你说什么？"

"我说，这是我跟他头一回约会的地方。"

苏格惊诧地望着宋晖，后者赶紧澄清："没有没有，我没跟她约会过。是她约我来这里，说要问学习上的事情，我不知道……"

"我要问你学习上的事情干吗不在学校问，用得着找你来这里吗？宋晖，你是揣着明白装糊涂。"

宋晖白净的脸都快急红了，苏格十分同情他。心思单纯的少年哪里是李茜这种小魔头的对手，还不是被她整得团团转？

苏格赶紧打圆场："你消停点儿吧，一会儿你哥来了有你好受的。这么冷的天，人家把外套给你穿，你还好意思欺负人。"

李茜撇撇嘴，看宋晖冻得嘴唇发白，心疼得赶紧脱了外套要给他套上。宋晖不敢接，一个劲儿地躲，李茜就追着他跑，两个人你推我攘的时候，李默过来了。

他憋了一肚子的火，眼下看到这一幕愈加生气，想吼一嗓子，却看到站在一旁的苏格，心里的气就压了下去。

苏格穿得也不多，外套有些单薄。李默二话不说，上前脱了自己的外套给她披上。

这突然秀恩爱的举动吸引了两个孩子的注意，李茜立马过去抗议。

这算是自投罗网，李默逮着机会把她拎到一边，开始做思想教育。苏格跟宋晖站在不远的地方看着这两人，眼里都是满满的无奈。

"她要是跟你一样乖该多好。"苏格由衷地感叹。

"我也不好，半夜还偷跑出来。"宋晖自嘲。

"今天真是谢谢你了，没有你，我们还不知道要找到什么时候。"

"应该的。"宋晖一直低着头，这会儿突然抬头，目光真诚地望着苏格，"我今天做这个事情，不只是为了李茜，也是为了您。我表哥的事情实在很不好意思，我代他向您道歉。"说着，他给苏格鞠了一躬。

苏格不敢接受，走开了几步。

"这跟你没关系，你不用有心理负担。我看得出来，你这孩子品性很纯良。"

听到这话，宋晖笑了。苏格这才发现，他笑起来格外好看，整个人一下子多了几分光彩，是个讨人喜欢的孩子。

宋晖似乎也挺喜欢苏格，一点儿没有走的意思，一直跟她说话。突然，他挠了挠脑袋，问苏格："有个问题有点儿唐突，想问您一下。"

"可以啊。"

"您是本市人吗？"

"不是。"

"那……您认识宋佑明这个人吗？"

苏格愣住了。

紧张犹如一趟疾驰的列车，在苏格的心里飞奔而过。

她很快镇定下来，笑着反问对方：“为什么这么问？”

宋晖有点儿不好意思：“您别不高兴。我就是觉得您跟我家一位长辈有点儿像。”

“那位长辈是你的什么人？”

“我有个堂叔，小的时候我见过一眼堂婶，觉得您跟她的眉眼有点儿相似。”

“我这个年纪，应该不能当你堂婶吧。”

“确实不能，可能人有相似。”

“你刚刚说的宋佑明，就是你堂叔吗？”

“是。”宋晖神情有些落寞，“我堂叔人很好，可惜命不太好。”

“怎么了？”

宋晖没有马上回答，整个人沉浸在自己的思绪里。片刻后，他恍然大悟，冲苏格摇摇头：“没什么，您别在意。”

苏格没再追问。那边李默把李茜教育了一番后，把苏格他们叫了过去。他开车先送宋晖回家，又送苏格，最后才带李茜回去。

苏格下车的时候，李茜一副生无可恋的模样，扯着她的衣袖小声叫她的名字。苏格拍拍她的手，安慰道：“别怕，我劝过你哥了。他答应我一定不打你。你放心。”

李茜一点儿也不放心，他哥本来就不打人，可是他会教训她啊，那比挨打更难受，要是因此没办法再去学校，她以后还怎么见宋晖？

“苏格姐……”

苏格给她一个甜笑，不动声色地扒掉了她黏在自己身上的爪子。

是该给这个小丫头一个教训，干什么不好，学人家离家出走。为了她一时的任性，多少人忙得连饭都吃不上。

这一回她不打算再护着李茜，交给她哥去处理吧。

李默放下车窗冲苏格道：“你赶紧上去，我等你家亮了灯再走。”

李茜被喂了一嘴的狗粮，心情更差了。他们就不能顾虑一下她的感受吗？她刚刚失恋哎。

苏格的身影很快就消失在了楼下大厅，李茜听到她哥冷冷地来了一句：“你本来也没恋爱，不用羡慕别人。”

“谁说的……”话刚出口，前面的李默突然转头，严厉的目光看了过来，吓得李茜一哆嗦，不敢再说半个字。

车子很快驶出小区，融入了夜色里。

天气越来越冷，李默又变得行踪不定起来。苏格却是越来越懒，除了必须去学校的日子外，其余时间都窝在家里看书。

李默不常找她，大部分时间都在忙工作。有次她跟李茜通电话，从对方嘴里才得知李默出国的消息。

“医院派他去的，什么学术研究交流会。我感觉那种东西都是老头子干的，他去干吗呀？没劲死了。”

“他不在，没人管你，不正合你意？”

“谁说的？周声要回来了，他不会放过我的。上回为了你的事儿，我们两个……”李茜说到这里突然住嘴，又把话题岔开了，“算了，不说这个，一想起来我就想哭。”

“知足吧，你哥没真让你退学。”

“他敢。他要给我退学，我就天天跑去学校，蹲教室门口看宋晖。”

苏格突然有点儿同情李默，摊上这么一个妹妹，也是愁人。转念一想，她自己也好不到哪里去。李茜的话传递出了一个信息，周声要回国了，而李默却不在。苏格有预感，周声回来一定会找自己。

她要不要先躲躲？

十二月的风刮在脸上有点儿疼，街上圣诞的气氛越来越浓。苏格被孙露云拉着去逛了几次街，差点把腿走断。

有天晚上天刚擦黑，她就嚷着脚疼要回家。孙露云一副没买够的样子，缠着她不放。

“李叔叔没回国，你急着回家没用。”

“我回家跟他有什么关系？”

“这话哄哄别人就算了，哄我可没意思。你们俩的事儿……”

苏格打断她：“我们俩能有什么事儿？”

“这个……”孙露云有点儿被问住了。李默和苏格的事情她不过是捕风捉影，听她妈说了几次，但具体怎么回事儿没人知道。

“那你们是不是在恋爱？”

“你要放我回家，我就告诉你。”

孙露云在那里纠结了半天，最后八卦的心理总算战胜了一切。

“行，那你走吧。”

苏格拎了自己的战利品转身要走，却被对方叫住。

“你还没说呢。”

“我到家会给你发信息的，先走了。”

不等她反悔，苏格一路小跑上了扶手梯。后面传来孙露云不满的嘀咕：“你可别骗我，否则……”后面说的什么，苏格没听清。

下地铁的时候，天色已全暗。李默找的小区离地铁站很近，一路上都是商铺，苏格一个人走倒也不害怕。

走出一段后，她无意往路对面的橱窗里扫了一眼，发现身后有个男人，正不远不近地跟着她。不知怎的，苏格觉得他跟普通路人不太一样。

她回头去看那人，对方也不躲，藏在卫衣帽子里的脸露出一小截，嘴角微微一扬，显然是在冲苏格笑。

哪怕戴着墨镜，苏格也一眼认出了那人，是周声。

周围车水马龙，他就这么走了出来，真不怕别人认出他来？

苏格看出他跟自己回家的意图，立马在前面的路口转个弯，往附近一个电影院走去。她在售票处随手买了张票，进了四号放映厅。

电影已经开场，场馆里人不多。这是部文艺片，票房一直很低迷。苏格坐下后没多久，身边的椅子就往下一沉，不用猜也知道，周声也跟了进来。

苏格有点儿不放心：“没人跟着你吧？”

“没有。”

“你有话赶紧说，说完就走。那些记者无孔不入，上回在李默家门口，我俩就拍了下来。你粉丝群里现在都在传那张照片。”

“我知道，这事儿我哥已经摆平了。”

苏格盯着前面的大屏幕，尽量把声音压到最低：“什么时候回来的？”

“就今天。”

答案出乎意料。

“这么急找我什么事儿？”

“没什么，看你过得怎么样。”

“就为这个？”

周声轻笑一声："不然还能为什么？"

"我也想不出来。按理说咱俩没什么关系，但你之前做的那些事儿又让我吃惊。周声，你做这些图什么？"

"图我喜欢你，这有什么难理解的。"

"你喜欢我什么？"

"漂亮。"

苏格也笑了："你见过的美女这么多，我又算什么。咱们把话说清楚吧，以后尽量别见面。要不你的那些粉丝不会放过我。"

"他们算老几？"

"他们是你的衣食父母，你不该这么说他们。"

话虽这么说，但苏格也清楚，明星对粉丝大部分是这个态度，他们不过是不相干的路人，很多时候粉丝的一腔热情，最后都只是喂了狗。

"不提他们，就说咱们。"

"咱们没什么好说的，连朋友也算不上。我谢谢你之前帮我争取角色，还给我找戏拍，算我欠你一个人情。以后你有需要帮忙的，我能行的一定帮你。除此之外，没了。"

苏格语气很冷，她看出来了，周声是个天生有反骨的人。对这种人好声好气没有用，他比你更会装疯卖傻，她得一次性把话说绝了才行。可即便这样，周声还是有想法。

"你是怕被记者拍？咱们悄悄的，像今天这样就挺有意思。"

"我觉得特别没意思。顾煜廷的事情你也知道，我现在没有谈恋爱的心思。即便有，也得光明正大地站在阳光之下。偷偷摸摸算什么。"

"那咱们就公开。"

"你想过公开之后我会过什么样的生活吗？你粉丝现在都人肉出我的名字和工作地址了，要真公开了，我祖宗十八代都得被他们翻个底儿。我连出门吃个饭都难，甚至有人身危险。周声，咱们不合适。"

"这样啊。"周声搓了搓鼻子，"那这样，我退出娱乐圈？"

苏格简直被他吓死。

"不是这个事儿。我的意思你不明白，我对你没有感情，不管你是不是明星都一样。我有我的生活，咱俩不是一路人。”

周声长这么大还是头一回被女生这么明确地拒绝，他有点儿受伤，骨子里那种劲儿噌噌往上冒。

他极力压抑着那种情绪，声音略沉：“苏格，你真的不再考虑考虑？”

“不考虑。我得回家了，你慢慢看电影。”

说完，苏格拎了东西就走，走出一段后看周声没有跟过来，这才松一口气。

周声冷着脸一个人坐了五分钟，噌地一下站了起来，起身动静太大，前头三排的人都回头往后看。他看都不看别人，径直离开影院，往苏格家方向走。

不能就这么放过她。快到小区门口的时候，周声终于追上了苏格。

苏格一脸无奈：“你这样万一让人拍到……”

“爱拍不拍，谁要嫌命长就把照片登出来。”

“周声……你不能这样。顾煜廷的事情你还没吸取教训吗？人不是动物，不能凭感情做事，你这种动不动就要教训别人的脾气能不能改改？”

“好，那咱们就说点别的。”周声有点儿烦躁，掏出烟点了支，放在嘴边狠吸了三口。他这个样子有点儿骇人，苏格默默向后退了两步。

周声吸了半支烟，这才开口：“我问你苏格，你真的不是B市人？”

“不是。”

“那你小时候有没有来过B市？”

“我上大学前，从来没来过。”

“我不信。”

“那我也没办法。你这么有本事，我的底细你应该查过，查到什么了吗？”

周声哑口无言。确实什么也查不到，这才是让他窝火的地方。明明就是她，不是吗？那眉眼那感觉，越看越像。

他忍不住向苏格靠近，伸手想摸那张脸。那是一张让他日思夜想的脸，但手伸到一半就被人拽住了。他踉跄几步没站稳，直接被人拽到一旁停着的车边，三两下就被塞了进去。

周声气得大骂：“李默，你这个浑蛋。”

李默根本不理他，“砰”的一声关上门，抬头冲苏格吼了一声：“回家去。”

这是他对她最凶的一次。

红苑会所的VIP包厢里，周声一个人坐在那儿喝闷酒。

他哥刚走五分钟，走之前劈头盖脸地把他教训了一顿。

周声向来谁都不怕，唯独对李默还有点儿忌惮。不是因为他是他哥，纯粹是因为这男人能力比他强，手腕比他硬，关键是狠起来，谁都不是他的对手。

审时度势，周声只能听他的。但在苏格这件事上，他不想听李默的。所以车子开来这里之前，他已经做好了最坏的打算。大不了鱼死网破，他不当明星，凭现在有的那些资产，带苏格远走高飞过逍遥日子，一点问题没有，但李默连这个破罐破摔的机会都没给他。

他把周声带到这里，给他点了一堆酒，红酒、白酒……最后撂下一句话："苏格是我的人，你离她远点儿。"

周声瞬间破功。什么玩意儿？把他发配到美国，趁机下手撬他墙脚，现在是木已成舟，没法挽回了是吗？周声气得想砸酒瓶子。

李默却轻飘飘地给他一句："撬得动的就不叫墙脚。她许你什么了吗？"

要不是打不过，周声都想揍他。

他哥居然不见好就收，继续往他心窝子上捅刀子："以后会成你嫂子，你给我客气点。"

"什么嫂子，我不认。"

"随你，爱认不认。"

"你还真打算娶她啊？"

"我要想娶她，谁管得住我？"

周声被气得差点背过气去。他哥就是这世上众多女人最向往的男人，有房有车，父母双亡。他说得对，他想娶谁都是他的自由，谁也管不着。

那天晚上周声把自己灌得烂醉，烦得把自己一脑袋的头发都揪乱了。

他不知道，李默其实也烦。弟弟这个德行，一副情圣再世的模样，真把他恶心得够呛。周声要一直这样就算了，以前谈女朋友跟吃白菜似的，现在深情给谁看？

要不是他已成年，李默非得把他直接打包送去美国，十年不准他回来。

隔壁房间李茜正在听歌，跟着音乐一阵鬼吼鬼叫，李默听得更是心烦。他开了门出去，用力敲了敲她的房门。

"干吗？"李茜心一揪：来者不善。

“给你三秒钟，睡觉。”

里面没人回答，片刻后音乐戛然而止。

李默有点儿头疼，想了想，回房给苏格打了个电话。

苏格的声音听上去有点儿闷，像是不高兴。

他对她说：“以后碰到周声别理他。”

“我也不想理他，可他一路跟着我。脚长在他身上，我能怎么办？”

“再有下次，直接打我电话。”李默顿了顿，放缓了语气，“下午给你打了那么多电话，为什么不接？”

苏格也很意外，刚才回家的时候发现手机上一堆未接来电，微信里也全是孙露云发来的信息。

因为生李默的气，她都忘了给孙露云回信息。

“我进电影院了，手机开了静音，没听到来电声。有什么事吗？”

“孙露云给我打电话，说你半天没到家，打电话发信息都不回，怕你出事。要不我也不会过去找你。”

“她太紧张了，我答应她到家会给她发信息，迟了一点，她就找你去了啊。”

“她是关心你。”李默又问，“你进电影院干什么，看电影？”

“没有。我回家的时候碰上周声，我不想他跟我回家，就进了一家影院。我把话跟他说得很清楚，我以为他会懂。没想到他又跟出来……”

话没说完，电话那头李默咬着牙狠狠骂了一句。

苏格听到了，心情就很不好，像是被搅乱的一池水，带起了底下的浮泥。搞砸她心情，周声这货功不可没。一想到这两人居然是兄弟，她就特别烦躁。

“李默。”她轻轻地叫了一声。

“没事儿，不是骂你。”

“我知道。你想办法管管周声吧，以后让他别再来找我。告诉他，我现在不打算谈恋爱了，让他死了这条心。”

电话那头安静两秒，然后幽幽的声音传来：“你什么意思，苏格？”

“就这个意思。我下午也跟他说得很清楚，顾煜廷这事发生后我就暂时不打算再恋爱。今天借这个机会一并说了。”

“所以，你是借着打发他把我也打发了是吗？”

“你要觉得我不够意思，我也不辩解什么。总之就这样吧。房租还能拿回来吗？要是可以，我就退租，扣了多少，我补给你。不过我手头暂时没那么多，过两天我……”

话没说完，那边传来“嘟嘟”的声音，李默直接把电话挂了。

苏格拿着手机笑得有点儿苦。唉，终于还是做了这个决定。一开始就是错的，宋晖觉得她眼熟后，她就知道自己麻烦了，现在又掺和进来一个周声。

他下午问的那些话真叫苏格心惊，她害怕自己的过往会被人一层层地翻出来。

差距太大，走不下去的——这话堵在喉咙里好多天，没说的时候觉得难以开口，等真说了反倒一身轻松。苏格一个人在房里跑了两圈，要不是担心夜里不安全，她都想换身运动衣下楼去跑步。

她才二十一岁，她的生命里绝对不能只是男人。

周末的早上，苏格难得睡了个好觉。

起床后，她把昨晚洗好的衣服拿去阳台晒，眼看太阳不错，又抱了自己的被子出来。

阳光照得身上暖暖的，她心情也跟着暖了起来。她正哼着歌儿把被子往栏杆上挂，听见客厅手机在响，扭头去看，结果脚底打滑，一屁股坐到了地上。

苏格吓一跳，右眼皮跳了两下，总觉得有事要发生。

她勉强将被子扯平，进屋去拿手机。来电显示是李默打来的，这更加印证了她心头的不安。

他们吵架好几天了，别说电话，连条短信都没发过。李默这个点打来电话，显然不是来跟她说和好的。

他是约她去见周律师：“一会儿车来接你，你准备一下。”

苏格觉得右手肘有点儿疼，一边拿肩膀夹着手机，一边去揉肘关节。李默见她没反应，又问了一句：“有空吗？”

“有。”

“行，半个小时后见。”言简意赅，说完他就把电话挂了。

苏格揉了一会儿手肘，进屋去挑衣服。穿什么有点儿犯难，两人吵架后头一次见面，她要是穿得太艳，看起来就跟挑衅似的，可要穿得太素呢，又像是在装可怜博同情。

苏格犯了选择困难症，好不容易挑了一身换好，才想起来自己还没吃早饭。可李默已经开车来了。苏格在客厅里翻了半天，翻到一个早餐包，抓起来塞包里就出了门。

坐进车里的时候，苏格偷偷打量了李默一眼：跟平时差不多的装束，深色毛衣，黑色大衣，加上不苟言笑的表情，整个人显得特别严肃。

苏格本想当什么也没发生，自然地和他打声招呼，一见这情景，立马乖乖闭嘴。

李默也不多说什么，自顾自地开车。

车开出一段路，苏格觉得肚子饿，把包里那只小餐包找了出来。撕开包装看了两眼，她有点儿想哭，这面包实在太小了，也就两口的量。

吃完后，她乖乖坐那里，两眼直视前方，尽量忽略自己肚子还饿这个事实。可肚子非常不争气，在安静的车里时不时就响两声，听着异常刺耳。苏格心想，今天算是丢脸丢到家了。

过了一个红绿灯后，李默突然把车拐进了旁边的一条小巷子。这巷子不宽，最多容两辆私家车通过。路两边清一色的小店铺，中间还夹了一所中学。

李默把车停在路口，一个人下车往里走。苏格很好奇，盯着他的背影瞧，看他走到一家早餐店门口，掏钱买了点东西。

他那个人一看就冷傲又清高，跟这种地方格格不入。他站在那里买早点的时候，不止一个人回头打量他，显然都感到好奇。李默就跟没看到这些人似的，两手插兜，安静地等着。

苏格有点儿紧张，一想到见了周律师会有的可能性，心就狂跳不止。总觉得这次过后，她跟李默就不大可能会再见了。

鼻子有点儿酸，苏格用力吸了吸，瞪大眼睛让那点儿潮湿赶紧蒸发。

李默拎着一袋子早餐回来的时候，就看到苏格那双比平日里更显大的眼睛，还以为她是看到吃的太馋了。

他把袋子往她怀里一扔，启动车子，开始往外倒车。

小巷子里违规摆摊的情况很普遍，李默花了十来分钟才从一堆电瓶车和小吃摊里把车倒出去。

苏格怕他的车被蹭坏，一直帮忙盯着，直到车子重新开上主路，她才有空研究那袋早餐：土豆饼、马拉糕，还有一份金枪鱼三明治，配一杯湿热的豆浆。

这些东西似曾相识。苏格想起来了，跟李默认识了之后，她好像提过一回这家店和这些东西。这里离学校很近，她从前常来这里买吃的。算一算，过去挺久了，他居然还记得，这记忆力也是超群。

苏格嗅着一袋子的香味，肚子叫得更欢了。

接下来的时间，李默就在这种香味里，眼看着苏格吃了一路。直到车停在律师事务所大楼底下的停车场，苏格才停下来。三明治只吃了一口，但她已经撑着了。

把盒子盖上后，苏格翻下头顶的镜子整理仪容，刚才吃得太欢，额头上冒了一点汗。

她正在那儿拾掇自己，一低头看见搁旁边的袋子没了，再往旁边看，李默正拿着那份三明治慢条斯理地吃着。

虽然慢，但男人胃口就是大，一个三明治三两口就消灭了。李默吃完后把袋子一收，向苏格一伸手。后者愣愣地递了一张纸巾过去，看着他擦干净嘴，又恢复到之前冷淡禁欲的模样。

两人搭电梯上楼，被秘书领进了办公室。

一见面，周律师就跟他们道歉："李老先生的财产分配问题迟迟没有解决，都是我的责任。"他说这话的时候，目光落到了苏格身上，很快又移开。

他起身拿来了那份苏格提到的遗嘱，递给李默："这是你父亲生前立的，一直留在我这里，这是苏小姐也同意的。就是想等你回来后再处理房产的事情。"

李默翻开遗嘱扫了两眼，内容不长，涉及的只有他目前住的那套别墅，其他的一分也没给苏格。最后的落款是他父亲的签名，有点儿潦草，字迹有点儿抖。

凭李默的专业知识可以看出，他父亲在签这份遗嘱时，身体状况很不好，但他也必须承认，这确实是他父亲的亲笔签名，儿子是不会认错老子的签名的。他把遗嘱合上。

周律师跟他解释："签字的时候我在场，这确实是你父亲的意思。当然，如果你不认同，可以找笔迹专家鉴定。"

"不用。"

"好，那谈另一件事情。你先前在电话里提过，针对你父亲签字时的身体状况，需要专业医学人士出具一份证明。这个我可以帮你联系，或者你自己找这方面的专家。也许你找更好，毕竟你比我更专业。"

李默确实认识不少这方面的人才，他父亲在市一院去世，生前为他治疗的医生从严格意义上来说都是他的同事。另外，他也认识很多国内外知名专家，比起苏格一穷二白，他在这方面优势巨大。

如果不是对她有情，李默现在早就名正言顺地拥有了那套别墅。

苏格也清楚这一点，所以周律师提到这个的时候，她就把目光落到了李默脸上。

他眉头微蹙，薄唇紧抿，显然是在思考问题。片刻后，他缓缓地摇头道："不用了，周律师。"

"你的意思是？"

"遗嘱怎么写就怎么办，这件事情到此为止。"

在场另外两人都吃了一惊。尤其是苏格，因为李默先前那样的态度，她一直以为今天这个事情肯定会有波折。没有想到他这么好说话，居然轻易就把房子给她了。他真舍得吗？

她听李茜提过，李默从小在这房子里长大，那时候他父母还没离婚，这房子应该承载着他人生中最快乐的一段时光。

后来父母分道扬镳，他的性格也渐渐改变，跟父亲关系越来越僵。他借口工作搬出家去，宁愿住在外头的公寓里，也不肯再踏足这里一步。如果不是因为苏格，他未必会在这房子里长时间住下去。但现在他说不要就不要了，这一点儿也不符合他的性格。

她想问为什么，可周律师在场，她张不开嘴，心里非但没有一丝喜悦，反倒浮起一股莫名的难过。

她觉得自己像个坏人，处心积虑地抢走了别人最美好的回忆。

周律师也有点儿意外，愣了两秒才问苏格："苏小姐，你的意思呢？"

苏格看着他，不知道该说什么。

"就这么办吧，周叔。"李默插了一句嘴。

周律师叹了口气，斟酌了一下才又道："其实今天找你们过来，是因为这事儿又有了新的变化。李默，这房子当年买的时候，你还有印象吗？"

"没有。"那时他还小。

"你父亲虽然把房子给了苏小姐，但其实他没有这个权利。这房子不属于他一个人，所以他的这份遗嘱是无效的。"

办公室里一时寂静无声。

李默首先反应过来："怎么说？"

"这房子当初买的时候，虽然在你父亲一个人的名下，但当时他跟你母亲已经结婚，这房子就属于婚内财产。按法律规定，这房子你母亲有一半的所有权。"

"我妈跟我爸离婚的时候，明确说过不要这房子。"

说起来，这套房子有点儿神奇，似乎风水极旺。自打他们搬进那里后，他父亲李济山的生意就越做越大。

也就是从那时候起，他身边围绕的女人越来越多，夫妻俩的关系也每况愈下。所以离婚的时候，李默的母亲要了不少财产，唯独没要这套房子。她儿子美好童年的记忆，于她却是婚姻和爱情的坟墓。

周律师手里拿支笔，在桌上轻轻地敲着："这个我也清楚。不过你父母离婚后，那套房子没有正式交接，手续没办好。他俩是协议离婚，那个年代办得比较仓促，你家财产众多，这房子没写进协议里。所以从法律上来讲，这房子依旧是你父母一人一半的东西。这事情当年我没有经手，你爸写遗嘱的时候，我没想到有这一茬。我也是最近研究你家的材料，才发现了这个事情。"

"我母亲已经过世，她只有我一个子女，属于她的那一半如果我放弃的话，苏格能拿到房子吗？"

周律师笑笑，抽出一张白纸，边写边解释："我要说的就是这里面的事儿。一般遗产第一顺位继承人包括子女、配偶和父母。你母亲过世的时候，她的母亲尚且在世，而你母亲没有再婚，所以她的遗产理论上来说该由你和你的外祖母继承。当然，她其他的不动产包括各类股票证券什么的，一早就立了遗嘱，分配妥当，但她没提到这套房子。你外祖母去年过世，由于她的父母和你的外祖父早已去世，所以这套房子属于她的那一部分将由她的子女，也就是你的两个舅舅继承。"

周律师在白纸上画了一份关系示意图，递给李默看，李默扫了一眼就递到苏格手里："你看看。"

苏格接过那张纸认真研究起来。按周律师的说法，现在这套房子牵扯进的人还不少，除了她这个遗嘱继承人，还有李默和他的舅舅们。如果上了法庭，她手里的这份遗嘱被判无效，那她就跟这套房子彻底没关系了，取而代之的应该是李茜和周声，作为李济山的子女，享有房子的继承权。

理清了这些，苏格简直都要气笑了。忙活了这么一通，结果全白费了。果然，这世上的事儿，总没有那么简单就达成的。

李默回头看她：“看明白了？”

“明白了。”

“你现在什么想法？”

这话把苏格问住了。她当初接近李济山为的不只是这套房子，但她别的什么也没弄明白，到头来只得到这份遗嘱。原本她的想法是不顾一切也要把房子要回来，可现在她又犹豫了。

她要找的人都不知道在哪里，执着于一套房子有意义吗？

苏格问道：“如果我想要的话，是不是就要打官司？我是说关于遗嘱这个事儿。周律师，现在这份遗嘱是不是不能百分百确定有效。”

“没错，如果李默或是他的兄弟姐妹有异议，随时可以起诉。”

“这个你不用管。”李默抽回那张纸，粗略计算了一下分配比例，说：“我们家不会有人跟你争这套房子。但鉴于周律师的说法，即便遗嘱有效，你也不可能百分百拿到整套房子。”

“所以如果我想要，我就要向你舅舅们买对不对？”

“是。”

苏格露出一丝苦笑。她哪里去凑那么多钱买人家手里的那部分继承权？她现在连上法庭打官司的钱都很难拿出来。

周律师看她这样有点儿同情，美女皱眉的时候总叫男人禁不住心疼。他安慰苏格：“如果遗嘱有效，你至少可以一直住在里面，苏小姐。”

“算了，我……”

苏格话没说完，李默的手就伸了过来。他轻轻按住苏格的嘴巴，冲周律师道：“我们回去再研究一下。”

“可以可以。”周律师松了一口气。为了这个事儿，他已经头大了好几天。一套破房子，搁在李家巨大的家产面前，不过是沧海一粟，偏偏波折这么多，几方人都不肯松手。

在李默他们来之前，他真的有点儿担心，怕他俩为了这个事儿吵起来，没想到现在看来，这两人处得还不错。听李二说，李默跟苏格在那套房子里一起住了挺长时间，看样子是住出感情来了。

李默刚才捂人嘴巴那一下，又自然又霸道，用现在网上的话来说，就是男友力。这段时间他不在，是不是发生了什么意想不到的事情？

苏格也被李默的举动搞得目瞪口呆。她尴尬地站起身，跟周律师握手道别，转身离开的时候下意识就去抚自己的唇。那上面还留有李默手指的温度，擦都擦不掉。

两个人又像来时一样，隔了一段距离下楼。苏格一直低着头，不说话，也不质问李默刚才的举动。走出电梯来到停车场时，李默突然顿下脚步，转身盯着她看。

苏格跟着紧急刹车，一抬头，两人的目光就对到了一起。

“房子的事情你不用管，回家等我消息就行。”

“算了，我刚刚就想说，这房子我不想……”

“让你等消息就等消息，别说那些有的没的。”

他态度很差，苏格知道他心里还生自己的气。可即便生气，他还是要把房子给她，这又叫苏格挺感动。

“你干吗要把房子给我？”

“你既然想要，我就给你。反正你想干什么，我都成全你。”

“你这话什么意思？”

“意思就是，”李默上前一步，撩起苏格挂在耳边的长发，悄声道，“你想分手，我也成全你。”

这声音叫苏格不寒而栗，比第一次看到李默更让她紧张。

“我什么时候答应和你在一起了？”说这话时，苏格明显底气不足。

她整个人僵在那里，每根手指都止不住微微颤抖。那边李默已经恢复正常，嘴角带了一丝笑意转身去取车。

苏格呆站在原地，一直到李默把车开到她面前，她才反应过来。

她拉车门坐进去，一路安静无语。李默刚才那话一点儿也不像是在宣告分手，更像是一种警告。这人认真起来真叫人害怕。

李默送完苏格后不想回家，径直把车开去了红苑，进了自己专属的VIP包厢。

总经理亲自过来服务，看他情绪不高的样子，笑着推荐了几种酒，又问：“要不要找朋友过来聊聊天？”

红苑是B市最好的会所，高昂的入会费用，严苛的审核制度，都让这里显得与众不同。抛开这些谈本质，这里其实也就是一个销金窟。

李默跟人谈生意的时候，见识过很多光怪陆离的事情，也对这些逢场作戏的事情没什么太大的想法。今天他一个人过来，只想清清静静地喝两杯。

女经理看出他有心事，也不敢再多话，点完单后就悄悄退了出去。一出门碰上主管这一片的经理和他的手下，女经理脸一板："李医生今天心情不好，你们都给我谨慎点，千万别得罪人，听到没有？"

手下的人连连应是，表情严峻。

李默不知道他们外头的事情，一个人在那儿打台球。手气很差，连打了三杆都没进一个球，气得他都笑了。

他点了一支烟靠在台子边慢慢抽着，一只手摸着袋子里的手机，拿出来又放进去。

最后，他被自己的窝囊劲儿气着了，烟往嘴里一叼，拿出手机就扫指纹解锁。

不就是打个电话吗，有什么可怕的？

谁说要分手了？谁准许她分手了？她都跟他这样了，还指望着找别的男人呢，美得她。

烟头被他从嘴里拿下来，在身后的台子上狠狠摁着。李默一只手摁烟，一只手翻通话记录，很快就找到了苏格的电话号码。

他要给她打电话，他想听她的声音，他恨不得现在就敲开苏格的门，把她狠狠压在自己的身下。

李默准备打电话，刚要点下去，屏幕上跳出来一条新闻，他匆匆扫了一眼，按键的大拇指就停在了那里。

那是一条跟苏格有关的新闻，内容非常不堪。

B 市下今年以来最大的一场雪时，苏格遇到了一个大麻烦。

网上有人发帖，说她跟周声有染，还发了那张只在粉丝圈里流传的照片，以坐实她和周声的关系。于是，顾煜廷的案子性质就变了。

苏格被渲染成了一个水性杨花、爱慕虚荣的女人，为了金钱抛弃优秀的男友，转投影帝的怀抱。

发帖人说得有声有色，挖出了苏格表演专业的背景，又讽刺她胸大无脑，没有戏约，为了上位不择手段，勾引周声。

顾煜廷之所以会伤她，只是被她刺激过度，一时接受不了被分手的命运。他相貌堂堂，学历颇高，加上女友背叛等一系列事情，他整个人瞬间高大起来。他不再是那个猥琐卑鄙又阴险毒辣的小人，他成了很多宅男心中的男神，是对抗权势的先锋。

网络上开始吹起一股风，想给司法施加压力，轻判甚至撤销顾煜廷的案子。

苏格冷笑。顾家人还真是拼了，为了救顾煜廷什么招都想得出来。

骚扰电话接踵而至。电话那头的人自称是她的校友，想对她做一个采访。苏格本能地觉得不对："你想采访点什么？"

"就是关于您个人的，包括您的工作、学习，还有个人生活什么的。"

最后一个才是重点，苏格一下子不说话了。

那头还算有耐心，等了一会儿见她没反应，又客气地叫了好几声"苏老师"。

苏格深吸一口气，回绝了他的请求："对不起，我不接受采访。"

"不耽误您多少时间，只要十分钟，喝杯茶就行。"

"我们圈里比我有成绩有能力的前辈很多，你去采访他们吧。"

"他们不行啊，他们没有您这样的新闻点。"

"我有什么新闻点？"

"顾煜廷的案子啊。"

绕了半天终于绕到了正题上。苏格自然不能答应他。那边眼看见面无望，索性在电话里对她发起连番攻击："那您能不能跟我们说说，您是不是真的出轨了？顾煜廷真伤了您吗？能给我们看看验伤报告吗？"

问题尖锐，立场鲜明，俨然把苏格定位成了一个十恶不赦的坏女人。

这人显然看了那个热帖。

"我们也没别的意思，您看现在连XX新闻这样的主流媒体都报道了这个事情，您是不是应该趁这个机会出来澄清一下，好还自己一个清白？"

这个饵很诱人，如果苏格不在这个圈子里，只是一个普通人的话，肯定就上当了。

可她心里清楚，这个所谓的澄清机会只是一个说词，不管她接受采访时说了什么，最后写出来的稿子都由记者定。他们要的不过是一个正大光明地抹黑她的契机。

苏格肚子饿得要命，懒得跟这人多啰嗦，只说了一句再见就把电话挂了。

她进厨房做饭吃，拉开冰箱一看，里面空了一大半。于是苏格穿上外套出门去超市。

还没买两样东西，眼前灯光一闪，苏格一回头，发现不远处的货架边一个男人站在那里，手里举着相机。

那人发现苏格看他也不躲，大方地冲她一笑，还主动向她走来。

他掏出自己的名片递过来：“苏小姐是吧，我是传闻周刊的记者，我姓毛。”

苏格手刚碰到那名片，立马缩了回去，仿佛那东西烫手。

这人的来意很明显。苏格把要买的东西放回去，二话不说转头就往外走。姓毛的记者紧跟在后头，边走边提问。

他问的问题跟刚才那通电话大同小异，就是多了一条，关心她跟周声的关系：“您跟周影帝在交往吗？多久了？有没有住到一块儿？”

这问题太辛辣，气得苏格步子一顿，恨不得抄起架子上的大瓶雪碧砸他脑袋上。

毛记者一张二皮脸，对苏格的怒气视而不见。

后者隐忍着没发作，扫了一眼周围的环境，径直往人多的地方走。水产柜台今天有特价，好多大爷大妈挤在那里疯抢，还有人吵了起来。

苏格故意走到他们中间，毛记者紧跟不放，整个人几乎要贴到她身上。苏格怒了，回头撞了他一下，提高嗓门道：“你干什么？这带鱼限量供应的，一人就一条，你抢什么抢？”

毛记者愣了，不明白苏格什么意思。旁边的大爷大妈们却全部听明白了，立马就涌过来给他上思想教育课。

永远不要小看这些人的战斗力。苏格就这么甩掉了姓毛的，把手里的空篮子往出口处一放，大步走出超市。

外头冷风裹着细小的雪粒儿往脸上吹，把苏格冻得一激灵。想想有点儿后怕，她立即往家的方向走去。

快到小区门口时，她隐约觉得身后有人在追，回头一看，果然是毛记者。除了他之外，居然还有另外两个人，一副大白天准备抢人的架势。

苏格吓了一跳，拔腿就跑。地上还残留着前两天的积雪，这会儿都结成了冰，她跑了几步，突然一个踉跄，差点摔在冰面上。

男人脚程显然更快，苏格和他们之间的距离越来越近。

一辆黑色汽车不知从哪里驶出来，一个急刹车停在苏格面前。苏格步子太快，没刹住，整个人重重撞到了车前盖上。

穿得太多，人不灵活，她又从车前盖上滑下来，跟头熊似的跌在地上，不是很疼，却叫她发蒙。

眼看那三个人越来越近，苏格挣扎着想起身，眼前一双深色皮鞋闪过，很快，她就被人从地上“捞”了起来，直接塞进了车里。

短短几秒的工夫，毛记者和两个同行眼睁睁地看着苏格被人救走，吃了一肚子汽车尾气。

他们赶紧拍下那车牌号，准备拿回去研究研究。

刚才那个分明是个男人，搞不好就是周声派来的。三人这么一想，又不觉得遗憾，都有一种钓着大鱼了的错觉。

苏格窝在副驾驶座上，两只手拢在袖子里，不说话。她不知道该说什么。

那么狼狈，那么尴尬，她说不好是被那几个记者追上更好一些，还是被李默这么救了更好一点，好像都很糟糕的样子。

李默黑着一张脸，从头到脚写满两个字：生气。

苏格愈加不想说话了。

两个人一路沉默，直到苏格发现对方把车开上了去市一院必经的一条主路。

“去哪儿？”

“医院。”

“不去。”

李默瞪她一眼，倔死了。

他没有减速的意思。苏格又说了一句：“我不去医院。”

“你撞着了，得上医院。”

“不用，我不疼，我要回家。”

“你现在还回得了家吗？”

苏格不说话了。确实回不去，她怎么就突然有家不能回了？

她长长地叹一口气，百转千回的气息搞得李默心烦意躁。他本想骂她两句，话到嘴边又舍不得。这事儿确实不是她的错，她只是一个受害者。

“真不去医院？”

“不去。”

李默无奈地摇摇头，拗不过她只能调转方向往自己家开。车子停在老宅门前时，苏格一直低下的头终于慢慢抬了起来。

她许久没回来，觉得这地方有点儿陌生。碰上阿姨出门要去买菜，苏格恨不得把头埋进自己的大衣领口里。

阿姨却不见外，热情地和她打招呼，好像她从来没被赶出去过一样。

她下车跟着李默进屋，屋里打了暖气，冷热交替下，她连打了好几个喷嚏。肚子也跟着凑热闹，一阵阵叫得欢实。

她发现李默在看自己，便实话实说："我没吃早饭。"

李默也没吃。

网上的事情愈演愈烈，他想不管都不行。那些人，尤其是记者，是没有道德底线的，他们只追求关注度。如果苏格落他们手里，不死也得脱层皮。

一个不慎，顾煜廷真会无罪释放，苏格则会名声尽毁。

他做不到坐视不理。所以处理了一夜的谣言后，他顾不得回家休息，第一时间赶去苏格家。幸好去了。

他边脱外套边往厨房走。阿姨做好了早餐，还是热的。

两个人把东西摆上餐桌，坐下面对面吃饭。苏格的脸色有点儿发白，身上还沾着刚才摔倒时蹭着的雪粒儿。

她本来年纪就不大，这么看更显小。

李默心里叹息两声，搁下碗筷起身走到苏格身边，伸手去脱她的羽绒服。

苏格抬头看他，一双眼睛闪着晶莹的光。李默心念一动，低头凑了过去。

一个深吻，把苏格所有的小性子都吻没了。

李默不由分说就把她直接"拖"进她从前住的房间，强行检查身体，还给上了药。苏格痛得哎哟直叫，对方却半点也不怜香惜玉。

上完药，李默脸一板，开始问话："说说吧，今天什么情况？"

说起这个，苏格就生气："还不是周声惹出来的？"

"顾家有点儿势力，没有这个，也会有那个。他们为了救顾煜廷可以做任何事情。"

"那现在怎么办？顾煜廷会被无罪释放吗？"

"不好说，如果你是无权无势的小老百姓，不了了之的可能性很大。这种案子，关注度一旦下去了，结果可想而知。到时候顾家找到你给点钱，你要不收，他们就威胁你。你一个人无依无靠，最后无非就是妥协。"

"我不会妥协。"

“那是因为你还没有遇到更麻烦的事儿。像今天这样只是小儿科，记者能找到你，顾家也可以找到。你若想过太平日子，就必须答应和解。否则永无宁日。”

“那我现在怎么办？”

李默扫视她一眼：“你该知道怎么办。”

话说得这么明白，苏格不是傻瓜。她现在除了依靠李默，没有第二条路可以走。

“不，你也可以选择周声。以他的能力对付一个顾家还是没问题的。”

苏格心想那她还不如跟顾家和解呢，周声是比顾煜廷更麻烦的存在，剩下的只有李默了。

当然，她也可以选择回老家，躲进深山老林里。但那样的话，顾煜廷更不可能被定罪。她所做的一切也都会付诸东流。

这是一个两难的境地。

苏格抱着靠枕坐在那里，没有接李默的话。李默也不催，翻开一本杂志看。

直到阿姨端着蛋糕进来，才打破两人间的僵局。

李默拿起一个蛋糕端详片刻，突然同苏格道：“这样吧，咱们做一个交易？”

苏格想歪了：“你是想拿这套房子跟我交换？”

“说说看。”

“我放弃房子，你把顾煜廷的案子解决，顺便让顾家人永远不来招惹我。”

“苏格，这似乎是两件事儿吧，我吃亏了。”

“光解决第一项，不解决第二项的话，我还是麻烦不断。”

李默笑了，把蛋糕往苏格嘴里一塞，拍拍她脑袋：“早就跟你说过，要带眼识人。男人很复杂，你懂什么是好，什么是坏？”

苏格不说话，微微嘟着嘴。她这个样子很惹人怜爱，一副受了委屈不高兴的模样。

李默看了，心念一动。

她的青涩和单纯对男人有着致命的吸引力，就像春日里开得最鲜艳的那朵花。

苏格理完头发一抬头，发现对方已近在咫尺。男人的唇在她嘴角边游离，双手轻轻抚上她的脸，他像是一团火，要将她点燃。

她恨恨地盯着李默，突然不知从哪里冒出来一股力气，直接把人一推：“你出去，赶紧回自己房间去。”

李默也不逼她，笑眯眯地走了。走到门口的时候，他回头提醒她：“系好扣子，当心着凉。”

苏格低头一看，衣服不知什么时候让人解了扣子，胸口从上到下一丝不遮，屋里微微的冷风一吹，冻得她一哆嗦。

真的是浑蛋。

苏格气得冲过去把李默推出房间，重重关上了门。结果第二天早上苏格起床后，发现自己居然睡在了李默的床上。

陌生的房间，陌生的床，只有身边的男人一如既往地熟悉。距离上一次两人同床而眠，已经过去有一阵子了。

他还是没变，睡着了的样子有点儿高冷，不笑的时候整个人略显严肃，仿佛睡梦里还在操心着什么事儿。

苏格一时玩心大起，都没顾得上计较自己怎么换了张床，挑了一撮自己的长发，在李默的鼻尖处来回扫。

她盼着他能打个大大的喷嚏，没想到对方一只手不知何时伸了过来，一把搂住她的肩膀，将她整个人往怀里带。

苏格的鼻子撞到了他胸前的肌肉，有点儿痛。

李默一副“跟我斗还嫩了点”的表情，十分欠揍。

苏格推了推他坚实的胸膛：“你什么情况？半夜乘人之危。”

“明明是你自己爬上我的床，还敢倒打一耙。”

“你放……”苏格顿住了，她想起自己梦游的老毛病，有点儿心虚，只好悻悻地质问他，“那你怎么不送我回房？”

“送上门的肉都不吃，苏格，你以为我是慈善家？”

苏格背着他吐舌头。他算个什么慈善家，他就是一头吃人不吐骨头的恶狼。

李默像是读出了她内心的想法，凑近她耳边悄声道：“我不是狼。”

“那你是什么？”

“改天你就知道了。”

他那眼神十分不怀好意，苏格觉得自己还是闭嘴为好。

她冲出李默的房间，跑回了自己屋子。床头柜上手机正响个不停，苏格以为是妈妈打来的，接起来一听愣住了。

秦嵩在那头问她：“苏格，你这会儿在哪儿？”

苏格一下子明白过来："你是不是来B市了？"

"是。"

秦嵩的声音听起来有点儿闷，背景声音挺吵，像是在户外。

"你这会在哪儿？"

"在你们学校附近的网吧。我打你原来的电话，停机了，这个号码是你母亲给我的，她说你换手机号了。"

"是换了。你怎么突然过来了？"

秦嵩不说话，苏格却明白了。秦嵩山上山下跑，手机肯定有网络，他应该是看到她那条新闻不放心，所以过来瞧瞧。

他一直就是这样，从小到大她一有点儿什么事儿，他就会第一时间出来帮她。

苏格心里很过意不去，大晚上的，天还这么冷，他竟然一个人窝在网吧里。

"你有没有找到地方睡觉？现在太晚了，我不方便出来，明天我去找你好吗？"

"好。"秦嵩的声音依旧温柔，"网吧边上有小旅馆，明天白天我去找你？"

"我去吧，明天我有课，咱们到时候见。"想了想，苏格又补充道，"你不能在网吧待一夜哦，一定要开个房间认真睡觉。我会打电话给网吧老板，让他检查，我们挺熟的。"

说到最后，她笑了出来。那边秦嵩也笑了。

第二天下午上完课，苏格就给秦嵩打电话，两人约在学校外面的一间小饭馆见面。

很久不见秦嵩，他更清瘦一些，也晒黑了一些。见了苏格，他依旧是温和地笑，半句重话也没有。

苏格小的时候特别喜欢他这样，觉得很有安全感。长大后，为什么他们没有进一步发展？是不是因为她其实更渴望男人有一些占有欲，那样的人更让她心动？

她坐下后把菜单递给秦嵩，说要请客。秦嵩也没跟她争，点了三菜一汤。

"多要点菜吧，你太瘦了。别替我省钱。"苏格开玩笑道。

"没关系，我身体挺好的，吃多了不健康。"

他是医生，苏格也就没坚持。

饭菜很快上来，两人就低头默默吃饭，谁也没说话。这种气氛其实有点儿尴尬，苏格几次想找话题聊，一看到秦嵩认真吃饭的样子，话就咽了下去。他们好像没办法像小时候那样无话不谈了。

秦嵩很快吃完了一碗饭，苏格主动拿过碗给他添饭，两人终于找到个说话的当口。

“你这么过来不要紧吗？”

“我爸在，村里有人如果犯急病，我爸可以应付。你叔叔和爷爷我都留了药，应该没关系。”

“我不是这个意思。”苏格把碗递给他，解释道，“我是担心你爸爸的身体，怕你走了没人照顾他。”

“村里人多，会帮着照顾的。”秦嵩拿着那碗饭准备低头开吃，想了想又把碗搁下，眉头微蹙，盯着苏格看。

“怎么了，我脸上有东西吗？”

苏格伸手去摸，手被对方拉了下来。

“没有，挺好的。”

苏格的手被他握在手心，暖暖的，又有点儿尴尬。她想挣脱，秦嵩却不让，反倒握得更紧了一点。

“苏格，我其实有点儿后悔。”

“后悔……什么？”

“后悔当初回山里。我不应该把你一个人留在这里。”

苏格感觉心头像是被什么东西拂过一般。

她一直盯着面前的那碟酿豆腐，像是要在上面看出个洞来一样。

秦嵩以前从不说这种话，他是个做事多过说话的人，即便说也很有实质内容。

“你回去是为了照顾你爸爸，他身体不好，身边总得有个人。”

“我那时候有机会留在这里，还能进市一院工作。如果进了医院，我可以把我爸接过来。可是我没有，我还是回去了，你知道为什么吗？”

“为什么？”

“因为我还想照顾你妈妈和弟弟。你们家没有男人，他们两个在村里就会吃亏。我一直想等几年，等你毕业了在这个城市立稳脚跟了，我再回来。”

苏格望着他：“可是走了还能回得来吗？”

B市竞争激烈，机会稍纵即逝。秦嵩放弃了那个绝佳的机会，在山里待了几年，现在想回来只怕难了。

他却不在意，淡淡一笑：“想回来就能回来。”语气不重，听上去却是气势磅礴，本地人都求而不得的工作，在他看来仿佛捏在掌心里。

苏格知道，他是有能力的，但凡他想做成的事情，就没有不成功的。

“我不知道你当初做那样的决定是为了我家人，如果知道的话，我一定不会让你这么做的。”

“苏格，”秦嵩把她的手往自己跟前拉了拉，“我今天跟你说这些，不是想让你心怀愧疚，更不是想让你因此答应我什么。我只是想让你明白，其实一直以来你在我心里都有很重要的位置，你是无可替代的。”

秦嵩说话声音好听，慢条斯理，符合他的性格，苏格乍一听以为就像从前一样，不过是两个人在闲聊，可细品那话的内容，却听得出来这其中深层次的含义——

他是在告白。

害怕的事情终于还是来了。

苏格想装傻，但怎么也装不出来。秦嵩一直握着她的手，不等到她的回答，他是不会放手的。

“秦嵩，你的意思我明白了。”

“那就好。”

“你现在要听我的回答吗？”

“如果你准备好的话，我就听。”

“即使我会拒绝你？”

秦嵩笑了：“如果你要拒绝的话，不管现在说，还是以后说，结果都是一样的。我说过，我不会逼你做决定，我看得出来你跟那个李医生关系不错，或许已经进展到了男女朋友的阶段。不过这些都没关系。”

“真的没关系？”

“对我来说，重新回来是我个人的决定，就像我当初决定回去一样。我这个人胸无大志，总想过平淡的小生活。以前是这样，现在也是。不管在哪里，我都只遵循一个原则。”

“什么原则？”

“保护你。”

他眼里的真诚骗不了人，说不感动是假的。苏格长这么大除了家人外，秦嵩是对她最好的人。他为了保护她的家人，放弃大城市的职位。现在因为网络上有了不利于她的言论，他又千里迢迢跑回来。

如果不是遇见了李默，她有可能会爱上秦嵩吗？

曾经她也期盼过这个永远伟岸能干的哥哥能跟自己表白，只是等的时间久了，这种兴奋和期盼就淡了。过了青春期，少女的虚荣心也小了，现在回头再看，可能真的还是不爱吧。真爱一个人，就不会因为另一个人的出现而放弃。

“秦嵩，你知道我从小就挺喜欢你的吧。”

“知道。”

“小的时候我缠着你，让你说长大之后娶我的话，你还记得吗？”

秦嵩嘴角上扬：“记得，当时我死活不肯说，你急得都哭了。”

“是啊，我那时候真是恨嫁啊。就有种好不容易捡到一个宝的感觉，一定要牢牢抓紧了。你考什么中学，我也考什么中学，你上医学院，我真的考不了，就稀里糊涂地考了个电影学院。想着就在你对门，想你了就去找你。我这么漂亮，走在医学院里面，长发一飘，回头率肯定高，那些男生都会喜欢我。”苏格想着那个画面，自己忍不住也笑了。

秦嵩点头：“是，你有几次来找我，我同学见了都向我打听你是谁。当时我后悔让你来B市念书，你就该留在老家，等毕业了就在县城安顿下来，省得这里坏男人太多，个个都觊觎你。”

“真的？看来我还挺受欢迎的。”

“漂亮的女生总是吸引人，我也是男人，所以我也被你吸引了。”

原本很轻松的气氛一下子又紧张起来。苏格尴尬地笑笑：“你以前不是不肯娶我吗？”

“年纪小不懂事，也不知道爱情是什么。可后来我明白了，我总是走在你身边，时时想要护着你，这种就是爱情。我一直在等你长大，没想到一个不留神，长大的姑娘却让别人抢走了。”

“不是的，其实不像你想的那样。”

秦嵩向来平静的眼波里流露出一丝欣喜，一闪而过，他急切地问道：“那是怎么样？”

苏格想不好该怎么解释她跟李默的关系。似乎没有好过，可两人又像情侣。现在呢，不清不楚，她和他又搅和到一起去了。要是都跟秦嵩说了，他会怎么想她？

是不是会就此看轻她？

她不说话，秦嵩有点儿着急，晃了晃她的手："苏格，你跟那个李医生没在一起是不是？"

明明只是轻轻一晃，苏格却觉得有点儿晕。反应过来的时候，她发现手已经被人牢牢拽住。那只手霸道强势，一个用力就将她的手从秦嵩的手里抽了出来。

来人把她从椅子上拉起来，随即搂进自己怀里。

李默的声音平淡客气："对不起，秦先生，苏格现在是我的女朋友。"

他来得突然，在场的两个人都没发现他什么时候进来的。

秦嵩脸色不变，站起来冲李默伸出手："好久不见，李先生。"

他从容的样子让李默一挑眉，很快伸手回握住。两个男人在破旧的小饭馆里无声地较量着，苏格觉得自己像一块快要被夹坏的肉饼。

眼见他们没有放手的意思，她赶紧出手将他们的手分开。

她问李默："你怎么来了？"

"下班过来吃饭。"他把苏格往里一推，坐了她原来的位子，"菜太少，再叫两个吧。"

苏格一看就知道他是专程过来的。他医院离这里不近，怎么可能专门来这破地方吃晚饭？肯定是听说了她跟秦嵩在一起的事儿，过来"兴师问罪"了。

至于他怎么知道的……想想孙露云这个叛徒，苏格真想把她拎过来训一顿。

不同于她的尴尬，两个男人表面看起来十分和谐。李默点餐的时候还问了秦嵩的意见，秦嵩也是如实作答，言语间礼貌客气。苏格越看越觉得这两人假惺惺。

李默一回头，发现苏格表情有异，笑着问她："怎么，我点的菜你不喜欢？"

"没有，你随便点吧。"

"听说今天你请客？"

"是。"

"钱包里的钱够吗？"

经他这么一提醒，苏格倒真想起来了。她钱包里现金不多，本来要去取钱的，被顾煜廷这档子事一闹就没去。她翻翻钱包，里面只有一张五十元的，再看看眼前的饭菜……

"我现在去取。"

李默拦着她：“附近也没取款机，还得回学校。我先借你。”

秦嵩有点儿听不下去：“小格，我这儿有。”

“不用，她现在借我的，回去就能还给我。”李默说这话的时候表情特正经，举止却有点儿不正经。他那藏在桌子底下的手在苏格的腰间轻轻一拧，说到“还”这个字的时候特别用力。老男人就是放得开。

苏格有点儿生气，转头一看，李默居然在笑，她忍不住踢他一脚。

李默收敛了笑容，给自己盛了一碗饭。

这是苏格有生以来吃得最尴尬的一顿饭，但更尴尬的还在后面。

吃完饭后，李默去结账，剩下秦嵩跟苏格面对面坐着。苏格没话找话：“你这两天怎么办？”

“还得先回去一趟。不能说走就走，村里的医生不能缺，得找人补上。我爸这两天腿有点儿疼，等他好一点再过来。另外，这里的工作我已经在找，几件事同时进行，应该没问题。”他说得轻松，一如从前。这世上没什么事儿能难得倒他。

“你应该可以，你这么聪明，做什么都行。”

“也不是每件事都行。在你这里，我也有失败的时候。”

秦嵩说话的时候表情有点儿自嘲，苏格有点儿不忍心。一个对她这么好的人，她却让他伤心了。

李默结完账往回走的时候正好看到这一幕。他站在那里，没有上前，把时间和空间都让给这两人。

秦嵩人不坏，跟顾煜廷有本质上的分别。李默不会为难秦嵩，只要苏格意志坚定，他不介意她交这么一个男性好友。

相较于苏格的失落，秦嵩倒很洒脱。他拿起椅子上的外套，冲苏格招招手：“好了，走吧。”

那画面跟从前一模一样，苏格下意识就要跟上去，刚走出一步就看到站在不远处的李默，一下子顿住了脚步。

他正冲她笑呢。

第五章

不用争，我就是你的

苏格发现自己从小就有那么一点狗屎运。

网上顾家人散布的帖子热度慢慢降了下去，顾煜廷的案子没能掀起什么水花，反倒让他挨了一顿女网友的痛骂。

顾家人还想再玩些花样，但李默提前出手，不知使了什么手段，那边就偃旗息鼓了。

苏格甚至怀疑自己帖子里爆顾煜廷旧事和开新帖揭他老底的那个人也是李默。

李默举起手里的咖啡杯，说："我没那么闲。"随即笑着抿了一口，又皱起眉头，"苏格，你泡的咖啡一直这么难喝吗？"

"手艺不好，学不会。"

每次不是糖放多了就是放少了，要不就是忘了放奶，状况一大堆。

她不喜欢喝咖啡，还是喝茶方便。

她不信李默没参与到这件事情里。她剥了块方糖递到他面前："告诉我，到底是不是你让人干的？说了我就给你加一颗。"

她刚洗完澡，身上有股子少女香，勾人的笑容让李默看得心有点儿痒，他搁下杯子准备去抓她。结果苏格比他快一步，一骨碌从床上翻下去，跑了个无影无踪。

李默失笑，真是跟猫一样的女人。

他闲着无聊又翻出那几个帖子看。早从事情一发生起，他就收到消息，并且关注着进展。如果是记者预备发稿，他甚至能提前压下去。

这次是网友匿名发帖，事出突然，想压已是不可能，唯一的办法就是把视线往顾煜廷身上引。

也亏得这小子黑历史多，他让人随便查查，就查到了一箩筐。把这些料往网上一放，不用他的人动手，自有正义网友替他收拾姓顾的。让他在牢里多住几年，长长记性也是好的。

这事解决之后，苏格夜里睡觉都安稳了很多。

更令她意外的是，元旦前夕她接到一个电话。打电话的人自称姓李，是S市电视台的导演。

这个李导在圈里名声很响，苏格不止一次听过他的名字。他为人严谨，富有才干，也很有能力，手里有一档S市的王牌节目，是很火的纪录片，这可是苏格他们这些人一直向往的资源。能在那档节目里发声，是一种荣耀。

苏格做梦也没想到李导居然会看中她，邀请她去S市。

“有一段纪录片，需要一个女声。我听过你的作品，觉得不错，希望你过来试试。”

话没说满，试试的意思就是最后未必会用她。但即便这样，也够苏格挂了电话后一蹦三尺高了。

所以说，塞翁失马，焉知非福？

李导在电话里明确说了，是看了网上那个新闻后对她产生了兴趣，才去听了她的试音。整段配音时间不长，加上试音的话，前后不超过三天。

苏格没有犹豫，挂了电话立马开始打包行李，顺便上网查火车票。

那时候快晚上八点，李默做了一天的手术回到家，累得想让苏格给自己揉揉肩，却见她跟只蜜蜂似的在眼前飞来飞去，忙得四脚朝天。

他伸手拽住她纤细的手腕：“干什么？”

苏格就把去S市的事情说了。

“你说我是不是运气不错？”

李默没说话，面无表情地坐在那里，像是在思考什么。苏格没理他，继续往箱子里放东西，来回几趟之后才察觉出不对，她推了李默两把：“怎么不说话，不高兴吗？”

“有什么值得高兴的吗？”

“这是我事业的一个新起点。要知道连洪昇想去都没去成呢，我这样的小人物能让人家看上，还不算运气好？”

“你要想要，我可以给你一打。”

配音算什么，哪怕苏格一天戏也没拍过，他也可以给她拉个好莱坞电影里的角色来过过瘾。捧红她不过分分钟的事情。

苏格不以为然：“陪睡当然机会多，我要是想要那样的机会，一早就有了，搞不好现在也是当红女星了。我想跳出这个怪圈，凭实力做事，这样的机会稍纵即逝。你出身太好，不明白我们这种人的挣扎和努力，对你来说唾手可得的东西，我们可能要奋斗很久，甚至一辈子。”

李默一把把她拽过来，摁在自己腿上：“你又知道像我这样的人不需要挣扎和努力？”

他每天的工作强度不是苏格能比的，最高纪录是72小时没合眼，连做十几台手术。冒着随时被炮火轰死的危险替人接生、缝合、接骨，甚至是开颅。

她想象不到那样的生活。

苏格嘶着嘴想了一会儿便投降：“好吧，我收回刚才的话，我们各有各的难处。不过这是我好不容易得来的机会，你不会不让我去吧？”

“我还真有这个意思。”

“别这样，真的很难得。”

“有多难得？”

苏格坏笑着拿指甲在李默敞开的衬衣领口里划来划去：“嗯，比找到你这个如意郎君还要更难得一些。”

李默挑眉看她。

“不不，我说错了，是不如。不过也很难得就是啦。我就去四天，很快就回来。说不定我试音没过，当天就能回来。”

“那我该祝你面试不成功才行。”

苏格气得在他锁骨处咬了一口。她这么做的下场十分明显，几分钟后就被李默扔到了床上……

之后，他搂着苏格，开始琢磨她去S市的可行性。

“派个人过去，给你开车，也替你做点杂事。”

“不用了，我又不是小孩子。”

“安全第一。顾家现在虽然不敢动你，但还有很多想要对付你的人。你那两个同学，还有学校里看你不顺眼的其他人，你敢保证他们不会趁你落单对付你？”

“不会吧，人心有这么丑陋？”

“你跟顾煜廷好的时候，也没想过他会做那样的事儿吧？”

这话说到了点子上，苏格只能妥协。

“可是谁能跟我去？你可别找个男人，太不方便了。”

李默在她额头亲了一下，给了她“放心”两个字。

苏格出发去机场的时候，见到了跟她同行的那个“保镖”。一个三十多岁的女人，长得漂亮，个子高，看起来十分利落。她穿一双七八厘米高的皮鞋，走起路来却比苏格快许多。力气也大，拎她那个二十八寸的行李箱跟玩儿似的。

苏格心想，这可是个深藏不露的高手。

高手叫余心，S 市人，对那个地方很熟悉。她话不多，一路上对苏格很照顾，不像保姆那样面面俱到，但总能给她最及时的帮助。

两人下了飞机搭车去酒店，下午则去录音棚见了李导。余心等在外头，随便找了个咖啡馆坐着。

苏格一进棚就直接试音，试完后跟李导谈了谈。对方一如传闻所说的那样，不爱八卦，不爱笑，对事情异常严苛和细致，给人以一种压力，却不会觉得不舒服。

他让苏格回去等消息：“等我听过另外两个人的试音后再决定。麻烦你特意过来一趟。”

他说得很坦白，这反倒让苏格安心。她最怕那种云里雾里打太极的老油条。偏偏影视圈里这种人最多，每次跟老师出去谈合作，那些人总是暗示来暗示去，自以为不把话说透最妙，殊不知那下流龌龊的心思早已冲破天际。

这个李导给苏格的印象相当不错。

出了棚一看，余心已经到了大楼下面，一副掐准了时间的干练模样。她掏出手机拨了个号，递到苏格面前：“老板找你，你听一下电话。”

苏格接过来一听，电话正好接通，李默的声音传过来。

当着余心的面，苏格不好意思说些什么，就随口敷衍了对方几句。李默也忙，说不了三句话就有人叫他过去，电话就这么匆匆结束。

苏格心情没受影响，反而高兴地拉着余心去吃火锅。吃到一半翻出手机看时间，才发现有好几个未接来电，妈妈打来的。

刚才为了试音，她开了静音。她赶紧回拨过去，电话响了一阵才通。苏母说话依旧跟平常一样温和，说打电话没什么大事儿，只是想听听她的声音。

她这么说，苏格也不会戳破。秦嵩知道了，她妈妈不知会不会知道。她总觉得这种事儿瞒不了家里人，但她什么也没提，母女两个心照不宣，略过不愉快的事情，互相关心了一大通。

吃过饭回酒店，余心先进浴室洗澡。苏格有点儿想李默，电话拿在手里，犹豫了半天也没打出去。她怕打扰他工作。

她正在屋里来回转悠的时候，李默倒把电话打了过来："抱歉，下午有点儿工作。"

"没事儿，我也刚忙完。"苏格看一眼紧闭的浴室门，悄悄出门到外面走廊里打电话。

刚走到外头还没来得及说什么具体的内容，突然听到电话那边有一个略熟悉的声音。

苏格忍不住问："李默，你身边什么人？"

声音转瞬即逝。

李默淡定地回了她一句："电视。"

"是吗？"

"你不放心？要不赶紧回来吧，看看家里是不是藏了什么人。"

苏格靠在酒店走廊的墙上，不屑地哼一声："爱藏不藏，最好藏个女人。"

"藏来干吗？"

"晚上饿了吃啊。"

这话一语双关，李默也笑了。

他似乎起身走到了外头，电视的声音明显小了。他嘴紧贴着手机，优雅地耍了记流氓："别的女人不如你好吃。"

苏格以前不喜欢男人说这种话，觉得轻浮，结果跟了李默之后，发现原来情话不分好与坏，只看由谁说。从喜欢的人嘴里说出来，怎么听都是好的。

她笑着扯开话题："今天忙吗？"

李默一早上班，都没顾得上送她去机场。

"忙。"

"忙手术？"

"还有点儿别的事儿。"

苏格不说话，等着李默往下说。结果对方也沉默了，气氛有点儿尴尬。最后还是李默打破僵局："就不关心我去忙别的什么事了？"

“关心啊，你会说吗？”

“不说。”

苏格不高兴了，嘟了下嘴，想想他又看不见，于是恢复常态。她如今才算找着一点恋爱的感觉，跟以前和顾煜廷在一起的时候完全不同。

那时候别说姓顾的去忙私事，就是看到他跟别的女人劈腿的照片，苏格也没啥难受的感觉，顶多觉得自己踩到了狗屎，有点儿恶心罢了。

对李默，她有点儿上心。

“不说就算了。”

“过两天再说。”

“好。”

苏格答应得很爽快，倒让李默有点儿意外。他怕她有想法，安抚道：“过两天告诉你，没干坏事儿。”

“我知道。”

“你真知道？”

苏格抬头看看走廊上方的灯：“其实也不知道。听说你挺花心的，我不知道要不要相信你。算了，还是不要了。”

“谁跟你说我花心的？”

“孙露云啊。上次在她家我也亲眼见到了，那些女人见了你跟苍蝇见了血似的。我是不是不要跟她们争比较好？”

“嗯，不要争。”

这下轮到苏格意外了。

李默的声音柔软厚实，穿透电波传进了她的耳朵里：“不用争，我就是你的。”

S 市是南方城市，冬天没有供暖。虽说在室内，但酒店走廊里的温度并不高。苏格穿得有些单薄，本来讲了一会儿电话身上有点儿凉，这会儿听到他充满深情的告白，整个人一下子温暖了起来。

苏格想起头一回见他时，他坐在那里望着她，从眼角眉梢到嘴唇下巴，都透露着一股防备和警惕，还夹了那么一点轻视。

那时候苏格怎么也想不到，有一天这个男人也会为她动心。

“李默……”她轻轻叫了对方一声。

“什么？”

“你是不是喜欢我？”

“这个还需要怀疑吗？”话虽如此，他还是用刚才那种声音给苏格灌“迷魂汤”，“喜欢，非常喜欢。我爱你。”

两个人断断续续交往了个把月，这是第一次从他嘴里说出“爱”这个字。

李默说完后提醒苏格：“你是不是也要说？”

苏格正准备说，房门突然开了。余心拿着毛巾擦头，提醒她：“到你了。”

表白被打断，苏格有点儿犹豫，想等她进去再说。可余心像没发现她的为难，冲她一扬头：“赶紧进来，外头冷。你要是冻坏了，老板会不高兴的。”

电话那头的李默突然有种自己挖了个大坑，一不小心跌进去的感觉。

苏格的新工作进展顺利，第二天就接到通知，要她去棚里开工。这样一来，她就得在S市过完元旦再回去。

她给李默发了条消息，说了这个事情，等了半天不见对方回应，想着他应该在工作，就开了静音，跟李导沟通去了。

头一回配纪录片，苏格很用心。这对她来说是一个全新的挑战。

一整个上午，她挨了一箩筐的训，可也收获了更多的帮助和鼓励。

和优秀的人一起工作，是一件特别安心的事情。

中午吃饭的时候，她掏出手机看看，发现李默还是没回她的信息，心里有一瞬间的担忧，但很快又被掩盖下去。医生嘛，忙起来不分日夜很正常。

话虽如此，但苏格的心总是隐隐不安。工作结束后，她没在S市久待，买了最近的一班飞机，和余心一道回了B市。

下飞机时已过六点，外头天色全黑。李默派了司机过来接她们，说自己有点儿事儿走不开。

余心看苏格情绪不太高，安慰她道：“可能在家里给你准备惊喜。你知道的，男人嘛，有时候挺无聊的。”

“他是那种会准备惊喜的人吗？”

“好像不会。”余心想想又道，“不过也不一定。也许正在洗澡。”

“这很重要吗？”

“应该挺重要的吧，毕竟你们好几天不见了。”

谢天谢地，苏格看着前面司机的后脑勺，在心里庆幸。还好余心没把话说得太明显，给她留了两分面子。

苏格一路上就这么被两种情绪左右着，一会儿想想他这几天的反常，总觉得有事要发生；一会儿脑子里又蹦出来儿童不宜的画面，搞得她头很痛。

司机先送余心回家，这个“天然呆”下车的时候用力拍了拍她的肩膀：“放心，老板这人很有分寸。”

她拍得太用力，车子都开出一段距离了，苏格还在那里揉肩膀。好疼哦，以后哪个男人制得住余心啊，得是个散打冠军才行吧？

剩下的一小段路苏格开始打瞌睡，车子停在家门口的时候，她差点睡过去。她听见司机在给李默打电话，说她睡着了的事情。

苏格挣扎着想起身，试了几次居然不行。人明明醒着，身体就是动不了。

就在她跟睡神搏斗的当口，李默出来了，钻进车里想要抱她下车。这一下苏格彻底醒了，赶紧将他推开。

她迷迷糊糊地下车，还惦记着后备厢的行李。李默抢在前头把箱子拿出来，跟司机说了两句，让他把车开回去，自己搂着苏格要进门。

苏格想起余心的假设，忍不住凑上去在他身上闻了闻。

“你闻什么？”

“你洗澡了吗？”

“刚到家，还没来得及洗。怎么了？”

苏格有点儿失望：“没什么。”

“你怎么不问我忙什么去了？”

“没兴趣。”

说着，苏格就要去推门，却被李默一把拽住。他托起她的下巴：“又闹什么别扭？”

“没有，挺好的。”

“你们女人常说反话。没有就是有，好就是不好。所以你的潜台词是，你在生气，而且一点儿也不好。”

苏格气得捶了他一拳，正要说话，门突然开了，一个身影从里面蹿出来，直接撞进她怀里。

苏格差点让人撞断气。

借着路灯光，苏格盯着怀里这个人瞧了又瞧。

最后她憋出一句话："苏二宝，你怎么在这儿？"

二宝一脸自然的表情："我来找你啊，姐。"

"你一个人来的？"

"不是，我跟妈一起来的。妈在里面，姐你吃饭了吗？"

二宝个子刚到苏格肩膀处，一脸稚气，要去拿李默手里拎着的箱子。

"李哥，我来，你赶紧进来吧，外面这么冷，你穿得又少。"

苏格这才发现李默穿得单薄，连外套都没披。

"不冷吗？"

李默没把箱子给二宝，只叫他赶紧进去，又搂住苏格的肩膀："不冷，挺暖的。"

苏格一进门就看到妈妈坐在那里，一副准备起来的样子。

二宝赶紧过去把她摁住："妈你别起来，你膝盖疼。"

"怎么了，膝盖受伤了？"苏格走过去蹲在她妈身边，想撩裤管检查一下。

苏母赶紧拨开她的手："没有，就是老毛病。最近天气冷，有点儿疼，吃点药就好了。"

"光吃药没用。您这病多少年了，一直没好透，这次既然来了 B 市，索性好好检查一番。秦嵩也跟你说过，最好住院治疗，你老是不听。"

"住什么院啊。村里像我这把年纪的人，哪个身上没点痛的？这都要住院怎么得了。再说医院我去过了，医生说没事儿。"

苏格望着二宝，二宝赶紧指指李默："李哥给带去的，特别大特别好的医院，妈做了好多检查，可医生说什么我听不懂。"

苏格刚下飞机就碰到这样的事情，心里乱糟糟的，理不清头绪。李默过来拉她进餐厅，让她先吃饭。

"吃饱了再说，阿姨爱看的电视剧开始了，你别打扰她。"

苏母笑眯眯地拿起遥控器开始换台，那熟练的样子一点儿不像头一回使用。苏格回忆起最近李默的反常，忍不住道："我妈和弟弟是不是来好几天了？"

"是，就是你去 S 市的第一天。"李默给苏格盛了热饭，又替她去热菜。两个人把厨房门关了，细聊当天的情形。

"你妈带着你弟来找你，结果打不通你电话，二宝就给我打电话了。我想着先接回家慢慢跟你说。”

“她怎么突然来了，来看病吗？”

“你妈这么节俭的人，会专程来B市看病吗？她是担心你。我估计她肯定知道了你跟顾煜廷的事情，不放心才来找你的。”

苏格明白了，难怪那天有妈妈的未接来电，只怕当时她人就已经被李默接回家了。

“都怪二宝，找不着我也不用给你打电话啊。”

按她妈的性子，是肯定不会麻烦李默的。二宝年纪小，不懂事，亏得李默不计较，看起来他们三人处得还不错。

“他给我打是对的。B市这么大，他们从来没来过，人生地不熟，又找不到你，不找我的话，要去哪里？”

李默把热好的饭菜端进餐厅，招呼苏格过来吃：“别不好意思，你妈没那个意思，是我硬要她来住的。这房子迟早是你的，她来住也是名正言顺。”

他这么大方，苏格反倒有点儿不好意思。她有种硬抢人家房子的错觉。

“要不，算了吧。”

“什么算了？”

“这房子……”

人一直找不到，就算房子真的要回来了，意义也不大。周律师也说了，这房子除了李默外还牵涉到其他几个人，要想拿回来困难不小。即便人家不为难，也少不了要花钱。

“我不想要了。”

李默夹了点菜到苏格碗里：“你要不想要也行，反正我舅那边的份额我在谈，到时候房子归我一个人名下，清清楚楚，明明白白。你以后想要也能少费点工夫。”

“以后的事情以后再说吧。”

“行。”李默笑得温柔，替她撩起散落下来的头发，“顾煜廷的事情我跟你妈粗略解释了一点，说得不多，你受伤的事情我也没说。一会儿你跟你妈谈的时候注意点，别说漏了嘴。”

“嗯。”

“怎么看起来不大高兴的样子，工作太累？”

“坐飞机有点儿累。”苏格扒拉了几粒米饭，抬头看对方，“李默，你这么做图什么呀？”

“图我想对你好。”

“可万一你以后发现，我其实也不值得你这样，那你怎么办？”

“那就当是投资失败，以后吸取教训。”他顿了顿，认真思考后露出一丝笑意，“不过我不觉得我会失败。”

“这么自信？”

“丈母娘和小舅子已经搞定，剩下的问题也不多了。你妈说你爸这人脾气很好，我想他应该不会反对我们。”

苏格吃惊：“我妈连这个都跟你说？”

“是，搞不好以后就是半个儿子，说几句也没什么。”

苏格脸一红，赶紧低头扒饭，假装没听到。李默却不肯放过她，揉着她的耳垂解闷。

“你妈比你爽快，大概经历得多，容易想得通。你这个年纪的女生最麻烦，总是想太多。”

“看起来你挺了解我们这个年纪的姑娘。”

“早跟你说了，科室里全是你这样的。天天嘴上说得豪气万丈，一动真格就退缩。苏格，你当初跟我争房子一点儿也不发怵，都不惜上法庭打官司，现在怎么反倒退缩了？”

苏格也说不清楚，大概是心被他焐暖了吧。不认识的时候怎么撕都没关系，现在好成这样，再为一套房子闹腾不值得。

她从不为钱，当初接近李济山也是为了打听消息，房子的来龙去脉还是他跟她说的。可是人没找回来，房子也就没了意义。

相比起来，她更在意李默的真心。

吃过饭，苏格去洗澡，洗完了出来一看，妈妈正在那儿给她铺床。

“你晚上一条被子够吗？”

“够，有暖气。”

苏格过去拿过被子自己铺：“妈，检查结果出来了，医生怎么说？报告拿来我看看。”

“还能怎么说，让我多休息，少干活。其实我也没怎么做事，家里多少事情你也知道，就几亩地还老找人帮着种，我要再不干点什么，人都要废了。”

“你腿不好就该多休息。要不这样吧，妈，反正我快毕业了，到时候你跟二宝来B市吧。”

家里的地就租给别人种，她租个小房子一家三口住，弟弟就在这里找个普通学校读读，再怎么样也比他们山里的学校教学质量好得多。

苏母听了却直摇头：“那怎么行，你爷爷奶奶还在老家呢。”

“有二叔呢。”

“你二叔他们也忙，我也不能一点儿不管，你爸是长子。从前就一直不在身边，这么多年都是你二叔在照顾，我总得搭把手。再说这地儿东西太贵，我跟你弟来了就是给你增加负担。我出门路都不熟，一个人都不认识，都找不着人说话。不要不要。”

“秦伯也来，秦嵩说要带他来这儿，你们可以常见面啊。”

“一个秦伯怎么够，村里那么多人呢。再说秦伯话少，你也知道。”

好吧，苏格也觉得考虑得不够周全。

“那这事儿咱们再商量，总要想个办法的。你先把腿治好，要不就住院吧。”

“真不用，小李也说了不用住院，先治疗着看。”苏母有点儿不好意思，“说起来挺不应该的，跑来麻烦他。本来想过来找你，看看你过得好不好。过几天我带二宝先回去吧。”

“别，既然麻烦了，就一次麻烦到底算了。先看好病，其余再说。我们那里医疗条件差，小病拖成大病，以后还得花更多钱。”

苏格了解她妈，拿花钱说事儿最管用。果然，苏母一听这话就不再坚持，两人又聊了一会儿，苏格就送她回房休息去了。

她腿脚不方便，李默就给她安排了楼下的房间。二宝则跟他们住一层。李茜又滚回学校去了，她这次发誓要好好学习，再也不给她哥丢脸。

李默一说起这个直摇头。他对他这个妹妹已不抱希望，只要她不惹事就行。可现在看起来，不惹事这个要求也很难做到啊。

苏母第二天又去了医院，回来后心情不错。综合所有的检查，医生给她开了药，说暂时不必动手术，等过几个月再去检查，看恢复情况。

“不住院就好，我一想到要动刀子心里就害怕。”

“你可别掉以轻心。医生也说了，是暂时不动手术，要是回去后不注意休息，继续这么操劳的话，手术搞不好逃不掉。”

“你这孩子，”苏母笑着看她一眼，脸色不由得一僵，“小格你……”

苏格不知道她是不是看出了什么。她穿了件高领毛衣，把脖子遮得严严实实，身上能遮的地方也都遮了起来，生怕让人瞧见。

苏母没再往下说，看了一眼正在那里看电视的二宝，冲苏格招招手。

母女两个去了厨房，苏母给苏格倒水：“你这脸色怎么这么差？黑眼圈深得很，你昨晚没休息好？”

苏格脸一红：“大概坐飞机累着了。”

苏母也不是完全没见识的人，国内飞机大多路程不远，也就两三个小时的事儿，能把她累成这样？

她想了想，委婉地提了一句：“你年纪小，要注意身体，别太……累着。”

苏格低头假装喝水，以掩饰自己的尴尬。苏母也觉得不妥，就没再往下说，只是话题始终离不开李默这个人。

“你们两个现在算是在处对象吧。”

“是。”

“以后有什么打算？”

“刚处没多长时间，还没想那么远。”

苏母摇摇头道：“你得有点儿想法，你马上大学毕业，年纪不小了。小李呢看着虽然嫩，实际有三十了吧。”

“嗯，他三十多了。”

“对，三十多岁，又是医生，条件这么好，倒追的姑娘肯定很多。你们要是有心办事儿，我也不反对。要是只是随便玩玩，我可不赞成。你找这么有钱的，我也不放心，不如早点散了。”

苏格有点儿意外，还以为她思想保守，知道自己跟李默发生关系之后，一定要逼她嫁人呢。

“妈，你撺掇我跟他分手？”

“没有。我只是觉得要是你们不结婚，何必浪费时间呢。”苏母伸出手，怜爱得抚着她的头发。

在苏格的印象里，她妈妈就喜欢这么摸她头发，很温柔很温暖。在妈妈眼，她就像个小公主。苏格小时候最爱问的一句话就是：“妈妈，我是公主吗？”

可惜现在她不会再问，因为不会再有人回答。

一想到这个，苏格阳光灿烂的心情顿时乌云密布。她把半张脸用宽大的咖啡杯口遮住，借此掩饰脸色的变化。

苏母还在那里喋喋不休，叮嘱她各种事情，都是生活上的一些琐事。苏格不开口，只是不住点头，偶尔嗯几声应付。到最后，苏母有点儿急了，又绕回原来的问题："到底怎么想的？跟妈说实话。"

"什么事儿？"

"结婚的事儿？"

"没想过，大约……不结吧。"

这事儿也不能一个人说了算，搞不好李默根本没有结婚的意思。男人哄你的时候说的都是好听的话，要都当真就有点儿傻了。

"真不结？"

"差太多，不结。"

"你们年纪是差了一点，不过也不是差很多，没到十岁吧。"

苏格这才想起来，自己连李默哪一年生的都不知道呢。

"差不多吧。"

"是觉得家世差太多？"

苏格不想说得太细，随口接了话头："是，差太多没意思。恋爱可以，结婚太累，怕是过不到一块儿去。"

苏母没想到女儿会这么冷静，正要再说点什么，听到外头二宝的声音响起。

"李哥，你今天这么早就回来啦。"

苏格抬头，朝厨房门口望去。

李默站在那里，隔着几米的距离，冲苏格一挑眉眼。

那样子又霸气又撩人。苏格突然觉得刚才说不想嫁给他的话简直打自己的脸，也不知道他听到了没有。

苏二宝是个超级电灯泡，没一点儿眼力见儿，撒娇耍赖，缠着李默，都不给苏格他们留点私人空间。

苏母本来想拉开他，想到女儿对结婚的态度，一时也有点儿无措。

孩子的事情她没办法干涉太多，尤其苏格还是个特别的孩子。她唯一能做的就是什么都听苏格的，反正女儿做什么，她都支持就是了。

在李家住了几天后，苏母决定要回家："家里没人，得回去了，这都快过年了。"

说这话的时候，她就看着苏格，意思很明显，就是问苏格过年回不回家。

苏格挽着她的胳膊笑："当然要回去，过年嘛。我爸也得回去，到时候你可得给我做好吃的。我要吃米肠。"

苏母看着撒娇的女儿，笑得格外高兴。

二宝又在那里问："姐，你带李哥一起回吗？"

这话问得苏格不好接。李默在旁边插了一句："这个不好说。"

苏格望向他，有点儿意外。李默笑着补充道："过年医院最忙，搞不好大年三十还得加班。"

这是实话，医生每到节假日总比别人更忙。道理还是懂，不过他直接说出来，苏格还是觉得有点儿怪。他这人不是一向最会说好听话哄人的吗？

她又开始担心那天在厨房里和她妈说的那些话，真叫他听见了。

这两天她总在观察，却看不出端倪。李默这样的人，如果他不想叫你看出他的心事，你就什么都抓不住。这人太难琢磨了。

说是要走，结果那天晚上突然接到父亲苏大年的电话，说要过来看看他们。

他在电话里对苏格道："我这里这几天不太忙，抽空过来一趟，也有一阵子没见了。"

苏母也想见丈夫，回去的日子就往后推了两天。

苏大年周三一早坐火车到B市，苏格本想一个人去接他，可妈妈和弟弟说什么也要去，最后不得已，只能打的过去。

一家人见面，气氛不错，二宝最高兴，夹在父母和姐姐中间叽叽喳喳个没完，从头到尾就在那儿谈李默，才不过几面之缘，就把人家当偶像崇拜了。

苏格也是无语："为一个游戏你至于吗？"

二宝收起脸上的笑，一本正经道："姐，当然不是。会打游戏的人多了，有钱人也多，可我觉得他不一样。他是个特别有理想的人。你听过他去非洲的那些故事吗？"

苏格真没怎么听过，主要是没时间听。他们两个每次凑到一块儿，一般在做儿童不宜的事情。

“你又听过？”

“我当然听过。你说他这么有钱一个人，还能做这样的事情，是不是很值得人钦佩？我以前一直觉得家里挺苦的，但我现在不这么认为了。跟那些非洲人比起来，我多幸福啊。我准备回去后好好念书，争取也考个医科大学，到时候我也去援非。”

苏格对他的想法既喜且忧，喜的是弟弟被李默一“洗脑”，境界有所提升，似乎也成熟了一些；忧的是他万一真的要走这条路，以后父母还不得担心死。

她仔细观察着父母的表情，妈妈在那里默默喝茶，仿佛没听到儿子的豪言壮语，苏大年则一脸哭笑不得的模样，他说：“你先把你那三分钟热度的性子改掉再说吧。”

几个人在市中心的一家餐馆吃饭。地方是苏格挑的，苏母进去一看菜单就嫌贵，站起来想走，被苏大年拉住了。

“女儿难得要请客，你得给她这个面子。一顿饭咱们家还是吃得起的。”

苏格笑眯眯点地菜，琢磨着怎么照顾每个人的胃口。刚把菜点完，李默的电话就追了过来：“接到人了？”

“嗯，正吃饭呢。”

“让你爸晚点走，晚上我做东，请他吃饭。”

苏格有点儿为难：“他买了车票，下午就得走。他明天还上班呢。”

“车票给我，我让人去退。吃过饭我让司机送他回去。T市离得近，也就两个小时车程。”

苏格还没回答，二宝就在那里给他爸“科普”：“肯定是李哥。”

苏大年也对这个李默感兴趣：“这人跟你姐什么关系？”

“他是我姐男朋友。”

苏格瞪了二宝一眼。二宝很无辜，他没说错啊。

那头李默说有事儿，先把电话挂了。苏格就把他的意思转达了一下：“爸，你要是不愿意也没关系，一会儿送你去车站，他那里我来说就好。”

苏大年沉吟了一会儿，点头道：“行，见见就见见。女儿长大了交男朋友了，总得见一面。万一是个骗子呢。”

“爸，我跟你说了，他是个医生。”

“这年头就有人喜欢冒充医生。”

“我和妈妈都去他医院看过病了，怎么可能骗人？”

苏大年看向苏母：“真的？”

“嗯，是做手术的医生。”

“你觉得人怎么样？”

苏母笑笑，不说话，想了半天吐出三个字：“还可以。”

这评价中规中矩，留有很大的余地。苏大年对李默就越发好奇了。

下午苏格带着父母去买礼品。难得进一趟城，回家得给亲戚朋友都捎点东西。苏母一边逛一边感叹B市的物价贵，说到最后还是心疼苏格，说她在城市里打拼不容易。

“其实回家也挺好的，学的那什么表演也没意思。秦嵩也在老家，你们俩从小就认识……”

苏格一听这话就知道她妈接下来要说什么，赶紧截了她的话头，扯开了说别的。

苏母有点儿无奈，跟苏大年在那里嘀咕：“她小时候跟秦嵩挺好的，怎么现在突然……”

她也不是不喜欢李默，只是越接触越觉得这人本事大，怕女儿降不住。相比起来，秦嵩更合适一些。

苏大年轻拍她的手：“别急，晚上我见见那人再说。”

李默这工作就没有准点下班的时候，他提前订好餐厅包厢，让苏格先带父母过去。

“你看着点菜就行，爱吃什么点什么。我一会儿就到。”

苏格就自己做主点了一桌菜。

服务生问什么时候上菜，苏大年抢在前头道：“等人来齐了再上。”又看苏格，“他是不是很忙？”

“嗯，医院里事情比较多。”

苏母就说：“早知道就不要吃这顿饭了，耽误人时间。”

“饭总是要吃的。”苏大年看妻子的眼神很温柔，“你要是饿了，我让他们先上点点心？”

苏母自然说不用，几个人就继续等。半个小时后，李默停好车过来，推门进来的时候看见苏格正给家人讲笑话。

她毫无顾忌笑的样子特别好看。

二宝第一个注意到李默，高兴地叫了一声。苏格脸上的笑来不及收，就这么一直挂在那里。李默走到她身边坐下，悄悄在她腰上捏了一把。

“怎么不先上菜？”

他凑近了说话的样子很撩人，苏格被那眼神弄得有点儿心乱。

“你饿了？我马上让他们上。”

“我没事儿，怕你们饿着。”

两个人旁若无人地咬了一会儿耳朵，直到苏大年轻咳一声，才把他们的注意力拉回到饭桌上。

苏格赶紧给人介绍。苏大年在T市待了多年，也算见过点世面，跟李默握手、寒暄，十分熟练，只是那双眼睛一直盯着他瞧，几乎一整个晚上都没有移开过。

苏格起先不觉得，后来才觉得不对，她发现李默居然也在看她父亲。

两个男人间有种说不出的较量的意味，苏格觉得幼稚死了。

她低头吃饭，懒得理这两个人。二宝一直很自然地活跃气氛，顺便跟苏格抢食。

这两姐弟一凑到一起，苏格的心理年龄立马降几岁。

整顿饭吃得四平八稳，苏大年话少，苏母也是寡言的人。李默偶尔跟苏格说两句，大部分时间都被二宝缠着。

眼见着他跟自家的两个孩子越走越近，苏大年的脸色也越来越差。吃了一个多小时，他终于起身准备走人：“太晚了，再不回去明天赶不上开工。”

苏格他们也停了筷子。只有二宝吃得有点儿不尽兴，偷偷把爪子伸向那盘没吃完的孜然羊排。

苏大年皱眉喝了他一声，又教训了几句。二宝十分莫名，委屈道：“吃一块又怎么了？以前不都这样？”

苏格也觉得奇怪。自家人吃饭没那么多讲究，二宝才十岁，想多吃块羊排也没什么，父亲怎么这么大反应？

苏大年不理，推了儿子一把，要他快出门。二宝更委屈了。

苏格和妈妈走在后面，最后面的是李默。他很自然地拿过服务生递过来的账单，在上面签了自己的名字。然后，他给人打电话，安排车子送苏大年回T市。

几个人站在餐厅门口等车，李默依旧在跟苏格说话。说着说着，他突然看向苏大年站着的方向，正巧苏大年也往这里看，两人的视线又一次撞到了一起。

不同于刚才吃饭时的暗潮汹涌，这回李默主动上前几步，向他伸出手来。

苏大年不好拒绝，只能回握住那只手。

“本来该我亲自送您的，可明天要上班，我这司机开车不错，您可以放心。”

“你客气了，多谢。”

“应该的，您是苏格的父亲。而且我看您有点儿面熟，总觉得以前在哪儿见过。”

灯光自上而下洒在李默身上，他一扬嘴角，温和里透出一丝凌厉。他问苏大年：“伯父，我们见过吗？”

苏大年伸出去的手一颤，眼底有一闪而过的不安。他迅速抽回手，很快镇定下来：“应该没有。我没怎么来过 B 市，你应该也不常去 T 市吧。”

“确实不常去，看来是我认错了。”

这之后，两人之间再无交流。很快车子开到门口，接了苏大年离开。其他人则上了李默的车，露出一丝倦容。

苏母带着二宝坐后排，两人都有些睡意。苏格坐在前面一直看开车的李默，几次想开口又咽了下去，还是回去再说吧。

回家后，苏母和二宝各回了房间，李默跟在苏格后头，刚到门口就从后面一把将她抱住，然后把她推了进去。

还跟前几天一样，两人关上门就开始激吻，胡乱替对方脱身上的衣服，地上扔满了两人的衣物。

几个小时后，苏格瘫在床上扯着李默的睡衣，闭眼在那里嘀咕：“你跟我爸到底怎么了？”

“没什么。”

“肯定有什么。”

李默将手伸进她的衣领，摸了把细嫩的锁骨：“真的没什么，别乱想。”

“那你们是不是认识？”

没有回答，房间里安静了几秒。李默靠在床头思考，想从记忆里把苏大年这个人挖出来，但试了几次都没成功。

真的太淡了，他从小到大见过的人何止上万，哪里还有这个人的影子？但他对这个人确实有点熟悉，这感觉真叫人奇怪。

“我觉得你爸有点儿面熟，但想不起来在哪儿见过。也许真的只是人有相似。就像我看你，有时候也有熟悉感，但都很淡，一眨眼的工夫。”

说完这话，他突然想来支烟，顾虑到苏格便忍住了。结果等了半天没等来回音，低头一看，苏格已经睡着了。

她虽然睡了，手依旧拽着他的睡衣下摆，跟个不安的孩子似的。

第二天苏格有课，一大早搭李默的车出门。到了学校，她准备下车，却被对方一把拉了回来，勾着脖子就是一记深吻，吻得苏格差点断气。

后来见了孙露云，这女人还夸张地问她嘴唇怎么回事儿："被咬了吗？啧啧啧，我家李叔叔好生猛啊。"

苏格不理她，在那儿找自己的书。孙露云不动声色地挪到她后面，一把拉开她的高领毛衣，凑近了仔细看，嚷道："哇，你这脖子也太壮观了。"

苏格吓得差点跳起来，抬手就往后打。

孙露云赶紧松手，露出一脸迷之微笑："天哪，你们俩天天都在打架吗？"

"要你管。"

"我这是关心你。你要注意身体啊，"孙露云坐到苏格旁边，捏了捏她瘦瘦的脸颊，"你看你脸色不太好，一看就是缺觉，人也更瘦了。我得跟李叔叔说说，让他悠着点，别把祖国的小花苗摧残坏了。"

苏格无力反驳。

下午没课，苏格在图书馆学了好几个小时。明天就要期末考，她现在没办法考虑更多别的事情。回家后发现她妈已经把行李打包好，就等着明天一早搭飞机走人。

苏母头一回坐飞机有点儿害怕，倒是二宝非常兴奋，直嚷嚷着要回去跟小伙伴们吹嘘，对苏格道："姐，等我以后考上大学赚了大钱，我也请你坐飞机。"

苏格心想，他那当医生的梦想，不会是来真的吧。

苏母把二宝支开，拉着苏格到自己房里坐。苏格看她一副有话要说的样子，抢在前头道："妈，我明天考试。"

"哦，那你准备得怎么样？"

"看得差不多了。"

"那就好，一会儿吃完饭再看会儿书。我叫你进来，是想跟你说你爸他……"

"妈，等我明天考完试再说行吗？"

苏母一愣，明白了女儿的意思。

"我不想分心。"哪怕知道爸爸要提什么，她也不想现在听。就那天她爸对李默敌视的态度，就能看出他肯定不会让他们在一起。

苏母点点头："好吧，那你先好好考试。"

苏格感激地冲她笑笑，起身出去了。走到客厅的时候，口袋里手机响了，她拿出来一看是条微信。

秦嵩发来的，短短的一句话——

"我来B市了，明天能不能见一面？"

第二天，B市下了一场暴雨。

苏格淋了一身雨，在学校附近的米粉店和秦嵩见了面。等上菜的工夫，秦嵩照例关心了一下苏格的学习。

苏格从小被"关心"习惯了，一五一十全说了："早上考的不难，我都背过。"

"下午还有吗？"

"没有，但明天要考一整天。"

"那吃完我就送你回去，你好好复习。"

两碗米粉被端上桌，秦嵩很自然地替苏格掰开一次性筷子，递到她手里。

"你现在住哪儿？"

这个问题让苏格心虚，她之前跟秦嵩说过，自己租房子一个人住。一会儿他要送她回去，看到李家那大别墅，心里肯定就明白了。

不知怎么的，苏格对着秦嵩，比对着父母更没底气。

苏母问她是不是跟李默同居的时候，她尚且可以很自然地说是或不是，可要是秦嵩问这个问题，她就真不知道该怎么答了。

这是一种统治与被统治的关系。苏格从小在家地位超然，对父母有爱，但不害怕。秦嵩对她来说像个统治者，现在她逾矩了，真怕对方会说她。

"还在学校外面租房住？"

"嗯，我马上毕业了，而且我现在工作，经常很晚回家，住宿舍不方便。"

秦嵩就没再纠结这个问题，他开始说自己的事儿："我已经找到工作，过两天正式上班。"

"那你住哪儿？"

"医院本来提供宿舍，但我要带我爸一起住，就在附近租个房间。反正我经常值班，我爸一个人住应该够了。"

苏格一时间不知道该说什么，总觉得秦嵩来B市是为了她。因为她的原因，让秦伯跟着折腾，她有点儿过意不去。

秦嵩让她不必放在心上："我本来也没打算一直留在老家，迟早是要出来的。我爸身体不好，大城市医疗发达，治病也方便。我早说过你不必有心理负担。倒是你，我一直有点儿不放心，你现在到底打算怎么办？你还找人吗？"

"找，当然找。"那是她的至亲，怎么舍得放弃？

"有什么线索？"

"没有。本来找到李济山，我以为他会知道点什么，可他知道的也不多。事情过去这么多年，他跟宋佑明早就没了联系，也不知道他是生是死。"

"别急，现在我来了，我会帮你的。"

苏格其实不想把秦嵩扯进这件事来。当初不懂事，把这事跟他说了，现在想想很后悔。这是她的家事，何必让秦嵩费心？

可能那时候她对秦嵩还有点儿依赖，那种淡淡的少女心还在，现在却没有了，她整颗心都给了李默。

想到这里，她把要说的话咽了下去，还是别提宋晖了。还是别叫秦嵩知道好，他要知道了，肯定会去调查，到时候牵扯的事情就更多了。

两人很快吃完各自的米粉，秦嵩要打车送苏格。

苏格不让他乱花钱，只说坐地铁就行。她没回李家，回了李默给她租在山水花园的公寓。

过去好些天，那些追踪她的狗仔已经全部跑了，她觉得自己也是时候搬回这里来住了。

秦嵩进屋坐了一会儿，苏格给他倒茶的时候收到一条微信，李茜发来的，是条语音，声音很小，苏格开大音量凑在耳边听了半天才听明白。

又是十万火急，又是跟宋晖有关，又是找她去救，苏格觉得自己都快成救火队员了。

她拿着倒好的水出去，秦嵩却跟她说要走："有点儿事，我爸找我。"

苏格就不留他，送他出门后自己收拾了一下，也匆匆下楼去找李茜。她总觉得有事要发生。凡事只要摊上李茜，就不会是小事儿。

苏格赶到学校的时候，学生们都在上课，李茜的班主任马老师一见她就皱眉。

看她的表情就知道，她对苏格的到来很不满意。

“她哥哥在做手术，一时半会儿赶不过来。”苏格随口扯了个谎，“有什么事儿您先跟我说。”

然后，苏格平生头一回，去了校长办公室。

她都惊呆了，她上了那么多年学，都没被校长“召见”过，这个李茜本事怎么这么大？

校长正在忙，李茜站在办公室外的走廊里抹眼泪，一见苏格就可怜巴巴地望着她。苏格心里有气，冷下一张脸，不理她。

马老师也不清楚情况，走过去问李茜：“校长让你在这儿等？”

“嗯，宋晖在里面，校长在跟他谈话。马老师，宋晖会不会有麻烦？”

“还是管好你自己吧。”

看得出来马老师很头痛。苏格能理解，任谁摊上李茜这样的学生，都轻松不起来。

苏格走过去小声问李茜：“到底发生了什么？”

李茜抽抽噎噎地说了事情的经过。

原来李茜中午从学校里溜出去，到校外去吃麻辣烫，碰上了几个社会青年，人家看她长得不错就过来搭讪。

李大小姐脾气不太好，没怎么搭理他们，小青年们觉得自尊心受损，就想占她便宜。

李茜一个人势单力薄，斗不过他们，被几个人拖到了小吃店后面的弄堂里。后来不知怎么回事儿，宋晖过来了，几个人吵了几句就打了起来。

宋晖和李茜年纪小，哪里是他们的对手，被一群人围攻。李茜急了，抓起弄堂角落里的砖头就朝他们头上招呼去，结果打破一个人的脑袋，砸肿了另一个人的胳膊，后来还是学校保安过来，事情才解决。

小青年们互相搀扶着看病去了，李茜和宋晖被请去了校长办公室。

看得出来，这回校长挺生气，大概是没想到好学生宋晖也会卷入这种事情吧。

马老师在旁边听得直摇头，当着苏格的面就骂李茜：“你说你真的是……你好好的招惹那些人干吗？差点出事。”

“我没想招惹他们啊，我就去吃个饭。”

“学校有食堂。”

“食堂饭菜太难吃，还有虫子。”

李茜反驳得理直气壮，一抬头发现苏格在瞪她，又委屈地把头低了下去。她真不觉得今天的事情是自己的错啊，再说宋晖怎么会过来呢？

马老师也很好奇这个事情。本来班里有个宋晖，她是非常高兴的，每次考试都第一，真给她长脸。谁知宋晖被李茜这个女魔头盯上了，三天两头骚扰他。马老师什么办法都想过了，动之以情也好，威逼利诱也罢，李茜她是软硬不吃，坚定地要把终身大事搞定。

刚开始宋晖对她也不怎么样，总是冷着一张脸，最近不知道怎么了，居然有回暖的迹象，吓得马老师几天没睡好。

今天他又是为李茜出头跟人打架，自己弄了一身伤，回头让她怎么跟家长交代？真是愁死人。

李茜也很愁：“怎么办，马老师，宋晖会不会被记过啊？”

“别胡说，他又没惹事，记你也不会记他。”

“那就好那就好，就记我身上好了，我不怕记过的，只要他没事就行。”

苏格真拿这个痴情的小丫头没办法。

“怎么还不出来？校长到底在跟他说什么？我去敲门吧，让校长记我大过，放过宋晖好了。”

正说着，校长室的门开了，宋晖黑了一张脸出来，看到苏格的时候表情有所松动。

李茜激动地冲上去拉他胳膊，疼得宋晖脸色一变。

“我弄疼你啦，你要不要紧？我送你去医院吧，去我哥的医院，让他好好给你检查检查。”

“不用了。”宋晖把李茜的手从自己身上扒拉下来，转头看向马老师，认真地说，“对不起，马老师，今天的事情是我不对。”

马老师哪舍得说他，也在那儿关心他的伤势：“去校医那里擦点药吧。”

“不用了，我先回教室上课了。”

李茜也要跟过去，被马老师叫住，塞进校长办公室听训去了。

好在校长人还不错，不是那种絮絮叨叨的老顽固，说话风趣幽默，虽说是训人，也不叫人难受。

李茜天生胆大，见校长好说话就凑上去嬉皮笑脸起来：“那个我想问一下，您刚刚跟宋晖都说什么了？”

校长笑着瞪她一眼：“这个不能告诉你，这是我跟他之间的秘密。”

“啊，这么小气啊。”

马老师和苏格同时拉了她一把，差点把李茜拽地上。

好吧，她终于闭嘴了。

校长又说了几句，就让他们回去了。他问过保安，小青年们伤得不重，所谓的头上流血也只是擦伤。毕竟李茜年纪小，又是个女生，没办法把人怎么样。

出去的时候，李茜依依不舍，一步三回头。校长故意凶她一眼，添上一句：“我是不会告诉你的。”

“校长……”

“好了，赶紧上课去，以后中午在食堂吃。我会让他们把饭菜做得好吃一点的。”

李茜破涕为笑，要不是苏格拽着，简直要飞奔过去给校长大人一个熊抱。

折腾了大半个下午，李茜他们班最后一节课是体育课。宋晖受了伤，跟老师请假之后提前回家，李茜立马也找借口说自己手疼。

马老师气急：“你疼什么？”

“抡砖头很疼啊，老师，我要去看医生。”

马老师觉得自己才是最该去看医生的那一个。她没办法，只能拉着苏格叮嘱她：“别让她乱跑，赶紧带她回家去。跟她哥说，让他再管管她。其实李茜这段时间表现还可以，学习也有所进步，就是整天缠着宋晖不太好。学生要以学业为主。”

除了“对对对”，苏格说不出别的话来。

三个人离开学校的时候，天阴沉沉的，眼看又要下雨。

李茜走在宋晖身边，苏格跟在他们后面。宋晖腿长走得快，李茜跟得有点儿吃力，背了个大书包紧追不放，边跑边追问：“你今天怎么会到那里去？”

宋晖不说话，只埋头走路。他本来想在公交车站等车，眼见李茜跟着，就索性继续往前走。

“宋晖，你为什么中午从学校里出来？你去那里干什么？”

“我干什么不用你管。”

“可你是好学生。”

“好学生也能离校。”

"你是不是也想吃麻辣烫？"

宋晖被她气得脚步一顿，站稳了恶狠狠地瞪她一眼，咬牙道："我根本不喜欢吃麻辣烫。是店老板给我打电话，跟我说你有麻烦。"

李茜这个人脑回路跟一般人不一样，苏格觉得宋晖这段话明显后半部分比较重要，结果李茜第一时间注意到的居然是前一点。

"所以你不喜欢吃麻辣烫？那你上次还陪我去吃？"

"我有病行了吧。"

"怎么会呢？你这么聪明，你怎么会有病？有病的是我啊。"

苏格差点笑出来。

宋晖真的没办法了，他一脸无奈地望着苏格，希望她能帮自己。

苏格上前拍拍李茜的肩膀，要她冷静下来。她问宋晖："你接到老板的电话，特意出来救她是吗？"

宋晖低下头，过了片刻才点了点头。

"下次别冲动，应该先通知老师，找成年人帮忙，知道吗？"

宋晖也不知道自己怎么了，他从小就是冷静自持的人，头一回像今天这样头脑发热，失去思考的能力。这个李茜把他变成了一个白痴。

苏格没再多说什么，李茜没抓住重点也好，省得她有更多想法。她跟马老师的意见一致，目前这个阶段还是应该让他们以学业为主，别的事情暂时不考虑。

她做主拦了辆的士，送两个孩子回家。车开到宋晖家门前的时候，另一辆车抢在前头停了下来。车上下来个女人，看起来像宋晖的母亲。

苏格本来不打算下车，这会儿倒是必须下来跟人客气两句。

宋母气质不错，保养得也好，看起来不过三十出头。她一看到李茜就皱眉，显然对这个缠着她儿子的小女生印象深刻。

宋晖给妈妈介绍苏格，说是李茜的姐姐。宋母听了原本表情不太自然，似乎还想跟她说上两句，结果一对上苏格的眼睛，脸上的表情就僵在那里。

苏格伸出去的手，她半天也没回握，她只抬了下眉眼："你姓苏？"

"是，我叫苏格。"

"你是本市人？"

"不是，外省的。"

宋母的表情愈加奇怪。宋晖在旁边忍不住问妈妈："您是不是也觉得她跟宋叔叔家的婶婶有点儿像？"

宋母像是回魂了一样，整个人换了个表情："没有，并不像。"说着，她招呼宋晖进屋，连再见都没跟苏格说。

李茜不以为然，笑眯眯地冲苏格道："他妈妈就这样，你别介意。"

苏格干笑两声："我要有个儿子摊上你这么个姑娘，我的态度也好不到哪里去。"

当天回到家，苏格就把李茜的事情说了。李默倒是是非分明，没怎么训李茜，只要她以后注意安全。

等李茜上了楼，他才悠悠吐出一句："看来宋晖那小子也没能逃掉啊。"说完搂过苏格就想亲。

苏格一抬头，眼角的余光瞟到她妈站在不远处，吓得一把推开李默，立正站好。

李默脸皮厚，冲苏格扬了扬嘴角。

苏格没他那么不要脸，撩了下头发掩饰自己的尴尬，冲她妈走了过去。

母女两个回了房间。苏母旧事重提："你爸的意思是不反对你谈恋爱，但希望你找个差不多的就行了。"

"他不好吗？"

"不是不好，只不过……"

苏母对着女儿一向强硬不起来，宠惯了的孩子，总想什么事儿都依着她，可丈夫的意思又不能不说。她向来尊重丈夫，也有那么点古板的思想，觉得家里大事就该听一家之主的。

苏格摸着床单上的花纹，勉强一笑："您一开始不是挺喜欢他的吗？对他也热情，怎么现在又变卦了？"

"那时候不知道他家是这么个情况。我本来以为他就是个城市里的普通年轻人，工作不错，家境可能也过得去，结果来了这里才发现，这差得实在太大了。"

苏母为人细腻，在这里住了几天，又跟着去了几趟医院，从各处听来了一些零碎的消息，最后自己拼凑出了一个结论——这个李默不是普通人。这样的人家以前别说见，连听都没听说过。要搁古代，李默就是王孙公子，是遥远得如同天边的云那样的存在。

苏母想让女儿嫁得好一点，但绝没想过让她嫁进这样的人家。

“太不合适了。你要真跟他在一起，反对的人得有多少。他家里人就能同意？”

“早跟您说过，他父母都去世了。”

“那也不行，他总有别的亲戚朋友。你怎么融入他们的圈子？”

苏母望着女儿漂亮的脸蛋儿，也觉得有点儿可惜。苏格就不该被困在小山村，她能走出来是一件好事儿，她就应该该嫁个好男人，现在馅饼来了，苏母却不敢接了。尤其是苏格的身世那么复杂，嫁个普通人，一辈子也不会有人去查。这种有钱人就不好说了，搞不好就会弄个背景调查。要是让李默查出来……

苏母想起一起吃饭时丈夫的神情，总觉得他有什么事儿瞒着自己，这事儿应该跟苏格有关，可她问起来，对方又把话题岔开了。

他越不想让她知道，就越代表这事儿不简单。

想到这里，苏母更坚定了分开他们的决心：“你之前不也说不想跟他结婚？你自己也觉得两人差得太多吧。既然这样，赶紧分开为好。妈不是老古董，你们年轻人没结婚就住一块什么的，我也拿你们没办法。可女孩子总不能一直这样，是不是？”

苏格脸一红，有那么点心虚：“对不起，妈妈。”

“没关系，现在这社会，这也不是什么大不了的事情。”

苏格向来知道她妈不是老封建，可这么开明倒也出乎她的意料。妈妈是不是真的以为她跟李默两人每天晚上一人一间房，各睡各的？

“之前的事情就不管了，我之前听小李说过，你在外面租了房子。前一阵是出了点事情，被人骚扰才住过来的。现在那事儿过去了吗？”

“过去了，我今天回过自己家，已经没事了。”

“那你……那你今天就收拾东西回家去吧。我也去你租的房子看看，给你收拾收拾。”

这么突然？外头天色已黑，都过了晚饭时间。现在就走，李默肯定能察觉什么。

“妈，还是明天吧。我自己能收拾。”

“明天我就回去了，不看你搬出这个家，我不放心。”

苏格无奈地笑：“妈，我说过搬就一定会搬。你还不信我吗？我要真想住这里，等你走了，我还能搬回来，有什么意思？”

苏母一听，觉得有道理，这才断了现在就让她搬家的念头。

那晚苏格睡得不好，李默也察觉出了她情绪有异，没强迫她做什么。在她房里说了会儿李茜的事情，他就回自己房间去了。

临出门的时候，苏格在后头叫他，他站定了回头："什么事儿？"

苏格想了想，最后还是摇摇头说："没事儿，晚安。"

"晚安。"他认真地说完这话，随即转身离开。

第二天一大早，苏格送妈妈和弟弟去机场。她不放心，一路叮嘱了很多，二宝都烦了："姐你别担心，我会照顾好妈妈的。"

"医生开的药都带了吗？"

"都带了，三个月的量全部带上了。回家后我会督促妈妈吃的。"

"记得三个月后要回来复诊。"这话是冲苏母说的，苏格想想又道，"算了，您也别记这个事了。我会记着的，到时候我去家里接您过来。"

苏母嘴里说着不用不用，心里还是很受用的。

送走母亲和弟弟后，苏格立马赶往学校参加考试。期末考试总是折磨人，一天下来把她累得东倒西歪。

走出校门的时候，她很自然地就搭了去往李默家的那班地铁，坐到一半才想起来搬回自己家的事儿。

当着妈妈的面拍胸脯保证，结果一转身又忘了，她是有多喜欢那个男人啊。

她用回家收拾东西当借口，想着李默估计得值夜班，自己可以拿了东西悄悄溜。没想到最近李默他们科室居然不怎么忙，他没加班，按时按点回家吃饭。苏格这边刚拎了箱子下楼，就看到他开了门从外面进来。

逃跑被抓了个现行。

李默多聪明的人，一眼就看明白了。他也不发火，自然地冲苏格来了一句："回家啊。"

"是啊。"苏格尴尬得要死，还得假装镇定，"顾煜廷的事情我看没什么水花了，论坛里帖子也盖不起来了。我昨天回去的时候没碰上记者，现在搬回去应该没事了。"

"你昨天回过家？"

"哦，回去……拿点东西。"

"都要走了，还拿什么东西？"

谎言被拆穿的苏格好想翻白眼。她心一横，重新拎起箱子。

李默几步走过来，替她拿行李，直接进了车库："我送你回去。"

他没反对让苏格很意外，她几步跟了上去，坐进车里的时候一颗心总是提着。越是安静，暴发起来越恐怖，不是吗？苏格感到了一丝窒息。

车开进她家小区，李默停好车帮苏格把行李提上楼。苏格开门进去，转头看见李默站在门口，有点儿不好意思："要不要进来喝杯茶？"

李默没说话，就这么盯着苏格看。苏格本来没觉得怎么样，被他看得有点儿心虚。

她伸手把箱子拖进来："那你……回去吧，再……"

话没说完，门被人重重推开，李默拽着她的胳膊把她摁到了墙上，反手甩门。

"砰"的一声，门关上，苏格吓了一跳："你干什么？"

箱子被李默推到了一边，玄关处，两人贴在一起，苏格几乎不敢动。

她看得出李默在生气。想了想，她试图缓解这种怒气："我在你那儿住得够久了，也该回来了。这里交了房租，不住太可惜。"

"我的钱你不用这么心疼。"

"不管谁的钱，钱就是钱，不是吗？"

李默一抬眉："哦，那我把这里退了，把钱省下来更好。你现在就跟我回去。"

苏格一脸无奈："李默……"

他低头，咬牙骂了句什么。声音太轻，她没听清。

苏格默默站着，犹豫着没再开口。目前形势不明，她不想把事情越弄越糟。李默生气的点到底在哪里？

"连我为什么生气都不知道，苏格，你这人是不是铁石心肠？"

苏格有点儿委屈，又不想跟他吵，只能好声好气地哄他："我这个人比较迟钝，你提醒我一下，好不好？"

李默冷笑，不吃她这一套。

苏格垂头丧气，捂着脑袋发愁，这男人真不好糊弄。别的女生谈恋爱，不是只要会撒娇就行了吗？怎么她撒娇没什么用，还要踢铁板啊？

两个人在那里僵持了片刻，直到苏格肚子突然叫了一声，打破了屋里的宁静。

她趁机跟对方求饶："你看我晚饭都没吃，让我先吃点东西？"

"你活该。"

真该饿她三天三夜，看她还有力气逃跑不。

"好啦，我承认我想不告而别是我不对。可我是回自己家，这不犯法吧。"

“未必。”

苏格瞪着一双大眼睛望着他，一脸震惊。

李默还想凶她，看她这么萌，有点儿凶不起来，只能狠狠吻住她的唇，借此发泄一番。

“好了好了，会没命的。”她瘫在对方胸前，像只猫一样喘个不停。偏偏她的手还不老实，在他胸前无意识地挠着，挠得李默心都乱了。

他顺势抱起苏格，直接进了房间。

苏格大惊，她现在只想吃东西，不想成为被吃的那一个。

“等一下。”她揪着李默的衣领，“我……我还要收拾东西。”

“几件破衣服，有什么可收拾的。回头我帮你弄。”

“我饿了。”

“真巧，我也饿了。”李默说这话时眼里流露出再明显不过的暗示。苏格突然好后悔请他进来喝茶。

李默把她放到床上，凑过去吻她的下巴：“别这么叫我。你知道男人最受不了女人这样。”

苏格赶紧坐直身子，换了种冰冷的语气：“我真饿了，我要吃饭。还有我明天得考试，我要复习功课。你赶紧回去吧。”

听到“考试”两个字，李默略有动容，但肉已到嘴边，不吃显然不现实。他把头埋在苏格胸前，嗅着她身上淡淡的香气，声音带了几分恳求“就一回，多了你也累。”

话是这么说，可男人一动情有时就收不住。

李默也有点儿抱歉，擦了把她额头上的汗：“不好意思。”

苏格哼了一声，不理他。

吃饱喝足的李医生一点儿不介意她的傲娇，两人胡乱冲了个澡，倒在床上不想动。

李默拿了手机过来点餐，叫了苏格爱吃的东西。苏格背对着他，扯着被子在那儿想事情。脑子有点儿乱，她集中不了精神。

李默叫了她两声，她也没反应，半天才回一句：“你看着点吧，我什么都吃。”

“是吗？我你吃不吃？”他说话的时候手还不老实，气得苏格回头瞪了他一眼。

占了便宜的某人无赖地笑笑，摸着苏格的脑袋：“好了，咱们来聊聊正事儿吧。我为什么生气，你这会儿想明白了吗？”

苏格无奈地叹口气，转过身来：“我要这点都看不出来了，岂不成瞎子了？你肯定不仅仅为我搬回家的事儿。”

“当然不是，苏格，咱俩要清的账太多了。”

苏格眨着眼睛想装无辜，被李默一眼识穿。

他毫不留情地揭穿她：“行了，别装了，别把自己搞得那么无辜。”

“我本来就不是坏人啊。”

“睡了别人，又不想负责。前脚吃完，后脚就跑，你做的坏事还少吗？”

“你是在说我吗？”

“难道还有别人吗？”

苏格一个翻身坐起来，拿被子挡住胸前的春光。

“什么叫睡了别人？明明是你睡我好吧。”

“本来就是双向的，男欢女爱的事情只要不是强迫，就不存在哪一方吃亏，哪一方占便宜。你跟我好成这样，转头跟你妈说没有结婚的打算。我刚把你妈和弟弟送走，你就要从我家搬出去。苏格，你想想，这事儿要是换过来，换了是我这么对你，你会怎么样？”

苏格沉默不语。

李默添了一句：“渣男无误了吧。”

苏格对李默时不时迸出来的网络用语已经免疫，毕竟知道他科室里年轻妹子多。

想到这个，她又有点儿吃醋：“对了，每天上班这么多莺莺燕燕围绕着，你是有多惬意。”

李默听了直冷笑：“要不你去一天，体验一下生活。”

“不用了。”说完，她又想躺下去睡，被李默一把揪住。

“事情还没完。”

“大哥，你还想怎么样啊？”

她心里的火噌噌地往上蹿：我被你搞得很累，我想睡觉啊。

“吃完饭再睡。”

他一提醒，苏格原本被压下去的饥饿感又冒了上来。她想喝水又懒得下床，就支使李默去。

李默下床出去转了一圈，回来的时候不仅拿来了水，还不知从哪里找出了一包薯片，他递给苏格："少吃点。"

苏格是真饿了，接过来一口喝掉半杯水，随即开了那包薯片吃起来。

肚子里有了点货，人才精神起来。想到刚才李默说的"渣男"问题，她忍不住辩解几句："我就搬回自己家，怎么到你这儿就成渣了？"

"撩而不娶，就是渣。"

苏格好崩溃，他这都是从哪儿听来的词汇？

"我一女的也娶不了你啊。"

"那我娶你。"

苏格一点儿没意识到这是某人在求婚，还在那里分析这事儿的可行性："我现在还没结婚的打算，我还没毕业呢。"

"就剩最后一个学期了，我可以等你。"

"这个……"

"你们毕业大戏定了没？"

"还没，反正我就是个打酱油的，到时候挑个什么妈妈、奶奶之类的角色演一演就成。"

苏格夹起两片薯片喂李默，他张嘴咬住，嚼了嚼咽下去。他问苏格："以后打算怎么办，要进这个圈子吗？"

"不想，我觉得配音挺好，不赚那么多钱，可也不用担那么多骂。前几天圈里一个小花被骂的新闻你看了吗？底下的评论我看了都受不了，更何况她本人。好同情她啊。"

"你的同情心未免太泛滥。不过不演戏也好，这圈子太乱。"

"你好像对这个圈子很熟。"苏格突然想起桩事情，周声在那好莱坞大戏里的男二号，听说就是李默给他整来的。

"所以你到底什么来头？"

"市一院神经外科主任医师，你有什么疑问？"

"就这么简单？"她才不信，好莱坞的大导演会卖一个医生面子？

"是人就会生病，生病就要看医生。有些病普通医生来看就行，有些病就得像我这样的才能搞定。"李默说着捏了捏苏格的鼻子，凑近了亲她，"所以说，千万不要得罪医生，他们能掌握人的生死。"

这话一语双关，苏格听得脸一红，用力推开他：“所以你看，我一点儿嫁给你的必要都没有。我要想演戏尚且可以巴着你不放，让你替我找点资源。可我现在不需要。”

“那你会不会生病？”

“当然会。但应该不会这么倒霉，需要用到你吧。”

苏格望着天花板出神，没留意裹着的被子已经滑落下来，露出胸前大片雪白的皮肤，李默看得肾上腺素急剧飙升。

他正要干点什么，送外卖的到了。

李默披了衣服去开门，门外的外卖小哥看到他时表情明显一滞，笑得很不自然。他往里探了探头，忍不住问：“苏格呢？”

李默皱眉，苏格跟他认识？

小哥还不死心，在那里冲他打听：“你是苏格什么人啊，朋友吗？”

李默很烦这人，接了东西顺手就关门，还给了那人答案：“我是她老公。”

门“砰”的一声关上，穿好衣服出来的苏格吓了一跳：“你干吗？”

“没什么，门外有蟑螂。”

苏格眼里只有那堆吃的，根本没听清他说的什么。她把外卖饭盒从袋子里拿出来：“他家的东西不错，你一会儿试过就知道。”

“你让我点这家，不只是因为你自己想吃吧。或许……”李默拖长了音调。

苏格看他：“或许什么？”

“或许你觉得他家送外卖的长得不错，想再见见。”

“什么意思？”

李默就把刚才发生的事情说了：“你跟他很熟？”

“不熟，不过他家东西好吃，我常点，他来送餐，我们有时候会聊几句。”苏格笑了，“你不是在吃醋吧？”

李默走过去搂住她纤细的腰，理所当然道：“是又怎么样？”

“那就赏你一口吃的。”苏格心里挺高兴，甭管怎么说，她喜欢的男人为她吃醋，多少会有点儿成就感，何况还是李默这样出色的男人。

吃饭的时候，李默提醒她：“以后别再叫这家外卖，想吃就去买。你一个单身女性要懂得注意安全。”

“不至于吧。”

“别不当回事儿。我们医院前一阵收治了一个女病人，就是网购让人送快递上门，结果送快递的看她家条件不错，临时起意，入室抢劫。要钱不说，还把她打成重伤，她侥幸捡回一条命。这种事情听起来像新闻，真发生在自己身上，后悔一辈子。”

苏格听得脖子发凉。

吃过饭，苏格要赶人，被李默一把拽住手腕。

“怎么，又要过河拆桥？”

“怕你明天上班会累着。”

“不累，看着你就不会累。”

苏格被他两只手牢牢圈着，动弹不得，只能笑着给他系胸前的扣子：“你嘴巴这么甜，都跟谁学的？”

“天生的，无师自通。”

“那你到底想怎么样？”

“说清楚你跟秦嵩的关系，我就回去。”

苏格手一顿：“我跟他就朋友关系，有什么好说的？”

“能说的很多。比如昨天你把他领回家是个什么情景，你们在屋里做了什么，孤男寡女的。”

“你怎么知道他昨天来我家了？”

李默失笑：“你自己说的，不记得了？”

有吗？苏格真不记得自己有没有说过。

“要不是他陪着，你昨天敢一个人回家来？所以说，苏格，人最好不要撒谎，很容易露出马脚。”

苏格真是服了他：“就坐了一会儿，什么也没做，连茶都没顾得上喝一杯。什么叫孤男寡女，你这思想真是……”

话没说完，她就感觉到腰上的力道一紧。

李默的气息在她耳边萦绕：“我们两个不就做了什么吗？”

“那怎么一样？”

“哪里不一样？”

“他只是朋友。”

“那我呢？”

苏格不好意思说，红着脸挣扎了半天。眼看李默圈她圈得越来越紧，再这么下去搞不好又要出事儿，她身上可还痛着呢，于是她赶紧补一句：“你是……男朋友嘛。”

这话一出，她松了口气，同时又有点儿懊恼。看来这手不这么好分，李默不是那种轻易搞得定的人。

李默对这个答案还算满意，在她额头轻轻一吻：“你记得就好。我这人不是老古董，不反对你交朋友。不过不要和男性朋友过于亲密，还是要注意一些。你也知道，我这人爱吃醋，一吃起醋来自己也管不住自己。”

“那你通常吃醋了会干吗？”

李默低沉的笑意钻进她耳朵里：“还用我说吗？”

屋里的气温又有点儿莫名升高。

一月对苏格来说是忙碌的一个月。

她又接了李导一片子。她觉得自己需要工作，工作能让她忙碌起来。有时候人一忙，很多事情就不会去多想，比如她跟李默牵扯不清的关系。

苏格有点儿头疼，想尽快去S市，可去那之前还有一个考试要过。

那天又是下雨，从考场出来的时候，雨下得正大。苏格没带伞，正犹豫着要不要找人合伞，就听得旁边有人叫她，转头一看，秦嵩站在走廊不远处，手里拿把伞，闲闲地支在那儿。

他今天看起来有点儿不同，打扮得更加……时髦了。

她笑着走过去，故意盯着秦嵩上下看。秦嵩被她看得有点儿不好意思，低头打量自己：“怎么，很怪吗？”

“没有，挺好看的。”

秦嵩个子高，长得也白净，就是偏瘦弱。以前他穿衣服很普通，就是一般男生的打扮，今天这身显然有人给他专门配过，深色系里一抹红，看着很有气质。

“谁给你买的衣服？”

“同事。”

“女同事？”

“不是，男同事。他说自己对这种有研究，试着给我配了一身。”

“挺好的，像那么回事儿。”苏格拍拍他肩膀，问，“你怎么过来了？”

“你今天考试，我来看看你。万一考砸了哭鼻子就不好了。”

苏格有点儿尴尬，想起小时候偶尔考试考砸了，拉着秦嵩的衣襟哭个不停的情景。她那时候没别的想法，纯粹是伤心。秦嵩估计也没啥想法，就是觉得无奈。

鲜少会抱怨的他有一次也忍不住说了一句：“我衣服都叫你弄湿了，全是鼻涕。”

好吧，现在当然不会了。

两个人撑了伞往外走，秦嵩要叫的士，苏格拦住了：“搭地铁就行。你还没上班吧，别乱花钱。”

“下个星期正式入职，以后有空能不能找你吃饭？”

“当然可以。你请客没问题啊。”

“可以，你想吃什么我都请。”

“我胃口不小，你也知道，这下可要把你吃穷了。”

“没关系，我的钱都给你也没事儿。”

这话说得挺暧昧，苏格就没往下接。两人进了地铁，这会儿不是上下班高峰期，地铁里人不多。上车后两人坐下来，一时间都没话。后来还是秦嵩先提了一个事儿：他问道：“你去过S市吗？”

苏格疑惑：“去过，怎么了？”

“为什么去？”

“去工作。”

地铁里开始报站，车厢慢慢停下来。这一站上来了不少人，一下子就把车厢挤满了。秦嵩就冲苏格笑笑：“待会儿再说。”

他这么卖关子搞得苏格心痒痒的，本来不多的几站路也觉得时间格外漫长。

好不容易熬到下车，两人一前一后走出地铁站。外头雨越下越大，秦嵩打起伞，把苏格整个人盖住，自己露了一半身体在外面，刚买的新衣服，一下子就打湿了。

到家后，苏格给他找了块干毛巾擦大衣，又找了吹风机出来让他吹头发。秦嵩一边擦肩膀上的水渍，一边同苏格道：“宋家以前在上海待过一阵子，这事儿你知道吗？”

苏格本来在找地方插吹风机，听到这话手一顿。她扭过头来看秦嵩。

秦嵩继续说：“其实严格来说不是宋家，就是宋佑明的父母，年轻的时候在那里住过很长一段时间。宋佑明小时候也住那边，后来才回到B市。宋佑明的父亲娶了个家族不喜欢的女人，所以避走南边。后来他母亲过世，父亲带他回老家，宋家人才接受他们。”

“你的意思是，他有可能在S市？”

“不好说，关于他的事情你还知道多少？”

苏格深吸一口气，坐到了沙发扶手上：“我什么都不知道，我除了知道他这个名字外，别的都知之甚少。他做服装生意，生意曾一度做到很大。但后来生意出了问题，他公司破产倒闭，他也就没了踪影。我找李济山原本也是为了找他，可李济山也找不到他。或许他也不想找，毕竟找到了对他没什么好处。”

“那你想不想跟我去S市碰碰运气？”

苏格眼前一亮：“你有具体的线索？”

“只是碰运气。我打听到了宋佑明在S市的老宅，一直有人居住。或许可以去那里走走，如果有老邻居的话，应该能记得他的一些事情。你也说他当年服装生意做得很大，除了B市，肯定还在其他城市有分部。S市是南方经济大市，又是他熟悉的地方，你说他在那边会不会跟人有生意往来？”

“肯定会。”

“那我们就去找找。我这两天有空，可以陪你过去。老宅的地址我已经拿到了，明天就可以动身。你接下来还有考试吗？”

“没有，已经全考完了。”

“那我订机票。”

秦嵩就拿出手机准备订票，他冲苏格要身份证，苏格站起来想去找，却突然停住脚步。

“秦嵩。”她的声音听上去有点儿闷。

“怎么了？”

“我能问你个事情吗？”

“你说吧。”

“你怎么会知道这么多？”

宋佑明的事情是她跟他说的，苏格一个人跟没头苍蝇似的找了这么久，也只在无意间发现宋晖和宋佑明的关系。除此之外，几乎一无所获。

她也想通过宋晖找人，但听他的语气也明白宋家的人也没什么线索。秦嵩怎么这么厉害，他才来B市几天工夫，居然查到了这么多。

秦嵩表情严肃，默默把手机放回口袋里，说："对不起，苏格，我那天跟踪了你。"

"什么？哪天？"

"约你见面那天。也像今天这样，我送你回来，我当时去厨房找你，听到你讲电话。我有点儿不放心，就跟了你一路。后来我发现你进了一所中学，再后来你跟两个学生出来了。一个应该是李默的妹妹，还有一个叫宋晖。这个宋晖就是宋佑明的……算是侄子吧。从宋家这条线查起来应该比较快。"

苏格目瞪口呆。她一直以为秦嵩是那种特别单纯且不谙世事的人，没想到他思维这么缜密。这和她印象里的秦嵩很不一样。

秦嵩注意到了她的表情，上前一步想摸她的头发，被苏格躲开了。他有点儿受伤，抿着唇想了想，才道："我跟踪你，让你很不好受吧。"

"我比较吃惊的是，你怎么能查到这么多？秦嵩，你……"

"你以前是不是觉得我是个除了会念书会看病，别的什么也不会的人？"

"倒也不是，就是觉得你应该不太会理这种事情。"

"别人的事情我当然不会理，但你不一样。苏格，我是个成年人，再过几年就三十了。人说三十而立，我会做一些事情很正常。我并不是个高智商低情商的人。"

苏格完全相信他这话，就凭他刚才说的那些内容，就证明他很有能力。是她小看他了。

两人间的气氛有点儿尴尬。后来秦嵩问她："那你还要去S市吗？"

"要去。我本来就要去那边，我有工作。"

"那更好，你订了哪天的机票？我跟你一趟飞机过去。或许提早几天也可以。"

苏格还有点儿发晕，秦嵩这一下太厉害，把她打蒙了。

但S市对她太有诱惑力，不去不可能。秦嵩再怎么厉害，也不可能害她。想到这里，她把自己的航班报给了他。

"我也明天出发，一起去吧。"

秦嵩坐下来重新订机票。苏格就在他身边看，看着看着突然发现，这个男人已经不是从前那个山村男青年了。

他用手机动作娴熟，对各种应用都很熟悉。他穿着打扮跟城市里有型的男士没什么不同，言谈举止也没有土气，甚至说话都带着B市口音，没有了从前的那种乡音。

不知从什么时候起，秦嵩已经彻底变了，而苏格却后知后觉。

“可以了。”秦嵩订完票，冲苏格微微一笑，正要再说点什么，门口传来钥匙开门的声音。李默从外头进来，一眼就看到了坐在客厅里的两个人。

这个姓秦的，还真是阴魂不散。虽这么想，他进门后还是客气地打了招呼。

秦嵩也很自然地回握了他的手，然后起身告辞。苏格送他，到门口的时候，他转过身来，眼看李默离了几米远，就轻声冲苏格说了句：“明天见。”

苏格微微点头，随即把门关上，一转身发现李默已到身前，一张脸近在咫尺。

“你干什么？”

说完，苏格要走，被李默一把拽了回来，摁在门板上猛亲。

由浅入深，由短至长，苏格被吻得意乱情迷，一双手在对方胸前乱抓。什么秦嵩早被她扔到了脑后。

一吻过后，李默贴着她的脸颊笑：“现在你知道我要干什么了吧。”

苏格一张脸红红的，说话直喘。她这个样子害李默心头痒痒的，恨不得现在就把她放倒。

“你怎么……突然过来了？”

“是不是后悔给了我钥匙？”

“有什么可后悔的？我又没做见不得人的事儿。”

李默低沉的笑在耳边响着，苏格没来由地就心虚了起来。说起来她明天去S市，还真像是去做坏事一样。

“你这么说，算是此地无银吗？”

被说中心事的苏格恼了，一把推开他，下逐客令：“你回去吧，我还得打包行李。”

“去哪儿？”

“S市，我之前有跟你说过吧。”

“嗯，说过，这次去几天？”

“五……可能一星期。”苏格拿起沙发上的靠垫想摆正，突然用力扔了一记，“我干吗跟你说这些？我去哪儿去多久有必要向你汇报吗？”

心里一股烦闷出不去，苏格没来由地发起了脾气。

李默并不生气，靠在门边看她反常的举动，眼神渐渐柔和了下来。苏格一个人在屋子里走来走去，跟没头苍蝇似的，干什么都不顺心，连垃圾桶都碍她的眼，被她狠狠踢了一脚。踢完了她又觉得疼，一屁股坐沙发上揉脚。

李默无奈地叹息一声，走过去脱了她的袜子查看情况，没受伤，只是有点儿红。他轻柔地抚着苏格的大脚趾，弄得她有点儿痒，一个没忍住就笑了出来。

“哎，你这个人是不是有点儿受虐倾向啊？”

李默也觉得是。以前他那些好友总被他笑是受虐狂，想不到风水轮流转，到他这里了一模一样。每个男人上辈子大概都欠一个女人很多很多钱，所以这辈子都跑来还债了。

李默替她穿好袜子，凑近吻了下苏格的嘴唇，还要说撩人的话：“我就喜欢被你虐，你不必客气，再使点劲儿也行。”

苏格盯着他的俊脸看了一会儿，突然伸出两只手捧住，狠狠地捏了一番。明明挺好的脸，被她捏得变形，她看了心情很好，大笑出声。

“怎么样，这下高兴了吧？”

“嗯，特别高兴。”

“我这么自我牺牲，感动吗？”

“特别感动。来，奖励你一个。”说着，苏格凑过去主动吻了他一记。

李默是那种黏上了就轻易甩不掉的人，苏格主动送上门，他哪有不吃的道理？他当下毫不犹豫地解开她胸前的扣子，在沙发上就把苏格吃干抹净。

第二天，苏格去搭飞机时，腿果然是软的。

她在机场跟秦嵩碰面，两人一起换了登机牌。

出发的时候，苏格频频往身后看，秦嵩就问她怎么了。苏格嘴里说着没事儿，多少有点儿心虚。

今天早上李默说要送她来着，苏格却故意磨蹭，害他只能先走。然后她打的过来，心里一直想着李默会不会瞧出来什么。他那么聪明，不会猜出她在搞鬼吧？

机场里人来人往，一个熟脸都没有。苏格压了压头上的帽子，跟在秦嵩后头快步往前走。

第二回去S市，她熟练了很多，酒店一早订好，秦嵩就订在她隔壁房间。她这次没买回程机票，准备在S市把事情都办完再决定接下来的事情。

头三天她要工作，寻找宋佑明的事情就先搁一边。秦嵩每天晚上接她下班，苏格总叫他别来，可他从来不听。

这种背着男朋友和别的男性友人接触的事情，苏格总觉得不妥。虽然她跟秦嵩除了一起吃饭，别的什么也没干。小的时候两人还牵过手，现在已经不会了。

秦嵩是个很有分寸的人，对她从来都是客客气气，一点越轨的举动都没有。他那么绅士，苏格都不好意思拒绝他的请求。

连吃了三天酒店附近的菜馆，每天不同菜系，看得出都是秦嵩精挑细选的。苏格有点儿感动，也愈加觉得对不起他。如果她没认识李默该多好。

第四天一大早，两人从酒店出发，坐车去往秦嵩拿到的那个地址。

第六章

明知道没结果，偏偏沉沦

S 市的交通跟 B 市一样糟糕。赶到沧山路的时候，已接近十点。

宋佑明家的老宅就在沧山路 25 号。那里是一片老式居民区，看得出来建筑是几十年前的样式，一栋栋小洋楼躲在狭小的弄堂里，斑驳的墙面早已看不出原来的风采。

苏格跟着秦嵩进石库门，走到后半段的时候，秦嵩停下脚步，指了指面前的房子："应该就是这里。"

他说话的时候，门突然开了，从里面走出个中年妇女，像是去买菜的样子。妇女打量他们两眼，警惕地问："你们干什么？找人吗？"

苏格上前一步："阿姨，我们在找一个人，以前住这儿。您在这儿住了很久吗？可以跟您打听一下吗？"

见苏格长得漂亮，说话声音也好听，不像是坏人的样子，再看秦嵩也是模样周正，穿戴考究，中年妇女脸上的表情缓了缓。

她告诉了苏格一些重要的信息："我租房子的，对这里以前的事情不熟。你们去隔壁问问，那里有个朱阿婆，她应该知道一些。"

苏格谢过妇女，和秦嵩去敲隔壁人家的门。

老旧的木门油漆掉了一大片，鎏金铜把手经过这么多双手的拨动，手感变得极其光滑。苏格轻轻敲了两下，里头没人应。她后退一步，想再换一家找，秦嵩却拉住她："再等等，年纪大的人走路慢。"

果然，过了一会儿，里面传来人声："谁啊？"听声音年纪有点儿大，还带着当地口音。

苏格欣喜望外，与秦嵩相视一笑。

然后，门开了，一个老太太露出大半张脸，疑惑地望着苏格他们："你们找谁？"

说的完全是方言，苏格没听懂，倒是秦嵩听明白了，上前一步做自我介绍："我们从B市过来，我们姓宋，您是朱阿婆吧。”

阿婆点点头，觉得自己明白了什么：“你们是小明的家里人吧。”

“是，您认识他？”

“认识认识。”阿婆热情地把他们往屋里请，想了想觉得不对，又拦住他俩，“先等等，小明叫什么？”

“宋佑明。”

阿婆终于放松警惕：“我看你们也不像坏人，就是问问。老有人来找他。”

苏格跟着她进院子：“经常有人来？”

“嗯，不过都是很多年前的事了。最近十年没有，你们是第一个。你们跟小明什么关系？”

苏格想了想，撒了个谎：“我是他侄女，来S市工作，听说以前叔叔住这里，就想来看看。”

“是啊，就住这隔壁。小的时候总在我家门口跑进跑出，调皮得很。”

阿婆领他们进屋后要去泡茶，被秦嵩拦住了。

秦嵩直接表明来意：“您别忙，我们就想听您说说宋佑明的事情。”

“唉，说来说去就那些事情，也说不出别的来。都这么多年了，他还没找到啊？”

“还没。”

“也是，哪那么容易就找到了。刚开始人不见了，宋家就派人来问过，问我有没有见过，我就说没有。后来陆续又有人找来，听起来像是找他要债的。我看那些人不太好惹的样子，也很担心小明。这孩子怎么在外面欠了这么多债？”

“做生意失败，欠了别人钱。”

“所以我常跟他说，生意一般就行了，别弄得太大，可他不听我的。那时候带着老婆回来这里，多风光，多有派头，结果现在……”

苏格听得心一凛，立马追问：“他回来过？”

“哦，那是失踪前。他去了B市好些年，有一年突然回来了，说来看看我们这些老邻居。结婚了，老婆长得很漂亮，听说还怀孕了。我们都替他高兴啊。他说他做什么服装生意，是不是啊？”

“是的。”

宋佑明的服装公司曾经一度非常辉煌，在B市名气很大，甚至全国都有他的生意伙伴。曾有报纸采访过他，称他为服装大鳄，还说他有意跟国外合作，开拓国际市场。

没想到大厦瞬间倾倒，整个生意就此结束。苏格搞不清他在外头欠了多少钱，但听朱阿婆的意思，连这里都常有人找来，可见欠的债真不少。

“您刚刚说他带了老婆回来，您对她有印象吗？”

“有，很漂亮的一个女的，年纪嘛，比你现在大一点，气质老好了。对了，小姑娘，我看你跟她长得有点儿像啊。”

苏格不知道该怎么接话，想了想回了一句：“是吗？”

“真是漂亮啊，我现在还常跟人说，小明的老婆怎么怎么好。说话声音也好听，一点儿不像北方人。也不知道她现在怎么样了，你们知道吗？”

苏格觉得胸闷，有点儿坐不下去了，是老房子通风不好的缘故吗？

她看一眼秦嵩，对方察觉到了她的不适，接过话头跟朱阿婆继续聊：“没有，我们也一直在找她。”

“哎呀，那可是作孽啊。那他们的孩子呢？应该生下来了吧。男孩还是女孩？”

“是女孩，孩子……还好。”

“那就好。不过没爹没妈总是苦，亲戚再好再有钱，也不如自己爹妈呀。”

苏格眼睛发酸，站起身走到门口，假装看院子里的吊兰解闷儿。身后秦嵩还在跟朱阿婆说话，说的都是一些往事。

其实早就料到会是这样的结果，宋家也算有点儿权势，他们都找不到的人，她又怎么可能轻易找到？可是不亲自来一趟总是不死心。

站了一会儿，眼睛渐渐恢复正常，苏格准备转身回去坐好，突然发现门从外面被人推开，一个老头走了进来。

老头手里拎了两个袋子，应该是买菜回来。他一进门就叫朱阿婆的小名，看到苏格后整个人愣住了。

朱阿婆走了出来，招呼他道：“老头子，这是小明家的侄女，来这里找小明的。”

“小明？”朱老伯又看了苏格几眼，“宋佑明家的人啊。”

“是，您好，朱伯。”

“好好。”朱老伯进屋把买的菜放下，笑着道，“可我看这小姑娘长得更像小明他媳妇嘛。”

“我也这么说，我一开始还以为是小明媳妇家的亲戚呢。”

屋里多了一个人，也多了一份热闹。

朱老伯比朱阿婆健谈，说话语速也快，显然身体十分硬朗。他说起从前的事情滔滔不绝，苏格都不想离开。她迫切地想要知道更多关于宋佑明的事情。

说得兴起，朱阿伯突然一拍大腿："哎哟，我想起个事情。我几年前见过小明的老婆。"

"这怎么可能？"朱阿婆不信，"你没跟我说过呀。"

"我忘了呀。你还记得老石不？前几年他胆囊炎开刀，我去医院看他。后来就在那里撞见了小明的老婆。"

"你们说话了？"

"没有，她走得太快，我没叫住她。"

"那你怎么知道是她？搞不好只是有点儿像。"

"肯定是，虽然没见过几次，但我认得她。你看这个小姑娘，我一眼就认出她跟小明的老婆长得像。绝对不会错。"

苏格没料到会有这样的峰回路转，激动地问朱老伯："您在哪个医院碰见她的？"

"华东医院，我们这里很有名的大医院。"

"她当时去干什么，您能看出来吗？"

"生病住院啊。"

"您这么肯定？"

"对啊，她穿着病人衣服嘛，肯定是住院。"

苏格和秦嵩对视一眼，两人眼里都有喜悦。这一趟走得不冤。

吃过午饭，两人下午去了医院，进展却并不顺利。首先，病人资料是不能随意乱查的，他们出示不了和病人的关系，况且还是几年前的病人，只凭别人道听途说，医院根本不会透露信息给他们。

秦嵩安慰苏格，让她别着急，给她在餐厅买了杯热巧克力，然后自己走到外面去打电话。

打了一圈电话回来，他带苏格去见了医院里一个工作人员，是某科室的医生，姓吴。

吴医生领着他们去了档案室，让人帮忙查住院记录。

"病人叫什么来着？"

“周婉婷。”

档案室的工作人员把名字输入电脑，很快就出来一串信息。叫这个名字的人不少，只能按出生年月日找。

苏格报上生日，工作人员开始筛查，几分钟后道：“没有，没有这个人。”

秦嵩问苏格：“你会不会搞错了？”

“应该不会，这是李济山告诉我的。”

“他的话不能百分百全信。这样，吴医生，麻烦您请她帮我们查一下差不多年纪的人，可以吗？患者到今年应该四十五岁左右，能查查有没有这个年纪的病人吗？”

吴医生就又让人查，结果还是没有。叫这个名字的人年纪都不大，最大的一个不超过四十。

“她肯定过四十了。”苏格有点儿失望，原本腾起的希望，一下子又散了。

回到酒店天已全黑。

下出租车之后，秦嵩问苏格要不要去吃饭。苏格有些意兴阑珊：“不了，我想回房休息。”

“好，那我订点东西，一会儿让人送你房间去。”

苏格没有拒绝，一个人大步走向电梯。

回房后她往沙发上一躺，回忆今天发生的事情。早上挺高兴，下午又伤心，有点儿像人生，跌宕起伏。

转念一想，她又觉得没什么。朱老伯那么肯定自己看到的是周婉婷，应该不会有错。至于在医院里查无此人，应该是另有原因。或许她改了名字？为了躲债，改名是很正常的事情。这么一想，苏格立马释然了。

她起身去浴室洗澡，刚洗完还没来得及吹干头发，就听见有人摁门铃。

想起秦嵩说过帮她订餐的事情，苏格走到门口问了一声：“谁啊？”

“客房服务。”男人的声音，低沉而富有磁性，少见地好听，关键是这声音有点儿耳熟。

苏格拉开门，就看到李默推了一辆餐车站在那里，冲她一扬头。

明明都是大叔的年纪了，偏偏还这么撩这么恣意。苏格一下子就笑了，一个没忍住，冲过去和他来了个大大的拥抱。

在她这么脆弱的时候，他能来真是太好了。

李默搂着苏格的腰进了屋，又把餐车拉进来。东西摆满了小小的茶几，苏格闻着那香味儿，突然就饿了。

她伸手拿了根猪排，边吃边问："你怎么突然过来了，不上班吗？"

"上，明天中午上班，今天是早班，所以还够时间陪你吃顿晚餐。"

"这么赶，你搭飞机来的？"

"嗯，下了班去机场碰运气，赶了个巧就过来了。因为不知道能不能成行，事先也没给你打电话。"

苏格坏笑着看他："不是怕不能成行，是来盯我的梢吧。"说到这里，她脸色一僵，想起了隔壁房间的秦嵩。万一这会儿秦嵩来找她……

苏格全身的汗毛都竖了起来，一摸，一身鸡皮疙瘩。她扔了手里的猪排，借口去洗手，拐了茶几上的手机就往厕所里跑，关起门一通忙活，给秦嵩微信留了言。也不知道他看到没有，现在只能祈祷运气好。

她出来的时候，李默已经坐下开吃了。苏格过去拉他对面的椅子，故意抱怨一句："也不等我。"

人还没坐下就被他拉了过去，直接坐到了腿上。

"行，我喂你。"

苏格头一回知道，原来自己恋爱起来也能这么腻歪。

以前跟顾煜廷在一起，稍微离得近点都别扭。那次他要吻她，她借口说人多，其实还是内心排斥。可现在撞上李默，真是什么都没顾忌，仿佛和他做什么都是天经地义的。

她坐他身上吃了个半饱，对方则是理直气壮地吃她的豆腐，吃得十分心满意足。两人都吃饱后，才从椅子上挪到沙发上。

苏格在外面跑了一天腰酸背痛，趴在那里让李默给自己按摩。李默一边按一边笑她："你这是杀鸡用牛刀。"

"委屈你了，李大医生，谁叫你手艺好，还千里迢迢送上门来。我要不使一使，就太浪费你一番心意了。"

李默在她屁股上轻轻拍两下："随便使，使一辈子都行。"

他这又是暗示结婚的事儿，苏格更烦了。她现在就像个饮鸩止渴的狂徒，明知道没有结果，可还是不停地往下陷。

如果当初听了她妈的话，快刀斩乱麻，现在是不是就不会这么被动？她怎么就惹了个不能招的主儿呢？

李默掐着她的腰，问：“想什么呢？”

“没什么。”苏格的声音听起来有闷。

李默凑过去亲她耳朵：“有什么不痛快的事情？今天都干什么去了？”

“还能干什么，工作啊。”

“还没结束？”

“还……差一点儿。”

“那你悠着点，别累着自己。以后这里的工作还是不接为妙，省得两头跑。你要喜欢配纪录片，B市也有。电视台我有认识的导演，我可以帮你……”

“李默……”苏格出声打断他的话头。

“什么？”

“我问你，如果有一天我犯了错，你会原谅我吗？”

“会。”

苏格一个翻身过来，面对着他：“你都不问问是什么样的错吗？大错小错也不管吗？”

“不管，只要是你犯的，我都能原谅。”

“如果是十恶不赦的呢？”

李默一皱眉：“你做什么不得了的坏事了？”

“没有，我只是假设。”

“这个假设不成立。”李默拿起她的手腕，在手里比了一下，“细成这个样子，能做什么坏事儿？你这辈子做得最大的坏事，大概就是勾引了我。”

“这算坏事吗？”

李默凑上去给了她一个吻：“算，特别特别坏的事儿。”

“那要不我放过你。”

“休想。”

苏格感觉腰上被人拧了一下，真疼啊。这男人下起狠手来一点儿不懂得怜香惜玉。她笑着扭了扭身子，起身想去喝水，却被李默整个儿从后面抱住。

第二天天还没亮，李默就起来了。他要赶早班飞机回B市上班。

尽管动作轻，苏格还是醒了。她拿起手机看了看时间，有点儿心疼他："这么早，你不困吗？"

"路上可以睡。"

"飞机上那么吵，怎么睡得着？"

李默一边飞快地系衬衫扣子，一边过去吻苏格的额头："可以，没事儿，男人在哪儿都能睡着，没那么讲究。"

苏格挣扎着起身替他系扣子，嘴里小声抱怨："以后时间这么紧就别来了，来回奔波多辛苦。"

"本来没想来，你走了好几天，有点儿想你，所以就过来了。下次别再走那么久，我会挂心。"

一大早就说这么动听的情话，苏格也是服了他。

两人又腻歪了一会儿，后来眼看李默要赶不上飞机了，这才依依不舍地分开。

苏格想送他，他不让："回去再睡一觉，时间还早。哪天回来，我让车去接你。"

"晚点发航班信息到你手机上。"

"好。"

李默开了门，突然转身搂过苏格就是一记狠狠的吻，然后替她把门关上，拎着包准备走。

隔壁房间有动静，有人从里面出来。李默一眼就认出是秦嵩，脸上的笑意隐了下去。

秦嵩也看到了李默，有点儿意外："你怎么来了？"

"来看自己女人，你呢？"

"来工作。"

李默没再追问下去。问也没用，这么巧，他跟苏格都来S市工作，还不小心订到了相邻的房间，骗鬼呢。

李默没再说什么，冲秦嵩一点头，扬长而去。

秦嵩本以为他肯定还要追问什么，刚才脑子里一直在盘算着该怎么圆过去，没想到对方根本不跟他多啰唆，只做表面功夫。

也是，李默确实没必要跟他多纠缠。如果不是苏格，他们两个根本不会有交集。

秦嵩看着李默离开的背影，蹲下身系紧了鞋带，然后下楼跑步去了。跑了一圈回来，他顺便买了早餐，敲开她的门递了过去。

他没多话，转身又回自己房间冲澡。等一切弄好后再去找苏格，她已经把早餐全吃了。

“你买的这生煎包子太好吃了，我一天吃三顿都不嫌多。之前怎么不知道这附近有这么好吃的早点？”

秦嵩就笑了。这包子不是在附近买的，是他跑了大半个小时才买到的。

他在网上找了美食攻略，知道这家很有名，就借着健身的机会去给苏格买。远是远了点，但看她吃得高兴也值了。

“喜欢的话，明天还给你买。”

苏格笑着摇头：“不要了，我准备回去了。”

“这么快。不找周婉婷了？”

“当然要找，但不能这么胡乱地找。我准备花钱雇人找，那种人路子多，比我自己查快得多。反正我们已经有华东医院这条线索，这一趟也算没白忙。”

秦嵩没反对，转身就去订回程机票，掏出手机的时候，脑海里出现了李默的脸，他思考了片刻，决定不提今天早上发生的事情。

苏格搭第二天下午的飞机回了B市。到家后睡了一觉，她第二天起来给李默去了个电话，后者以为她还在S市，只叫她注意安全，又让她早点回来。

“你再不回来，我该去绑架你们那个姓李的导演了。什么工作要扣着你这么久？”

苏格甜得直笑，挂了电话后拉开衣柜找了身衣服出来，打扮一下后出门坐车。

她要去市一院，去看看吴鹰。

听江眉说吴鹰前一阵做了个小手术，目前正在医院休养。苏格感激他在石月红的角色上曾帮过自己，提了大包小包上门探病。

忙完这事已近中午，她正准备离开去搭地铁，突然接到李默的电话：“中午一起吃饭，你先去食堂等我。”

苏格一愣，他这又是什么时候看见了自己？

“不了，我都到门口了，我先回去吧。”

“那我去你家找你。”

“你不上班吗？”

“上啊，为了你旷工也没什么。”

苏格真拿他没办法，只能认命，收起电话，往回走。

市一院的食堂造得很大很漂亮，里面伙食也不错。苏格头一回来在里面转了好大一圈，一个个窗口看过去，看有没有自己爱吃的。

走到面点窗口的时候，后面有人抱了上来，一只手搂着她的腰，把她往前带："想吃什么，刷我的卡。"

"这么财大气粗。"苏格接过李默手里的饭卡，"那我不客气了。"

"随便刷。"

两人凑到窗口去点菜，打饭师傅见了就笑："李医生带女朋友来吃饭啊。"

李默自然地回一句："是啊，您得多给点儿。她饭量大。"

"不能吧，看着挺瘦的。"

"其实特别能吃，腰上都是肉。"

说着，他还真往苏格腰上拧了一把，做出一副拧到一坨肉的表情。苏格真是服了他，吃豆腐都吃得这么光明正大。

两人点了不少东西，装了满满两个餐盘，然后找了个角落的位子坐下来。

尽管低调，可还是吸引了不少人的目光。李默科室里跟他关系好的医生，甚至明目张胆地在他们身边坐了下来。

"你们吃，你们吃，不用管我。"

"赵经，下午那台搭桥术的一助不想要了是吧？"

叫赵经的年轻人脸色一变，立马端着餐盘灰头土脸地走了。

李默气场全开，没人敢再接近他们这个地方，两人总算能安静地吃顿午饭。

苏格看李默吃得不多，就问他："是不是早上太累了？"

"确实累，没一个让人省心的。"

"手下人不听话？"

"他们什么时候听过话？一天出的错能装满一箩筐。还有你，回来了也不说一声，过来也不给我打电话，完全没把我放在眼里。要不是我刚才强硬，你这会儿早走了吧。"

"我想来看你来着，这不是看你忙吗？怕给你添麻烦。"

李默严肃时候的样子，真心不好惹。

"怎么突然提前回来了？"

“工作结束了，就回来了呗。”

“在那边怎么样，有没有什么特别的事情发生？”

苏格心跳漏了一拍，强作镇定道：“能有什么特别的事情，不就是每天去棚里配音吗？”

李默不说话，一双筷子支在餐盘里，定定地望着苏格。那眼神特别锐利，像要把苏格的身体看出个洞来一样。

“你干吗……这么看我？”苏格一开口，发现自己的声音竟微微发抖。李默突然提问让她担心。他是不是已经知道什么了？

李默笑笑，低头继续吃饭。

苏格也埋头吃饭，一句话也不敢说。吃完饭，李默回去上班，苏格坐车回家。坐地铁的时候，她一直在犹豫，要不要给秦嵩打电话问问？最后还是作罢。

她现在就当只鸵鸟，什么都不想就是了。

回家后接到妈妈打来的电话，问她春节回家过年的事儿。母女俩就置办年货这个问题，在电话里说了一个多小时，列了长长的清单，都是苏格回家送亲戚朋友的礼物。

她听到电话那头二宝在抱怨：“姐，妈，你们真麻烦啊，送钱不就好了。”

然后，苏格就听到她妈骂二宝的声音，二宝在那里委屈地抱怨，最后还来了句：“妈，我是不是你亲生的？”

“当然是亲生的，就因为是亲生的，才要教训你。”

苏格本来在笑，听到这话脸上的笑容一僵。好在没人看见，她也没做掩饰。等挂了电话后，苏格才长长舒出一口气。

到底是什么时候开始记起从前的事情？好像十岁以前，她也跟所有的小伙伴一样，是一个没有烦恼的山里小土妞，赤着脚在山间跑步，跳进小溪里抓鱼，爬树什么的也很拿手。

她每天疯玩，皮肤却依旧好得不像话，比起别人又黑又粗糙的脸，她简直白嫩得不像山里人。

有一个夏天的傍晚，苏格洗完澡准备回房睡觉，路过父母房间的时候，想进去要个指甲钳。她走到门口，透过门缝看到父母正坐在一起讲话。

父亲嗓门有点儿大，声音从里面传出来：“这孩子果然跟别人不一样，你看她长得就不像我们村的人，皮肤也白。”

母亲也笑：“谁说不是呢，二叔家的丽丽一晒就跟小猴子似的。我们小格真的怎么晒都不黑，你说这是不是奇了？”

“有什么好奇怪的，她本来就是城里人，要不是家里出事儿，她哪里会到我们这里来？你想想我跟你说过的事儿，宋佑明家里的好你是怎么也想象不出来，可惜没拍些照片给你看。现在那些房子都变卖了，他人也不见了，真是可惜。”

那是苏格头一回听说宋佑明这个名字，却深深地刻在了她的脑海里。

从那天晚上起，她开始频繁做梦。梦里都是零碎的片段，她努力把它们拼凑在一起，拼出了一个如公主般的小女孩的童年。

她知道那孩子就是自己，但除了这些梦境，她记不起来更多的事情。偶尔有情景闪过，也没有下文。

她来苏家的时候年纪太小，对宋家发生的变故没有切身的体会。那样是不可能记起往事来的。也好在那时候她年纪尚小，对这些事情一知半解，一玩起来也就忘了。整个少女时期，她过得还算平和，并没有被那虚幻的梦境搅乱生活。

真正对从前有记忆，是她到B市读书开始。城市里截然不同的生活环境，多少带有从前的印迹。苏格心里开始浮现各种熟悉的感觉。

她头一回进宿舍，其他三人已经到了。尚甜甜带了很多高级护肤品过来，摆了满满一桌子。她看苏格的穿着打扮，觉得她肯定穷酸没见识，就拿那些东西考她。

苏格确实没见过那些瓶瓶罐罐，但不知为什么，她潜意识里竟能区分它们。那些只有外国文字、没有中文的瓶子，她随便拿起一瓶就知道是爽肤水还是精华水，从洗面奶到卸妆油，从睡眠面膜到精华霜，她全部答了上来。

当时尚甜甜的表情就跟吃了屎一样。也就是从那时起，她们的梁子就这么结下了。

苏格让对方当众出了个丑，还害她被孙露云笑话了半天，她对苏格的恨意可想而知。

后来孙露云还曾问过她：“你是不是故意打扮成那样，体验生活呢？”

苏格看她一眼，淡淡道：“不，我是真穷。”

真穷的苏格一直不觉得自己跟有钱人有什么关系，可偶尔冒出来的古怪记忆却开始侵扰她的生活。

她越来越迫切地想要知道宋佑明的下落。她开始寻找他，用各种可笑又无用的方法。直到她找到李济山，从他的嘴里听说了关于宋佑明的真实情况：服装大鳄，一夜间破产失踪，他传奇的人生如过山车般，起伏跌宕。

从李济山那里，她还知道了周婉婷的名字，甚至看到了一张她的照片，李济山一直留着，保存得很好。

他的那点心思，显露无遗。这个男人至死都没忘记周婉婷，或许他看到苏格的第一眼，就错认成了她。

她和周婉婷，真的有几分相似。

她苦闷的时候找秦嵩吐苦水，对方曾劝过她，忘了从前的事情，只当它们不存在。她苦笑着回应他："我也想呢，可这事儿搁你身上，你能做到？"

秦嵩非常认真地思考了很久，回了她一句："我也做不到。"

即便那是过去，也是生命的一部分，苏格总要知道了，才能完全放下。

她收起电话站起身，去厨房开冰箱，翻到了一罐在角落里放了很久的啤酒。什么时候买的忘了，好像是上回去超市购物，超市做活动，满多少送锅，她当时为了凑整数就拿了两罐啤酒，想着李默来的时候可以给他喝。结果他每次来不用喝酒就能营造出一种醉人的气氛，这酒就一直搁那儿了。

苏格开了一罐抿了一口，气味冲得鼻子发酸。她以前在家跟着她爸她叔喝白酒，酒量尚可，就是受不了这啤酒的冰，喝一口歇半天。

一罐啤酒喝了大半个小时，喝完的时候抬头一看，外头天都黑了。

她走到客厅，发现茶几上手机亮着。李默给她打电话："我这会儿先回家，一会儿过去找你。"

"你要有事就去忙，不用天天来。"

"明天有份材料要带去医院，我先去拿，回头上你那儿。你等我。"

这话意味深长，苏格明白他的意思。

李默说完也笑了，手机在手里打了个转儿，落进了上衣口袋里。他的车子拐进一个路口，从这条路一直往前，到底就是他家。

车灯照亮了前方的路，不远处的大门前，停了一辆熟悉的车。李默认出那是周声的车。

他下意识地踩了脚油门，考虑要不要掉头开走。他懒得应付周声。

车速放缓的当口，他看清了周声站立的位置。他就站在车边，手里好像夹了支烟。

他身边还有个人，看身形是个女的。

李默把车停在路边，车头灯暗下去的前一刻，他看清了那个女人的脸，居然是江眉！

这两人在他家门口干什么？

江眉这会儿觉得自己真是倒霉，怎么偏偏碰上了周声。本来想客气几句的，可这人不按常理出牌，一开口就扎她心。

“你等李默？没用，他现在不住这儿。”

“他要不住这儿，你来干什么？”

周声夹着烟想抽，听到这话一抬头，发现这女人还挺厉害，忍不住想跟她较劲：“我爱来就来，你管不着。”

“那你也别管我的事儿。”

周声被气笑了，看到她手里拎了个大袋子，又道：“怎么，送货上门？”

“你这话什么意思？”

“没什么意思，说你手里的东西。怎么，你还想别地儿去了，你觉得自己配吗？”

江眉长这么大头一回让个男人这么羞辱，气得眼都红了。

周声直接出手扯她：“上车。”

“我不上。”

“不上就揍你。”

说着，他抬手就往江眉脸上招呼去。江眉吓一跳，赶紧护着脸。等了一会儿没见对方有动静，她刚想睁眼看，手里的东西就被人一把夺下。

“你干什么？把蛋糕还给我。”

“原来是蛋糕啊。”周声假装往袋子里看一眼，“我最喜欢吃蛋糕。你要不上车，我就把这蛋糕吃了。”

江眉气得浑身发抖：“周声，你要干什么？”

“干什么？想知道就上车，教训你这样的，爷一年没教训一千也有一百，别让我动手，自己麻利点。”

江眉这才意识到自己碰到硬茬儿了。

早就听说周声这人性格古怪，今天算是见识到了。苏格真聪明，离这样的人远远的。她怎么这么倒霉，偏偏被他缠上了。

她不想上车，可周声把蛋糕往后备厢一扔，直接就过来拽她。江眉哪里是他的对手，整个人被塞进副驾驶座，门一关，周声很快也上了车。

她想开门下去，听到对方冷冷的威胁声："敢下去后果自负。"

江眉吓得手发抖，一犹豫，对方直接踩下油门，她就这么被带离了这里。

驶过李默的车子旁边时，江眉看见了他。她想求救，可车速飞快，她一个字都没来得及说，那车已驶出上百米。

江眉胆子小，被他吓得脸色发白，紧紧攥着头顶的把手，死咬着唇不开口。好不容易到了一个红绿灯，车刚一停下，江眉就想开门下去，试了两下才发现车门被锁上了。

她正在那儿找解锁的地儿，就听周声冷冷地来了一句："年纪轻轻就消停点，别整天干些无聊的事情，你也不想活不够三十就英年早逝吧。"

江眉被这话惊着了，转头看他："你在威胁我？"

"不，好心提醒你罢了。一般人我不多说，看在你是苏格朋友的分上，我就……"

"不必了。"江眉神情很冷，一点儿没把周声看在眼里。

别人眼中的影帝，在她看来也就是个人渣，跟李默根本没法儿比。

"看来你是敬酒不吃吃罚酒。"

"怎么，还敢打我不成？"

"你觉得我不敢吗？"

"你可是明星！"

"明星怎么了？明星有钱，想办什么事情都容易得很。你也算是半个圈内人，应该知道这个圈子里没有钱办不到的事儿吧。"

江眉已经解了门锁开了门，正准备跨出去，听到这话又坐了回来："你这个人也是真怪。"

周声一挑眉。

"我追李默不好吗？这对你是有百利而无一害的事情，我想不通你怎么会反对。你是小说看多了还是电影演傻了，还想当痴心男二不成。真幼稚。"

周声再次肯定了自己的判断，这个姓江的女人不简单，比他还豁得出去，她说这话的时候一点儿没不好意思，那种理所当然的表情，周声都被气笑了。

"苏格这人眼睛真是瞎，交男朋友挑到个渣的，交个女朋友又是个心思狠毒的。

她该去看眼科了。”

“我怎么了？男未婚，女未嫁，我就算追了又怎么样？更何况我也没对李医生做什么。他们要是没问题，我插不进去；要是有问题，即便没有我，也走不到最后。”

周声抬手虚晃一下，看起来要打人。江眉表面装得镇定，实则还是有点儿害怕，下意识就去躲。然后，她就听到周声不屑的笑声。

江眉恼了，她也知道自己的理论有些无耻，背地里抢好朋友的男朋友这类事情，她从前也是不齿的。可李默不一样，那样优秀的男人让人很难抗拒。她已经顾不得去想苏格了。

“我承认自己不是个好人。你想笑就尽管笑吧，反正我俩是一类人。”

“谁跟你一类人？”

“都是感情的失败者，不是吗？”

江眉说完迅速下车，趁着红灯还没变绿的时候，从车流中穿过，很快就跑没了影。

周声被戳中痛处，气得在那儿大骂，可惜对方完全听不见。

他一路骂回家，下车的时候才发现江眉把蛋糕落在了他车上。打开盒子一看，样子很漂亮，显然是小女生喜欢的类型。

他暗骂江眉是个白痴，送什么不好，偏偏送他哥蛋糕，以为他哥会喜欢这种幼稚的东西？

他拎着蛋糕进门，想找个垃圾桶扔了。刚进门，电话就响了，他顺手就把那东西搁在了茶几上，等打完电话回来再看那蛋糕，却觉得有点儿饿。

真要命，本来是去找他哥谈事情，结果半道上截和了个女人，搞得事儿也没谈成，饭也没吃上。

他这么多管闲事是为了什么？就像江眉说的，他就该让她去追李默。这样，他才有机会和苏格在一起。

周声这辈子都没这么伟大过。

心里有点儿气，他越发看那个蛋糕不顺眼。想想索性坐下来，拿袋里附赠的塑料刀随意挑了一块，直接送进嘴里，味道还不错，不怎么甜，水果也算新鲜，周声这样不爱吃甜食的人，吃了也不难受。

他就这么坐在那里，一口接一口，把整个蛋糕吃了个精光。结果那天晚上半夜不舒服，胃撑得太难受，起身去厕所吐了半个小时，还吃了两粒助消化的药。

这个江眉，真的是害人不浅。想想有点儿气不过，第二天周声一起床就给苏格打电话。

苏格接到电话的时候还有点儿担心，怕他又要纠缠自己。结果周声跟换了个人似的，居然在那里好心提醒她注意自己的男人："长点心，别被人撬了墙脚还不知道。"

苏格忍不住笑了："周声，你今天怎么了？"

"没什么，吃错药了。"

"好吧，不管怎么样，谢谢你的提醒。"

周声犹豫了一下，想着要不要把江眉供出来："你知道那个人是谁吧？"

"本来不知道，不过你这么一提，我大概有点儿概念。不过我挺好奇，你是怎么知道的？"

周声想借机大吐苦水，可一想到自己吃撑了乱吐的情景，又觉得很毁形象，只好悻悻地说："你别管我怎么知道的，总之要防小人，记住了。"

苏格被他搞得哭笑不得，挂了电话后还在想这个事儿。

周声虽然没明说，但她知道那个人应该就是江眉。这个江眉胆子是真大，居然敢倒追李默，也不怕他的暴躁坏脾气把自己吓出病来。

接完电话，苏格收拾了一下出门，去置办回家过年给亲戚朋友带的礼物。

买东西是一件头痛的事情，被路上那些个亲密无间的情侣一刺激，苏格更觉孤单。印象里她很少跟李默这样出来逛街。

医生工作忙，两个人经常碰不到。大多数时候都是李默下了班来找她，两人就在那不大的两室一厅里温存缠绵。

上街什么的，太奢侈了。

苏格预算不多，买东西就要货比三家。两个小时逛下来才买了一样，还觉得买亏了，后悔得坐在商场的椅子上盘算着要不要回去退了。

其实说得轻松，周声的话对她怎么可能没影响？江眉算是她很好的朋友，朋友背后插刀，终究令人不快。

李默打电话过来的时候，正是苏格最烦的时候。人一烦，口气就不会太好。

聪明的李医生一下子就嗅到了味道："怎么，谁惹你不痛快了？"

"你！"

“我怎么了？”

苏格说不出口。他确实没什么错。江眉喜欢他也不是他能控制的。虽说他美得跟花似的，整天在医院里招蜂引蝶，但客观来说，这都不是他的本意。至于不能陪她逛街……

“唉，算了，不关你的事儿。”

李默就笑了：“不，就是我的事儿。”

“都说了跟你没关系。”

“作为一个男人，不能让自己的女人时时开心，本身就是一种错。”

他这么大度，苏格简直无话可说。

“你这会儿在哪儿？”

“时代百货。”

苏格终于找到个突破口，开始吐槽购物的困难。人太多，买什么东西都要排队。品牌太多不好挑，好的买不起，差的不想要。最后还要感叹：“做人实在很难。关键是周围还有这么多人在秀恩爱虐狗。”

“最后一句才是关键吧。羡慕了？”

苏格小脾气上来了：“对，就是羡慕了，怎么着吧？别人逛街，男朋友在边上陪着，帮着拎东西，帮着买奶茶，走累了还要赶紧找地方坐，帮着捶肩捏腿什么的。我多惨，什么都得自己来。要是没男朋友也就算了，偏偏我还有，多扎心。”

“是是是，对对对，你说得全对。”

“一点儿没诚意。”

“不，绝对诚意满满。这样，你要买什么跟我说，我让人给你买齐了。”

苏格无语：“李默，你真是一点儿不懂女人心。合着我刚才那么一大通抱怨都白说了。”

“行，明白了，要我陪你逛街是吧。你等着，我下了手术就来找你。”

“你还有几台？”

“三台吧。”

苏格一看时间，都被气笑了：“等你做完手术，商场早关门了。”

“那我再想想办法。”

李默还在那里琢磨，苏格已经起身准备走了：“算了，我还是自己逛吧，你好好工作，为人类的医学事业做贡献去吧。”

苏格那天最终也只买了那一样不满意的东西，累得半死回到家，吃完饭躺床上刷手机。

十一点半的时候李默回来了，进房后不急着换衣服，伸手过去拉苏格。

“干什么？”

“出去，陪你买东西。”

“这个点？”

苏格惊呆了，这个点哪还有商场开着啊？

李默笑笑，不说话，催促苏格换衣服。他开车带苏格往市中心开，最后停在了深蓝广场前面。

他领着苏格进大门，保安替他们开门，一个经理模样的人走过来，殷勤地接待他们。苏格看傻了眼，轻扯李默的衣袖。

李默明白她的意思，回头冲她笑道：“我朋友开的商场，你随便逛，喜欢哪个，咱们就买下来。”

真霸气。

苏格终于认清了一个现实：李默不是一个医生，他就是一个土豪。

因为工作太忙没时间陪女朋友购物，就在下班后让已关门的商场重新营业，好让喜欢的人逛个够。

这是什么样的精神？这是土豪宠老婆宠上天的精神。

苏格默默地在心里对手指。他这么豪放这么霸气，还真让人有点儿难以拒绝。“富贵不能淫”这话说起来容易，做起来真的好难哦。

李默搂着她的肩膀，一间间店铺带她逛。经理就陪在边上，手里拿了一串钥匙。

这样的逛街方式，除了满足一点虚荣心外，几乎没什么特别的乐趣。

苏格走了几家就有些倦了，坐在一家奶茶店门口，看着上面的招牌发呆。

李默问她：“想喝？”

“有点儿渴。不过算了。”

李默站那儿思考了三秒钟，走进了柜台。

苏格惊呆：“你会做吗？”

“不会。不过没关系，我可以学。”

他说着打开奶茶店的灯，开始研究那个机器。经理在旁边陪着，始终带着职业化的笑容。李默转头问经理：“有没有店主电话？”

“有有，我给您找。”

电话很快打通，李默隔着手机向对方讨教做奶茶的方法：“对，我现在在你们店里。你原材料搁在哪儿……旁边的冰柜是吧。对，你教我一下你们那机器怎么用，我试试。”

他一边跟店主学着操作机器，一边指挥商场经理去冰柜里找原材料。两个大男人在狭小的奶茶店里忙碌起来，看起来有点儿不协调。

苏格心里满满的都是感动。真要命，这男人对你好起来，简直能把心窝子都掏给你。

她倚在柜台边，饶有兴致地看着两人合作。经理手比较笨，时不时要犯错，李默就总得提醒他。经理有点儿尴尬，没话找话，问他：“这东西您真的会用吗？”

“挺简单，我这智商应该可以。”

苏格听了直想笑，这怎么听怎么像在骂人笨呢。

李默笑眯眯地望着她问：“要什么口味？”

“问我吗？”

“除了你，还有别人要喝吗？”

苏格耸耸肩：“我平时喝香芋的多，不过我又很想试试巧克力的。也不知道他家的好不好喝。”

“那就各来一杯。”

“喝不掉，都快睡觉了。”

本来她都有些困了，结果被李默这么一闹，整个人又精神起来。恋爱中的男女，果然一个两个都很疯狂。

她又去看单子：“他家还有百香果的，孙露云特爱喝这个，我还没试过，不知道怎么样……”

她一个人在那里絮絮叨叨，那边李默已经开始往杯子里加料，茶粉和牛奶按比例调配，又要拿去加热。

苏格喜欢的口味他一个没落，每款都做了一杯。很快柜台上就摆了好几大杯，封好口的杯子看起来很像那么回事儿，和别人专业的相比丝毫不差。

苏格佩服不已，拉过他的手仔细研究：“你这手除了做手术，奶茶也做得好。以后你要是不当医生了，可以考虑开家奶茶店。”

“好，到时候你负责招揽生意，我负责制作。咱们开家夫妻店。”

经理在旁边听得胃抽筋，恨不得自己立马变成一颗细小的尘埃飞走。大晚上的跑出来加班本就辛苦，还要看这两人花式虐狗。太过分了！

夜里快一点的时候，苏格拎着四五杯奶茶走出了深蓝广场的大门。虽说东西一样没买，但这些温暖的饮品已足够安抚她的心。

她靠在李默怀里，边走边笑。冷风吹来，她打了个哆嗦，李默就把她抱紧一些。空旷无人的大街上只有他们两人轻快的脚步声，钻进路边停着的车辆后，苏格长舒一口气，忍不住来了句：“今晚真是玄幻。”

“怎么，我做得不好？”

“不是不好，是太好，好得有点儿令人难以相信。李默，”苏格眼睛一眯，笑着伸手抬他下巴，“你跟我说实话，你以前是不是有很多女朋友？”

“何以见得？”

“你这么会讨女人欢心，显然经验丰富。”

“我以前从不讨女人欢心，没这个必要。”

“哟，听上去很嚣张啊。”

李默凑过去吻她：“你该感到自豪才对。你是我李默这辈子唯一一个用心哄的女人。”

外头路灯光线昏暗，照得车里气氛愈加朦胧，苏格一面回应着李默的进攻，一面想着词儿调侃他：“是不是唯一还不好说啊。”

“是啊，也许你这女人水性杨花，哪天把我蹬了转投他人怀抱也说不定。我看秦嵩就不错。”

苏格正在状态里，听到这话后背一凉，下意识就咬了他一口。

李默放开她捂着嘴，笑骂道：“还真下得了嘴。看来秦嵩这名字提不得。”

“你好端端的提他干什么？”

“不想听我提他？”

苏格脸上的潮红慢慢褪去，一双眼睛直勾勾地盯着李默：“你是不是在吃醋？”

“当然，有这么个对手在，我这醋坛子都打翻好几坛了。”

“我跟他真没什么。”

“只是朋友？”

“对，只是朋友。”

李默靠在那里不说话，过了一会儿从苏格那袋子奶茶里拿了一杯出来，戳了根吸管喝了两口。太甜，他喝不惯，又递回到苏格手里。

苏格手里拿着热茶，身上却有点儿冷。李默的反应说明了一切，那天在S市，他肯定碰到秦嵩了。

“我跟他一起去S市，你不高兴了吧？”

李默嘴角微微一扬，有那么点气性：“确实有点儿不高兴。”

“如果我事先跟你说，你还会生气吗？”

“还是会。”

“你这人怎么这样？”苏格被他气笑了，“不是说坦白从宽吗？看来不跟你说是对的。”

李默伸手过来搂住她的肩膀：“正确的做法应该是不跟他一起出去。除此之外，其他所有的做法，都是不及格。”

苏格扶额：“李老师，您这未免也太严格了吧。”

“是，你这小丫头不对你严格点不行。”

“凭什么，就因为我小吗？”

“不。”李默撩着她的长发，在她脸颊上轻轻弹了一下，“是因为你不安分。上回随便就说分手，这笔账我还没跟你算。现在又跟秦嵩走那么近。怎么，后悔没选这个竹马当男友？”

“是啊，是有点儿后悔。现在撤还来得及吗？”

“恐怕不行。你已经是我的人了。”

“那可不一定。”苏格一闪身，避开了他伸过来搂她腰的那只手，整个人贴到了门上。

李默看起来像一头蓄势待发的野兽，借着夜色的掩饰，分分钟要把苏格一口吞下。

她有点儿不安，手搁在背后无意识地摸着车门上的纹路，考虑着各种可能性。李默会问她秦嵩去S市的原因吧，她要怎么答？说实话吗？

两个人就这么对峙了一会儿，直到李默开口：“秦嵩这个人，你以后要留个心眼儿。”

“你什么意思？”

“提醒你要带眼识人，别再犯从前那种错误。”

“秦嵩不会，我了解他。”

“人都会变，你觉得你现在就一定了解他？”

苏格不说话。秦嵩真的变了很多，或许那叫成长，可他成长的速度太快了。

“我也没资格说别人，他在变，我也在变不是吗？”

“你变了什么？”

“变成了一个贪慕虚荣的女人。在很多人眼里，我们的关系也不一般。”

李默眼神一黯：“什么关系，说来听听。”

“有钱男人和漂亮女人，被人唾弃的那种关系。”

空气如死一般安静。

突然，李默启动车子，苏格整个人差点飞出去。

这一路开得飞快，李默一言不发，车速越来越快，街道两边的景物瞬间被甩到了身后。

苏格至少两次感觉面前有光闪过，那应该是被超速摄像头拍到了。她想让李默开慢点，话正酝酿着，车已经停在了她家楼下。

李默扔给她两个字：“下车。”

苏格感觉自己像被人轰下去的。车门刚一关上，她还没站稳，车就从眼前驶过，没两秒就驶出了视线范围。

她一个人站在夜幕下的冷风里，冻得直哆嗦，手里还拿着那杯喝了两口的奶茶。

吸了吸鼻子，苏格转身上楼。她有点儿后悔得罪他，这下好了，剩下的奶茶都落他车上了。

苏格一边开门一边在心里嘀咕，祝他今晚喝多了奶茶，一晚上跑厕所。

开车的李默只觉得鼻子有点儿痒，忍了两下没把喷嚏打出来。他真是快被苏格这个女人气死了，有她这么糟蹋自己的吗？

别的女人都往高大上的方向美化自己，偏偏她“自甘堕落”。他跟她谈了这么久的恋爱，是玩玩还是奔着结婚去的，她会看不出来？存心气他呢。

停好车才发现那一袋子的奶茶，李默更是气得胸痛。对她那么好也不领情，真的是个白眼狼。

这下轮到苏格鼻子痒了。她没忍住，连打三个喷嚏，想着奶茶还有点儿余温，就一口气全喝了。

结果这东西大概被李默下了咒，那天晚上苏格起了五趟夜，一整夜没睡好。第二天起来的时候一照镜子，被两圈浓重的黑眼圈吓得直咧嘴。果然不能轻易诅咒别人，孽力回馈啊。

苏格所有的考试都结束了，最近忙着回家过年，也没接新戏，突然整个人就闲了下来。她订了回乡的车票，一个星期后出发。她妈给她打电话的时候还试探她来着，看她跟李默分没分。

苏格不敢说实话，支支吾吾，掩饰了过去。

一想到回家爹妈得抓着她轮番审问，她就觉得头疼。不如不回去算了。

中午的时候她接到江眉的电话，约她吃午饭。

见面后的气氛有点儿僵。江眉看苏格的时候，对方也在看她。

苏格这个人冷静起来可以非常冷静，眼神不带一丝情绪，看江眉就像看一个普通同事。

江眉没她这么沉得住气，对视几秒后败下阵来："算了，你想骂我就骂吧。"

"我骂你什么？"

"周声没跟你说吗？"

"他应该跟我说什么？"然后她抓到了一丝重点，"你跟周声怎么了？你们碰上了？"

江眉直翻白眼："这人简直是人渣中的战斗机。苏格你不选他是对的。"

"你们到底怎么了？"

江眉有点儿说不出口。

"说吧，到底什么事儿？"苏格在那儿催她。

"我说了你别打我。"

"有什么可打的？不就是你看中了我的男朋友，想撬我墙脚吗？"

江眉脸一红，很不好意思："我……"

"算了，也别解释了，他长得好我承认，但你要是只为了他的皮相，我劝你大可不必。比他长得好的不是没有，他未必适合你。"

“那你觉得他适合你吗？”

苏格很自然地摇摇头：“不适合。”

这个答案让江眉意外：“那你们还在一起？”

“没办法，喜欢了只能在一起，但喜欢不代表合适。江眉，我能劝你的就这么多，绝对不是看不得你好。”

“我知道，你不是那种阴险小人。”

“那你是吗？”

江眉一时语塞，想了想道：“我是。”

“你还挺老实。”

“你想骂就骂，你有这个资格。”

她这个样子，苏格还怎么骂她？想了想，她叹口气：“你真打算追他？”

“想试试。我买了个蛋糕去他家找他。那家店挺有名，本来想让他尝尝，没想到全便宜了周声。”

说起这个，江眉就生气，当着苏格的面把周声那天的所作所为痛斥了一番。

江眉越说越生气，最后还不忘补一句：“吃去吧，最好拉死他。”

苏格心想，这气性可真不小。看来这两人梁子结大了。

吃过饭，她搭地铁回家，掏出手机看时间的时候，发现上面有一串未接来电。号码很陌生，看区号不是本市的固话。苏格以为是哪里来的电信诈骗犯，也就没放在心上。

回家洗了澡倒头就睡，第二天醒来时，外头天色已大亮。

她正在那儿刷牙，手机又响了，拿过来一看，又是昨天那个号码。出于好奇，苏格接了起来。

电话那头是个男人的声音，听口音不像B市人。他自报家门：“我姓吴，华东医院的吴医生，苏小姐你还记得我吗？”

苏格一下子紧张起来。她把牙刷搁一边，拿起毛巾胡乱擦了一把嘴，走出房间：“记得记得，吴医生你好。昨天是你给我打的电话吧？”

“是，打了几次没打通。”

“我那时在工作，手机静音了。您找我有事儿？”

吴医生清清嗓子，和她说了一个事儿：“上回你来我院找一个叫周婉婷的女病人没找到。这两天我又仔细查了查，找到一些新的线索。”

“您说。”

“姓周的病人确实没有符合你条件的，不过按你提供的长相描述，加上大致的住院时间，我们梳理出了一位挺符合的人选。想问一下你现在还找人吗？”

苏格激动得手都在抖：“找，当然找。”

“那我就把她的情况跟你说说吧……”

苏格出门的时候，匆忙得差点忘了带钱包。她拦了辆的士直奔机场，在车上接到了秦嵩的电话。

对方很聪明，跟她聊了没几句就品出点端倪来：“你怎么了，这会儿出门？”

苏格还没答，旁边司机说道：“小姑娘，这会儿下面太堵，要不要上高架？稍微绕点路，但直通机场比较快。”

他声音太大，苏格想去遮话筒已经迟了。她胡乱冲对方点点头，开始应付秦嵩。

“你去机场干吗？你回家买的火车票吧。”

“我有点儿事儿。”

她怕秦嵩继续追问，借口有电话打进来，匆匆挂了机。司机挺八卦，还在那里开她玩笑：“怎么，跟男朋友吵架啦，一个人出去旅游？”

“嗯。”

“一个人出门要注意安全，别跟陌生人说话。”

苏格心想：我现在不就在跟你这个陌生人说着话吗？刚刚他那一嗓门，秦嵩肯定怀疑了。苏格真怕他一会儿再打电话过来。

结果出乎她的意料，这一路手机很安静，谁都没找她。

苏格下了出租车直奔出发大厅，正准备去柜台买票，后面有人上前，走到了她身边。她回头一看，吓得脸色一变：“秦嵩，你怎么过来了？”

“来找你啊。”说话间已经到了柜台。当着秦嵩的面，苏格犹豫着要不要买票。

“怎么，钱没带够吗？”秦嵩说着已经掏出了钱包，“你去哪儿？”

“S 市。”

秦嵩拿出卡：“两张 S 市，最近的一班。”

苏格去拦他：“我自己去就行，你凑什么热闹？”

“我都来机场了，你以为我是来给你送机的吗？”

“这跟你没关系。”

秦嵩扒开她的手，把卡递给了工作人员：“麻烦快一点，谢谢。”

他声音温柔，笑容迷人，把卖票小姐迷得神情荡漾。苏格再次发现秦嵩现在整个人气质完全变了，他都会撩妹了。

“你不会恋爱了吧？”

秦嵩不理会这个问题，只问她：“去S市干吗，还找周婉婷？”

“吴医生刚才来电话，说找到了符合要求的人选。我就想过去看看，是不是太冲动了？”

秦嵩冲她一伸手：“身份证。”

苏格给得不情不愿：“还是我来付吧，怎么能让你掏钱？”

“谁掏都一样。”

苏格靠在柜台那里生闷气，他果然还是找来了。她试图劝秦嵩回去：“我一个人去就行了，你还得上班。”

“请假了。”

“这样不好吧。”

“我们科室不忙，没关系。”秦嵩想了想又添一句，“或者你要我现在给李默打电话，让他陪你去？”

“不用不用。”

还是秦嵩吧。她跟李默现在关系紧张，未来怎么样都不好说。

半个小时后，两人上了飞往S市的班机。行程不长，到达的时候只是中午。他们叫了辆出租车，直奔华东医院。

到的时候，吴医生刚看完上午的最后一个病人。他一早准备好了资料，三人一见面就心照不宣，他直接把资料给了苏格，让她收进包里：“别让人看到。”

按规定，病人的资料不能外泄，他这么做被发现是要丢饭碗的。

苏格离开医院的时候，觉得自己像做贼，明知不好，可还是禁不住诱惑。那个女人有可能是她的生母，光想到这一点，就让她彻夜难眠。

两人在附近找了一家快捷酒店，开了个房间研究资料。苏格开信封的时候手都在抖，秦嵩见状拿过来，三两下就撕开了。

拿出资料粗粗浏览了一遍，秦嵩把注意力放在了那张照片上。那是身份证的复印件，照片上的女人看眉眼跟苏格有几分相似，再看名字，张文娟，是个再普通不过的名字。

苏格一脸期盼地望向他：“是她吗？”

“你自己看，我觉得挺像。”

苏格拿过资料第一眼也看到了那张照片。说实话，复印的照片不是特别清楚，但不知怎么的，她觉得就是。

在她仅有的那些记忆碎片里，总是会出现一个年轻女人。那张脸和照片上的人有七八分相似，哪怕过了十来年，依旧可以很好地重合在一起。

她有一种感觉，这个人就是周婉婷。

“你怎么看？”

“应该是她。真的很像。”

“跟你记忆里的差了很多年吧。”

“是，但她没怎么老，而且是前几年的照片，差得不多。”

秦嵩扫了眼下面的信息：“你要觉得是，咱们就去找找。这上面有她的居住地址，找起来应该不难。”

事情进展得出乎意料地顺利，苏格就有一种不好的预感，这个地址找过去搞不好要扑个空。

“我这个人运气没那么好，总是临门差一脚。”

“多试几次，搞不好哪次就走运进了一球。”

下午找过去的时候，果然如苏格所料，那地址是个出租房，里面的租客说他们租这房子才一年，并不清楚前面租户的信息。

他们给了苏格房东的电话号码，苏格就打了过去。房东是个本地人，他告诉苏格自己也是三年前才买的这套房子：“原来的房东说要出国，把房子卖给我了。我一直拿来出租，没租给过一个姓张的女人。”

“那姓周或是姓宋的呢？”

房东仔细想了想，说：“也没有。一共就租过两户，前一户也是对小夫妻，跟你们说的不是一个人。”

“那您有前房东的联系方式吗？”

“当时通过电话，号码我得找找。回头发给你吧。”

对方挺忙，说完就挂了电话。苏格坐在楼梯台阶上发呆，倒是秦嵩冷静，拿出资料翻上面的联系电话。

“试试这个。”

电话打过去有人接，听声音是个中年妇女。秦嵩自称是华东医院的医生，想问一下张文娟当年手术后的恢复情况：“对，我们对病人有个五年追踪计划，她当时是盆骨骨折住院，这几年情况怎么样，手术对她的生活有没有什么影响？”

那边支支吾吾，一问三不知，最后被逼得没办法，回了这么几句：“哎呀，其实我跟她也不是很熟。她这个人脑子不太好，我就是被叫去照顾她的。她出了院就被家人接走了，去哪儿了我也不知道。”

楼梯口很安静，苏格就坐在秦嵩身边，听到了电话里七八成的内容。

“什么叫脑子不太好？”苏格有点儿生气。

秦嵩示意她少安毋躁，继续跟那人通话。中年阿姨也是个大嘴巴，有什么说什么：“她精神病院出来的，你们不知道啊？”

“她来我院只是做骨盆手术吧。”

“是的是的，他们说精神病院做不了这个手术，所以才送华东去的呀。做完手术嘛，估计又回精神病院了。这种病又治不好，不关起来能怎么办。”

“那您知道她住哪家医院吗？”

“这个不清楚。不过我们这里这种医院也不多，你们一个系统的，查查啰。”

“您还记得别的事情吗？比如谁跟您联系的，她的家人什么样子，你知道吗？”

“当时是个女的找的我，看起来挺有钱的，出手也很大方。那时候的物价你也知道，就那么大半个月，给了我一万块，你说是不是派头很大？她跟我打过几次电话，后来她把人接走后，有一天我收拾东西发现张文娟落了几件衣服在我这里，那我就打电话回去啰。结果电话停机了，以后也没打通。你说奇不奇怪？”

秦嵩明白了，显然周婉婷一直有人照顾，但照顾她的人又不想露面，所以找了个阿姨来帮忙。那个电话恐怕也只是个临时号码，即便拿到也不可能再打得通。

线索到这里似乎又要断。

那边阿姨说了一大通后慢慢品过味儿来，好奇地问：“你真的是医生吗？你们医院调查病人这么详细啊？你不会是个骗子吧？”说完也不等秦嵩回答，一把挂了电话。

秦嵩把手机塞口袋里，一回头看到苏格，发现她脸色如乌云密布，阴沉得很。

他正要开口，苏格已经站起身来："走吧。"

"去哪儿？"

"先回酒店。"

回去的路上天色渐渐变暗，眼看要下雨。秦嵩知道苏格心里不痛快，想让她高兴点，路过一家甜品店的时候就提议去里面买点蛋糕。

苏格皮笑肉不笑："不用了，我现在没心情吃这个。"

"那你打算怎么办？"

"总要将把我妈害成这样的人找出来才行。"

回到酒店后，苏格开始上网查 S 市的精神病院。S 市跟 B 市一样，是大城市，这类的医院也有好几个。

秦嵩看了网上搜出来的结果后，问苏格："怎么，一家家去找？"

苏格没想好。

"要不先回去？"秦嵩劝她，"找这方面的专家来找效率可能更高。"

"你的意思是让我找私人侦探？"

"比你自己瞎折腾强。"

苏格承认他说得有道理，略带沮丧地搁下手机。秦嵩不忍心看她失望的表情，只能想办法安慰她。

苏格被他开解了一通后心情好了几分，当即决定买深夜的机票回 B 市。

收拾行李、退房、出发，一个小时后，两人就到了机场。上飞机前，她接到了李默的电话，对方问她航班号。

苏格报给他后问了一句："你要来接我吗？"

李默没回答，只淡淡说了句："注意安全。"

苏格一路上心神不宁，想睡却睡不着。到 B 市的时候已近夜里一点，她整个人又累又困，连话都不想多说。

李默派了车过来，秦嵩有点儿不放心苏格，后者却冲他挥挥手："行了，你打车走吧，我不会有事儿的。"

李默再怎么跟她生气，也不会动她一根手指头。这点信心她还是有的。

出了候机大厅才发现外头居然下起了大雨，司机给她撑伞，带她到了停车场。拉开后排车门，苏格才发现里面坐了个人。她愣了两秒，冲对方问了声好。

李默直接一伸手，把她整个人拉进车里，然后吩咐司机：“开车。”

回去的路上，只听得外头哗哗的雨声。李默是个很沉得住气的人，相比之下，苏格还有些稚嫩。

车子驶入内三环的时候，雨势愈加猛烈。苏格觉得头顶像有一头野兽，正张着巨大的嘴，想要一口吞下这整个世界。她有点儿害怕。

李默看出了她的情绪，安慰她一句：“不用怕，很快就到了。”

不知为什么，平时李默的话总能给苏格很大的安全感，但今天不行。这突如其来的滂沱大雨让苏格特别害怕。她想起了自己看过的所有灾难片，仿佛身临其境。

她不说话，因为不清楚李默是否知道了什么，苏格什么也不敢说。她以为李默会问她些什么，可一路上他都很安静。

车子快到家门口时，他突然低声对苏格说了句：“快过年了，你乖一点，别再到处乱跑。”

听到这话，苏格心里愈加没底，总觉得今年这个年会不太好过。

大年初一早上八点，宋晖一夜未眠，带着一身的困倦回到了家里。他昨晚在外面混了个通宵，家里没人找他，连个电话都没打。

别人可能会很奇怪，他这样的孩子，照理说应该能得到父母很多的关爱。人聪明，长得好，性格也乖巧，是属于家长们口中那种别人家的孩子。

事实却是他们家没人在意他。他的父亲长年不回家，听他妈说他爸在外头有另外一个家，那边也有个儿子，跟他差不多年纪。显然他爸更喜欢那个家。

至于他妈，对他肯定是有爱的，也很喜欢过问他的功课。但除此之外，什么也没有。

家里有保姆，生活上的事情不用他妈操心。他爸开着公司，他妈和他都有股份，一年到头什么也不干，在家等着拿钱花就行。

他妈每天的生活不是逛街就是喝茶，再不然约三五个好友去打牌，活得相当滋润。除了没有丈夫在身边外，她比大多数女人都要“幸福”。

偶尔宋晖还会听到他妈在那里炫耀，说没男人真好，没男人就没人管着，想怎么样就怎么样。事实上，她也确实做到了这一点。

昨晚是除夕，宋晖本来以为他妈至少这一天会陪他吃顿饭，没想到饭吃到一半，有牌友打电话来，她就扔下筷子自己走了。临出门前，她还匆匆关心了他几句，让他多看会儿电视："今天过年，别整天只顾着学习。"说完她就走了。

宋晖在心里忍不住回了一句：今天过年，你能不能别整天只顾着打牌？

一个人看电视很没意思，阿姨只顾着在厨房收拾，宋晖犹豫了半天给李茜发了条信息，约她出去看烟花。

本来只是一时之气，没想到最后会演变成那样。

宋晖进门的时候下意识地抚了抚自己的嘴唇，那里还残留着李茜的余温。这个女生真的很大胆，居然敢当众吻他。

有时候宋晖讨厌她这么放肆，可有时候又很羡慕她。李茜活得多潇洒多自在，她那样的才叫生活。而他这种叫什么？只是一种活着的状态吧。

一进门就撞见阿姨，阿姨对他一夜未归的事情表达了不满："以后可别这样，我一晚上没睡好，打你电话也不接。"

"不好意思，人太多没听到。我妈回来了吗？"

"回来了，在楼上，她不知道你没回家的事儿，你赶紧上去吧，回自己房间躲着。先生也回来了，让他知道不得了。"

宋晖愣了下。印象里他已经很久没见父亲了，上一回见大概还是半年前，他爸回来拿点东西，匆匆打了个照面就走了，临走还塞了一大把钱给他。

他又不缺钱花，他缺的是父爱。可他爸给不了他后者，只能拿钱打发他。

今天他怎么会来，是因为新年吗？

"我爸在哪儿？"

"楼上，跟太太回房去了。"

宋晖有点儿好奇，轻手轻脚地往楼上走。阿姨让他回房，免得被抓现形。可他忍不住走到了父母的房前，凑近了听里面的人讲话。

他有种直觉，他爸今天回来没这么简单。

房门没关紧，留了一条缝，里面两个人说话声音都很大。宋晖头一句听到的是他母亲的抱怨："你说这事儿怎么这么麻烦，都过去那么多年了，怎么没完没了？"

"当年我就说过，留着轻轻那个丫头，迟早有麻烦。现在看看，果然来了吧。"

"这跟我有什么关系？轻轻又不是从我手上跑掉的。"

“是你二哥看管不严才有这样的事情。十几年了，为了这个事儿，我牺牲这么大，到头来窗户纸还是要被人捅破。”

宋母的声音一下子提高了八度：“你什么意思？你牺牲什么了？你不就是娶了我吗？我知道你们宋家跟我们虞家坐一条船，你是没办法才娶我。所以这些年我也不计较你在外头养人。不过你要搞清楚，这事儿说到底是你们宋家惹出来的。宋佑明好歹跟你们是一家人，你们做事这么狠，这么不留余地，现在人家就算真出手对付你们，也是你们自找的。”

“行了，你少说两句。幸灾乐祸有用吗？关键是那个叫苏格的女生，到底是不是轻轻。”

“这谁知道？你找人验一验不就行了？”

“你以为这么简单？你也说了，她跟李家扯上了关系，我们从何下手？想想顾煜廷，如今还在吃牢饭，也不知道什么时候能出来。”

屋里陷入了短暂的沉默，片刻后，宋母重重地叹了口气：“唉，这事儿真是不顺。当年要是没绑架轻轻就好了，周婉婷也不至于那样。你说苏格她知道那些事儿吗？”

“她能知道什么？要她真是轻轻，她那时候才多大，什么都不会记得。所以你也别慌，该干什么干什么，其他事情有我来处理，你就别理了。总之这次一定要小心。”

“还能怎么解决？”

“先把人安顿好再说，一定不能让她们两个见面。”

宋晖听得云里雾里，只知道这事儿跟李茜那个姓苏的姐姐有关，又直觉这事儿肯定不是好事儿。

他还想再听两句，却听见他爸说要走的话，赶紧转身躲回自己房间，轻轻带上了门。

他脱下出门的衣服，换了一身家居服，装作若无其事地从里面出来。一出门正好碰上他爸，对方显然一愣，随即面色如常，装模作样地关心了他几句，就说公司有事要忙，急匆匆走了。

宋晖和他妈送他爸出门，等人走后，他回头望着母亲，不说话。

宋母心里正烦，完全没留意到他的神情，连话都懒得说，转身回房去了。

宋晖进厨房找东西吃，拿了瓶牛奶在手上，怔怔出神。他对苏格这个人越来越好奇，她跟他们宋家到底什么关系？

大过年的，苏格被李默折腾得够呛，对方忙活完后就回房补眠去了，剩她一个人坐客厅里发呆。

李茜也在睡觉，苏格闲来无事，在面前摊开一堆零食，一样样往嘴里塞。

电视里清一色全是跟新年有关的节目，她来回开了好几圈，突然被电视里一个声音吸引，摁在换台键上的手指瞬间松开。

那是她的声音，在S市的电视台正播出着。

李导请她配的那部纪录片跟过年有关，主要讲述各种民俗，其间穿插大量美食，苏格配的时候看着那些画面，好几回都被馋得直咽口水。

片子做好后她都没顾得上看一遍，想不到年初一的电视里居然会播。

苏格看得津津有味，直到孙露云打电话给她，才把她召回到现实里。

孙露云一开口还是夸张得要死："亲爱的，你时来运转啦。"

"怎么，你给我买的彩票中奖了？"

"什么彩票，我什么时候给你买过彩票？你看刚才S台的纪录片了吗，就是你参与的那一部？"

"看了，怎么了？这会儿还没播完呢。"

"你会火哦。"

"怎么说？"

"这是李导今年的主打节目，听说电视台投入了很大的宣传力度，要跟我们B市前几年出的一个系列纪录片打擂台。你就等着吧，通稿早就写好了，等今天播完就会发。到时候网上肯定炒得火热，你还不得借机红一把？"

苏格笑了："大小姐，你是不是没睡醒啊？纪录片能爆红的本来就不多，即便红了也只会有人关心导演，谁会关心一个配音的？咱们配音圈红人有几个，你数得上来吗？"

孙露云张了张嘴，还真是一个都说不上来。听到苏格不给面子的笑声，孙露云急了："你们圈不是有教主吗？红得跟什么似的，我一个混影视圈的都知道。你敢说你们圈没有大神？"

"那你知道大神是谁吗？"

"不知道。"

"连名字都没有的走红，有什么意义？"

“那是人家低调，他要想公布，分分钟的事儿。”

“那就让他红去吧，我没兴趣。”

“那你真不打算拍戏啦？好歹学了四年，一身本事总得用一用吧。万一这次红了，你就可以跳出配音那个圈子，往影视圈发展啦。”

苏格觉得她这就是梦话，没想到很快这梦话竟成真了。

春节期间在S电视台播的李导那部纪录片，居然真的红了。一开始是找人营销炒作，刚播完，在微博就上了热搜，一水儿的营销号开始吹捧。

这事儿就是一个良性循环。李导的作品质量本就不错，电视台花钱一炒，人民群众也乐得捧场。后面自发炒作声势不小，一大堆人又是怀旧又是煽情的，搞得春节期间整个网络都弥漫着一种忆苦思甜的味儿。

在这样的形势下，苏格借着这股东风，居然真的红了起来。当然，她能红，除了李导的功劳，前一阵顾家闹的那个风波也是功不可没。

网民的记忆虽说短，但也没到转头就忘了的程度。刚开始不知是谁吃饱了没事儿干，挖这部片子的几个配音演员的背景，挖到苏格的时候就把陈年旧事也一并带了出来。

那事儿严格说来过去没多久，很多当时参与的吃瓜群众还记忆犹新。

一夜间所有人的注意力都从纪录片转移到了苏格身上，骂她的、捧她的都有。不知是谁在网上放了一张苏格的清晰照，还给她修了一下，顿时吸引了无数目光。

苏格本就漂亮，浓妆淡抹都相宜。照片里的她化了淡妆，一头长发又黑又亮。她微低着头，似乎正在看什么，眉头微蹙的样子有种我见犹怜的味道，非常戳直男的心。

那些曾经站在顾煜廷那边，幻想自己就是被抛弃的宅男，立马拜倒在女神的石榴裙下。

窈窕淑女，君子好逑嘛。

至于女生，对苏格抱持的态度就比较多样，有本身就喜欢她的，这样一来更是在粉丝的路上一往无前了，毕竟有颜有才又年轻，三大吸粉利器苏格都占了。

也有对她不感冒，只随便看看的。剩下的就是一些天生相克，怎么看她都不顺眼的人。这样的人其实可遇不可求。所谓黑子就是生产力，没有他们在网络上不遗余力地黑苏格，她那本来少得可怜的粉丝也不会日益壮大。

孙露云甚至开玩笑地问她：“你不会故意买人黑自己吧？”

“我疯了吗？这么做有什么好处？”

“虐粉啊。虐粉就是固粉，这话你应该听过吧。”

苏格觉得自己像在听天书。她从来没想过找人骂自己也是出名的一条捷径。

她绝对不干这种事儿，她那么玻璃心，承受不了巨大的争议。她甚至有点儿讨厌现在这种小红的状态。

手机号突然就被人知道了，认识的不认识的都打电话过来套近乎。从前想要采访她的那些人又来了，当然这次不谈顾煜廷，但还是三句离不了周声。

很多人认为苏格能红靠的是周声。当初那个扒配音演员的帖子，其实就是为了捧苏格才开的。别人都是陪衬，她才是主角。

人一走红，各种机会也是纷至沓来，最先来找苏格的是那些经纪公司。

如今这个圈子的人别的本事不说，有一样却是个个精通，那就是吹牛。苏格跟这些经纪公司一番接触下来，听到的牛皮都够攒一卡车了。

有些明明就是草台班子，正经工作都没接几个，手底下签的艺人苏格一个也没听说过，可人家就敢吹得与太阳比肩，什么三年计划，五年发展……别的不行，画饼能力一流。仿佛苏格这样的小新人，到了他们手里，下个月就能去好莱坞拍戏，明年就能捧回个小金人。

苏格简直要被这些人烦死了。

她问李默怎么办，李默倒不太在意：“你要不喜欢，我就给你推了，你依旧配你的音，谁也影响不了你。”

“那我要是想接戏呢？”

除了经纪公司，也有剧组联系她，找她去演个女三女四什么的。只是剧组都不大，找她也是为了蹭热度。

“你要接戏，我也不反对，不过这样一来，你就得有个团队。我目前没时间给你组团队，但可以帮你找专业的，你喜欢大庙还是小庙？”

“大小有区别吗？”

“去大公司，你这样的小新人资源不会太好，小公司会更花力气捧你，但差就差在他们根本拿不到大资源。”

“换句话说，不管我签哪个公司，都只能拿到一般的资源，是这样吗？”

李默合上书，伸展了一下筋骨："理论上确实是这样，不过如果你给我按摩一会儿的话，明天好资源就会排队送上门。"

这是赤裸裸的诱惑啊。

苏格站在他身后，想着要不要给他一拳。李默回过头来，冲她笑笑："别人求都求不来的机会，你不要吗？"

"嗯，暂时不想要。"苏格替他捏着肩膀，"要不这样，你让我先自己试试。我也去闯一闯，万一能闯出点名堂呢。要是不行，我也不混这个圈子了，只当给自己四年的大学生涯一个交代，我还回来干我的老本行。"

"就怕你见识了这圈子的纸醉金迷，轻易不肯回来了。"

苏格凑过去咬他耳朵："这不是还有你吗？到时候我就抱紧你的粗大腿，想红就是分分钟的事儿。"

"想得倒是不错。"

"你不就盼着我求你吗？"

她声音甜腻得能把人的心都化了，李默一伸手抓住她，直接把人拽进怀里。两人正说着话，苏格那边电话就响了，她接起来一听，是周声。

周声找她谈正经事儿。

"所以你想签我？"

"不是我，是我们公司，正尚娱乐，听说过吧？"

这公司苏格知道，业内算有名，跟几个大公司名声差不多，底下明星也多，周声算是他们的香饽饽。他这是来当说客了。

"你还会管这种闲事儿。"

"公司我有股份，签你能赚钱。想想，肥水不流外人田，你签我们这儿，我哥也放心。怎么样，来不来？本子任你挑，除了热门剧的女主角，其他的你想演啥都行。"

苏格觉得天上简直下红雨了。配音能红的有几个？她深深怀疑这后面是不是有人在操纵着这一切。

她问李默签公司的事儿，李默难得点了点头："你要想签，老尚的公司可以考虑。他这个人我熟，奸商一个，但本质还可以，你跟着他好歹有钱赚。还有周声在，接的活可以替你把关。你自己再留意一点，混这个圈子也不难。记住，别接亲热戏。"

苏格笑了："周声说了，女主角没我的份儿。其他角色哪来的亲热戏？"也不能说绝对没有，但苏格不会接。

她听从了李默的建议，跟正尚娱乐签了约。因为无心在娱乐圈大展拳脚，加上不喜欢被束缚，苏格签的约很松。合约一共才两年，条条款款列了一大堆，李默又拿过去添添减减了半天。最后，那份合约摆到苏格面前，她自己也乐了。

她真的是去打酱油的吧，这样的合约搁哪个公司都不会力捧，搞不好随便拍两部戏就回家吃老本去了。

不过这样也好，省了很多麻烦。

这边合同刚签完，那边本子就送了过来。苏格跟的是周声的经纪人文念，这显然是卖了李默的面子。

文念给她挑了好几部戏，古偶、现偶，甚至还有谍战片。苏格头一回演戏不想挑战高难度，挑了个现代偶像剧，演一个女三号。

文念看了后直接道："行，你回家收拾收拾，后天出发。"

"去哪儿？"

"拍戏，海南。"

第七章

深情总被辜负

苏格没想到接的第一部戏居然要出差。

都市偶像剧，取景点在海南。好热，好晒啊。

李默安慰苏格："起码不像B市那么冷，你可以出门随便玩。"

"那么大太阳怎么玩啊？再说我是去工作的。"

抱怨归抱怨，苏格还是认真对待，一丝不苟，当晚就把箱子一一整理好，还从网上下载了出行攻略，对照着别人的行李清单一样样检查。

她这一去至少得一个月，准备充足很必要。最关键的是，防晒霜一定要带足。

"别回来晒得我都认不出来。"

不说还好，他一说，苏格愈加心塞了，早知道接个古偶更好。

李默就在那里吓她："到时候让你吊威亚怎么办？天天脑袋上戴好几公斤重的头饰，每天至少提前两小时起来化妆。"

苏格又蔫了："那我选民国戏好了，旗袍大开衩，说不定挺美。"

"是，万一来场爆破戏，你一不小心不走运……

"行行行，别说了，就没句好话。"

李默笑笑，没再往下说，拿出手机玩了一阵儿，几分钟后选了个地址给苏格看。

"明天去爬山，先把身体锻炼起来再说。"

苏格有点儿不情愿，小声反对了两句，直接被李默用吻封住了唇。

第二天，两人起了个大早，轻装上阵去爬山。这个季节爬山的人不多，他们上山的时候天还没亮透，更是碰不到一个人。

两人正值热恋，属于有情饮水饱的阶段，有说不完的话，腻不完的歪，上山的路虽难走，苏格一点儿也不觉得累。

走了一个多小时后，太阳渐渐升起，苏格的额头也跟着生出汗来。

走得久了，她体力有些跟不上，速度明显慢了下来。李默问她要不要休息，苏格正要回答，却听到旁边有人一声尖叫。

她回头去看，也是一对小情侣，看起来年纪跟她差不多大，走在离他们不到五米的地方。

那女生一屁股坐在台阶上，像是扭到了脚。男生蹲在她旁边，一筹莫展的表情。

苏格拿手肘捅了捅李默："哎，该你上场了。"

"我今天不上班。"

"你是医生啊。"

"医生就该一天二十四小时随时出手给人看病啊？再说这也不是我的专长。"

"你还有不擅长的？"

李默捏了把她脸颊上的肉："就你鬼主意多，还想激我。"

"赶紧去吧，别啰唆。"苏格边说边扯着他往下走，到了后就把人往那对小情侣面前一推，"让他给看看吧，他是专家。"

男生明显松了一口气。

李默嘴里说着自谦的话，蹲下来查看的手势一看就很专业。苏格看着那两人崇拜的眼神，觉得有点儿小小的虚荣。她男人这么棒，她也跟着脸上有光啊。

李默检查一番，下了结论："没事儿，只是扭伤，没伤到骨头。就是下山会比较困难。"他看了眼那个男的，"你扶她下山吧。"

男的一脸豪气："没事儿，我背她下山好了。"

李默没说话，起身的时候背对着他们冲苏格笑了笑。那笑有点儿坏，苏格猜到了他的意思。

这男生现在是豪气，觉得背个人没什么，但很快他就会发现这绝对是一件苦差事。

苏格不想看他们进退两难，加上自己也有点儿累了，想到明天还要赶飞机，就提议道："不如我们一起下山吧，也好有个伴。"

小情侣连声感谢，就像找到了救星。

那男生一开始坚持要背自己的女朋友，听他们的意思，两人是大学同学，刚确定关系没多久，正处于热恋期。姑娘本来是回海南老家过春节的，结果家人要来B市玩，她又一起跟着回来了。回来后想念男朋友，她就瞒着父母偷偷跑出来跟他爬山，还骗家人说跟女同学去逛街。

苏格心想这父母心也太大了，他们能走到这里，上山的时间肯定很早，那个时间哪家商场会开门啊？

女生笑得一脸欢：“我爸听我妈的，我妈在生活上又是个马大哈。我爸常说她所有的智慧都给了工作。”

苏格好奇：“你妈做什么工作？”

“医生，跟你男朋友算是同行。”

“哪个科室？”

女生还没开口，男生倒抢先来了句：“精神科，放心，咱们都不用麻烦阿姨。”

大家都笑了。

三个人聊得挺投机，只是走得久了，男生一张脸憋得通红，满脑门的汗不住地往下滴。

李默怕出事儿，上前劝他：“还是让她下来自己走比较好。万一你摔一跤把她跌下山，这事儿可就大了。”

男生还没说话，女生已经吓得花容失色，挣扎着非要下来。男生还装装样子，表示自己没事儿，但最终还是没有拗过女朋友。

女生下来的一刹那，男生表情明显愉悦许多。苏格无意间听到他在那里感谢李默：“哥们儿，今天真是多亏了你。”说着，还用力地拍了拍李默的肩膀，一副同龄人的模样。

苏格心想这老男人还真会扮嫩啊，把他一个人留在B市真有点儿不放心。

苏格第二天搭早上的飞机飞海南。

文念和她同行，一路照顾她。公司还另外给她配了一个助理，二十出头的年轻女生，话不多，做事麻利，看起来十分可靠。

苏格考进电视学院近四年，前面的三年几乎都在盼着有机会拍部戏，但一直没能如愿。她从来没想过在她彻底放弃之后，机会反而来了。

对于未来，她有很多的不安，除了工作，还有她和李默的关系。

去机场的路上，文念看她若有所思，以为她在紧张拍戏的事情，就安慰她：“别怕，到了剧组不会就问，没人会笑话你。”

事实上，也没人敢笑话苏格。这个圈子非常现实，谁背景深谁就有话语权。苏格背靠李默这棵大树，注定会比别人走得更顺畅。

从 B 市到海南大概三个半小时的行程，苏格起得早，就在飞机上睡了一觉。落地后脱去厚厚的冬装，整个人轻松不少。

文念安排了车来接人，三个人直奔片场。

苏格第一个见的就是导演，导演姓龚，拍偶像剧的老手，他手里的剧上星后收视率从没低过 1，最高的那部平均收视率破 3，算是相当惊人的成绩。

苏格觉得自己的起点真的挺高。

见完导演、制片人，就是跟同组演员见面，今天是开机头一天，人基本都来了，男女一号都是大牌，来助阵的粉丝不少。苏格拿每一个人都当前辈，跟谁都客客气气的。

别人对她也不错，就像文念说的，没人为难她。

上午是开机仪式，吃过午饭正式开拍。好在苏格记台词的功底不错，到底配了那么多部剧，台词是她的强项。

头几个镜头没有苏格的戏份，她就抓紧时间在那儿背剧本。她是到了剧组才拿到的剧本。

她这个角色就是个最典型的打酱油配角，女主角的朋友，正面人物，形象不差，但戏份不多，播出后不会惹人厌烦，但也吸引不了太大的注意力。

苏格很满意这个角色。

她拍的第一个镜头在一家咖啡厅，女主角跟男主角吵架伤心，跑来找她安慰。这算是苏格整部剧里台词比较多的一场。

导演本来有点儿担心，怕她记不下来这么多词，没想到苏格表现逆天，一遍就过，半点 NG 迹象都没有。

更让所有人意外的是，她的台词念得太好，连导演都在那里跟文念嘀咕："听说她以前搞配音的？难怪了，我这里所有人加起来，台词都没她念得好。"

苏格露了这么一手，把那些原本觉得她是关系户带资进组的人全镇住了。

文念对她很满意，意味深长地看了她半天，弄得苏格有些尴尬："别急着夸我，下一场就原形毕露了。"

刚才那场基本就靠台词，略加一些表情，形体动作几乎没有，她当然可以轻松完成。下一场她看过，是场劝架的戏，一堆人凑在一起，苏格连走位都没怎么搞清楚，心里一点儿没底。

果然，第二场就问题多多，不光是她，其他人也好不到哪里去。

吵群架一共七八个人，你一言我一语，还有大幅度的肢体动作，每个人轮流出错。这一场拍了三四十条，累得大家人仰马翻。

苏格那点紧张的情绪在一次次的NG中就这么被冲淡了。

拍戏又忙又累，日子过得很快。苏格在瘦了三斤后终于习惯了这里的生活，跟上了大家的节奏。

有天中午她正边吃饭边看剧本，突然收到宋晖给她发来的微信。

“苏姐，你现在有空吗？身边有没有其他人？我有事儿想和你说。”

有点儿神秘，苏格愣了下。

文念看她脸色不对，关心道：“怎么了，李医生找你？”

“没有，新闻推送。”苏格很自然地把手机放回兜里，继续跟文念一边说笑一边吃饭。宋晖没有再发微信过来，显然知道她现在不方便。

好不容易熬到九点收工，苏格一坐进车里就联系宋晖：“我现在回酒店，半个小时后给你打电话。”

那边过了大概三分钟，回过来一条微信：“好的，我等您。”

苏格这一路恨不得长了翅膀飞回去。

拿房卡开门的时候，文念还在那里跟她说些琐事儿，苏格完全无心听她说，应付了几句开了门就要进去。

文念突然伸手挡住门：“你怎么了？心在不焉的。”

“大姐，我要上厕所，急死了。”说完，苏格一把将门关上，顺便落锁。

她拿了手机冲进浴室，把门锁上后开始给宋晖打电话。电话响了两声，对方接了起来，少年的声音传过来：“苏姐你好。”

“你好，你这么急着找我，有什么事儿吗？”

宋晖确实挺急的。他刚知道这个事情的时候，恨不得第一时间告诉苏格，但他天生谨慎小心，不爱冲动。

他考虑了很多种方案，头一个是跟李茜说，让她转述给苏格。这个想法只持续了三秒就被他否定了。李茜那种记忆只有七秒的人，是不可能记住这么复杂的事情的。再说她天生大嘴巴，一扭头肯定跟她哥说。

宋晖排除掉李茜后，第二个想法是先把人找出来，但他年纪小，钱也少，找人太费时间，显然不适合。

思来想去，唯有直接联系苏格。

“苏姐，我想问你个事儿。你还记得小时候的事情吗？”

“宋晖，你是不是知道了什么？”

“这么说，你还记得吧。”

宋晖太聪明，苏格觉得自己不像在跟个十二三岁的孩子对话。她对他有一种莫名的信任感。

“以前的事情，我还记得一些。”

“上次我问你认不认得宋佑明，你说不认得……”

“我现在认得了。”

宋晖明显愣了下，大概没料到苏格转变这么快。

“好……吧，那你和他的关系是不是还记得？”

“记得。宋晖，咱们算起来是亲戚吧，按辈分，你确实得管我叫声姐姐。”

“是，你是我……堂姐。”

小孩子声音嫩，这声“堂姐”叫得苏格心都要化了。一直以来，她都没敢把自己当成宋家人。她姓苏，是苏大年的女儿。宋佑明和周婉婷是活在她记忆里的人，并且只存在于碎片之中。

现在她真实地与自己的亲人进行着对话，这种感觉很奇妙。

“宋晖，谢谢你肯认我。”

“没什么，你本来就是我姐姐。姐，你想找自己的生父生母吗？”

“当然，这些年我一直在找他们。你有没有我爸爸的消息？”

“没有。”宋晖回答得很干脆，苏格多少有些失望，但他很快又说了一句令她满怀希望的话，“但我有你母亲的消息。”

“你从哪儿听来的？”

宋晖犹豫了一下，说：“听我父母说的。”

“他们告诉你了？”

他们不可能告诉宋晖这些事，也根本不知道那天他在门口偷听他们讲话的事情。宋晖是个心思细腻的人，早在见到苏格的第一面起，他心里就种下了一个怀疑。

后来苏格送他回家，在家门口撞见他妈，当时他妈问人家的问题也让他起疑。

他妈一向懒得理人，那天实在反常。直到他听到他父母的对话，才确定苏格和他的堂叔宋佑明，一定有某种关系。那个叫轻轻的女孩儿，应该就是苏格。

宋轻，他小的时候听说过这个名字，他一直没有见过的姐姐，原来就是苏格。

把这个事儿分析了一通后，他没有贸然找父母询问详情，而是采用了迂回战术，去找了自己的一个姨奶奶。

这个姨奶奶年近七十，是他母亲的阿姨。宋晖从小就讨人喜欢，尤其是老年人。姨奶奶一辈子独身，常年一个人住在乡下的大房子里。宋晖时不时就往她那儿跑，陪她说话，还跟她学种地。姨奶奶会做很多好吃的东西，宋晖觉得跟她在一起很开心。

那天他去问姨奶奶宋轻的事情，姨奶奶一下子就不笑了。她一开始不想告诉宋晖："小孩子问这些事情干什么，跟你没关系。"

"如果我说有关系，您是不是就会告诉我？"

姨奶奶眯着布满皱纹的眼睛，敲敲他的脑袋："能有什么关系？"

"那是我堂姐，有血缘关系。"

"嗯，这个理由还不够。"

"我认得她，她就在B市。"

姨奶奶依旧一脸镇定，仿佛没听到方才的话。

宋晖想了想，咬牙道："她跟我喜欢的女生关系很好，可能会成为她的嫂子。"

姨奶奶的眼睛亮了。姜是老的辣，她一下子抓住了话里的重点："哦，我们小晖都有喜欢的女孩子啦。"

宋晖脸瞬间红了："您能告诉我了吗？"

等价交换后，姨奶奶和他说了宋轻的事儿。

现在宋晖又一五一十地告诉了苏格："如果你真的是我堂叔宋佑明的女儿的话，你就是宋轻。堂叔去了哪里，我们都不知道，但我们家有些人知道堂婶在哪儿。"

"可是你不知道对吗？"

宋晖有点儿抱歉："对不起，姨奶奶说她不知道。"

这也够了。苏格拿着手机的手一直在抖，眼泪含在眼眶里，强忍着没掉下来。

她像没头苍蝇一样在B市S市来回折腾，到今天才算有了一点确切的消息。

她的生母周婉婷还活着，就在某座城市的医院里。只要找到那家医院，就能找到她。

“可是宋晖，我母亲是怎么病的？”

“不知道，姨奶奶不肯告诉我。”

“所以她知道详情是不是？”

“应该是。”

电话两头的人都陷入了沉默。苏格不想再逼宋晖。不管他有没有说出自己知道的一切，他对自己都太好了。

“谢谢你，宋晖。”

“别客气……堂姐。”

最后两个字声音有点儿小，但苏格还是听到了。她一下子笑了起来，眼泪也滚了下来。

挂了电话后，她一个人坐那里发呆，思考着刚才得到的信息。从宋晖的话里可以知道，宋家甚至是虞家都知道周婉婷的下落，有可能就是他们把周婉婷藏了起来。

她母亲年轻的时候明明好好的，为什么突然就得了精神病？得了病得治，可为什么一直不让人知道？这么些年来，宋家有没有找过她？连宋晖都知道她就是宋轻，宋家人不可能不知道。可他们没来找她，是亲情淡漠还是另有隐情？

这里面的水真深。

苏格想不通一些事儿，想找个人分析分析，翻开通讯录找了一圈，发现似乎只有秦嵩可以聊聊。当年想起身世的时候，她也是按捺不住第一个找了秦嵩。可现在她有点儿犹豫，她跟秦嵩已经不是从前那种纯粹的关系了。

冷静片刻，苏格准备把手机塞回兜里。就在这时，手机响了，秦嵩打电话过来了。苏格原本已平复些许的情绪一下子就乱了。

秦嵩太了解她，一听那声音就知道不对：“怎么了，戏拍得不顺利？”

“没有，挺好的，你回 B 市了吧？”

“回了，给你带了你妈做的腊肠，你什么时候回来？”

“还得个把月吧。”

“那就先留我家里。不过这东西真挺香的，我怕每天闻着那味儿忍不住，等你回来都让我吃没了。”

这是玩笑话，但苏格没笑。她现在真的一点儿都笑不出来。

秦嵩的语气就跟着严肃了起来：“苏格，到底怎么了？”

苏格想撒谎，可倾诉的欲望盖过了一切，她忍了半天还是没忍住，把刚才和宋晖的通话内容跟秦嵩一五一十全说了。

“你说我现在怎么办？”

“这是好事儿，苏格，你应该高兴才对，别哭。”

苏格一擦眼泪：“我也不想哭，不争气啊。确实是好事儿，只是我不知道该上哪儿找我妈去。”

“先别急，既然在医院，找起来相对容易。全国再大，精神病医院也就那么些。我试试看订明天的机票过去找你，等见了面再商量。”

“算了，你别过来了，你过来也没用，都不知道我妈现在在哪儿。”

“那我过来探你的班，反正我也没看过演戏是怎么回事儿。”

苏格拗不过秦嵩，从小到大她都拗不过他。只要他想做的事儿，谁也阻止不了。

她只能叮嘱他：“你别请太多假，来个一两天就行了。工作还是要认真做。”

“知道，我有分寸。”

挂了电话后，苏格心神不宁，总觉得不该让秦嵩来。于是她又后悔自己刚才没忍住，让对方察觉到了异样。早知道就不该接他的电话，可不接电话，说不定他直接就飞过来了。

这种纠结的情绪折磨了苏格一晚上，第二天起床后整个人状态十分差。

戏拍得还算顺利，傍晚时分，苏格接到秦嵩的短信，说他已经到了三亚。

“我现在坐车过来，你等我。”这是第二条消息。

苏格看完头一条就被导演叫了过来，这第二条没看见，倒被文念瞧见了。

她心念一动，这个苏格还挺抢手，李家两兄弟都喜欢她不说，现在又冒出来个姓秦的。这人也在追她？

望着苏格离开的背影，文念想了一会儿，最终还是决定给周声打个电话。她名义上是苏格的经纪人，但一旦涉及利益，还是会以公司为重。如果苏格背着李默在这里跟别的男人见面，回头搞不好她要担责任。

“你说这事儿要不要管，周声？”

周声在那头直龇牙：“随便吧，那男的是谁？”

“叫秦嵩，具体什么人不清楚。”

周声在那头暗骂了一句：“是他啊，怎么老是阴魂不散？”

“那你告诉李默？”

“我没空，你去说吧。”

“我说不合适，再说我跟他也不熟，没他电话。”

“行行，那我说，我回头跟他说。你看紧苏格，别让他俩有越轨的举动。青梅竹马，真要命啊。”

文念收了电话长叹一声，也不知道自己做得对不对。

那边秦嵩打的过来这边，花了近一个小时。他到的时候，剧组正好放饭，乱糟糟的，文念也没注意到他。

苏格接了秦嵩的电话，没跟文念打招呼，直接就去影视城外头的咖啡店找他。

两个人一见面，苏格脑子有点儿发蒙，不知道该说什么。她始终认为秦嵩不应该来。

秦嵩给她点了杯咖啡，带她到角落的位子坐：“先坐下听我说个事儿。”

苏格捧着咖啡有些走神：“什么事儿？”

“我在来的飞机上，碰到了一个人，宋晖的母亲。”

苏格抬起头，眼里有了光彩：“你认得她？”

“我跟你说过，我查过宋晖的背景，他的父母自然也查过。他妈叫虞素素，我看过她的照片，不会认错。她当时坐头等舱，我看着她上的飞机。”

“她也来三亚？”

“应该是，去别的地方也不必来这里转机。我本来想等她下了飞机拦辆车跟着她，可她走得比较快，我没跟成，就先过来找你。”

这本来是件普通的事儿，出行遇上认识的人也没什么，但在这个节骨眼上，苏格觉得不普通。

宋晖说过，宋家和虞家当年联手把她妈藏了起来，前不久他父母才为这个事儿吵架，说要把人重新安顿好。所以虞素素现在来海南，会跟她母亲周婉婷有关吗？

苏格一直混沌的脑中闪过一个念头：“秦嵩，你说他们会不会把我妈藏在了海南的某家医院？”

海南离 B 市很远，确实是个藏人的好地方。如果她不是正巧来这里拍戏，而秦嵩又在飞机上碰到虞素素，估计她怎么也不会想到跑这儿的医院来找人。

现在虞素素过来，是不是听说了她在海南的事情，想要先下手为强？

苏格一下子紧张起来。如果她的想法是对的，那她母亲周婉婷很可能还在海南。

她搁下咖啡起身："秦嵩，我得先走了。"

"去哪儿？"

"去医院。"

"哪家医院？"

这话问得苏格蒙了，她重新坐下来。

秦嵩掏出手机要打电话："我先找人问问，海南这么大，光三亚估计就不止一家这类型的医院。"

"还是我先打吧。"苏格伸手制止了秦嵩的动作，拿出手机拨了个号码。电话响了五六下，一个女生接了起来。

"李婧，是我，有件事儿想问你。"

李婧就是那个上次爬山碰到的崴了脚的女生。不到万不得已，苏格也不想打扰人家。

"什么事儿？"李婧说话时背景声音有点儿吵，像是在外头。

"我想问问，你妈妈在哪个医院上班？"

"怎么问这个？"

"我这里有个朋友想找这方面的医院，想打听打听口碑。"

李婧似乎想再多问几句，但那边朋友叫她过去，她随口应了两声，匆匆跟苏格报了个名字，电话突然被挂断，似乎是手机被人抢走了。她的朋友等得不耐烦了吧。

秦嵩看着她："什么地方？"

"三亚第五医院。这个点过去是不是有点儿太晚了？"

都过九点了，现在过去，医院应该不会让他们进去。

秦嵩就说："明天再去，今天先睡一觉。"

两人推门走出咖啡厅，夜里的三亚风微凉，苏格用力吸了口冷空气。

"不管怎么说，我们现在只能一家家试。明天一早就起床，我们得赶在虞素素前面找到我妈。如果这次再让他们把人转走，我就得全国的医院一家家找了。"

搞不好还得出国去找。宋、虞两家的家底都不薄，送一个病人出国不是难事儿。

秦嵩搂过她的肩膀安慰她："没事儿，既然让我撞见了虞素素，这事儿就有转机。今晚先睡个好觉。"

苏格挤出一丝微笑，陪秦嵩去附近酒店开了个房间。

回去后，她亲自找到龚导，提出要请假一天。龚导有点儿意外，但看她严肃的神情料到了有事儿，就没有多问，只让她注意安全。

苏格从导演房间出来时正好撞见文念，对方有点儿意外：“你这是跑哪儿去了？打你电话也不接。你一直在龚导这儿？”

苏格不信任她，就没打算说实话：“是，我跟导演讨论剧本。挺晚了，我先回去睡了。”

“好吧。”

文念目送她离开，有点儿不放心，又给周声发了条微信：“你跟你哥提了那事儿吗？”

周声正跟人喝酒，接到微信才想起来这茬，跟完成任务似的给他哥发了条信息。半天没回音，他也就没理，继续跟人碰杯。

苏格一连几天没睡好，那天晚上倒是意外地睡了个整觉，连梦都没做。她定了早上六点的闹钟，音乐一响，立马起床，一秒都没耽搁。

其间，她跟秦嵩通了电话，对方说开车来接她。

“哪来的车？”苏格边刷牙边问。

“昨晚租的，有车方便些。”

半个小时后，秦嵩把车停在了苏格住的酒店楼下。苏格迅速上了车。

秦嵩车开得不错，在陌生的城市里穿梭自如。第五医院在郊区，离苏格住的地方很远，两人一路快行，到那边的时候也快八点了。医院前台八点才有人上班。

车开到门口，秦嵩把车窗放下来，掏出盒烟问保安室里的大爷：“住院部怎么走？”

大爷拿了两支烟，朝自己的右手边指了指：“那边一直过去，绕个弯就到了。”

秦嵩谢过对方，把烟盒收起来。

车子往住院部开，到门口后，秦嵩找了个车位停车，苏格则推开门走了下来。她一抬头就看到门口走出来几个人，其中一个女人穿一身红色的风衣，苏格一眼就认了出来，是虞素素。

她身边还有几个人，大部分是女人。有两个中年妇女搀扶着一个女的正慢慢下台阶。那女的穿得比一般人多，头上还戴了帽子，与这个季节格格不入。

没来由地，苏格的心跳得越来越快。女人走过她眼前，并没有朝她这里看。

苏格脑子一乱，冲到了驾驶座的位置，拉开车门叫秦嵩："那个是不是我妈？"

秦嵩朝她指的方向望过去，只看到几个女人上了一辆早已等在那里的黑色汽车。他只来得及看到虞素素。

"那是宋晖的母亲。"

"他们是不是要把我妈带走？"

苏格一个转身就朝那车跑去。虞素素似乎发现了她，迅速跳进车里。车子很快启动，苏格没能追上。她又转身想回秦嵩的车上，没跑几步，秦嵩开着车从她面前驶过，一点儿没减速。他直奔那车而去，把苏格扔在了住院部门口。

苏格全身的血液都在倒流。虞素素的举动让她肯定了一个事实，刚才车里那几个人中，绝对有一个是她的母亲周婉婷，他们想跑。

苏格快速冲到门口拦车。这个点车很少，苏格只能掏出手机叫车。车子过来花了三分钟，苏格坐上车就往车外看，哪里还有那两辆车的踪影？

她边让司机往前开边给秦嵩打电话，问他在哪里。

秦嵩不想告诉她："你先回酒店，我去追就行。"

"不行，你赶紧告诉我，要不我就找李默帮忙。"

秦嵩没办法，头一回见苏格这么倔。他报了自己的大概方位，苏格就把那条路告诉司机："麻烦帮我追一辆车，越快越好。"

司机应了一声，加大了油门。

苏格心绪不宁。秦嵩没挂电话，一直报告自己的方位。司机一路听下来忍不住插了一句："看起来你朋友要去机场啊。"

"您确定？"

"像，这是上机场的高架桥。"

苏格觉得有道理。虞素素刚才撞见了她，那周婉婷就不可能再在海南待下去了。不知道这一回他们又要把她带到哪里去。

车子开得飞快，苏格一直盯着外头的车辆看，想找到秦嵩开的那一辆，可始终没能发现。苏格越来越紧张。

秦嵩在电话那头平静许多，时不时播报自己所在的路段，还跟苏格提虞家那辆车的情况。

"一直跟着，没丢。不过他们速度很快，估计发现我在追。"

“你小心点，实在追不上，也……没关系。”

“不会，我一定给你追上。”

苏格很感动，深吸了两口气，忍住眼泪。手机提示有电话打进来，她没有理，但对方很执着，打了一个又一个，持续了十几分钟。

最后，秦嵩忍不住道：“你先接电话，一会儿再打给我。”

“我不接。”

“接吧，我这儿一切都好。”

苏格犹豫了片刻，终于接了那个电话。

电话那头是李默急躁的声音：“你现在在哪儿？”

“有事儿吗？”苏格声音很冷，她现在没心情应付李默。

“你不开工，跟导演请了一天的假，也不跟文念说一声，你想干什么，苏格？”

“李默，我现在有事儿，回头再打给你。”

苏格直接挂断电话，又去打秦嵩的手机，可是手机打不通，响了很久都没人接。苏格只觉得头脑一片空白，总有一种不好的预感。

……

苏格坐在手术室前的椅子上，全身冰凉。手术室的灯一直亮着，她已经在这里坐了几个小时。

手机一直响一直响，她却始终没有接。最后，手机终于被打得没了电，屏幕一下子就暗了下去。苏格手一松，手机重重砸到了地上。

她伸手抱住脑袋，慢慢把头埋到双膝间。现在的她，没有一点思考能力。

她不敢去想后果，如果手术失败，秦嵩会怎么样？她又会怎么样？

他是为了她才出事的。关于车祸的消息，她是在出租车的实时路况广播里听到的。当时她一直打不通秦嵩的电话，司机大概想缓解她紧张的情绪，就开了广播找音乐台。

结果就听到了这起事故。

机场附近的公路上发生严重车祸，一辆黑色越野车撞到了一辆小汽车的车头，致使小汽车里的驾驶员身受重伤。肇事车辆当场逃逸，目前警方正在追捕这辆越野车。

苏格全身都在发抖，怎么都停不下来。一整个下午，她滴水未进，也没有理任何人。

秦嵩的手术一直持续到傍晚时分，手术室的灯终于灭了的时候，苏格发现自己已经没有站起来的力气。

他被人推了出来，护士在那里叫她过去。苏格勉强起身挪过去，医生就把她当作家属，开始细说患者的情况。

苏格耳朵里嗡嗡直响，医生说的话她一句也没听清楚。她头痛得厉害，扶着额头，发现上面全是冷汗。

护士似乎发现了她的不适，凑过去问她问题。苏格依旧听不清，她问了几句“什么”，声音虚得像是从很远的地方飘过来。

面前的人开始重影，她两条腿软得没有一丝力气。苏格想一屁股坐在地上，身子却被人一把托住。她来不及去看帮她的人是谁，人就失去了意识。

醒来的时候，她睡在医院的病床上，李默站在窗边，正在打电话。

他声音平稳低沉，音量很轻。苏格只隐约听到一句：“先把人照顾好，等我回来再说。”

苏格挣扎着坐起来，发现头已经不像刚才那么晕了。李默收起电话转身看她，苏格就问：“秦嵩怎么样？”

“还在观察。”

苏格紧绷的神经终于松下来一些。她捂着脸开始哭，一开始只是小声抽泣，后来声音越来越大，泪水也越来越多，面前的被单很快就湿了一大片。

李默也不哄她，只由着她哭。他知道苏格遭受了怎样的惊吓，如果秦嵩死了，她大概一辈子都得背负着这个责任过下去。只是现在，秦嵩的情况也不乐观。

苏格哭了大半个小时，生生把自己哭得缺氧。李默很心疼，过去抱着她，不停地揉她脑袋：“好了，没事了。”

“真的没事了？秦嵩什么时候能醒？”

“目前还不知道。”

“他现在在哪个病房？”

李默轻叹一声，不想瞒她：“还在ICU，情况不是太乐观，你要做好……”

“不可能。”苏格叫了一声，语气斩钉截铁。好不容易冷静了一些，结果因为李默的这句话，人又开始发抖。

李默有点儿担心，坐下来把她紧紧抱进怀里：“别紧张，我会想办法治好他。”

苏格忍了两下，号啕大哭起来，边哭边求李默：“你一定要治好他，你要我怎么样都行，李默，我不要秦嵩出事，他一定不能出事。”

这是苏格近二十二年的人生里，感觉到最害怕的一次。

从小秦嵩就陪在她身边，一直没有离开过。她无法想象他走了，生活要怎么办，更何况，他是为了她才出事的。

“我没让他去追车，他就这么丢下我一个人冲了出去，我拦不住他。我当时应该拦住他的，我不该让他冒险的。为什么会发生车祸？”

苏格毕竟年轻，发生这样的事情，她一时接受不了，整个晚上不停地重复着那些话。

李默怕她出事，一步也不敢离开，最后还是让医生进来打了一针镇静剂，才让苏格安静下来。

苏格睡着后，他一刻也没休息，不停地给人打电话。

虞素素带走了周婉婷，因为秦嵩发生车祸，她顺利上了飞机。但她的好运到此为止，李默出手更快，派人在目的地的机场等着，人一到立马截走。

现在周婉婷在他手上，宋家和虞家都休想再把人带走。

至于那辆肇事的越野车，一路从三亚出逃，逃出市区后想往农村跑，可惜没能逃过警方布下的关卡，在七点左右被成功拦截，连人带车一起被警察带走。

他打完电话回病房，苏格还在睡，额头不停地冒冷汗，李默擦了几遍都没完全擦掉。

他心里有点儿堵得慌。

秦嵩在她心里，真就这么重要？是不是比他更重要？

文念那边打来电话，一天没见苏格的她很担心。李默没说太多，只说让她跟剧组沟通一下，把苏格的戏份删掉，或是换人来演。

“怎么，苏格不演了？”

“嗯，不演了。剧组那边的损失我会承担，让他们再找别人吧。你也辛苦了，苏格目前有没有签别的活动？”

“签了两个站台，要推掉吗？”

“是，把她所有的工作都推掉，合同怎么样以后再说。”

文念十分好奇，可是什么也不敢问，只能乖乖照做。打电话给尚靳说起这个情况，对方笑着回了她一句：“情圣都这样，你就别管了。”

李默在病房陪了苏格一夜，第二天起来的时候，苏格整个人状态非常不好。

她不肯吃东西，坚持要去看秦嵩。ICU 每天的探视时间在下午，李默哄了半天才哄得她吃了半碗粥，接下来的时间她就这么坐在床上，默默地看着手机。不见到秦嵩，她怎么也不能放心。

李默头一回发现苏格是个这么固执的人。

下午两点，他陪苏格去了 ICU。秦嵩头部受伤严重，全身插满各种医疗器械。苏格想走近了看，被李默拉了回来。

“别过去，影响治疗。”

他在骗苏格，但现在他确实不想让苏格靠得太近。她看得越清楚，心里就会越难过。老实说，秦嵩的情况离鬼门关也就一步之遥。

苏格在 ICU 待了半个小时，李默以为她会哭，结果她一滴泪都没掉。不知她在想什么，瘦了一圈的脸苍白灰暗，整个人像丢了魂魄一样。

李默头一次觉得事情棘手。

接下来的几天，苏格一直住在医院里，哪儿也不去，每天除了去看秦嵩，就是一个人默默地坐着。

无论李默说什么，她都没有太大的反应，偶尔开口说话，也只是问：“秦嵩什么时候能醒？”

李默有些头痛，权衡再三后还是把周婉婷的事情说了出来，想借此转移苏格的注意力。

这一招有点儿效果，苏格一听说周婉婷在李默手里，眼睛里终于浮起了一丝亮光。

“她怎么样，过得好吗？”

“还可以，身体各方面都不错，我看过她的病例，除了精神方面，没什么别的问题。”李默没有隐瞒，实话实说。苏格能找到宋、虞两家，找到第五医院，她肯定一早就知道了周婉婷的情况。

“病例上有没有说她病了多少年？”

“具体情况我还没有完全了解，她的病例太厚，前后换过好几家医院，资料也在搜集当中。从目前来看，她病了应该不止一两年，也许你们当年分开后，她就病了。”

苏格终于认真地看了李默一眼：“谢谢你。”

“我们两个之间不用这么客气。你母亲现在在我朋友那里，应该很安全。我会为她找一家最好的医院，系统地治疗她的病。你想不想见见她？”

“想，可我不放心秦嵩。他的病你能治吗？”

“可以，但我不能保证治得好。”

“你不是这方面的专家吗？”

“苏格，”李默伸手，想摸苏格的脸，却被对方一扭头躲了过去，他没计较这个，继续道，“医生有时候只能治病，救不了命。”

三亚的医疗条件比不得 B 市。

秦嵩在三亚的医院住了一周后，李默派专机把他接回了 B 市。

苏格这两天已恢复平静，吃饭睡觉都很规律。她一回来就说要去看周婉婷，李默就让人送她过去，他总觉得那样的场合，自己不应该在场。

苏格在去的路上想了很久，想着见了面该有什么样的反应。结果一走进那个房间，先前预设的那些想法，一下子就散了。

和在医院门口看到的不同，周婉婷换了一身衣服，看起来不像个病人。

她安静地坐在窗边，似乎在看外头的风景。可苏格走过去一看，又觉得她双眼无神，不知聚焦在何处。她看上去就像睡着了一样，只是睁着眼睛。

苏格心里难受，努力搜寻着和她有关的记忆。但零星的碎片怎么也拼不完整，那个一闪而过美丽高雅的身影，和面前这个中年妇女完全不能重合。

她确实变了。

苏格拉了张椅子过来坐在她对面，轻轻叫了声：“妈……”

从小到大这声“妈”叫过很多回，但都不像今天这么艰难，苏格既觉得对不起养母，又替生母难过。

如果当年没被分开，也许现在她妈也不会病得这么重。

周婉婷一直到这会儿才有了些许的反应。她大大的眼睛没什么神采，眼皮一直耷拉着，目光里流露出的不是惊喜，而是混浊，一片死一般的混浊。

她看了苏格两眼，又把头移开了。

苏格心一紧，努力控制情绪。

她来之前，李默已经把一切都做了。他验了两人的 DNA，证实她们的血缘关系，还详细翻阅了周婉婷的医疗记录，给她打了预防针：“她现在肯定认不出你，你要有心理准备。”

苏格想到他的话，强挤出一点笑意，拉开包找出一沓照片来。

她把照片摆到了周婉婷面前。照片里大多是两个人，有时候是三个人的合照。年轻女人的脸庞跟苏格很像，但看拍摄背景和穿衣风格，显然不是现在的产物。

那是周婉婷年轻的时候。她手里总抱着个小女孩——大眼睛，小嘴巴，穿各式漂亮的裙子，笑起来甜得很。那是苏格小时候。

照片上面的英俊男人就是宋佑明。苏格也是拿到照片后才第一次看到宋佑明的长相。在她的记忆里，母亲还有些许的痕迹，父亲却是什么都没留下。

照片在周婉婷面前一张一张慢慢地翻过，她那双原本如死鱼一般的眼睛终于有了光彩。

大约是嫌苏格翻得慢，她一把夺过照片，胡乱看了起来。

照片很多，她手抖得厉害，不少都掉到了地上。苏格正要弯腰去捡，就听见周婉婷严厉地问她："你哪来的照片？"

"妈，这是我跟你从前的……"

"你是谁？你把我的轻轻带到哪里去了？"

周婉婷脸色大变，突然站起来，扔掉盖在身上的薄毯，双手冲着苏格的脸抓了过来。

苏格吓一跳，本能地想要躲，胡乱握住了周婉婷的双手："妈，我就是轻轻。"

"你不是轻轻，你怎么会是轻轻？轻轻才多大，她还不到六岁。你们这些人没有人性，宋佑明欠你们钱，你们就去找他好了，为什么要绑架我的轻轻？你们把轻轻还给我！"

周婉婷越说越激动，拳头像雪片一样落到了苏格身上。苏格却不觉得疼，只觉得心疼得要命。

她妈是这样才疯的吧。丈夫欠了巨款跑路，不知所终，亲戚朋友成天找上门来要债，还把女儿绑架了。

一夜之间没了丈夫和女儿，多强大的人也顶不住，更何况周婉婷只是一个柔弱的女人。她被彻底压垮了。

苏格本来对宋家还有那么一点感情，看到母亲这个样子后，那点感情烟消云散。

一直守在房外的两个护工听到里面的动静后，犹豫了片刻冲了进来。她们把苏格跟周婉婷隔开，打电话给医生，又把苏格请出了房间。

一个护工说："你先让她冷静一下，她得吃药。"

苏格不想走，但护工力气很大，两三下就把她推了出去。房门关上的一刹那，她隔着门缝看到了周婉婷的脸，生气的她有点儿可怕。

门一关，嘈杂声也小了很多。

她问护工："现在怎么办？"

"医生会来处理。"

"处理，怎么个处理法？"

"可能会打针，也会调整药的剂量。李医生说等跟你商量过后，会把她送进医院。她这个样子，确实不适合留在家里。"

护工只是拿钱办事，说话没太大的顾忌。这些大实话让苏格觉得很刺耳，却又不得不承认她妈现在这样，确实需要住院治疗。

"你一直照顾她？"

"有三年了。她之前一直挺好的，今天比较特殊，大概是因为你来了。"

"她不发病的时候一般做什么？"

"挺多的，看电视，也听音乐，还会织毛衣。织的都是小孩子穿的毛衣，款式也是以前的。"

苏格情绪有点儿控制不住，不等对方说完就跑进了洗手间。她需要一个空间冷静一下。这几天发生的事情太多，她有些接受不了。

镜子里的她好像一下子老了好几岁，一点儿不像个二十出头的小姑娘，一副死气沉沉的模样。苏格讨厌这样的自己。生活已经如此，她还要让自己过得更糟吗？如果再这么下去，她是不是也会变得跟周婉婷一样？

苏格一把拧开水龙头，洗了把冷水脸，再出去的时候精神状态好了很多。

医生很快赶了过来，查看了周婉婷的情况后觉得不是太严重，又跟李默通了电话。李默在那头问："麻烦让苏格听电话。"

医生就把手机递了过来。

苏格跟李默在电话里一商量，都同意立即送周婉婷入院治疗。

医生让护工收拾一下私人物品，叫了大型私家车过来，亲自送周婉婷入院。

吃了药的周婉婷情绪还不是特别稳定，整个人有点儿神经质。她坐在车里一直往窗外看，不住地问护工："素素呢？素素怎么不来？她答应带我去见轻轻的，她为什么跑了？”

护工小声跟苏格解释：“那天虞素素来接周婉婷出院，说要带她去找你，她就信了。换了其他人，她根本不会跟他们走。她总说以前的事儿，说当年就是太轻信自己人，一时大意把你交给亲戚照顾，结果就把你弄丢了。她现在很少相信别人，除了少数几个亲近的人。”

苏格听着听着，两只手就紧紧地握在一起。她在忍耐，努力说服自己原谅他们当年的举动，就算是为了宋晖。可她没成功，恨意就像扎根于地里的根，枝枝蔓蔓生长开来，怎么可能一下子就连根拔起？

周婉婷被送入医院接受正规的治疗。苏格想留下来陪她，被医生请了出去。

医生直接对她说：“病人现在情绪不稳定，等她好一些你再过来。”

苏格没办法，只能先打车回家。车开到一半的时候，她看了看时间，决定先去市一院看秦嵩。

秦嵩的状况一直都是那样，脑部受损严重，虽然暂时没有生命危险，但什么时候能醒过来，谁也说不好。

苏格去的时候碰到了他的主治医生，医生年纪挺大，教授级别的专家。他跟苏格聊了秦嵩的一些情况，又建议她：“你多来陪他说说话，说点以前的他熟悉的事情，也许会有好转。”

单人病房布置得很温馨，秦嵩安静地躺在那里，和睡着了没什么分别。

苏格想起小的时候，有一年夏天放暑假，她在家里闲得无聊，就跑去秦嵩家找他玩。村里的房子很多都不落锁，她也不拿自己当外人，就这么推门进去了。

秦伯那天不在家，秦嵩一个人在卧室里睡觉。天气太热，他什么也没盖，就穿了件白背心，下面是一条深色的大裤衩。苏格头一回看到秦嵩这么不修边幅的样子，整个人都呆了。

她当时太小，心想：这人是秦嵩吗？他不是大夏天也衬衫、长裤穿得好好的吗？

因为惊讶，她站在床前看了很久，一直到秦嵩觉得不对，睁眼看她的时候，苏格才反应过来。

她尖叫着骂了一声“臭流氓”，就掩面飞奔了出去。一口气跑回家关上房门后，苏格喘了半天气才回过神来。她刚才在干什么呀？这跟流氓有什么关系？

那天晚点的时候，她又碰到了秦嵩，因为尴尬，恨不得挖个洞把自己埋了。倒是秦嵩一点儿也不在意，特别认真地叮嘱她："以后我睡觉了，你就敲敲门，那样我就醒了。"

苏格多么希望现在也这样，她抬手敲敲门，秦嵩就能睁开眼睛看她一眼，哪怕只看一眼。

从那天起，苏格每天都往医院跑，天天跟他聊以前的事情。从有记忆开始，一桩桩，一件件，她都拿小本本记了下来，隔天添油加醋地讲给秦嵩听。

有些事情挺好笑，苏格讲着讲着，自己就忍不住笑了起来，笑过后又很难受，情绪起伏得厉害，尤其是想到李默的时候。

发生这样的事情，她和李默已经没有未来可言。

晚上回家，苏格上网查自己的银行账户。她最近这段时间工作接得不多，收入增加得也慢。看着没有起色的存款，苏格开始给认识的朋友打电话，看有没有适合自己的活儿。

朋友们听说她要继续配音大多很震惊，像她这样已经开始拍戏的演员，很少会调转枪头再干配音这一行。

只有S市的李导很高兴，一个劲儿地邀请她去S市发展："我正准备做一个系列节目，缺人手，你要不要过来帮忙？钱肯定比不上你拍戏，不过能学的东西不少，也肯定饿不死你。"

她跟正尚娱乐签的合约很松，属于有一单做一单的那种。彼此都没什么约束力，随时可以走人。她现在没心情演戏，配音还可以做做。

李导提出的条件让她很动心，既可以赚钱，又可以逃离这座令她窒息的城市，是一个不错的选择。

原本只想找份工作，这下子却是关系到了她的未来。离毕业越来越近，她也需要考虑将来的出路了。可她要怎么跟李默摊牌？

挣扎犹豫间，一个月的时间就过去了。

其间，苏格回了趟老家，把她妈接过来继续看腿脚毛病。苏母吃了三个月的药，恢复得挺好，医生检查后让继续巩固治疗，过半年再来检查，如果没问题的话，以后只要注意一些就好了。

多年的老毛病有根治的希望，苏母很高兴，只是秦嵩的事情令她揪心。

"小格，小秦到底怎么样，以后还能不能醒？"

“可以的，一定能醒。”

苏格想起秦伯知道这件事情时的表情，一阵阵揪心地疼。秦嵩是秦伯唯一的亲人，苏格每见他一面，心里的负疚感就加重一些。

她越来越无法面对李默。

她想在毕业前把所有的事情搞定，然后离开这里。她甚至开始托李导帮她在S市找口碑好的精神病医院，想到时候把周婉婷也接过去。

这样算起来，她真的很需要钱。

李默这段时间也忙，医院里有看不完的病人和做不完的手术。两人经常几天见不到面，即便见了也说不上三句话。

他们现在只在床上有交流。这样的状态持续了很久。

苏格四年大学的最后一个学期，过得异常忙碌。

秦嵩和周婉婷分别住在两家医院，她三天两头就要往那两处地方跑。去看前者也没人跟她说话，后者总算有了些进展。周婉婷开始接受她，即便不承认她是自己的女儿，也不会再拿东西砸她。

学校里课不多，大部分同学开始在外边接戏。老师们睁一只眼，闭一只眼，没有太为难他们。

苏格就B市S市两头跑，接了一堆李导的纪录片。她现在俨然成了纪录片市场的红人。

这段时间，她一直住在李默家，租的公寓则空着，她偶尔会回去取东西。夜深人静的时候，她总在想，到底什么时候该离开？也许拿到毕业证的那天，就是她跟他分手的时候吧。

李默应该察觉到了她的想法，可他什么也没说。

银行卡里的余额慢慢多了起来，当数字突破六位数后，苏格松了一口气，有种踏实的感觉。

S市那边的工作进展顺利，她和整个团队的合作愈加密切，也很顺手。李导已经默认她毕业了就会直接去电视台工作。虽然没签约，但团队里所有人都把她当成了一员，还是很重要的一员。

临近六月，一转眼就到了毕业季。校园里到处弥漫着分手的气息，光苏格他们班就至少分了三对。

有一对情侣的女生跟苏格关系不错，分手那天拉着苏格到教学楼天台上面喝酒，喝了个酩酊大醉。她哭着大骂男生是浑蛋，抛弃她一个人出国去了。

姑娘一罐啤酒下肚醉得东倒西歪，骂起人来也格外有气势。苏格看到她，仿佛看到了自己的未来。

她陪着那女生也喝了点酒，回家的时候带了一点醉意。

那天李默刚好回来得挺早，正在客厅里跟人打电话。苏格走过他身边的时候，他闻到了一点酒味儿，伸手一把拽住了她。

苏格就站在那里不动，等着他把电话打完。

李默收起手机，问她："喝酒了？"

"嗯，陪朋友喝了点。"

"晚饭吃了吗？"

"吃了。"

李默说了声"好"，直接把她抱起来，整个儿抱上了二楼。

什么都没有发生，两个人就这么靠在床头，谁也不说话。

这样的沉寂让苏格分外难受，她挣扎片刻，还是选择实话实说："我准备毕业后去 S 市发展。"

"真要进电视台？"

"是，我觉得那里不错，工作也是我喜欢的。"

"想清楚了？"

"嗯。我这个人还是不适合进娱乐圈，幸好当初合同签得比较松，走了也没什么麻烦。就是辜负了你的一片好意。"

"没关系，这是你的职业，应该听你的。"李默揉揉她的头发，露出一点笑意，"我有空就去看你，你要是放假也回来，我让人去接你。"

苏格不说话，一直看着面前的格子被套发呆。她的勇气不大，像小火苗一样在心里来回扑腾，几次冒头又几次灭下去。

这样不行，今天不说，以后也得说，这种煎熬还得再来一次。

苏格看李默要下床的样子，赶紧叫住他："那什么，我想跟你说件事儿。"

李默又坐回去："什么事儿？"

"我去了 S 市就不会再回来了。我打算把我妈一起带过去，那边的医院已经联系好了。”

“秦嵩呢，你不去看他了？”

几个月了，秦嵩一直睡着，看不到一点醒过来的迹象。

“我会带他一起过去。S 市也是大城市，那边的医疗条件不差。我这几个月也攒了点钱。”

“这么说来，你们几个人都要去 S 市扎根了。”李默的声音有点儿冷，苏格听得心头发颤。

屋子里气氛一下子紧张起来。

她想缓解这种紧张：“李默，其实……”

“其实什么？你准备了这么久，为的就是说‘分手’两个字。难为你一直在忍耐我，这段时间辛苦你了。”

“不是的，我没那个意思。”

“那你是什么意思？”李默整个人压了过来，面色阴冷漆黑，“自从秦嵩出事后，你就一直这样。我从来没有说过什么，我觉得时间能改变一切。没想到时间最后真的改变了一些事情，把我们的关系改了。”

“分开……不好吗？”

“好在哪里？”

“这段时间我们过得都挺压抑的，不光是我，你心情也不好不是吗？分开了，我想大家都会更开心。”

“那是你自己的想法吧，苏格，你这个人怎么永远也焐不热？”

他凑得很近，苏格有些难受，用力推他的胸口：“就当我铁石心肠吧。”

“好，这可是你说的。”

“你要怎么样，对付我吗？”

“不会，我就一个想法，不分手，就这么简单。”

“李默……”

“不用多话，你敢分手就试试看，后果自负。”

李默说完掀被下床，直接摔门出去。门几乎要散架，吓得阿姨从楼下冲上来，以为出了什么大事儿。

苏格很无奈，她就知道分手没这么简单，可她还是要分。

毕业大戏结束后，苏格就着手在S市定居的事情。医院那边一早联系好，她交了押金，付了床位费，定好了入院的时间。

毕业典礼在六月上旬，苏格订了十号的机票飞S市。房子是李默租的，她没办法退租，就提前把东西打包好。她只留最基本的生活必需品，很多不必要的东西就搁网上全卖了，剩下的送给了朋友。

她做这些事情都没遮着掩着，李默应该都知道。可他从头到尾都没说什么，仿佛那天的威胁只是一句空话。

苏格摸不透他的想法。

苏格的毕业照拍得一点儿都不好看。孙露云看到照片后觉得挺奇怪："你长这么漂亮，怎么拍出来整个人灰扑扑的，没精神？你是不是没睡好？"

苏格指指自己的黑眼圈，算是回答了她的问题。

她最近睡得不太好，工作忙是一方面，更多的是心理上的煎熬。李默这样的态度，让她不知该怎么走下去。他要发顿脾气骂她一通，或是两人直接吵一架更好。像现在这样话都憋在心里，两个人都难受。

她急需逃离这座城市。

拍完毕业照，离拿毕业证书也就不远了，毕业论文和大戏都顺利通过，只等学校通知去拿证就行。

苏格加紧了离开的步伐。

苏格拿证的前一天晚上，李默回来得很早。他整个人显得特别疲惫，坐在沙发上叫苏格过去，让她给自己按摩下太阳穴。

两人没话找话："你今天不上班？"

"结束了，新工作还没开始。"

"又接了个什么本子？"

"是李导的纪录片，这次保守要拍五十集，所以我要去S市待上一段时间。"

"待多久？"

苏格不说话，手上的力道加重了一些。

李默语气平淡，吐出一句话："你去了后就不会再回来了吧？"

"暂时不会。"

话音刚落，手腕就让对方握住了。苏格以为他会生气，可李默转过头来时，脸上看不到一点戾气。

“非去不可吗？”

“那边的工作机会真的不错，我很喜欢。”

“我没有不让你工作，我早就说过，你可以选择任何你喜欢的工作，只要不犯法。但你非得做得这么极端吗？”

手腕上的力量加重了一些，苏格试着挣扎了一下，居然挣脱了出来。李默还是放手了。

苏格站起身：“还是分开吧，这样对你我都好。”

“只是对你一个人好吧。”

两人隔着一张沙发的距离，苏格有一刹那的错觉，像是又回到了刚见面时的情景。李默表情严肃，没了往日的温情。

苏格有点儿紧张，舔了舔嘴唇：“我们最近这种状态你喜欢吗？你也很难受吧。不如分开算了，大家都轻松。”

“苏格，你这个人还真是自私。”

“对，我就是这样的人。”苏格一脸坦然，“我这个人做事情从来都以自己为中心，我对秦嵩是这样，对你也是。我从小就依赖秦嵩，因为他什么都会，跟着他混，我能捞不少好处。后来我为了钱找到你父亲。再后来是你，你符合我心里男人该有的所有样子，有钱，长得帅，性格也不是太差……”

李默嗤笑一声。

“不对，你脾气不好，但对我还不差，也算辛苦你了。现在我不想再跟你玩了，咱们好聚好散。”

李默一伸手，捏住了苏格的下巴。他下手挺重，苏格疼得哼了一声。

“你也说了，我这个人脾气不好，我怎么可能跟你好聚好散？你敢玩弄我，苏格，你觉得你有命走出这个房子吗？”

苏格一点儿没害怕，她跟这个男人同床共枕这么久，早就看透了他的内心。

“你不会的。”

“你就这么肯定我会放你走？”

“对，我肯定。记得刚认识的时候我跟你说过吗？我这个人喜欢研究人，虽然本事不大，但看你还是能看明白的。你不是那种爱强求的性格。”

李默在心里咬牙骂了句脏话，真是服了这个女人。

“苏格，我给你一段时间冷静一下。你先过去，但我不会跟你分手，以后的事情以后再说。”

他这是做了很大的让步，苏格也不敢再逼他。两人就这么不情不愿地达成了初步协议。

那天晚上，苏格对李默温柔了一些。两人一同上楼的时候，苏格以为他会跟自己进房，没想到李默看都不看她一眼，直接进了对面的房间。

苏格无语耸肩。这男人难得使小性子，她也没办法。

得到李默的“首肯”之后，苏格当天晚上就订了高铁票。她东西收拾得差不多了，就几个箱子，包括了她和周婉婷所有的东西。

周婉婷最近病情趋于稳定，对她也愈加信任。但出于安全考虑，苏格没让她坐飞机。万一在飞机上发病，她控制不住她。

至于秦嵩，她一早找朋友安排了救护车一路从 B 市送去了 S 市。

高铁后天早上出发，那天李默上早班，苏格没打算让他送，自己提前订好了车，到时候去医院接了周婉婷就直奔车站。

临出发前一天，孙露云约她吃饭，整个人特别难受。

苏格以为她是因为自己要走不开心，还安慰她：“我又不是不回来，现在交通发达，你没事儿就来找我玩儿啊。”

“我怎么可能没事儿？我天天拍戏忙着呢。”

“那更好，找同剧组的帅哥玩，赶紧把我忘了吧。”

孙露云笑得很勉强，一副要哭出来的模样：“苏格，林昭跟我表姐定下结婚的日子了。”

苏格知道林昭，就是孙露云一直喜欢的男生。

深爱的人要成为自己的姐夫了，她挺同情孙露云。可是有什么办法呢？人生本就这样，又有几个人能找到情投意合的人，心满意足地过一辈子呢？

因为孙露云没得到林昭，所以一直当他是白月光。也许在一起后就会吵架会冷战，会发现这人也不过如此。

“算了，会有更好的。”

“可是我替他不值得啊。为什么非要跟个不爱自己的人结婚呢？他也不怎么爱我姐吧。他们两个在干什么？婚姻多神圣的事情，他们怎么能当儿戏？

“或许这样更好，不怎么爱，也就不怎么抱有希望，以后真发生点什么也不会难过。”

孙露云端起咖啡喝了一口，忘放糖的咖啡苦得她终生难忘。

“唉，你说真有人跟自己不喜欢的人结婚，还心甘情愿过一辈子啊？”

“肯定有，而且不少。”

“那你会吗？”

苏格不说话。没走到那一步，未来会怎样谁也说不好。

见完孙露云后，苏格就没再见别人。她本想给江眉打个电话，想想两人现在尴尬的关系，还是算了吧。

江眉喜欢李默，现在她走了，搞不好江眉的机会就来了。反正这个男人不属于她，江眉要真喜欢就去争取吧。

现在说爱她爱得死去活来，过半年一年后会怎样？感情需要维护，更何况男人也善变。

想到李默或许有一天会牵着别的女人的手走进婚姻的殿堂，苏格还是有些难受。可难受归难受，走的时候依旧义无反顾。

周婉婷还很天真地问她：“小格，我们以后还回来吗？”

“当然会回来，等你病好了就回来。”

养父母那边对她的这个决定举双手赞成，苏父甚至跟她把话挑明了：“打从认出李默起，我就不想你们在一起。他现在知道你是宋轻，身世这么复杂，接近他们家也是别有目的，是不是也觉得难受？你们分开了挺好。”

苏格没说话，只是笑笑，表示赞同。

她没告诉苏大年，其实李默一点儿不介意她是谁。对他来说，苏格也好，宋轻也罢，只要是她这个人就行了。

这男人这么深情，却被她辜负了。

苏大年劝苏格：“没事儿，再找个更好的。李默这样的太远了，咱们跟他攀不上。我以前在宋家当司机，见过他小时候的排场，跟电视里演的太子似的。你跟他在一起会累，不如找个普通人。”

苏格隔着电话苦笑不已。当初如果不是苏叔叔好心，她不知道会落入什么境地。

苏母关心的更多是生活上的事情："你一个人行不行，要不要我过去帮你？"

"你能过来我当然高兴，我也想就近照顾你。"

"不是让你照顾我，是我照顾你。我担心你妈妈她……"

两人谈到周婉婷总有点儿尴尬。苏格一直说苏母是她永远的母亲，可中间多了一个生母，一直亲密的母女俩都有些不习惯。

好在苏母大度，并不介意这些："她身体不好，你还得工作。"

"她会住院，医生会照顾她。"

"哦，那我就放心了。"

"您真的不来吗？我挺想二宝的。"

"不来不来，你现在事业刚起步，我去凑什么热闹。过几年，过几年再说吧。等你在那里立稳脚跟，钱也攒了一些，到时候我再过去帮你。你赶紧结婚生孩子，妈帮你带。"

"妈，我才二十二岁，说什么生孩子的事儿？"

"傻瓜，时间过得可快了，一眨眼的工夫就过去了。"

当时苏格觉得她妈就是在说笑，没想到真如她所说，时间过得真快，一眨眼，三年就这么过去了。

第八章

既然忘不掉，那就一生一世

时隔三年重新坐到一张桌上，这顿饭吃得却是索然无味。

苏格一直没敢看李默。他也很安静，坐在角落里不跟人多交流。偶尔有人问他问题，他才答一两句，言简意赅得厉害。

很少有人敢打扰他。

他如今是越发了不得了。苏格远在S市都听说了他的大名，电视台还对他进行过采访。采访时，李默名字下面那一长串的头衔看得苏格眼花。才三十多岁的人，已有这么多荣誉加身，确实了不起。

每每听到他的好消息，苏格都暗自庆幸，自己当年的离开是对的。如果两人再搅在一起，李默估计干不好工作。

但跟从前相比，他的脾气是越来越坏。他刚落座就有人给倒酒，男人一高兴就爱喝两杯。结果人家酒瓶都递到面前了，李默直接伸手，把自己的杯子往旁边推了推，那人就把酒倒桌上了。

这么不给面子，跟从前圆滑会来事的他一点儿也不像。

他看起来就很不想在这儿待着。既然如此，刚才为什么不拒绝老徐的提议呢？好在今天的主角不是他。

江眉要结婚，所有人都把注意力放在了她身上。女生们都在那里研究她那枚镶了巨型钻石的婚戒。

“这得定做吧，这么大的钻石国内没现货。”

“肯定是国外运来的，听说是知名设计师设计的。”

“江眉，你好福气哦，以后也别配音了，安心当你的少奶奶吧。”

“就是，还跟我们抢什么饭吃。”

江眉冲她们做了个鬼脸，一桌子人都笑了。

男生也八卦，在那儿起哄：“赶明儿让你家周影帝请咱们喝酒。”

“没错儿，这顿他可别想逃。”

苏格本来也跟着众人一起笑，听到“周影帝”三个字，脸上的笑容就僵在了那儿。

她一直不知道江眉要跟谁结婚。周影帝，不会是周声吧？

结果还真就是周声。

饶是苏格经历得够多，听到这个消息也是半天没回过神来。江眉和周声，这两个人是怎么凑到一块儿的？

大家也都好奇，在那儿起哄，要江眉聊聊恋爱的事儿。

“保密工作做得未免也太好了，都快结婚了才露出口风。刚开始咱们谁都不知道啊。”

B 市的同事都不知道，苏格远在 S 市，更不可能知道。

周声是名人，这几年的事业尤其发展得好，目前国内同年龄段的小生里，他坐头把交椅。处于事业上升期的他，怎么会突然选择结婚？粉丝们该多伤心。

苏格的八卦心难免也被勾了起来，跟着别人一起闹江眉：“是该说说，咱们都很好奇。”

江眉就坐她边上，眼见着耳朵根儿都红了。她很少这个样子，在苏格的印象里，江眉这人很爽快，鲜少这么扭捏，当年跟她抢李默都那么直接。

江眉转过头，凑到她耳边轻声道：“回头跟你细说。”

苏格笑着点头答应了。

别人不干了，一个两个在那里吵：“说什么悄悄话呢？不带你这样的啊，江眉，只说给苏格一个人听啊。”

“那是，我们关系铁。”

“咱们关系就不铁吗？”

说话的是个男人，老徐听不下去了，在那里一本正经地提醒他：“说话注意点，人江眉现在是有主儿的人。不怕周影帝冲过来揍你一顿吗？”

他那样子特别搞笑，大家反而笑得更开心了。

苏格也在那儿笑，无意一抬头对上李默严肃的神情，就跟兜头浇了盆冷水似的，整个人顿时蔫了。她总觉得对不起他是怎么回事儿？

都三年了，还是走不出这个怪圈来。

那天苏格菜吃得不多，酒倒是让人灌了好几杯。虽说只是啤酒，好久不沾酒的她喝多了也觉得脑袋有点儿发晕。

散场的时候，江眉问她住哪儿，说要送她一程。

苏格连说不用。她想起来之前的情景，估计还是李默送江眉回家。她不想坐他的车，跟江眉说自己打车回去，让他们先走。

拖着行李走过前台的时候，老徐正好结完账，看她一个女生挺辛苦，就伸手替她拎箱子："我送你回去，你现在住哪儿？"

"酒店。"

"有回来的打算吗？"

"暂时没有。"

"那我这回面子可真是大。"

"您是我进这一行认识的第一位前辈，当然得给您面子了。"

这话特别中听，老徐笑得跟什么似的，拖箱子的劲儿更大了。两人边走边聊，老徐的车就停在饭店门口。

走过去一看才发现李默的车停在旁边。李默正走到驾驶座那边，看到苏格，他把伸出去开门的手收了回来。

苏格的目光和他撞到一起，很快就移开了。

江眉招呼了苏格一声："真不上我们的车吗？"

"不了，老徐送我。"

江眉望着老徐嗔笑："你这人啊……"

老徐一脸莫名："我怎么了，做错什么了吗？"

江眉还想再说什么，不远处一辆车开了过来。车停在马路边，车窗放下来，露出周声戴墨镜的脸。

他冲江眉道："上车，我送你。"说完才看到苏格，表情瞬间僵住。

苏格大方走上前，冲他微微一笑："听说你要结婚了，恭喜啊。刚知道的消息，回头礼物补上。"

"别客气，一家人说什么两家话。"

周声说完这话自己也觉得尴尬，轻咳了两声。他扫了一眼李默站的位置，冲苏格招了招手。

苏格以为他要说什么悄悄话，凑了上去。

“那什么，苏格，别误会，江眉是我的人，跟我哥没关系。我今天没空，让他帮我接一下人。好了，现在我来了，我把他还给你，你们慢慢聊啊。”他说完就催江眉上车，跟火烧眉毛似的，都不给苏格解释的机会，直接一脚油门下去，车就开出去老远。

饭店门口只剩下三个人，老徐夹在这对男女中间，终于意识到了哪里不对劲儿。

他并不清楚苏格和李默的往事，但在这个圈子混，风言风语总听说一些。再看现如今这架势，他觉得自己应该识时务一些。

“那什么，苏格，我突然想起来还得给我老婆买点东西，不顺路不顺路，下次送你啊。”说完，老徐开了车门跳上车，比周声跑得还快。

苏格好气又好笑。什么顺不顺路的，她都还没说她住哪个酒店呢，怎么就知道不顺路了？再说老徐有老婆吗？李默又不是豺狼虎豹，怎么他们都吓成这样，连话都不会说了？

苏格无奈地叹了口气，朝自己的箱子走去。这个老徐太不仗义了。

手刚碰到拉杆，箱子就被人提了起来。李默一只手拎起箱子，直接放进了自己车的后备厢。

她站在那里眼睁睁地看着这一切，直到李默“砰”的一声关上后备厢的门，冲她说了句“上车”，苏格才回过神来。

她不想上那车：“你不顺路，我打车就好。”

李默有点儿不耐烦，皱着眉头看她：“这路上有出租车吗？”

“我可以叫网约车。”

“坐我的车会死吗？话这么多，赶紧上去。”

苏格吓一跳。李默从前很少这么说话，他这人挺会装，一开始两人矛盾那么深，他也装得人模狗样的。今天是怎么了？他也没喝酒啊，火气都快冲天了。

苏格不想得罪他，想了想还是妥协，上了车。这车她很久没坐，坐着还真有点儿不习惯。

李默问她住哪儿，苏格给了他一个酒店地址：“要导航吗？”

“不用，我知道怎么开。”李默边说边启动车子，“这次回来多久？”

“半个月吧，配完剧就回去。”

雨又淅淅沥沥地下了起来，外头街道上很空，偶尔有一辆车从他们旁边驶过。

李默开得不快。

苏格默默掏出手机，算了下从这里到酒店的路程，至少半个小时。

这真是难熬的半小时。一路上她总是把头偏向窗外，假装看外头的风景，避免跟李默有眼神上的交流。车里放着从前她听过的音乐，来来回回就那么几首。

苏格听得直犯困，不知什么时候就睡着了，双手抱胸缩在座椅上，微微点着头。

后来，她感觉有人在推她，睁眼一看，李默的脸离她不到半米的距离。

苏格吓一跳，赶紧坐了起来："不好意思，我太困了。"

李默没说什么，指了指外头的酒店大门："就是这里？"

这地方看起来挺旧。

"嗯，我在网上订的。谢谢你送我回来，今天麻烦你了。"

李默那股子不耐烦的劲儿又来了，全写在脸上。苏格有点儿摸不透他，不知自己哪句话又说错，惹他不痛快了。

她转过身去开车门，却听得身后李默问她："苏格，那些照片是你寄过来的吧。"

苏格无奈一笑，果然还是没能骗过他。

当年离开之后，她跟李默有一段时间没联系。她是故意不打电话，李默则是生她的气。

等她在S市安家落户后，她给李默寄了一些照片。照片分两部分，一部分是她跟李二的合影。

当年两人在外头见面，不小心让人拍着了。李二怕有麻烦，花了不少钱把照片全部买了下来，还给了那个记者一大笔封口费。

他跟苏格这么解释："麻烦，万一让我那侄子看到，又要怀疑我这个当叔叔的在算计他。"

苏格只是微微一笑。

李二之前确实算计过李济山，不过他算计得很明显。他给自己牵线搭桥，他哥给了他不少好处，至少比买照片的钱要多得多。

苏格知道李默查过自己，但姓关的本事不够，没查到这一茬儿，她也就一直没提。

为了让李默死心并同意分手，她花钱问李二买了几张照片。

李二莫名其妙："你要它们干什么？"

“这个你别管，让我跟李默分手对你有好处。”

李二的心思苏格知道，他一直想给李默介绍自己老婆家那边的侄女。所谓强强联合，他是两边都沾亲带故，获利最大。

苏格肯分，他求之不得。所以他分文没要，照片全送给了苏格。送出去后，他才有点儿后悔，赶紧又想了一套说辞，预备着李默过来对质的时候哄他，无非就是什么急昏头啦，怕他爸救不回来，听大师说有这么个法子，也不管有用没用，试试再说。

反正打的是亲情牌，他自认可以圆过去。没想到李默压根没找他，但也完全没理他老婆的那个侄女。联姻的事情就此告吹，李二郁闷了很长一段时间。

除此之外，苏格还在里面夹了几张合影。那是李茜他们学校运动会的班级合照，学校网站上下载的。照片里李茜挽着一个女生，笑得特别高兴。一看就知道两个小姑娘感情很好。

照片寄出后，苏格就等着李默来找她，她也跟李二一样，想了一堆说辞。可李默不知是工作忙还是太生气，居然一直没动静。

苏格在不安中过了三四个月，连一条他的微信都没收到。后来，她就把这事儿忘了。工作太忙，她又要照顾生母周婉婷，一刻也不得闲。

周婉婷这几年情况大好，医生的意思是过了这个月，她的评估要是没问题的话，就可以出院了，只要回家继续吃药，身边有个人陪着就行。

苏格这几年的生活总算看到了一点希望。

她拉开门下车：“我以为你会打电话问我。”

“有什么好问的，都是些准备好的答案，我懒得听。”李默下车从后备厢拿出苏格的箱子，替她拎进酒店大堂。

这个时间点前台只有一个女性工作人员，还在那儿打瞌睡。李默敲敲台子，把人叫了起来。

工作人员本来有点儿不高兴，一看到李默的脸，立马露出职业化的微笑。

苏格跟在后头看到这一幕，心想他这张脸果然管用。

办理入住手续花了不少时间，苏格累得不行，拿到房卡后就要上楼，走了两步想起来没拿箱子，转身要去拿，李默却推着箱子走过她身边，径直往电梯去了。他这是要帮她送上楼的节奏。

因为太困，苏格没往下细想。电梯里就他们两个，气氛一时安静。李默手机突然响了，他接起来听，像是医院那边有事情。

正好电梯门开了，苏格就道："你有事儿就去忙吧，我自己来就好。"

李默根本不接她的话茬，也不把箱子还给她，走出电梯后问了她一句："几号房间？"

"0806。"

李默走在前头，很快找到了房间号。

苏格跟在后头，一直在琢磨怎么赶他走。到了门口站定，半天没动静。

李默冲她一努嘴："开门。"

苏格突然想到一个事儿，他不会跟自己进屋吧？

这种事儿他从前可没少做，过了几年，这人脸皮应该更厚了吧。

她慢吞吞地挪到门边，没急着开门，想先拿回箱子："给我，你去忙你的吧。"

"过河拆桥是吗？"李默不屑地笑笑，"我怎么忘了呢？你这人一向这样，我居然还对你抱有希望。"

"是，我这人特别不好，早就跟你说过了，我接近你只是为了钱，没别的。"

"那你怎么钱没到手，房子也不要就走了？"

苏格语塞，她解释不上来。

李默步步逼近："寄那些照片想说明什么，说明你是有意接近我们家的人，你就是个十恶不赦的坏女人？"

"李默……"苏格说了一天的话，累得嗓子疼，她理了理额前的头发，"我跟李茜的同学程晶一早就认识。后来我知道她跟李茜关系好，就利用她认识了李茜。这些你应该都能查到。因为李茜，我才有机会接近你父亲。当然，他那时候身体不好，所有的事情都是你二叔跟我谈的。就这么简单的事儿。"

"既然你要钱，头一回我提出换套房子，再给你五千万，你为什么不要？"

"因为我就想要那套房子。你知道那套房子是谁的吗？"

李默猜到了："你父亲宋佑明的？"

"对，是他的。他一开始生意做得很好，那时候你爸还在起步阶段，虽说是富二代，自己的生意却做得不怎么样。后来有一次他手头缺钱，我爸好心拿了一套房子做抵押，问银行贷了一笔钱，给他解了燃眉之急。这事儿你爸没跟你说过吧？"

“没有。”

宋佑明这个人对朋友特别仗义，也许就是这种仗义才让他人钻了空子，他后来的生意才会做不下去。商场无君子，小人才能发大财。

“我爸这么帮他，你爸却忘恩负义。他没有及时把钱还回来，当然，那时候我爸手里还有点儿钱，就自己补了银行的这个缺。资金链却因此断了，加上一些别的事情，亏损越来越严重。最后他欠了一屁股债跑路，扔下我跟我妈两个人。我妈为什么会疯？表面看起来是宋、虞两家绑架我逼我爸现身，实际上还是你爸惹的事儿。他要有点儿良心，事情不一定会到那一步。”

苏格说这些话的时候特别平静。三年了，她早接受了这些事实。

另外，这几年周婉婷也跟她提过当年的事情。除了房子的贷款出了问题，其实她爸的生意在那时已经有了颓势。

他好面子爱铺张，扩张速度太快，被舆论的赞美搞得头脑发热，以为自己天下无敌。

房子是一个诱因，真正的原因还是经营不善。苏格心里清楚这些，却不得不硬起心肠把责任怪到李家头上。只有这样，她才能摆脱李默。

“你的意思是，你们家变成那样，是我们李家的错？我父亲欠了你，你便讨债来了？”

“我原本只想拿回那套房子。当年我爸走投无路，拿这房子给你爸去抵押，你知道你爸给了他多少钱吗？十万，就十万块。你也知道B市的房价，那时候这么一套房子十万能买下来吗？再加一个零都不够吧。你还在里面住了好几年。你知道我住哪里吗？我就住你去过的那套破瓦房。”

“那房子不好吗？”李默又凑近一些，唇几乎快贴上苏格的脸，“我们在那里，挺快活的啊。”

苏格脸一红，骂了一句：“臭流氓。”

“对，我就是流氓。既然我家欠了你这么多，我就以身相许，补偿你。房子在我手里，你要随时可以拿走。包括里面住着的我，你敢要吗？”

他这么咄咄逼人，苏格的底气一下子就泄了，更何况她本来就心虚。看来硬的不行，只能来软的。

她指了指李默手上的手机：“你医院不是有事吗？你还是先走吧。”

“不急，不是什么大事儿。”

“病人的事哪有大小之分。”

李默一扬嘴角：“你倒懂很多大道理。既然你这么明事理，那你是不是要跟我说说不告而别算什么情况？”

“我跟你说过的。”

“对，你说去工作，所以分手是你顺便做的事是吗？”

苏格咬唇不说话。她想说“你不也没给我打电话吗”，但这话不好说，说了就像在暗示她其实对他有所期盼一样。

想了想，苏格咬牙道：“分手的事儿一早就说过了。既然分开后大家过得都不错，就维持现状挺好的。我听说你这几年在B市混得很不错，报纸、电视上也会看到关于你的报道，你现在算是B市的名……”

她话没说完，李默重重一拳头打在了苏格旁边的墙上，吓了她一跳。后面的话她生生咽了下去。

本来有点儿缓和的气氛一下子紧张起来。

李默脸色阴沉，苏格不敢开口。

隔壁房间的房客大概是听到动静，开门探出头来朝他们这边看。苏格整个人被李默挡住，她只看到那人半张脸，很尴尬，又很无奈。

李默的胸膛高低起伏，片刻后才平静下来。他点点头，冲苏格道：“嗯，你看起来过得是不错。”说完他转身就走，没搭电梯，一脚踹开安全通道的大门，走楼梯下楼。

他边走心里边骂，鬼才过得好，这三年，他过得一点儿也不好。

李默下楼坐进车里，往兜里摸了摸，没找到钥匙。他烦躁地拍了下方向盘，暗夜里喇叭声刺耳，他却浑然不觉。

钥匙最终还是找到了，他正准备启动车子，想起之前编辑的那条短信，拿出来看了两眼，删除了草稿箱里的内容，然后他一脚油门下去，车子在黑夜中疾驰而去。

苏格洗了个澡，倒头就睡。房间里安静得只听得到自己的呼吸声，她翻来覆去，在床上烙饼，怎么都睡不着。

刚回来就碰上李默，还闹得这么凶，以后怎么办？

早知道不该接这个戏。她以为三年了，时光早冲淡了一切。现在回头再看，一切清晰如昨天。有些人变了，比如江眉和周声。有些人还是那个样儿，说的就是李默。

她得在这儿待至少半个月，苏格开始担心接下来的日子该怎么过。

好在第二天李默没去棚里，苏格松了一口气。

工作的间隙，她和江眉谈起婚事，话语里难掩惊讶和不解："我还以为你不会喜欢周声那样的人。"

"是不喜欢，一开始讨厌得要死。"

"那后来发生了什么？"

江眉拿着杯茶坐那里冥想，像是在回忆过去："我头一回跟他起冲突就是我拿蛋糕去李默家那天，结果被周声截和。我们俩一见面就吵得昏天暗地。苏格，我说实话，当时你没选他，我真庆幸，这种人也有人要。"

苏格笑了："你不就要了吗？"

"我这就当作好人好事，替社会消耗掉一个人渣败类。"

"怎么这么说自己的丈夫？好歹要一起过日子的人，你对他好点儿。"

江眉睨她一眼："这怎么又替他说上好话了？我都要误会了。"

"千万别，我可不爱自虐。"

找个周声那样的丈夫，日子还过不过了？单说他那些疯狂的女粉丝，江眉以后有的是麻烦。

"我不怕，反正我也不是善茬。他追我的时候就说过，他说他不是好人，什么事都敢做。我也不是善类，好朋友的男朋友也敢抢。所以我们是绝配。"

话不好听，但苏格觉得说得挺有道理。周声这追人的方法倒是一绝。

"你就是这么被他吸引了？"

"哪儿啊，一开始可烦他了。后来他说他是教主，我才看他顺眼一点。"

"真的是他？怎么会呢？"

记得她们当时分析过，周声普通话不太标准，部部戏都要找人配音，他怎么可能是配音界的大师呢？

"他说他是，记得那一次我去楼上找教主，后来碰上他的事儿吗？反正他说了，他念大段台词不行，配广告还成。句子短，发音容易纠正，多念几遍就行。苏格，你说我该信他吗？"

"信不信不都得嫁吗？"苏格拍拍江眉的手，"喜欢就行了，管他是什么。至少他是货真价实的周影帝，光这点就够你嘚瑟一阵子啦。”

江眉脸上有掩饰不住的喜悦，看得出来她跟周声确实有感情。

苏格替她高兴，连说了几声恭喜。

江眉怪不好意思：“别说我了，说说你吧，这次回来就不打算多住一阵子？别配纪录片了，还是回来好。我记得你当年还拍过戏吧，可惜镜头都给剪了。周声那儿有花絮，我看过，你演得真不错。不如试试闯荡娱乐圈？”

“别，我都多大年纪了。年轻的时候不试，成了半老徐娘了才试，谁还看得上呢？”

江眉捏了捏苏格嫩嫩的脸颊：“装什么大龄女青年呢，明明脸嫩得还能掐出水来。在我这个学姐面前装老，讨打是吗？”

“可你都嫁出去了，我还单着呢。”

“现成的结婚对象就在那儿，干吗不复合？我说你们分手过吗？没有吧？”

好像真没有。在苏格的印象里，她跟李默从没就这个事儿达成过一致。永远都在拖，永远都是模棱两可。是不是该趁这次机会把话说清楚了？

江眉提出让苏格当自己的伴娘。

“什么时候办婚礼？”

“就这个月底，怎么样，你不会不来吧？”

月底前这部戏应该能结束，苏格本打算直接回S市，现在江眉一说做伴娘的事儿，她又有点儿难办：“红包我肯定包个大大的，我那边还有工作。这次也是请了假出来的。”

“少跟我装，大家都一个圈子。咱们这种活儿哪有长期合同的，来去自由得很。再说我缺钱吗？谁要你的红包，我要你这个人。”说着，江眉一翻白眼，一副特别欠揍的样子。

“是是是，知道你现在不缺钱，恭喜钓得金龟婿。”

江眉晃着手里的茶，低头浅笑：“其实钱不钱都是次要的，关键还是那个人。我要真爱钱，一开始就巴结他了。不怕你笑话，苏格，我也曾被人暗示过可以进娱乐圈，要付出什么代价，你肯定清楚。但我不想那样挣钱，太没意思。人活一世，钱够用就行，找个情投意合至少能说得上话的人才重要。你也要找个这样的人，明白吗？”

她的话里透着世故和圆滑，江眉果然愈加成熟了。

道理苏格都懂，但真正实施起来又是另一回事儿。

苏格一连几天没见到李默，心情渐渐平复下来。工作进展顺利，她几年不配电视剧，技术却日渐成熟。

老徐满意地拍她肩膀："看来这几年在S市的苦没白吃。"

"我没吃什么苦。"

"怎么没有，比从前瘦多了。"

苏格笑道："那是化了妆的缘故，我体重没变。"

旁边有人帮腔："别蒙我们了，李导出了名的难搞，上回那谁去试了一次，被骂得狗血淋头。你还好吧，是不是也整天挨骂？"

苏格还真不怎么挨骂，除了一开始，现在她是李导手下最得力的干将。她这几年情场失意，职场却得意得不得了。

老徐想起那天晚上的情形，逮着个机会悄悄问苏格："那天……没事儿吧？"

"没有，挺好的。"

"那就好，我真替你担心。"

"那你还扔下我就跑？"

老徐尴尬地抓抓脑袋："我这不是怕他吗？李医生这个人你也知道……唉，不说了不说了，万一你俩穿一条裤子，我得遭殃。"

第二天，苏格放假，老徐找的那个棚临时被人借一天，苏格也就难得有了休息一天。

她起了个大早，从酒店门口搭地铁，去大学附近的小吃街吃早餐。

不是周末，学生们起得也早，各家早餐店里都很热闹，人声喧哗。

苏格喜欢吃一家的咸豆浆，去了S市后找不到比这更好吃的，她想这一口想了几年。

她走进店里点了东西，拿着牌子坐到了唯一的一张空位上。周围全是附近两所大学的学生，有个男生戴副"啤酒瓶底"眼镜，手里拿着本病理学的书看得认真，想来是医大的学生。

苏格就想，当年李默念书是个什么光景？医大不好念，他是不是也得废寝忘食、不眠不休才行？

豆浆很快送了过来，老板娘笑眯眯地跟她商量："美女，跟人拼个桌可以吗？"

苏格没拒绝，笑着点点头，把自己的凳子往旁边移了移，但她很快就后悔了。

李默一屁股坐到了她旁边的椅子上，熟练地跟老板娘点单。他要的东西不少，除了这家的招牌咸豆浆，几款热销早餐也都叫了。

一个人吃得完吗？

苏格低头喝豆浆，假装没看见他。豆浆有点儿烫，她喝了两口，想找水喝。早餐店小本经营，不提供免费的白开水，苏格当然没喝着。她只能一个人在那里默默忍着疼，继续吹豆浆。

身边的人似乎起身走开了一下，过了片刻又走回来，把罐冰可乐搁在苏格面前。

苏格看看他。

“喝吧，药不死你。”

这人说话太毒了，她从前怎么没发现？虽这么想，可乐还是打开喝了，喝到一半，她有点儿后悔，热量太高，容易长肉。

“其实弄瓶水就好了。”

“你要求还挺高。偶尔喝一罐不要紧，胖不成球。”

老板娘拿着托盘，把李默点的东西一样样端上来。刚刚李默找她拿的可乐，结果现在居然是同桌的小姑娘在喝。

老板娘在大学附近纵横十几年，对这种事情最为敏感，当下就夸李默：“小伙子是个聪明人。”

“您过奖。”

“下回再带女朋友来说一声，我给你打折。”

“以后还来，折就别打了，您挣钱也不容易。”

李医生长得好看，说话又好听，老板娘脸上笑出了一朵花。

苏格忍不住腹诽，真是双重标准，对别人像春天般温暖，对她就像严冬般寒冷。她欠他的吗？

李默把自己面前的东西往苏格跟前挪了挪：“不用气不过，你多吃点，比她受惠多。”

苏格这才知道这里面原来有给自己的。

“你怎么跑这儿来了？”

“我以前在这里上学，这家店我常吃。”

“都这么多年了。”

“那又怎么了？老板也没说只招待在校生。我一毕业生过来吃东西不犯法吧？”

“不犯不犯，你多吃点儿。”苏格又把东西推回他面前，跟赌气似的，发完脾气又觉得幼稚，想想人家那罐可乐，她语气不由得软了下来，“上一次忘了问你，李茜最近怎么样？”

李默冷笑一声。

苏格直觉有故事。

令李默这辈子最头痛的两个人，都是女人，一个是苏格，另一个就是李茜。

会为她们烦恼，都是因为有爱。

“李茜去了G市，不在家。”

“跑那么远？”

G市是南方城市，比S市还要更靠南。李茜一个未成年的小姑娘，怎么会跑那里去呢？她问：“是不是有什么隐情？”

“她自己要去，我也拦不住。”

苏格想了想，问：“是为了宋晖吧。”

一直以来，苏格都觉得很对不起宋晖。他瞒着父母跟自己说了周婉婷的事情，结果引发了一连串的后续。

秦嵩出事后，李默对宋、虞两家下了狠手。听说生意受到重创，几乎走到破产的边缘。

宋晖家境一落千丈，原先的富裕家庭，落到负债累累为生计发愁的境地。

那么小的孩子，一下子遭受这样大的打击，不知他受不受得了。

“宋家也没到过不下去日子的地步，饭还是能吃饱的。就是欠的债太多，在B市待不下去，整天东躲西藏。”

“那宋晖呢？”

“初二去了G市，听说那边有他家亲戚的一个朋友，愿意暂时照顾他。至于他父母现在找不到人，估计躲债去了。”

苏格一下子就没了胃口。

“和你无关，是他父母害的。如果他们不绑架你，你母亲不会疯，你们也不会分开。后来的事情就不会发生，宋晖也不必寄人篱下。”

“我应该处理得更好一点的。如果秦嵩不出事，宋晖的父母也不会……”

“他们那样对你，你觉得我会放过他们？”

苏格长出一口气，不知道该怎么回答。

李默又把那碟炸糕推回苏格面前：“所以说，该吃吃该喝喝，不该背的黑锅不用管。”

“那李茜呢，她也追过去了？”

“嗯，去了。”

“你还真放心，她到底是个女孩子，还小。”

“我跟她提了条件，如果她可以考进前十，我就想办法把她送去G市的那所学校，否则免谈。”

苏格挺吃惊。李茜就读的中学是B市数一数二的学校，每年升学率都高得惊人。学生成绩一般很好。

“她真考到了？”

“嗯，爱情的力量。”

说到这个，李默眼里露出一丝满意的神情。他早就知道自己这个妹妹不笨，就是又懒又馋，仗着家里有钱醉生梦死。

宋晖的离开给了她很大的刺激，她当时恨不得立马转去G市的学校。但李默不肯，她自己办不了转学手续，家里又整天几个保镖接送她上下学，连逃跑的机会都没有。

李默给她下了死命令：“要是敢跑，抓回来直接送国外，这辈子都别想回来。”

李茜这才断了逃跑的念头。她哭了一个暑假，哭完后开学了，她跑来找李默，要他替她找补习老师：“越有名越好，本事越大越好，我要好好学习。”

李默看她一眼：“老师是次要的，关键是你自己得愿意学习。”

打从那天起，李茜过了两年非人的生活。说是非人有点儿夸张，头一年确实辛苦。

她基础差，后面读书又在追宋晖，根本什么都没学到。家教都是从头教起，特别是教语文的老师，简直崩溃：“她怎么连‘亡羊补牢’这种成语都理解得乱七八糟啊？”

李茜花了一年的时间，每天放学都补习三四个小时，年底，勉强追上了同班同学的水平。

那次期末考，她考了年级第一百名。

他们同年级的一共有五百名学生，李茜跻身前列，终于成了一名还不错的学生。

拿到成绩单的时候，她哭得跟什么似的，在那里跟她哥吐槽：“我去，我都努力成这样了，居然只考了第一百名，看来我真的智商有问题。宋晖就算不看书，也考得比我好吧。”

考了第一百名还不够，他要求的是，李茜必须凭自己的本事考进前十，花一分钱赞助费就是失败。

那一年，李茜过得水深火热。

每每她学不下去哭哭啼啼的时候，李默就“安慰”她：“没什么，你前面那些年吃喝玩乐的东西，比别人一辈子都多。值了。”

出来混总要还的，人哪有一辈子享福的道理？

李茜结结实实地吃了读书的苦，最后总算达成了李默的要求。

“所以你就放她去了？”

“嗯，别担心。宋晖在G市念的那所学校很不错，校风积极，学风严谨，不比她原先的学校差。李茜去了住宿，管理很严格，她没机会出去胡来。”

苏格想说那她会在学校里乱来啊。可怜的宋晖，刚过两年消停日子。

“不会，她要胡闹被学校开除，她就见不到宋晖了。为了她的男人，她会忍。”

苏格觉得李茜真的好惨，小小年纪为了爱情就要受这么多罪，何必呢？

李默拿过她的可乐喝了一口，淡淡道：“大概我们李家人，天生都喜欢自讨苦吃吧。”

一顿早饭吃得有点儿郁闷。

苏格吃完后去付账，老板报了价格，她愣了一下：“这么贵？我只点了两样东西。”

“可你男朋友点得多啊。”

苏格回头，看看满桌的狼藉，只能认栽。

这个李默，脾气变大了不说，居然还变小气了。

她付完钱出来，李默也跟着走出来。苏格走出几步发现他还跟着，忍不住回头道：“你别跟着我，你上班去。”

“我今天休息。”

“不能吧，你们科那么忙。”

“再忙也有休息日。当我们是什么，铁人吗？一年工作三百六十五天，天天不得闲？”

“那你也别跟着我，玩你的去吧。”

“我没觉得有什么好玩的，除了……”

“除了什么？”

李默上前几步，冲苏格暧昧地笑笑：“除了你。”

苏格气得瞪他一眼。这个人，几年过去，流氓本质不改。

牛皮糖甩不掉，苏格只能由着他去。两人一路往电影学院的方向走。苏格想回母校看看。

这个时间校园里空荡荡的，正赶上上课，大部分人都在教室里，偶尔有人走过，也是行色匆匆。

苏格不想打扰别人上课，就只沿着林荫小道走。虽已入秋，天气却还很炎热，不下雨的早上阳光有点儿毒。

苏格尽量往树荫下走，不知怎么搞的，运气差得一塌糊涂，树上居然有只鸟在拉屎，一坨鸟屎落到了她的衬衫上，顿时让她傻眼。

流年不利，她今天就该老实待在酒店，哪儿也不去的。

“真倒霉，刚换的衣服。”

“坏事做多了，也该遭报应了。”

“我做什么坏事了？”

李默挑挑眉，不接她的话茬。

苏格一个人生闷气，甩掉他往前走。她本来想在学校食堂吃个饭，怀念一下那难吃又让人难忘的饭菜，结果被一坨鸟屎搞得没了兴致，只能往校门外去。

到了门口，她想打车，李默指了指马路对面：“我车停那儿，送你。”

苏格没有拒绝，她真的很想换下身上的衣服。

车开出去一段，苏格觉得不对：“好像不是回我酒店的路。”

“先去商场。”

“干什么？”

“买衣服啊。”

商场服装店的导购非常热情，给的意见乍一听都很专业，几个人轮番轰炸，苏格被说蒙了，最后稀里糊涂地下了单。

导购给苏格剪了吊牌，又替她整理了一下衣领，笑着道：“李先生付过钱了。”

苏格这才想起来去看价格，从导购手里抽出那个标签一看，吓了一跳。

一件衬衫这么贵，都够她配一部电视剧了。她想退了，可吊牌已经剪了，只能穿着走。

上了车后她有点儿别扭，跟李默道：“衣服的钱我等下转给你。”

“没必要，一件衣服而已，你不必有心理负担。”

“怎么可能没有呢？”苏格又低头看自己的胸口，“这衣服好几万，你知道我不会舍得买。你现在买下了，我要是还你钱，我得心痛死，要是不还这人情，我觉都睡不着。你干吗非要这么折磨我？”

李默本来都准备开车了，听到这话手一顿，把脸转了过来。他的目光有点儿凶，看得苏格心头一惊。

“你觉得这是种折磨吗？”

苏格不敢说话。

“呵，那就算是吧。风水轮流转，也该轮到我了。不过跟你比，我可差远了，苏格。”李默撩起她的一丝长发，似笑非笑，“要论折磨人，你才是高手啊，苏小姐。”

一整天，苏格都被李默耍着走。

最后，她让李默把自己放在附近的地铁站，说还要再逛逛。李默车速不减，问：“还买什么？”

“随便看看。你不是有事儿吗？”

“取消了。”李默偏头扫一眼窗外，路过一家奶茶铺，“要喝吗？”

苏格气得一点儿也喝不下：“停车。”

“行，那就再逛逛。”

苏格看他一副跟定自己的样子，别提有多烦躁，最后还是哪儿也没去，直接让他送回了酒店。

好不容易甩掉李默回了房间，苏格接到一个电话，是江眉约她喝茶。

两人在附近的茶馆见面，江眉拿出个红信封给她：“我结婚你可一定要来。”

苏格打开一看，是张请帖。很简洁的设计风格，也没放新人的婚纱照，只是烫金印了名字、日期和地址。

苏格想起江眉以前相亲不得志的时候说的那些话，想恭喜她得偿所愿，嫁入豪门。

江眉更关心她的行程，略一歪头，笑问道：“你会来吧？”

“我考虑考虑。”

“这还要考虑啊，是不是还跟我生气呢？”

“没，早忘了。”

“这么说就是没忘。你别生气了，生气对身体不好，你看我也遭报应了，嫁给周声这样的浑蛋，你就消消气吧。”

苏格无奈地笑了，江眉这几年开朗不少，像是被周声带坏了。

“好，我会去。”

“那我能再跟你商量个事儿吗？”

苏格猜到了：“别让我当伴娘。”

她不介意给人当伴娘，但一想到李默有可能要当伴郎，她就本能地拒绝了这个提议。

太别扭了。

“礼我会包大一点，就放过我吧。”

江眉撇撇嘴：“真是的，想找个漂亮点的都不行。”

“漂亮有什么好，伴娘不用太漂亮，抢你风头就不好了。”

“你以为你在底下坐着就不抢我风头啦？”

“我那天不化妆，素颜，成吗？”

江眉笑了，知道她开玩笑。

婚礼的事儿就这么说定了，苏格没有出尔反尔的习惯，回酒店后就给照顾周婉婷的阿姨打电话：“嗯，我还要多待一个星期，我妈怎么样，情绪好吗？”

“挺好的，医生也说她不错，你就放心吧。”

戏很快配完，婚礼前两天，苏格被江眉拉着陪她去试婚纱。

“我最近胖了，让设计师改了下腰身，你给我参考参考，看还有没有要改的地方，我让他们一并弄了。”

苏格看她紧张的样子，安慰道：“没事儿，挺漂亮的。”

“腰上肉太多了，穿婚纱没腰线，不好看。”

苏格本来不在意，听江眉几次提起就朝她腰间看了一眼，确实有点儿粗。

她一下子想到了另一种可能。

江眉看她那眼神，愣了两秒：“我去，不会吧？”

“你例假准时吗？”

江眉打了个方向盘，一个右拐上了大路：“不怎么准。”

“那你有没有查过？”

“查什么，经期紊乱吗？”

“不是，我是说……验孕。”最后两个字说得有点儿不好意思，几年没碰男人，苏格觉得自己又单纯了。

“没有，我们都做了措施，验什么孕啊？肯定不可能。”

听她这么肯定，苏格也就没再说什么。

很快到了设计师的工作室，婚纱已经改好，江眉进更衣室换衣服，苏格就坐在外头翻名录打发时间。

比起男装目录，婚纱好看多了。知名设计师的作品很有感觉，苏格看着看着，对结婚也有了那么一点憧憬。

女孩儿都爱幻想穿婚纱的样子，哪怕身边没有男人陪着。

正看得起劲，头上光线一暗，苏格还没抬头，就听到一个熟悉的男声在那儿说：“要不要挑一件试试？”

李默的声音带了点调侃的味道，苏格把目录一合：“不用了，谢谢。”

“没说要送你。”

苏格终于抬头，看清李默的打扮后有点儿意外。

他一身正式的西装、衬衫，整个人帅出天际。苏格很少看他穿这么正式的衣服，以前他的打扮以休闲为主。

果然，他要当周声的伴郎。

李默手里拿着个领结，递到苏格手里：“给我系上。”

苏格不想接，对方已经把领结塞进她手里。大庭广众之下，她也不好发作，只能抬手去翻他的衬衣领子。

离得这么近，呼吸都交缠在一起，苏格有点儿尴尬，就没话找话：“你以前当过伴郎吗？”

“当过。”

“几次？”

“记不得了。”

李默狐朋狗友众多，都是有头有脸的大人物，结婚的时候就喜欢拉他当伴郎，美其名曰替他博关注：“好让你早点娶上媳妇。”

朋友们的愿望没能成真，李默参加了那么多回婚礼，也没挑中一个姑娘。后来好不容易自己相中了一个，还叫她跑了。

想想也是够窝囊的。

“你的朋友心挺大，不怕你抢了新郎的风头。”

“没事儿，他们长得帅。等我结婚的时候把他们都叫来，让你看看。”

这话像在占她便宜，苏格撇撇嘴，没接话。

“好了，你要不要照照镜子？”系好领结，苏格随口问了一句，正打算收回手，被对方一把抓住，“你干……”

“有点儿不舒服，太紧了，你再给整整。”

苏格看他一本正经的样子，猜不出真假，只能继续给他调整。话题又回到了伴郎身上。

“周声这次有几个伴郎？除了你，都是娱乐圈的吧？”

“不清楚，那是他的事儿，我不管。”

“都是明星，到时候可能要出节目，你会演什么？”

“我什么都不会演，我只会给人开刀。”

这人好无趣哟。苏格以前怎么没觉得？

“你这样跟别人格格不入可不好，不合群啊。”

“为什么要合群？他们是伴郎，我是新郎的爸爸，没必要混一起。”

苏格整理领子的手一顿：“你说什么？”

“我爸过世了，周声说长兄如父，兄代父职，让我到时候上台讲话。”

要不是顾着李默的面子，苏格真想放声大笑。难怪他一副踩了狗屎的模样，原来还有这隐情。

“你看着年纪也不大啊，当他爸委屈了。”苏格忍不住调侃。

这个周声，还真是敢想敢做。

李默微微叹了口气。他的这些弟弟、妹妹，上辈子一定是他的债主，这辈子跑来讨债了。

“那你就答应了？”

“他说一辈子就结这一次，我想了想就同意了。不想让他失望。”他说这话时特别老成，仿佛真是孩子他爹。

“你这话听起来特别有经验的样子，你养过孩子吗？”

“没有，有周声跟李茜就够我烦……”

李默话没说完，那边江眉换好婚纱出来，叫着苏格的名字。

苏格就扔下李默过去了。

穿上婚纱的江眉漂亮得很，就是一直弯腰揉膝盖。

“怎么了？”苏格关心道。

“衣服太大，不小心绊了一跤。”刚说完一句，江眉就伸手捂住了肚子，皱起眉头道，“苏格，我怎么觉得肚子有点儿痛？”

苏格吓一跳。

李默开车送苏格和江眉去了最近的医院。

检查结果显示，江眉已有近七周的身孕。B超很清晰地照到了胎心和胚芽，小小的生命正在孕育着，把一旁陪着的苏格感动到不行。

江眉却是完全傻眼，半点不见喜悦：“什么情况，为什么会怀孕？”她明明做了措施的，“还有两天我就要结婚了，怎么突然怀孕了？”她出了检查室在走廊里来回地转着。

苏格看她踩着高跟鞋有点儿紧张，想扶她到边上坐：“你先坐下，等周声来了再说吧。”

李默早就给周声打了电话，但他在市中心参加一个活动，接了电话拼命往回赶。正赶上下班高峰时间，堵车堵得厉害，害他在那儿干着急。

医生说江眉情况一切正常，没有流产的迹象。怀孕初期偶有腹痛也不必太紧张，只要没有鲜血流出，一般来说不会有太大的问题。

苏格听完医生的话，下意识地问李默：“是这样吗？”

李默看她，那眼神仿佛在说：你问我干吗？

“你不也是专家吗？”

周声暂时赶不过来，李默只好开车送江眉回家。

婚礼前夕她还住在父母家中，江父江母比较传统，不许女儿未婚同居。加上周声是明星，怕狗仔偷拍，两人一直没住到一块儿。

苏格听她这么说，又去看她的肚子，好奇这孩子是怎么制造出来的。

江眉大大咧咧，不在乎道："这有什么，不见得非要住一块儿才能怀孕吧。"

苏格扯她衣袖，提醒她前面还有李默在开车。江眉笑笑，一低头，摸到腹部，脸色又淡了下去——这孩子来得太突然。

她想了想，冲李默道："送我去周声那里。"

四个人坐在一起，商量接下来该怎么办。

在要不要孩子这个事儿上，周声、江眉没有异议，一致决定把孩子生下来。

证都扯了，家里条件也好，没道理打胎。周声一副"老子要当爸爸了"的兴奋样，当着另外两人的面上蹿下跳，每隔五分钟就要摸摸江眉的肚子。

李默不动声色地翻了好几个白眼，拎起苏格要走："让他们自己商量，我们先回去。"

周声却一把拽住他："哥，哥，先别急着走，给我们点专业意见吧。"

"什么事儿？"

"婚礼啊，到底要不要延期？"

在这个问题上，周声和江眉有了分歧。周声一切以孩子为重，怕婚礼当天江眉太累，所以想要等孩子生下来再补办婚礼。

江眉不同意，说："好不容易都定好了，你又要改。等生完孩子，我身材走样，皮肤松弛，还办什么婚礼，丑死了。"

"那就等你恢复了再办。"

"那得等到什么时候？是不是要等孩子会走会跑了，给我们当花童啊？"

苏格看江眉情绪激动，想过去劝两句，被李默拉了回来。

他现在只关心苏格："别管他们，你肚子饿不饿，我们找点东西吃？"

"那他们……"

"不要紧，周声现在不敢拿江眉怎么样，随他们去吧。"

苏格还在犹豫，人已经被李默拽进了厨房。进门前，她看了一眼，那边周声正在好声好气地哄着江眉。

真是风水轮流转，以前坏得跟什么似的，天不怕地不怕的周声，居然也有这么低声下气的一天，真是活该。

“真想不到周声还能这么好脾气。”

“男人大多这样。老二犯了错，只能好话哄着。毕竟孩子在人家肚子里。”

苏格正开柜子，听到这话一愣，扭头看李默。这人现在怎么这样了，随时随地开黄腔，还一点儿不觉得尴尬。

她假装没听见，又去冰箱里找，找了一圈什么也没找到，开始吐槽：“这两人怎么过日子的，家里什么吃的都没有。阿姨也不在。”

李默拿出手机：“叫点外卖。”

苏格扫了一眼，发现那还是她当年推荐给李默的点餐软件。他用起来挺熟练，看起来也是经常使用。

“你常吃什么，有好的推荐吗？”苏格期待他能推荐些好吃的。

“不多，感觉餐厅都一般。”

也就他不挑剔，周声那嘴巴吃了肯定要吐槽。

“那换一个试试。我现在用个新的，上面很多挺不错的。”苏格就把自己手机拿出来，给李默介绍，“我发现S市的餐厅真的味道比较适合我，就是量太少，有时候饿了吃一份下去不管饱。”

她说话的时候人不自觉地就凑到了李默身边。离得近，李默能闻到她头发上淡淡的洗发水香味。

什么软件，什么餐厅，在他这里，这会儿全部不存在了。

苏格还在那里介绍：“真的，你看这特方便，附近搜出来的餐厅也多。你用这个吧，我给你装上，比从前那个好不少。”

她一个人啰唆了半天，见对方没回应，就抬头去看他，一眼对上李默满是情绪的双眼。

那眼神苏格再熟悉不过，是狼见到猎物时才会有的。

她后背一僵，往旁边一跳。

“干什么？”李默一下收回心神。

“没、没什么。”

“不是说要给我装软件吗，你跑什么？”

苏格讪笑两声，接过他的手机。两人用的同款手机，操作起来应该很方便。

她不知道李默的开机密码，随口说道：“你解锁一下。”

“不用，就你生日。”

厨房挺大，苏格却觉得狭窄。她有点儿后悔跟李默进来这里了。

匆匆解锁手机装上软件，苏格点了一堆吃的，借口去给送外卖的开门，逃出了厨房。

走到外面客厅一看，周声跟江眉已经肩靠肩坐到了一起。周声搂着江眉，正在那儿轻声说着话儿。

江眉好像哭过了，拿纸巾不停地擦鼻子，见苏格出来也不遮掩，哑着嗓子问：“你们干吗啊？”

“叫了点东西，一会儿就送来。”

周声视线越过苏格，望着她身后的李默：“哥，江眉现在吃东西有没有什么忌口？我听说孕妇吃东西得小心。”

“不知道，自己查书去。”

“你不是医生吗？”

“我又不是妇产科的。”怎么什么人都来问他这方面的问题？

“那你学着点儿，以后用得上。”

周声说这话的时候，眼睛直直地盯着苏格。苏格只当没听到，在离门最近的一张椅子上坐下来，开始玩手机。

那边周声还在纠结办婚礼的事儿。

李默就给他建议：“过几个月。一般过了三个月就没事儿。你让设计师改一下礼服尺寸，挡一挡肚子就好。”

江眉有点儿犹豫：“会不会让人看出来？”

“看出来也没什么，别人只会恭喜你。”

江眉有点儿心动。婚礼她盼了很久，延期一年太让人沮丧。如果只是延期两个月，她还能接受：“好吧，那就听你的。”

“哥，能成吗？哎哟，你别掐我。”

江眉瞪他一眼：“你要不同意，这婚就不结了，孩子我也不给你。”

“行行行，听你的，都听你的，我的祖宗。”

苏格忍不住笑出声来。以前周声跟牛皮糖似的折磨她的时候，没想到有一天自己也会被人折磨吧。真所谓一物降一物。

吃过饭，李默就催苏格走人：“让他们自己忙去，别管了。”

苏格也不想再做电灯泡。这一晚上的恩爱，看得她胃痉挛。幸好她没选周声，这男人腻歪起来，简直让人受不了。

李默开车送她回去，路上两人闲聊：“我要真跟你结了婚生了孩子，绝不让他跟周声他们家的孩子玩。”

“为什么？”

“两个都不是好人，那孩子得精成什么样儿。”

“你也挺聪明的啊，你的孩子应该不会太笨吧。”

李默看她一眼，悠悠吐出一句：“可是你傻啊。”

剩下来的一路，苏格都没理他。

早秋的夜晚风还有些燥热，路上闲逛的人很多，酒店门口的马路热闹又拥挤。李默的车行驶缓慢，一度被堵得寸步难行。

苏格和他长时间待在一个密闭的空间里，不自在的感觉越来越重。想了想，她道：“就在这儿停下，放我下去吧。”说完，她就要开车门，结果发现门被锁上了。

“别下去，危险。”

“就这么点路，走走就到了。”

李默皱了会儿眉，看到前面空出来一个停车位，就把车停到了那里。

“行，那就走。”

也不管苏格同不同意，他就这么陪着她一路走回了酒店。快到门口的时候，他问苏格：“你订了几号的票回去？”

“本来等江眉婚礼结束后就回去，现在看来可以提前回去了。”

“那边有工作吗？”

“下个月有。”

“那你再晚几天回去。”

“为什么？”

“因为我想你啊。”

苏格不说话，为掩饰尴尬，假装在那里玩手机。刚摆弄两下，有条信息传了过来，居然是秦伯发来的：“秦嵩今天动了动手指头。”只这一句话，就让苏格心神不宁。剩下的那段路，她一直在那儿刷手机订机票。

李默抽空扫了一眼："几点有票？"

"十点，前面的都满了。"她在考虑要不要买这一趟。到S市肯定得凌晨，她记挂着秦嵩，可也小心谨慎。

"订吧，给我也订一张。"

"你也去？"

"嗯，去看看他。"

苏格来不及思考太多，就被李默催着买了票。买完了她才想起一桩事儿来："你明天不上班？"

"明天值夜班，一个来回应该没问题。"

七点左右，李默打车和苏格去机场。航班略有延误，两人到S市的时候已快午夜两点。

出了机场一看，S市大雨滂沱，出租车都不好打。两人在那儿等了近一个小时，总算上了一辆车。

苏格一坐进车里人就瘫了，实在太累太困。

李默却不让她睡："给司机报一下地址再睡。"

苏格那时候整个人都是蒙的，也没觉得这话有什么不对，含糊着报了自家的地址，头一歪就睡了过去。

李默精神还好，一路上还跟司机聊了几句，等到家的时候回头一看，苏格早就睡熟了。

他付了车钱把人摇醒，苏格晃晃悠悠地下车，都忘了自己还有行李，摸出钥匙开楼下的大门。

钥匙找了半天没找对，还是李默拿过来一把把试了才开了门，把人跟行李一起弄了上去。

苏格住三楼，老式房子没电梯，这一趟累得李默出了一身汗。

他把苏格扶上床，替她脱了鞋子，盖上被子，又把箱子推到客厅的角落里，然后开始在她的衣柜里找衣服。

他来得匆忙，什么换洗衣服都没带。这个时间点商场也关门了，现买都不行。

苏格这房子一共两间房，另一间看起来没人住的样子，衣柜也全是空的。她自己住的这间，柜子里全是女装，显然这个家里没男人。

三年了，李默也不是没想过苏格会找其他男人，但每次这种念头冒出来都觉得可笑。苏格都跟他好过了，还看得上别的男人？这世上像他这样条件的男人不是没有，但愿意掏心掏肺对她好的绝无仅有。

他忍不住笑起来，随手扯下了苏格挂在那里的一件浴袍，进浴室洗澡。

冲完凉出来，他发现苏格早睡沉了，呼吸声还有点儿重。他想给她换衣服来着，想想她那爱吃惊的毛病还是算了。这女人无情起来真可怕，搞不好以这个理由把他踢出家门。

床是标准的双人床，李默掀开被子的一角钻了进去，很快就睡着了。

第二天，李默是被苏格推醒的，睁眼一看，外头天色已大亮，苏格一头乱发坐在那里，看他的表情很不友好。

“你怎么在我家？”她简直不敢置信。

李默白她一眼：“我昨晚三点多才把你送回家，你让我去哪儿，睡马路吗？”

“你可以住酒店啊。”

“夜里三点多下着大雨，还是座陌生城市，你让我一个人去找酒店，苏格，你觉得合适吗？”李默语气有点儿重，看起来像是在生气。

苏格立马软了下来：“那……你可以睡隔壁房间嘛。”

“那床没床单。”

苏格想起来了，这房子是她最近新租的。原先刚来的时候因为一个人，她就租了个一居室。最近周婉婷情况好转，眼看要出院，她就提前改租了这套两居室。为了她妈以后生活方便，特意选的这个老居民区。附近超市、菜场一应俱全，还有跳广场舞的地方。

隔壁房间是给妈妈准备的，她怕过早铺床单惹灰尘，一直没铺。

“那你找一条新床单铺一下嘛。”

“谁知道你床单放哪里。再说都那个点了，又累又困，谁还有心情铺床单？”李默脸色铁青，一点儿不像昨天那么好说话。

苏格被他的样子吓到了，以为他是起床气加上累的缘故。仔细想想，是她态度不好，她忍不住凑上去说软话：“好啦，不好意思啊。你肚子饿不饿，要不要吃早餐？”

“饿。”

“那我马上去做。”苏格掀开被子要下床，被李默拉了回来。

“怎么了，你嫌我做得慢啊？那我去买吧。我们这楼下卖早餐的店很多，你没吃过S市的早餐吧，跟B市完全不一样。我一样买一点回来，你都尝尝啊。”

李默不理她嘴里的絮絮叨叨，直接吻了上去。

“不吃那些，我就吃你。”

S市的早餐很多都跟B市不同，李默不计较，基本什么都吃。

苏格带他进了一家街边小店，这家店专卖本地特色早餐。别看里面小，只放得下三四张桌子，但口味都是最正宗的。

这个点已经过了早餐高峰时间，店里几乎没人。玻璃柜台后面就是厨房，几个穿白衣服的年轻人正靠在那里说话休息，一见苏格进来，就凑过来打招呼：“哟，苏格，今天这么早就来啦。”

对比她平时起床的时间，今天真算早了。苏格也笑着跟他们说话，一看就是熟人。

有个年纪略大的胖子看到李默，立马开玩笑：“小苏今天带人来了，男朋友吗？”

其他人也跟着调侃：“那怎么办？徐洋该伤心了。”

“就是，心上人都被人抢走了。”

李默看到里面有个男的躲在一群人后面，一张脸有点儿红，长得不错，就是脸皮太薄。这样的人，即便不干这种工作，也不可能追得上苏格。

苏格问他吃什么，他说随便，她就趴在窗口，笑眯眯地问人家：“今天你们还剩什么啊？”看起来她好像经常来吃卖剩的东西。

“都有都有，你要吃新鲜的，我让小徐给你现做。”

“不用，有什么我吃什么。”说着，她转身回到门口收银台，点了一堆东西。

店里没什么人，东西上得很快，生煎包子、锅贴、粢饭糕、豆浆、糯米烧卖，还有鲜肉馄饨、小汤包，摆了大半张桌子。

苏格还问他：“要不要来碗大肠面？他家的这个挺好吃的。”

“不用了。”李默有种她要把自己活活撑死的错觉。

这么丰盛的早餐，苏格也很少吃，两人埋头处理食物，偶尔说一两句跟食物有关的话，多数是赞美。

李默喝着店家送的蛋皮汤，一眼看到厨房里那个叫徐洋的小伙子还在盯着他们看，不由得笑了。

吃完饭结账出去，两人打车去医院。在车上的时候，不知怎么的又谈到了那个姓徐的小伙子，李默就开玩笑："你这一走，回头人家搞不好连活都不干了。"

"为什么？"

"失恋，没心情上班。"

苏格吐吐舌头："我可没招过他。"

"你长得就很招人喜欢。"

苏格瞪他一眼，还没说话，出租车司机先笑了："对对，小姑娘长得漂亮，小伙子你可要当心啊。"

"是，我会看紧她的。"

苏格给他一个白眼，谁要他看啊？

一直到车子开进医院，苏格还有点儿晕晕乎乎的。她怎么就让李默一起跟来了呢？这人跟泥沼一样，但凡沾上一点，就陷进去出不来了。

秦嵩住在十五楼的单人房。那里人少安静，护士们动作轻柔，语气柔和，让人舒心不少。病房干净整洁，一早就有人来收拾过了，里头一股淡淡的消毒液的味道。秦嵩躺床上睡着，跟三年前刚出事时没什么太大的分别，仔细看，脸颊略凹。

苏格不停地说着，像是自言自语："他整天躺着，也不能自己进食，医生说偏瘦是正常的。他各项指标都挺好，平时有护工照顾。我前两天给他梳头的时候，发现他居然长了几根白头发。你是这方面的专家，这种情况说明了什么？"

"什么也说明不了。"李默终于开口，又走近一些看秦嵩的脸，想起两人头一回见面的光景。谁也不是笨蛋，一眼就瞧出了对方的意图。

他们两个为了苏格也算是明争暗斗过，想不到最后她谁也没跟，真够狠的。

苏格问他："你要不要见见他的主治医生，听一下他的情况？"

"不用，具体情况我都知道。"

这三年来，李默一直关心着秦嵩的情况。因为知道秦嵩的状况，他才一直没找苏格。秦嵩一天不醒，苏格心里的刺一天拔不掉。找来也没用，她还是会跑。

"原来你都知道啊。"

"是，他弄成这样，我也要负点责任。"

"关你什么事儿？"

"我没把你看好，放你去了海南。要不这事情不至于这样。"

"我要不去海南，未必找得到我妈。"

“只要你跟我说，就一定找得到。”

苏格觉得这话又说进了死胡同，再扯皮下去又要扯到李济山。她不想跟李默吵架，两人再次相见，气氛还算不错，别又被破坏了。

她在病房里来来回回地走，熟练地拉窗帘，给植物浇水，还给秦嵩放起了音乐。这都是医生教她的。

只是音乐一响，李默就皱眉头：“这什么歌？”

“老歌。我们村很多人爱听，小时候也算流行歌曲，秦嵩爱听这个。”

“那你知道我爱听什么不？”李默突然吐出这么一句，醋意浓浓，想想又觉得没必要。

苏格似乎没听到他的话，笑得很开心：“秦嵩小时候还学过这首歌，想在校文艺演出上唱。我们那个小破学校，一共也没两百个学生，难得办一次文艺演出，老师和校长都很重视，怎么能让他胡来？他那班主任当时就说了，必须得唱爱国歌曲，不能唱这种情情爱爱的。秦嵩为此还有点儿不高兴，难得跟我吐槽。”

“他说了什么？”

“他说小情小爱未必不伟大。”

这么小就这么有见地，果然厉害。

李默看一眼躺着的人。原来一早就预谋好了，难怪能为爱不顾生死。

他突然觉得不能等秦嵩醒了再把苏格追回来，得趁他没醒就搞定这个事儿。这个竞争对手不是一般强。

两人正说着往事，值班医生进来看记录。苏格想起昨天秦伯发给她的短信，就问医生：“是要醒的意思吗？”

“不一定，以前也有过。不过昨天那次确实幅度比较大，希望也大一些。”医生话说得很保守。毕竟三年了，希望真心渺茫。他也不敢给家属过大的期盼，万一不行呢？

这种话苏格听了三年，都有点儿麻木了。

等医生走后，她问李默：“你能听出什么来吗？我每次都听差不多的话，不同的医生都这么说。你们是不是一个老师训练出来的？”

“医生也要自我保护，尤其现在这个环境，一个不小心惹祸上身，可能会就此断送职业生涯。他也没说错，你应该感到高兴。”

“可秦嵩到底什么时候才能醒。”苏格有点儿累，不是身体上的，是心理上的。愧疚感折磨了她三年，身上背负的东西越来越重，她这小身板都有点儿背不动了。

李默伸手搂住苏格的腰，凑近了一些道：“你要真想他醒过来，有个办法倒可以试试。”

“什么办法？”

“秦嵩最在乎的人是谁？”

“他爸爸。”

“除此之外呢？”

“大概是……我吧。”

李默点头：“确实是你，要不然他也不会跟人拼命。既然这样，不如给他来剂狠的。”

“什么意思？”苏格说这话的时候扭头看对方，李默抓住机会直接亲了上去。

不像早上那个吻，这一次苏格没能逃掉。李默本就不是个善茬，又等了三年，这一下真是吻得有点儿狠，生生把苏格的嘴唇都吻肿了。

苏格跑进病房自带的洗手间，站在镜子前看自己的嘴唇。

“你这是报复吧，我这样还怎么出门？”

“反正就在医院，给你找个医生看看，涂点药膏，一会儿就没事儿。”

“医生问诊，我要怎么说？”

“实话实说。医生见多识广，什么样的奇葩没见过，你这只是小儿科。”

苏格拿纸巾擦嘴唇上的血丝，总觉得越擦越红，跟涂了半支口红似的。

“你这人……”边走边抱怨，一看到病房里站着的李默，苏格又不说话了。

她看到了他眼里的情绪，太熟悉了。

苏格转身要跑，被人老鹰抓小鸡似的揪了回来，直接撞进李默怀里。对方从后面禁锢住她，一本正经道：“要不咱们当他面亲热一回吧。”

苏格扭了下身子，发现徒劳无功，又用了点力，对方一动没动。那两只手跟铁钳似的，紧紧地钳着她的腰身。几年不见，李默的力气似乎又大了。

“别闹。”苏格不想在医院跟李默这样闹。

“没跟你闹，我是认真的。”

苏格扭过头去：“疯了吧，这里可是医院。”

“门一关，窗帘一拉，跟普通的房间没什么两样。”

“你尊重一下病人行不行？”

“没什么比生命更重要。如果能让他醒过来，我认为值得一试。”

苏格一副生无可恋的模样：“我知道你恨我，但也别用这种方式报复我。这玩笑一点儿也不好笑。”

“我没在开玩笑。”李默的手在苏格的腰上紧了紧，“我以前看过一个国外的研究病例，使用的就是差不多的方法。这叫刺激疗法。对植物人来说，外界的刺激非常重要，尤其是有效刺激。他那么爱你，一定见不得这样。如果能因此把他唤醒，也算你功德一件。”

尽管觉得他在胡扯，但苏格觉得他扯得还挺有道理的。她想自己肯定是疯了。

“这……真的不行。”

“那就接个吻，应该也有效果。咱们先从刺激小的开始，搞不好他真有反应。”

苏格看着床上那个躺了三年的男人，一时想不好要不要答应李默，总觉得他就是浑水摸鱼，想占自己便宜。可万一真的行呢？

这么一犹豫的工夫，李默的手就已经伸到了不该伸的地方。苏格今天穿的是前几天买的衬衣中略保守的那一件，李默就笑话她：“怎么，那件好看的不敢穿？”

“好看吗？我觉得也就那样啊。”

“好看，衣服本身一般，你穿着特别好看。”他说完这话，在苏格的耳边轻轻咬了一口，又跟苏格道，“等这次回 B 市，我们就结婚吧。”

苏格刚想拒绝，腰上被对方捏了一把。她愣了两秒，有点儿明白过来，配合着回了一声：“好……吧。”不情不愿，还是有点儿犹豫。

虽然是做戏，但她总觉得怪怪的。

她突然有点儿后悔接老徐的那部戏。本以为过了三年，李默早把她忘了，没想到刚回来就碰个正着。接下来就一路被他从北缠到南，甩不掉了。

李默得了她的答案很高兴，凑过去在她脸上狠狠亲了一口。这一下声音挺大，苏格的脸瞬间就红了。

尴尬的同时，还不忘去看秦嵩，恍惚间似乎看到他的手指动了两下，苏格激动不已：“李默李默，你看他的手指动了，你刚刚看到没有？”

“没留意，你看清楚了？”

“没有，我不太确定，但我真觉得动了。”

“要不再来一下？”

“好。”苏格毫不迟疑，转了个身面对李默，把一边脸凑了上去，催促道，“快点快点。”

李默轻轻吻了一下。

苏格一直盯着秦嵩的手指：“没动。你亲重一点嘛。”

好吧，她这么热切要求，李默没道理不满足她，他这一下下了狠劲儿。

病床上，秦嵩的左手食指微微往上挑了挑，就那么一下，几乎捕捉不到，苏格盯得眼珠子都快掉出来了，她迫切道：“你说我们要是亲嘴，他是不是会受更大的刺激？”

“肯定会。”

“那好吧。”苏格毫不犹豫，捧起李默的脸，对着他的唇重重地吻了上去。

病房门突然被人从外面推开，照顾秦嵩的护工高阿姨站在那里，目瞪口呆。

苏格的唇还黏在李默的嘴上，双手捧着人家的脸，一副强占“民女”的凶悍样儿，把高阿姨唬得一愣一愣的。

苏格觉得自己没脸见人了，她一把推开李默，冲进洗手间洗脸。她现在需要浇一桶冰水，好彻底冷静下来。

外间病房里，高阿姨有点儿尴尬，李默倒是一脸自然，做着自我介绍：“我姓李，苏格的朋友，在B市也是这方面的医生。苏格带我来看看秦嵩。”

一听他是医生，高阿姨立马热情很多：“那你会不会看小秦的这个病？”

高阿姨三年来一直在照顾秦嵩，时间久了也有了感情，尤其是看到秦伯苍老的模样，心里也难受。这孩子早点醒过来，他爸爸才能长长久久地活下去啊。

李默微微一笑：“这个病不好说，不过我看秦嵩的情况，应该快了。”

刚才那几下反应不是无意识的肌肉收缩，是针对特定事件产生的特定反应。一般来说，病人如果出现这种情况，苏醒的机会很大。

高阿姨一听笑得特别开心：“小李你说真的？那我先谢谢你啦。”

“不客气，秦嵩也是我的朋友。”

“那你跟小苏……”高阿姨是本地人，有着本地阿姨特有的八卦精神，“你们是什么样的朋友啊？”

“就是您想的那样。”

“哦，那我明白了。”

这个小李看上去蛮靠谱的，大城市里的人，又是医生，小苏跟了他可有好日子过了。

还在洗脸的苏格并不知道，外头高阿姨都快把她卖了。她洗完脸出来的时候，发现高阿姨正拉着李默聊她从前的事儿。

“刚开始老哭，每次来都哭，一哭眼睛就肿。我看这样不行啊，我就劝她。她搞配音的嘛，哭多了嗓子哑，我让她悠着点，好歹别把工作丢了。手里有了钱才能治病。”

“您说得很对。她年轻不懂事，您多照顾她。”

“当然要照顾的，她说是小秦的妹妹，我一开始不相信，以为是女朋友来着。”

“他们只是朋友。”

“那你跟小苏认识挺久了吧。”

“嗯，大概四年。”

“这么久，你们一直在恋爱吗？”

“是，没分开过。”

李默这话说得特别自然，苏格就站在离他不远的地方，看着他的背影出神。三年间发生的一切在眼前快速闪过，好像只是一眨眼的事儿。

他们还是跟三年前一样，依旧亲密，深深地爱着对方。这种感觉有点儿甜。

那两人还在说话，不过话题已经从恋爱转到了结婚生子和买房子上了。苏格觉得自己要是再不出声，高阿姨就要操心她跟李默的婚房该怎么装修了。

苏格叫了一句：“阿姨，我先带他回去了。”

高阿姨笑得眉不见眼：“好好，这里交给我就行。你们赶紧回去吧。小苏，你年纪不小啦，可以跟小李定下来了。我跟你讲，我们邻居有个女的，年纪轻轻结婚生孩子，现在三十多岁，孩子都念初中了，她把孩子放寄宿学校，自己跟老公过二人世界，不要太甜蜜哦，跟谈恋爱似的……”

苏格一把拽住李默的胳膊，强行把他拖出了病房。高阿姨的战斗力，普通人真的抵挡不了。

出了医院大门，苏格问李默想去哪儿：“要不给你买张机票，你回 B 市吧？”

“又想过河拆桥是吧？”

“我是担心你的工作。”

“我辞职了。”

轻飘飘的一句话，着实吓了苏格一跳。

“真的？”

“先办停薪留职。反正这回娶不着老婆，我就不回医院去了。每天为了别人累死累活，有什么意思？孤家寡人一个，回家连看电视都没人陪。这种日子太烦人。”

“你可以留在医院值班啊，医院人多热闹。”

李默把手搁她脑袋上：“信不信我收拾你？”

信，当然信。苏格缩缩脖子，把脑袋从他手底下挪了出来。

李默不肯回去，她也不想回家，就去逛S市的各路景点。附近就是地铁站，两人搭地铁去往市中心最热闹的广场。

苏格想了想，这好像是她头一回跟李默搭地铁。以前在B市总是车接车送，这种有点儿浪漫的事儿，居然错过了。

非上下班高峰期的地铁里人不多，两人还找着了位子坐。他俩对面也坐了一对情侣，看起来挺年轻，像是大学生。两人从一上地铁就开始接吻，刚开始没位子就站着抱在一起啃来啃去。后来有位子了，女的就直接坐到男的身上，勾着他的脖子亲个不停。

苏格经常搭地铁，这种事情偶尔也见到过。虽说看多了，可还是会不好意思，她只能默默把头撇向一边，刚转过去就对上李默的眼，发现他正看着自己。那眼里流露出的笑意，让她一下子紧张起来。

她压低声音警告对方：“你想都别想。”当众热吻什么的，她的薄脸皮可撑不住。

李默笑着反问：“我想什么了？”

“你没看到那两人在干什么吗？”

“我不关心别人，我只关心你。不过你都说了，我也得看看是不是有什么精彩的画面。”

苏格想拦已经迟了，李默飞快扫了一眼，脸上的笑意更浓了。

他一笑，苏格就后背发凉，默默往旁边蹭了蹭。可她挪，对方也挪，她只能接着挪。连挪三下，坐在她旁边的一个小胖墩受不了了：“阿姨，我快要被你挤死了。”

苏格欲哭无泪。

晃到市中心的时候恰巧是中午，苏格就带李默去吃午饭。

S 市和 B 市一样，热闹的地方人满为患。苏格带他去的是一家本帮菜馆，她也没吃过，但网上评价非常高，招牌菜很有名。

非周末午餐时间，店里依旧人头攒动。拿票等座的队伍从店门口一直排到了通往厕所的走道口。

苏格看了下自己的号码，又打听了下现在叫到的桌号，有些绝望："至少得等半个小时，不如我们换一家吧。"

"不用。"李默找到个座位，把苏格摁下，"就在这家吃，听说不错。"

"你也知道？"

"嗯。"

这下苏格倒有些期待了，能让李默记住的餐厅可不多。

两个人边说话边等，然后李默离开了一会儿，回来的时候手里拿了杯奶盖。苏格接过来一看，是这家商场里最有名的一家甜品店的招牌产品。

苏格有点儿惊讶："你怎么找到的？你以前来过这儿？"

他们现在在三楼，这家店在一楼，他怎么会特意拐去那里买？要知道餐厅对面就有一家奶茶铺。

李默不说话，只把奶盖往她嘴边送，脸上带着温柔的笑。旁边等位的女生们见了，凑在一起说悄悄话，把他整个人讨论了个遍儿。

有个女生声音太大，让苏格听见了。她扭过头去看那些姑娘，她们挺不好意思，有个胆子大的就笑道："你男朋友长得真好看，我们就是随便聊聊。"

苏格看着面前一米八大长腿的李默，心想：这人的坏你们是没见识过，刚刚在医院里骗我跟他接吻，这种人简直坏到骨子里了。

才回过神来的苏格气没处儿发，看到姑娘们一双双爱慕的眼睛，突然起了坏心思。她轻咳两声："你们误会了，他不是我男朋友。"

"真的吗？"

"我们是表兄妹，你们没觉得我们长得有点儿像吗？"

人的五官，硬找的话总能找到相似处。几个女生看看苏格，又看看李默，就有人叫起来："你俩眼睛挺像的。"

大眼睛，双眼皮，都是漂亮的类型，说像还真挺像的。

“对吧，我就说我们挺像的，他是我表哥。”苏格还真来了兴致。

李默一言不发，面带微笑看着苏格胡闹，倒要看看她能玩出什么花样来。

苏格也没想玩多大，就是给姑娘们一点信心。果然，她这么一说，几个女生脸上开始发光。

苏格还在旁边挑事儿：“我哥是不是挺帅？”

“嗯，真的很帅。”

“悄悄告诉你们，他还没有女朋友哟。”

“这么帅居然没有女朋友，不可能吧？”

“真的没有，他当医生的，工作有点儿忙，女生都不爱跟他谈恋爱，嫌他没时间陪她们。”

“医生挺好的呀，救死扶伤。”

“对啊对啊，有个医生当男朋友，生病都不用怕了。”

“我最喜欢医生了。”这话一出口，这姑娘脸就红了。

旁边的小伙伴们发出一阵起哄声，就有人撺掇她：“要个电话吧，赶紧的，过了这个村就没这个店了。”

苏格比她们还兴奋：“我给你们，我知道他号码。”

姑娘们作势就拿了手机出来要记，还不忘互相推搡，嘻嘻哈哈，没个正经。

李默不知什么时候凑了过来，手里还拿了张纸，上面写了一串号码，直接递到了那个女生手里：“我的号码，你有空可以给我打电话。”

他声音柔和好听，把一众姑娘的少女心都融化了。

拿了号码的女生整张脸通红，从嘴唇到手指都在颤抖。她的朋友们羡慕得要命，都凑过去看号码。

苏格吃惊得说不出话来，茫然地盯着李默。她不过开个玩笑，女生们显然也是玩闹，他怎么还认真起来了？

还没等她回过神来，里面就开始叫号。小女生们闹哄哄地应了，被服务生领进去挑位子。

苏格还等在外头，半天才回过神来：“你真给啦？”

“嗯。”

“那你是想……”

“你不是想帮我做媒吗？我也不能拒绝你的好意。”

“可你又不认识她们。”

“难道你就认识？还要帮我给人电话号码。”

“我说着玩的，她们也没当真啊。”

“是啊，所以我留了你的号码。”

苏格又吃一惊：“怎么留我的？”

“我看你跟她们挺谈得来，帮你交几个朋友。”

“那她们要是打过来了，我该怎么说啊？”

“实话实说。”

话音刚落，服务生又来叫号。终于轮到苏格他们，两人被领进店里。

这顿饭苏格吃得七上八下，总担心手机会响。结果快吃完的时候，她正刷微信呢，跳出来一个好友请求。加了一看，就是刚才其中一个女生。

这下真瞒不住了。她哭笑不得地看着李默，对方回了她一个“活该”的眼神，一点儿不怜香惜玉：“以后再敢把我随便推给别的女人，我还有更狠的招治你。”

“你想怎么样，杀人不成啊？”

“比杀人更好玩的事儿，你要不要试试？”他说着凑近一些，眼里带着戏谑的笑，看得苏格全身起鸡皮疙瘩。

她心想，得赶紧把这尊大佛送回B市才行。

吃完饭就是逛街。S市是国际化大都市，市中心商场林立。李默一副“你随便买，刷不起卡算我输”的模样，苏格真恨不得狠狠宰他一刀。

在医院时被骗得太惨，她那嘴唇到现在还隐隐作痛呢。

但她还是忍着没花对方的钱，一旦花了，那她就真的输了。转念一想，就算没花，难道就能赢吗？

李默一副她这辈子嫁定他的架势，而且听他的意思好像真的跟医院请了假，有足够的时间陪她耗。

他能耗，她可耗不起啊。

在商场逛了一个下午，李默买了一堆男装。他每买一件，苏格心里就要咯噔一下。再看看他连睡衣、拖鞋都备齐了，就差买牙膏、牙刷了，苏格心里越来越不安，他不会真要在自己家住下了吧？

把东西装到出租车后备厢里的时候，李默和她解释："秦嵩看起来有苏醒的迹象，我过一阵子再回去。万一他真的醒了，我也可以帮忙。"

这倒是实话，他在这方面也算专家。

他话说得这么漂亮，苏格发现自己好像没有赶人走的底气。

"那……你要待到什么时候啊？"

"等假期结束，我就回去。"

"你的假期什么时候能结束啊？"

李默没回答，拉开车门让苏格先上去，随即自己也钻了进来。当着司机的面不方便谈这个话题，苏格就忍着没说。一直到回了自己家，进了客厅后，她才又问了一遍相同的问题。

"什么时候结束得我说了算。"李默抛出了一个令人意外的答案。

"你们医院这么批假的吗？"

"是，院长跟我关系好，听说我还没解决个人问题也很关心。这次我去请假，他是这么跟我说的：小李啊，你认真一点，赶紧娶个媳妇回来，好请我喝酒。"

苏格真想把新买的拖鞋扔他脸上。

李默笑得一脸灿烂，拿了东西进房间去摆放。苏格一个人在外头生闷气，看着这个男人在自己面前晃来晃去，那眼神挑衅得不行，整个一耀武扬威的大灰狼。

什么叫引狼入室，她算是真的明白了。

李默只当没看见她生气的脸，自顾自地从卧室跑到厨房，在里头弄出一阵响动。苏格生了半天的闷气，觉得那声音太吵，进去吼了他一句："你干吗，拆我房子啊？"

"做饭，侍候你大小姐吃晚餐。"

苏格一看，果然，案板上搁了肉，水池边还摆着蔬菜，锅子已经放到了灶台上，李默手里拿了个电饭锅内胆，问她："米在哪儿？"

"就在那边的柜子里。"

李默找到米后就把苏格往外赶："去屋里待着吧，别在这儿添乱，你这厨房太小了，容不下两个人。"

"我就爱在这儿待着。"

"行，那你待着吧。一会儿我炒菜炒热了，对你有了别的想法，你可别害怕。"

苏格白他一眼，转身就走，后面传来李默的笑声。这人不是一般的可恶。

厨房里很快传来爆炒的声音，苏格开着电视无聊地换台，各种香气不住地往鼻子里钻，搞得她肚子咕咕叫。

想象一下那男人在里面热火朝天炒菜的样子，苏格心一软，微微叹口气，起身进浴室找了把新牙刷出来，拆了包装搁进自己的牙刷杯里。

从浴室拐出来后，她又去拉衣柜的门，看见里面自己的衣服被略微拨到了一边，空出一小部分挂着李默的衬衣、裤子和睡衣。

拉开最底下的一个空抽屉，里面整齐摆放着一堆新买的内裤和袜子。

苏格又想起李默脚上穿的那双新买的拖鞋，他真的很像这个家的男主人。

李默还真就在苏格家住下了。

苏格回了S市后，很快就被李导叫了回去。她一上班，家里就成了李默的天下。

每天他跟苏格一起起床，跟着她晃到外面吃早餐，很快就跟附近早餐一条街的老板们混熟了。那些大妈尤其喜欢他，买两个包子总会多给一个馒头，买份豆花都会多加一勺葱花，害得苏格都有些嫉妒。

他还挺霸道，不许苏格再去那家生煎包子铺吃东西："那个姓徐的小伙子喜欢你。"

"他喜欢他的，我吃我的，有什么关系？难道为了他，我还不吃东西了？"

"你要喜欢，我给你买。"

总之一句话，进店就不行。苏格简直拿他没办法。

吃过早餐，他送苏格去搭地铁，自己则到处乱晃。有一天他说要买车，苏格被吓着了："你待几天就回去吧，还买什么车啊？"

再这么下去，不止买车，连房子都要买了。

李默不以为然："我在这里本就有房产，你要不要搬过去？"

"不用了，我住得挺好的。"

李默在外面闲逛的结果，就是买了一堆东西回家。从吃的用的到玩的摆的，应有尽有。苏格每天回家看到一堆新来的东西，都得感叹一番：土豪的生活真是美好啊。

有一次，苏格发现李默买了一堆奶茶回来，都是她爱喝的品种。她有点儿吃惊："你买那么多干吗？"

"还记得吗？有一次，大半夜我陪你逛深蓝广场，当时给你做的就是这几种口味的奶茶。”

记得，她怎么会忘记呢？那时候他俩都在闹别扭，彼此都很拧巴，想要对对方好，可说上三句话又要吵架。那段日子苏格过得很辛苦。

想不到他还记得她喝过的每一种口味，她有点儿感动，也有点儿无奈：“这么多，怎么办啊？”

“喝吧。”

“才不要。”

上次就喝了一杯，害她大半夜上了好几次厕所。

又有一次，苏格提前收工，回家一看有些认不出自己的房子来。别的都没变，但窗帘全给换了。

李默一脸得意地跟她解释：“原先的颜色太暗，也脏，我让人都换了。”

苏格无语：“你换之前就没想过跟我打声招呼吗？”

“给你个惊喜不好吗？”

“我是没关系，房东会有意见的好吗？”

“把他的旧窗帘换成新的，他能有什么意见？”

“万一人家不喜欢这颜色呢？”

“那我就把这房子买下来。”

这话说得太霸气，苏格忍不住要给他鼓掌。她现在特别想上网发个帖子，标题就叫“和土豪做室友是一种怎样的体验”。

苏格赶紧给他打预防针：“好了，窗帘你换就换了，别的就不要动了。”

“我觉得这地板太旧，颜色也……”

“挺好的，我挺喜欢的。”

“浴室里的浴缸太小了，我准备让人过来量一下尺寸。”

“不用不用，那浴室太小，浴缸要是大了就不好走路了。”

这才几天工夫，他就准备把这房子来个彻底的大改造了。回头房东知道了，非杀了她不可。

一切硬装都不让动，李默就从别处下手。苏格的所有床单被套被换了，少了一个角的茶几也换了。房间里的灯太暗，李默让人过来把所有的灯都换了。

甚至有一天苏格拉开抽屉，发现里面躺了一溜儿各种颜色的内裤。她不记得自己买过这个牌子的内裤。

李默从后面抱住她，问："喜欢吗？"

"你买的？"

"除了我，还有别人吗？"

也是，这个品牌的内裤很贵，苏格可舍不得买，别人也没那么好心送她这么多条。

"你是有钱花不掉吗？"

"确实是。我的钱存银行里，每年光利息都花不完。我要不使劲儿花，我的钱会越来越多。你说我要这么多钱干什么？"

"过更好的生活啊。"

"就一张嘴，能比别人多吃多少东西？晚上也就睡一张床，房间再大也没用。一个人住那么大的房子，晚上也没人暖床，就像你说的，还不如在医院值班来得热闹。你说我是不是很可怜？"

可怜什么，这么多钱还可怜，那像她这样的，是不是得去死一死啊？

"你这是身在福中不知福。"

"我以前也常这样骂李茜，但现在我有点儿理解她了。她没了宋晖生无可恋，我没了你日子也不好过。你们宋家的人怎么都这么可恶，天生就是来克我们李家人的吧？"

苏格哑口无言。赶不走牛皮糖，只能任由他继续住。好在让他住着也不是没好处。

苏格这次的工作上班比较早，收工也早，每天七点左右到家，一进门总能闻到各种饭菜香。

李默以前厨艺并不高明，来了她家后现学现卖。聪明的人干什么都是一点就通，连做菜也是。不过他烧煳了一次土豆丝，接下来水平就突飞猛进，连苏格都自叹不如。

"你本来也不怎么做饭，当然不行。"苏格正夹鱼片吃，听到这话点点头，李默又补一句，"当然，这事儿也跟智商有关。"

她真想把筷子插他眼睛里，但必须得承认，李默做菜确实有一手。不到一个星期，苏格就发现自己的牛仔裤腰身有点儿紧了。洗澡的时候她照了照镜子，腰间多了一小圈儿肥肉。

她这几年因为心里藏着事儿，一直体重偏轻，老有人让她多吃点。她也试着大吃大喝过，始终不长肉。想不到才这么点工夫，李默就能把她给喂得肥肥壮壮的。

再这么下去，他该改行去当养猪专业户了。

轮到休息的一天，苏格心血来潮，就要跟着李默学做菜：“等你回去了，我也自己试试看。”

“你智商不够，学不会。”李默有点儿不高兴，二话不说就把她推出厨房。

苏格碰了一鼻子灰，沮丧地走到客厅开电视。干吗这么瞧不起她，就不许她努力奋进一回吗？

李默被苏格的话搞得有点儿上火。什么回去，他就没打算自己一个人回去。这回不管怎么说，一定要把她一起带回B市。

苏格在外头边吃零食边看电视。李默买了一款进口的巧克力饼干回来，味道很不错，苏格一吃就爱上了。本着与人分享的友爱精神，她拿了一小块进厨房，想给李默吃。

刚推门进去，就看到对方在水龙头下冲自己的手背。

“怎么了，烫着了？”苏格冲过去，把饼干往嘴上一咬，拉过李默的手仔细查看。像是被热油溅到了，手背上红了一大片。

“没事儿，常有的事。”李默边说边低头，咬住了苏格嘴上的那片饼干。轻轻一用力，半片饼干就到了他嘴里。

苏格嚼掉了嘴里的饼干，还在关心那只手：“要不要紧？去看医生吧。”

“不用，涂点药膏就好。”

“要去买药膏吗？”

李默走出厨房，熟门熟路地在客厅某个柜子里找到了药箱，拿出一支烫伤膏来递给苏格：“你给我涂吧。”

苏格拿过那支药膏研究了片刻，挤出一点往李默手上抹，边抹边道：“我怎么不记得我有这么支药膏啊？”

“我新买的，做菜需要。”

“所以你经常烫伤啊？”

“也不经常，偶尔会。刚开始比较多，后来熟练了就好。今天主要是被个没良心的气着了，所以才……嘶，苏格你故意的啊。”

“没有，我不小心的。”

她说得很诚恳，但李默怎么就那么不想相信她呢。

中午吃饭的时候，李默特意把那条害他烫了手的红烧鱼推到苏格面前，让她多吃点。苏格觉得他这是故意给自己心理上制造压力，就假装没看见，一直不动筷。

她不动筷，李默就亲自夹给她吃，还帮她把鱼刺都剔了，服务之周到让人叹为观止。苏格有种要折寿的感觉。

她赶紧伸筷子，一下戳中那条鱼的尾巴："行了，我自己吃就好。"

李默却隔开她的筷子："鱼尾巴刺多，你吃中间段儿。"

大哥，要不要这么体贴啊？她心脏受不了啊，受不了也得受着。

李默玩温柔玩出了心得，玩出了优越感，不把苏格侍候得舒舒服服绝不罢休。他要让她真正习惯饭来张口、衣来伸手的状态。

苏格觉得再这么下去，自己离混吃等死也不远了。不行，真的得想办法把这人赶回 B 市才行。

苏格想了一圈，想出个好借口。

吃过饭，洗了碗，苏格在那里看李默玩游戏，顺便闲聊天："我妈过两天就回来了。"

李默杀了一个小怪："她一切都好？"

"嗯，医生说都挺好的，可以回家休养。只要按时吃药，不受大的刺激就没事儿。她现在完全认得我了，我们感情挺好的。"

"那你养父母那边怎么办？"

"我们一直都好着呢。我逢年过节都会回去，我弟长老高了。我没跟你说吧，我爸就在邻近的城市打工，把我妈和弟弟都接过去了。我其实想让他们来 S 市，他们觉得这里开销太大，怕我负担重，一直没同意。"

"那挺好，你这儿既然一切都定下来了，我也放心了。"

"那你是不是……"

"嗯，我想我也该见见你母亲了。"

他认真的？

周一早上，苏格家楼下停了一辆黑色的 MPV。

李默带苏格上车，让司机往医院的方向开。苏格坐在后排，忍不住打量了那车几眼。

她已经越来越习惯李默突然之间变点什么出来了。反正土豪嘛，总得跟常人不一样，吃的用的穿的都是高级货，钱包里的卡排成串，有好几个国家的现金，处处流露出有钱人的气息。

苏格觉得自己离投降不远了。为什么偏偏要拿糖衣炮弹诱惑她？有几个女人禁得起这样的诱惑？可恶！

车子到医院后，苏格直接去了病房。因为确定今天出院，阿姨前一晚已经把东西都打包好。周婉婷东西不少，装了足足两个大行李箱。

李默就帮着把箱子推到外头放车上去，苏格则去办各种出院手续。医生给了她厚厚一个本子，说是注意事项，叮嘱她妈要按时回来复诊，药也先开了一个月的剂量。

苏格从办公室拐出来正好撞见李默回来，对方拿了她的取药单就去拿药，顺便把药钱也结了。

苏格又省了一笔。她这些天欠了对方无数，真要算起账来，已经还不清了。

他们有钱人都这么追求人的吗？动不动就砸钱，砸得她头晕眼花。

回到病房一看，阿姨正给周婉婷倒水。苏格走过来刚要说话，周婉婷拉着她的手，小声道："小格，刚刚那个男生是谁啊？"

"他啊，他叫李默。"

这是头一回带李默回老家时，苏格惯用的套路。不明说，让人猜去吧。

周婉婷和苏母脑回路是一样的，立马就想到了答案："你交男朋友啦？"

"呃……"

"他多大年纪？"

"三十多。"

"那倒不错，大几岁稳重成熟，我看他办事挺利索的。他是干什么的？"

"医生。"

周婉婷住院多年，对医生有着特别的感情，既依赖又害怕。一听说李默是医生，她捏着苏格的那只手紧了紧。

"别怕，妈，他是脑科医生。"

"我知道，我就是有点儿紧张。他这人平时是不是很严肃？"

苏格灵光一闪，蹲下来望着周婉婷："妈，你是不是不喜欢他？要是不喜欢的话，我就……"

"没有没有，挺好的，我就是有点儿……怕他。"

“那我们别让他跟我们回去了。”

“那不太好吧，他特意来接我出院，总要让人上家里坐坐的。对了，他是本地人吗？”

“不是，他B市的，他在那边上班。妈，你也不想回那里吧？”

周婉婷真不想回去，那里有太多不好的记忆。她本来就是S市人，刚开始跟丈夫在这里十分幸福。所有的不幸都是在B市发生的。

丈夫破产、失踪，女儿被丈夫的家人绑架，她受不了刺激发疯，被宋、虞两家藏了这么多年。她太讨厌那个地方了。

“你们要是在一起，你是不是要跟他回B市啊？”

“妈，你要不喜欢，我就不跟他在一起，我也不回B市，我们就在这里待着，好不好？”

周婉婷有点儿为难。为了自己拆散女儿和她的男朋友，她很不好意思，可她又真的不敢回去。她对那地方有阴影。

她咽了口口水，眼神里透露着无奈。苏格却笑眯眯地望着她，一张脸又青春又美好。

“小格……”

“什么？”

“那个，小李来了。”

苏格回头一看，发现李默正进门，看样子刚回来，应该没听到她们之前的对话。他手里还拎着一大袋子药品，阿姨赶紧接了过去。

他走过来问苏格：“你出院手续办了吗？”

“办好了。”

“那咱们走吧。”说完，他主动推着周婉婷的轮椅往外走。苏格走在旁边，和阿姨一起拿着零碎的东西下楼。

周婉婷在李默面前特别乖，对他说的言听计从，搞得李默都有点儿不习惯。到底谁才是长辈呢？

苏格小声跟她妈咬耳朵：“你不用这么小心翼翼，他不凶的。”

“我知道，可他是医生，我得听医生的。”十几年一直听医生的，周婉婷都形成条件反射了。

苏格拗不过她，只能慢慢来。

回到家后，苏格和阿姨就忙开了，主要是把主卧室收拾出来给周婉婷住，阿姨是本地人，不住这里，白天过来，晚上回去。

苏格提前准备好了一切，这会儿就是扫一下灰尘，铺一下床单。她正在那儿拿新床单，突然想到客厅里那两人，赶紧跑了出去。

她妈不会被吓着了吧？

结果脚刚踏进客厅，就听到周婉婷爽朗的笑声。她坐在沙发上，手里捧了杯茶，看起来心情不错。李默在旁边陪她说话。

苏格一时好奇，就站在那里听他们两个说什么。

都是些家长里短的事情，比如周婉婷问李默家里有哪些人，李默就把李茜拿出来好好地说了番。李茜是个傻大姐，从小到大的糗事可以装一箩筐。李默随便挑两件出来说，就把周婉婷逗乐了。

“嫌学校的饭菜难吃，天天缠着要我的卡。我不给她就偷偷问阿姨要，结果阿姨把钱给了她，转头又出卖她，把这事儿告诉了我。”

“那你怎么办？”

“罚她洗了一个星期的碗。”

“挺好，你这个哥哥当得很负责。小孩子是要管，如果只是给他们钱，不教育的话，就容易走歪路。”

“您说得对。下次我带她过来给您看看，您帮着我教教她。她自小没有妈妈，有些事情我做哥哥的也不太方便讲，需要一个女性长辈给她把把关。”

周婉婷笑了笑，有点儿犹豫：“听说你是B市人，你妹妹也在B市？”

“不，她在G市念高中。您去过G市没有？”

“没有，听说挺有意思的，不过我身体不好，去不了。”

“没关系，有我陪您就可以去。我是医生，只要我在，您去哪儿都没问题。”

“真的？”

“真的。下次我们和苏格一起去G市，顺便去看我妹妹。”

苏格眼看着她妈眼里就露出了亮晶晶的光来。真的是老小孩，一趟旅行就能收买。妈妈怎么比她还没有原则啊？

不过能去旅行确实不错，家里有这么个病人，如果她的另一半是个医生的话……

想得远了些，苏格赶紧把思绪拉了回来。现在想这些还太早，她妈也不见得完全接受得了李默。他住 B 市这个事情，就是一桩很麻烦的事儿。

她站在那里又听了一会儿，忍不住走了过去。周婉婷就招呼她："小格，给小李倒杯茶吧。他就知道给我倒，自己也不喝。你看，还给我拿这么多吃的，我哪里吃得完。"

天哪，这两人已经好成这样了。真是丈母娘看女婿，越看越欢喜吗？

使唤完苏格后，周婉婷继续跟李默唠嗑。苏格进厨房前看了他俩一眼，无奈地撇撇嘴。总觉得大事不妙啊。

中午时分，阿姨要给他们做饭，被李默拦了下来。他一早就让人送了新鲜食材过来，准备亲自露一手，给周婉婷做一桌子欢迎宴。

这下连阿姨都对他赞不绝口："这年轻人真不错，现在会下厨肯下厨的人不多了，还年轻有为，又是个医生，苏格，你好眼光啊。"

周婉婷也很满意："比我们小格强。"

"哪里强了，妈，你太偏心了。"

"你会做菜吗？"

"会吧。"

简单炒两个菜还是可以的。苏格从前在家偶尔也下厨，但因为从小养父母不让做家务，后来工作忙常吃外卖，她的厨艺就退化了。

"能做一桌菜吗？"

"这个……"

阿姨和周婉婷相视一笑，搞得苏格很没面子。她气呼呼地跑进厨房，数落正在洗鱼的李默："你给我妈灌了什么迷魂汤？她现在都没有原则了。"

"什么原则？"

"女儿最好，女儿最棒，谁都不如我女儿好。"

之前她明明就是这么说的，一眨眼的工夫，最好的那个位置就让李默夺走了。

李默对她的幼稚表示无语，踢了她一脚："出去吧，别碍手碍脚。"

"你又煎鱼吗？今天小心点。"

他上次烫得挺厉害，一直到现在还没全好。苏格很担心会留疤，买了一堆去疤的东西天天给李默涂，涂得他都有点儿烦了。

他淡淡道：“男人手上有点儿疤没什么。”

“那可不行，这么漂亮的手留了疤，让病人看到怎么办？”

“病人不会关心医生的手，他们只关心技术。”

不过苏格这么体贴，他心里也很高兴：“今天蒸鱼，不下油锅没事儿。”

“那你还做别的什么吗？”

“卤牛肉，吃吗？”

“吃。”

“地三鲜喜欢吗？”

“也喜欢。”

“要不要再给你包份饺子？”

苏格要流口水了：“你会吗？”

“会。你还真打算让我包啊？”

“不行吗？”

“今天时间不够，明天给你包。”

要不是实在来不及，就看苏格那充满期待的眼神，李默还真想给她包了。哪怕根本不会，现学也成。

一顿饭做得很快，李默手脚麻利，没多久就开了四菜一汤，请周婉婷过来“品鉴”。阿姨忍不住先看了一眼：“比我还厉害，小李不得了啊。”

“阿姨，你别夸他，他会骄傲。”苏格及时泼冷水。

李默在她腰上掐了一把：“那你一会儿别吃。”

那天晚上，苏格突然发现李默在拿手机看视频，视频里有个阿姨正教人怎么……包饺子。

吃了一顿饺子后，周婉婷对李默愈加满意了。

有一天，李默去超市补充日用品，苏格下了班陪妈妈看电视，说到这个问题的时候，周婉婷就劝她：“别挑三拣四了，我看小李就很不错。没有比他更好的了，你要知足。”

“可您不是不想去B市吗？”

“我可以留在这里。”

“那怎么行？我怎么能把你一个人留这儿？”

“那我就跟你过去。”

苏格很意外：“您这是怎么了？”

“也没什么。”周婉婷扯了扯身上的薄毯，笑笑，“其实我一直挺清楚的，即便我回到B市，那些人也不会再来找我麻烦。我是自己心里这关过不了，觉得那边都是不好的回忆。可你要是嫁了回去，这高兴的事情就多了，谁还会去想那些不愉快的？”

苏格当年跟周婉婷提过，宋、虞两家在B市已无法立足，搬离的搬离，逃债的逃债，当年那些欺负她们母女的人已经得到了报应，再也没能力找她们麻烦。

“这样就可以了。我过我的，他们过他们的。至于你爸爸……”

苏格发现一提这个，她妈眼神就有些黯淡。有句话她一直没敢问，今天终于忍不住问出口：“妈，要是我爸来找你，你怎么办？”

“不知道。”周婉婷表情异常平静，这让苏格很意外。

“你不生气吗？”

“气了这么多年，哪里还有气。比起生气，我更希望他活着。哪怕过得一般，活着总是好的。你不想见见他吗？”

苏格没周婉婷想得开，她对这个父亲还有些恨意。企业破产没什么，过苦日子她也不怕。可他怎么能这么不负责任，把她们母女扔下不管，自己逃跑？他知道她差点被宋、虞两家的人害死吗？要不是苏大年看她可怜把她偷走，她会有什么下场真说不好。

“小格，我知道你恨你爸爸，但我其实也能理解他。当时那种情况，他要不跑，命都没了。如果带着我们两个，跑不了多远就会被人发现。他可能觉得我们孤儿寡母，不会有人找麻烦。”

可谁也没料到，债主倒还好，自家人先闹了这么一出。

苏格始终不能释然：“他还是别回来，就在外面过算了。反正我也不知道该怎么面对他，不见面或许更好。”

周婉婷搬回来三天后，苏家爸妈打来电话，说要过来看看。

这几年，他们也时常去医院看望周婉婷，大家都像一家人一样过。苏格两边都亲，两个妈妈和一个爸爸相处融洽，没什么矛盾。

苏母这人尤其好说话，又爱为人着想，很多苏格想不到的事儿，她都能办得妥妥当当。

这三年，苏格除了感情不顺，其他方面一直很好。

听说他们要过来，李默去酒店订了个包厢。

“家里太小，吃饭太挤，不如去酒店。”李默拿着手机看向苏格，“你真不打算换个大点的房子？你父母过来，连住的房间也没有。”

“大哥，你知道S市租房多贵吗？”

如果爸妈长期住这里，她当然会租个大些的房子，但他们若只是偶尔过来，倒不如住酒店。房租省下来住酒店，可以让他们住得非常舒服。

李默眉头皱了皱：“送你套大的也不要，你就作吧。”

“好汉不食嗟来之食。”

“你算个什么汉？”

“女汉子。”

“小丫头片子。”

苏格觉得自己被小瞧了，想跟对方再犟两句，却看李默默默在那儿解衬衫袖子，吓了她一跳。

“你干吗，想打人啊？”

对方不说话，撸起袖子给她看自己手臂上的肌肉。苏格头一次发现李默原来这么壮，他这肌肉是怎么练出来的？

识时务者为俊杰，她默默把话咽了下去。

李默满意地摸摸她脑袋：“乖。”

苏格差点气炸掉。

苏家父母过来是搭长途车，为了省钱一早就出发，准备住一晚就回去。苏格要去车站接他们，李默就把上次那辆MPV开了出来。

“原来这是你的车。”这次苏格总算弄明白了这一点。

去车站的路上，苏格坐副驾驶座，又把这车看了一遍，又大又漂亮，她以前怎么会喜欢那种小车呢？坐着真憋屈。

“喜欢就给你开。你驾照考了吗？”

说起这个，苏格就脸红。这么多年她一直没能抽出时间去考驾照，至今还是无本一族。

李默看她的眼神透着无奈："赶紧抽空考，你现在是家里的劳动力，不会开车怎么行。"

"S 市路况这么差，还是坐地铁算了。"

"你平时总要带你妈出去，让她挤地铁、公交吗？"

说得也有道理，苏格没办法，掏出自己的记事本，把考驾照的事情默默记了下来。

一路上车堵得厉害，到车站的时候迟了半个小时。苏家父母领着二宝在阴凉的地方等着，苏格先下车去接他们，李默则开着车在附近找停车位。

苏格这张乌鸦嘴说得还真对，S 市的交通堵塞得比 B 市有过之而无不及，在车站附近想找个停车位，比捡一百块钱还难。

最后苏格人都接到了，他还在那里转圈子。

几个人上车后一见李默，都有点儿尴尬，除了二宝。

他个子长高不少，性格还跟从前一样，直率爽朗，一见面就"李哥李哥"地叫个不停。李默也不跟他生分，边开车边聊天，问他在新学校过得怎么样。

"可好了，谁也不敢惹我。"

苏母小声教训他："你在外面别太凶，我跟你说过，你要跟同学好好处处。"

"我们处得挺好的，没人敢欺负我。"

"光不欺负不行，你们一起玩吗？"李默在前排大声问他。

"玩啊，一起打游戏，我是老大。"

"这么厉害。"

苏格插一句："你听他吹牛。"

"真的。"二宝不乐意了，"我的游戏水平是李哥指导过的，我才不会给他丢脸。"

三句离不开游戏，苏格拿这个弟弟也是没办法。少年都这样吧，希望以后长大了会好点。

她爸妈都是话不多的人，他这么闹腾到底是随了谁？

苏母一如往常般温柔，几年不见，她比从前更显年轻了些。大概是跟丈夫住到了一起，生活压力没那么大，休息得好，人也精神不少。

至于苏父，从头到尾就板着一张脸，跟头一次见面一模一样。

李默从后视镜里看到未来老丈人这紧张的脸，心里忍不住想笑。怕他把苏格吃了吗？

到了酒店，周婉婷和阿姨已经先到了，几个人在包厢里见面后也不客气，一坐下来就聊天，两个妈尤其聊得高兴。二宝就缠着李默，还跟从前一样，对他崇拜之至。

也不知道怎么的，他突然脑子打结，问了李默一句：“李哥，你跟我姐是不是和好了？”

原本不错的气氛，一下子被他搅乱了。苏格抬手就打了他一下：“别胡说八道，吃你的东西。”

“怎么了？我问问嘛，我关心李哥不行啊？”

“跟你有什么关系？”

“当然有关系了，这里面的学问大了。这关系到李哥是我的亲哥，还是隔壁邻居家的哥哥，这还不严重吗？”

阿姨觉得有趣，逗他道：“这话怎么说啊？”

“如果他跟我姐和好了，他以后就是我姐夫，那就是我亲哥。如果他们分了，那他只是一个朋友，我虽然管他叫哥哥，但我们不是亲戚啊。”

“所以呢？”

二宝被问住了，抓抓头发，不知道该怎么回答。苏格趁机往他嘴里塞了块年糕，差点把二宝噎死。

几个大人都有点儿尴尬，彼此没话找话，想把刚才那波气氛掩过去。李默笑笑起身，说是出去上洗手间。

二宝刚把那块年糕吃完，看李默要走又来了句：“包厢里有厕所。”

苏格气得又喂他一块年糕，彻底把他吃撑了。

李默出去后没多久，苏父掏出烟想抽，像是想起屋里还有病人，就道：“我去外头抽，烟瘾犯了。”

苏母叮嘱他：“少抽两支。”

“知道知道。”说完，苏父夹着烟出去了。

他出去就是去找李默，对方也没走远，就靠在走廊那里，像是特意在等他。苏父有点儿尴尬，边走边解释：“我出来抽支烟。”

李默也没拆穿他，两人就这么走到了走廊的尽头，苏父的烟也没点起来。

一早就看出来他有话要跟自己说，刚才二宝提起那个话头时，他的目光就一直在自己身上打转，李默出来，就是给他个说话的机会。

苏父一支烟拿在手里玩了半天，才斟酌着开口："我叫你小李吧。小李，你这几年工作怎么样？"

"挺好，升了一级。"

"个人生活呢？"

"家里人都好，没人生病。我妹住校去了。"

"哦哦，那挺好的。"苏父下意识地接了一句，又不知道怎么继续了。这事儿真难开口，可他又不想错过这个机会。女儿年纪也大了，个人问题也该定下来了。

李默看他为难，索性自己挑破这层窗户纸："叔叔，我现在还是单身。"

苏大年尴尬地笑了两声，摸了摸脑袋："好好，单身好啊。"

"您真觉得单身好？"

"不不，也不太好，还是应该找个伴才对。我以前常一个人在外面打工，倒也不觉得什么，最近几年把老婆、孩子接到身边，才觉得不一样。回家有热饭吃，看电视有人陪，就算骂孩子，想想也挺有意思的。"

李默心疼了二宝一会儿。吃饭睡觉骂儿子，这是苏大年最新的生活状态吗？

最后，苏大年问道："结婚真的挺好的。你喜欢小孩子吗？"

"喜欢。"

"那挺好，喜欢孩子的男人人品都不会太差。"

李默觉得苏大年真的是个挺有意思的人。看他为自己女儿做媒涨红了一张脸的样子，这事情确实有点儿为难他了。

想了想，李默又主动了一些："我也挺想结婚的，毕竟年纪不小了，家里钱又多，也得找个人替我管管才行。"

苏大年轻咳两声。这个小李，也太直接了吧。

"可苏格一直不同意，我也没办法。我也不想随便找个别的女人凑合，她要不愿意，我就得一直单着。"

"你使点劲儿啊，女生得追才行。当年我追你阿姨的时候，也是下了苦功夫的。那时候没有自来水，我就天天上她家去挑水，还给砍柴，她家里的家务我几乎全包了。"

"我现在也全包了。苏格每天回家吃现成的，我还雇了钟点工打扫卫生、洗衣服，家具家电都给换最好的。我还学了几手按摩的手艺。你也知道她那工作挺累的。"

苏大年看李默的眼神略吃惊。这可是李家大少爷啊，当年李家什么光景，他可是见识过的，李默现在居然这么屈尊纡贵，侍候他女儿。

这苏格在闹什么别扭呢？这年头就算没钱的男人，也不见得会这么侍候老婆吧。

“秦嵩没醒，她始终不放心，我也知道她的心结，所以我没打算逼得太紧。”

“这个事儿吧，确实难办。”苏大年叹口气，“小秦这孩子跟她从小一起长大，又是为了她才出的事。当初我反对你们在一起，小秦的因素也占了一部分。毕竟跟你比起来，小秦更适合他。”

“您反对我们，不仅因为这个吧。”

“当然了，小格的身世是最重要的。谁让你们家跟宋佑明家关系好呢。你小的时候见过她，你知道吗？”

李默已经查到了这一点，但记忆里并没有。那时候他十几岁，被李济山带着去宋家做客。当时不懂什么意思，现在才品出来，他爸可能也有跟宋家联姻的意思。

毕竟宋佑明的生意如果不破产的话，宋家的家世跟李家也是相衬的。

难怪他把周声也带去了，估计是打着二选一的主意，随便宋佑明挑吧。

可他一个十几岁的人，怎么可能看得上苏格那种才脱了尿不湿没几年的小屁孩儿？还是周声跟她更合拍一些。

听周声后来说，苏格当时请他喝了一杯咖啡，让他毕生难忘。一直到成年后，他还心心念念，就想把这姑娘找回来。

周声在他面前感叹过：“哥，我那时候过得可不怎么样。你当咱爸对我多好，拿我当棋子罢了。也就苏格小孩子心性，不计较，才愿意跟我玩。我们学校那些同学都有钱，从来不拿正眼瞧我，当我一坨烂狗屎。”

小孩子其实更敏感，感觉全世界都与他为敌的时候，出来一个对他好一点的小姑娘，就当块宝了。

难怪后来缠着苏格不放，周声的中二期太长了。

李默想到这事儿也忍不住要笑。

苏大年以为他笑自己，赶紧解释：“我也是不想失去这个女儿。我那时候担心你认出她来，把她的身世告诉她。我没想到她自己记得小时候的事情，后来还整了那么一堆出来。小秦这孩子要不醒，她一辈子过不了这个坎。”

“他会醒的。”

“真的？”

“真的。”

李默这些天一直跟医院保持联系，秦嵩这样的状态，苏醒的概率非常大。否则李默也不会这么淡定地赖在苏格家不走，还天天跟周婉婷培养感情。

周婉婷也是个很好说话的长辈，并且对女儿有点儿恨嫁。他这么个大男人住在家里，她一点儿不计较，还常说自己是死过一回的人，对什么都看得很淡，唯有幸福最重要。

苏大年一听秦嵩会醒就来了精神，居然出手拍了拍李默的肩膀：“那你要抓紧了啊，小李，小秦要是醒了，你这机会就更小了。你听叔叔说，我们家苏格其实是个挺好哄的人。她小的时候怕蟑螂，可你也知道，农村的屋子这种东西少不了。有一回秦嵩来家里替她捉了两只，她就对他崇拜得要死，天天跟在他屁股后头，把秦嵩都整烦了。”

李默摸摸鼻子，所以他未来老丈人的意思是，要他也给苏格来记狠的？抓两只蟑螂搁她鞋里怎么样？

两个大男人正在那里商量着怎么“算计”苏格，那边包厢门突然开了。苏格从里面冲出来，脚步快得来不及跟人打招呼，推开安全门就往楼梯口冲去。

二宝也追了出来，苏大年赶紧叫住他：“你姐怎么了？”

“爸，医院来电话，说我秦哥醒了。”

苏大年回头看李默，眼睛亮得不行。

李默直接往电梯处走，顺便跟苏大年道：“您先照顾一下这里，我陪她上医院。”

“好好，赶紧去，我们一会儿就到。”

李默快速下楼，在酒店门口截住了还在等车的苏格：“别急，我让人把车开过来，这里不好打车。”

苏格不停地搓着两只手，在门口来回踱步。平时酒店门口出租车排成行，今天怎么一辆都没有？

好在李默的车很快被人开过来，他拿过钥匙上车，直奔医院而去。一路上苏格都很安静，半个字也不说。但看得出来，她非常紧张，额头都冒起了汗。

到了医院，两人直奔病房。还没走到门口就看里面走出来一堆人，为首的是秦嵩的主治医生。

苏格赶紧过去问：“医生，秦嵩他怎么样？”

“醒了。”医生一脸的笑，显然不是说谎。

苏格只觉得腿一软，被李默扶了一下。两个人都没多问，径直进了病房。

秦嵩还躺着，眼睛已经睁开，整个人有些虚弱。看到苏格的时候，他脸上露出一丝很淡的笑容，显然他认得她。

苏格一时情绪激动，眼泪就掉了下来。她期盼了三年的这一天，终于到了。

李默有些无语，轻声跟秦嵩解释：“你睡了三年，她太激动了，你别见笑。”

秦嵩还是只能笑。他目前虽然醒了，但身体的各项机能还没有恢复，后面还有很长的复健路要走，但这已经算是一个很好的开端。李默一点儿也不担心他不能恢复到生病前的状态，毕竟还年轻。

他拿了张纸巾递给苏格，劝她：“擦擦，秦嵩该笑你了。”

“笑就笑吧。”都这会儿了，还在乎被他笑吗？

苏格还没哭完，病房里又来了两拨人。先来的是秦伯，他这几年身子倒比以前好了一些，整个人很硬朗，也不像苏格多愁善感。他眼睛有点儿湿，眼泪却始终没流下来。

他抓着儿子的手一直说着“好好好”，最后忍不住笑了起来。

秦伯来了没多久，苏大年也带着老婆和孩子过来了。

他们也算是看着秦嵩长大的长辈，看到他终于醒过来，激动的心情难以言表。苏母跟苏格一样爱哭。她一来，苏格好不容易止住的眼泪又要泛滥，吓得李默赶紧把她带离病房。

“透透气，里面人太多。”

一走到外面，苏格就有些尴尬。刚刚哭得太凶了，这会儿眼睛都有点儿肿。她不好意思看李默，就假装看窗外的风景。

李默站她旁边，手一直插在裤子口袋里，想了想，道：“他现在醒了，你想过以后的事情吗？”

这话他来S市后从来没问过。最近他跟苏格在一起，总是过一天算一天，从来不问将来，但现在得问问了。

苏格还没从那个情绪里完全走出来，人有点儿蒙：“以后什么？”

“以后，我们的将来。结婚、生孩子什么的。”

“会不会有点儿……太快了？”

“一点不快。苏格，我等你三年了。”说着，李默把手从裤子口袋里抽了出来。

苏格突然紧张起来，他要干吗？不会准备了钻戒要求婚吧？

李默低头摸了半天，摸出来个皮夹子。

苏格本来还有点儿紧张，一看这架势，差点笑出声来，笑自己是个傻瓜。

李默拿出信用卡，在自动贩卖机里买了杯茶给苏格。将茶递过去的时候，他眼睛直视着对方，又问了刚才的问题：“我们以后怎么办，想好了吗？”

“可以让我先把茶喝了吗？”哭久了，苏格有点儿渴。

苏格接过茶小口小口地喝，顺便考虑怎么回答他这个问题。秦嵩刚醒，她还没回过神来，以后的事情真没想好。可要是再拖，她又有点儿说不出口。

李默在她家天天和她住一个房间，从阿姨到周婉婷都把他看作是她未来的老公，她要说不嫁给他，估计身边的人都不答应吧。

刚刚吃午饭的时候，李默和苏大年出去后，她就在包厢里被两个妈轮流洗脑。

李默是不是给他们什么好处了？怎么一夜之间，全世界的人都跑来说他好话？

“想好了吗？”

李默凑近了问她，吓苏格一跳，差点把一杯热茶泼他脸上。

“没有。”生气地回了他两个字，苏格以为李默要发火。结果对方了然地点点头：“行，那你继续想。”

“想不好怎么办？”

“那就维持现状。”

现在也不错啊，每天老婆搂怀里，跟结婚没什么分别，就差一个官方认证的红本本而已。那东西对他来说意义不大。

“反正吃亏的也不是我。”

“信不信我赶你出去？”

“你妈会哭的。你两个妈都不会放过你，连你爸都会找你谈心。你看二宝会怎样，还不得咬死你。”

这下轮到苏格心疼二宝了：“我弟弟不是动物。”

“我知道，你才是嘛。白眼狼。”

苏格被噎得说不出话来，想了想转身就走：“不理你，我找秦嵩玩去。”

这话果然有效，直接把李默气到了。他一把将她拽回来：“我可警告你，你要敢跟他好，我就……”

“你就怎么样？”

“让他继续睡，一辈子都别想醒过来。”

苏格根本不怕，一看就知道是在扯淡。

半个小时后，李默又开着他的大车，负责把人送回去。苏家父母住酒店，他们本打算就住一天，行李带得也不多。李默把他们送到目的地后，又开车带苏格去超市购物。

二宝听说要去超市，也吵着要一起去。苏大年一把把他扯回来：“你去干吗？别添乱。”

不能去的二宝哭哭啼啼，拉着李默的手哀叹：“姐夫，你给我买点好吃的回来行吗？”

这声“姐夫”叫得李默通体舒畅，他必须答应二宝的请求：“行，爱吃什么？”

“牛肉干、冰激凌、巧克力，还有薯片。”

苏格被气到了，一把分开这两人的手：“一样也不买。”说完直接把李默拉走，不理会后面鬼哭狼嚎的二宝。

苏大年和妻子站在那里笑着摇头。苏母感叹了一句：“小李真是个挺好的孩子，我还以为他早就结婚了呢。”

“他跟我说了，就喜欢咱家苏格，别人他不要。”

“爸，我姐夫真这么说？”

“是，所以让你别跟去。你要想让他真的成为你姐夫，就别去当电灯泡。”

二宝摸摸被打疼的后脑勺，委屈地撇撇嘴：“知道啦。”

超市里，苏格还在为二宝那声“姐夫”生气。这孩子真是被宠坏了，怎么什么话都敢乱说呢？还是当着她的面，也不想想她多尴尬。

偏偏李默一副没事儿的样子，看起来还挺高兴，居然真给二宝买了一堆零食。

苏格在旁边使小动作：“别买巧克力，他牙不好，回头疼起来，我爸妈肯定怪你。”

李默想了想觉得有道理，就把巧克力放了回去。

“冰激凌太冰，他要拉肚子怎么办？”

李默把这个也放回去了。

“这牛肉干你吃过吗？好吃吗？听说有些不法商贩拿老鼠肉做牛肉干，吃了会得病。”

李默挑眉看她：“苏格，我这人看起来很傻吗？”

“没有啊，你挺聪明的。”

“那还跟我玩心眼？二宝叫我一声‘姐夫’，你就要借机惩罚他是吧？”

“我这是为他好。”

“我看你是小心眼。”

李默说完，去了刚才的柜台，把巧克力和冰激凌都拿了回来，又给二宝拿了好几瓶饮料。出去结账的时候，光他的零食就装了满满两大袋。

“这么多，他怎么吃得完？”

“吃不完就带回去，姐夫给的，没关系。”

要不是东西太重，看他拎着累，苏格都想飞起一脚踢他的屁股。

下车拿东西的时候，李默拦下了一袋子零食：“这是给你的。”

短短的一句话，听起来也没太大的情绪起伏，却搞得苏格心里有点儿暖。这男人真是随时随地不忘对她好。

二宝得了零食更乐了，“姐夫姐夫”叫个不停，恨不得拉李默晚上留酒店一起睡。

苏大年赶紧把他俩赶回家：“回去吧，家里还有人等着呢。”

苏格只能走，走出一段又觉得有点儿难受，跟李默道：“我有时候挺不好受的，好像对哪一边好一点，就会亏欠另一边一样。”

“那就这样，把他们接一个屋子里住着，你每次回去就都能见着他们了。”

“可万一他们有矛盾呢？”

她亲妈终究是个病人，二宝又是孩子，家里有个孩子太吵，苏格怕影响她情绪。

“我现在跟亲妈住，就觉得对不起养父母。可我要是跟养父母住一起，又怕亲妈难过。你说这事儿……”

李默搂着她的肩进电梯，电梯里除了他们没别人。他等门一关，就凑到苏格耳边道：“那这样，你住我那儿，两边都不得罪？”

这又是求婚的意思？

苏格本来想说不好，那句话却哽在喉咙里说不出口。到底是爱他的，他对她的好，她也能感受到。似乎真的没办法拒绝了啊。

回到家，苏格免不了又要跟周婉婷说一堆秦嵩的事情。周婉婷对他们三个人的关系早就熟知，当天晚上就找了个机会跟苏格单独谈这个事儿。

“你跟妈妈说，秦嵩要是恢复了，你们会在一起吗？”

“不会。”这点苏格非常确定。

“如果他要求你补偿他呢？”

“我什么都能给，钱、时间，但感情不行。我也不能不爱他却跟他结婚，这样对他也不好。”

周婉婷点头道：“既然这样，你跟小李就定下来吧。”

“妈……”

“你听妈说。反正你跟小秦不可能，那就索性跟小李结婚算了，也让他早点死心。你总单着，他就会有希望，可你又不跟他好，到时候他失望只会越大。你定下来了，秦嵩也可以再找别的姑娘啊。”

苏格心想，合着她倒是做错了？所以她应该赶紧把自己嫁了，断了秦嵩的念头？

第二天，李默又陪苏格去探望秦嵩。

秦嵩已经能开口说些话，慢慢地，一个个字往外蹦，虽然慢，但逻辑挺清晰。

他让苏格坐在床边，拉着她的手笑，还冲她说了几个字。

苏格没听清，凑过去道：“什么？”

一旁的秦伯就给她翻译：“他说‘恭喜’，应该是恭喜你跟李默结婚吧。”

苏格一下不知道该说什么了……

苏格和秦伯离开病房，到外面的走廊里说话。

“小格，你别介意，是我跟秦嵩说你和李医生已经结婚了。”

“为什么，秦伯？”

秦伯看着苏格微微一笑：“为了他好。我知道你跟小嵩不会在一起，既然这样，不如让他死心算了。他知道你结婚了，对你就不会再有那样的想法，就可以开始新的生活。我觉得这样对大家都好。”

苏格有点儿愧疚，有些话不知从何说起。

倒是秦伯很洒脱：“没什么，这是好事儿。他要整天惦记着你，我才担心。当年那事儿也是他自己搞出来的。”

“您别这么说，当年的事是我不好。”

“一半一半吧。所以小苏你就当帮我个忙，不要拆穿我的谎言，可以吗？”

秦伯把话说到这个份上，苏格没有理由再拒绝。

离开的时候，她跟李默说起刚才的对话，感叹道：“我才发现秦伯这人心思这么细腻。”

“你以为人人都跟你似的，冷血动物。”

苏格送了他一串白眼。这人最近越来越过分，数落起她来就没完，真不知道是男朋友还是教导主任。

回去的路上，李默突然心血潮，拉她去餐厅吃饭：“难得的二人世界，别那么早回家。”

苏格没有拆穿他。

最近这段时间，李默过得确实有点儿辛苦。虽然两人同住一间房，也算是名正言顺地同居了，但碍于自己妈妈就住在隔壁房间，他俩空有夫妻之名，却没有夫妻之实。

所以他想要难得的二人世界，还是成全他吧。

点菜的时候，苏格给家里打电话，让阿姨稍微晚点回去：“我吃完就回来，对不住了，阿姨，我给你加一点工资吧。”

“没事没事，你们晚点回来好了。我回家也没事儿，陪你妈一起看电视。要不你们今晚就别回来了。”

苏格无语，因为她听到电话那头，她妈非但没有反对，还大声表达了赞同。

全世界都在等她出嫁的感觉。

苏格有点儿自暴自弃，搁下电话突然问了李默一句：“我们吃完饭要不要去隔壁酒店开个房间？”

服务生正要给他们点菜，听到这话嘴角抽了抽，显然受了不小的刺激。

李默也笑，跟服务生说过一会儿再点菜，然后放下菜单望着苏格：“你这是又怎么了？”

“我突然有种我要是不嫁给你，好像活不过今年的感觉。”

“那你觉得跟我结婚好，还是去死比较好？”

“我一向珍惜生命。”

“那就够了。隔壁酒店什么的就不用去了。”说着，他抓住了苏格的手，苏格有一点感动，果然，李默还是那个全世界最为她考虑，最迁就她的人，可她随即就听到了他下一句话，“那家酒店档次太低，我们找家好的，开个总统套房，从晚上玩到天亮。”

苏格吓得一哆嗦，赶紧把手抽回来：“我们点菜吧，服务生！”

开房什么的只是说说，两人吃完饭也就是轧了一会儿马路，买了一堆东西，刷掉了李默九牛一毛的资产，最后拎着几大袋子东西浩浩荡荡地回家去。

周婉婷看他们回来了，眼里还略带失望。苏格哭笑不得，赶紧把买的东西拿出来哄她高兴。

这年头当人女儿是一件多么困难的事情，不愿意跟男人在外头过夜，居然也要被嫌弃。

李默放下袋子先进房洗澡换衣服，苏格被周婉婷拉进房间，她说要让苏格试新买的衣服给她看，然后挑起的话题就没从李默身上离开过。

“小格啊，你们一直这样也不是个事儿啊。该怎么样就怎么样，你千万不要因为我有顾虑啊。”

苏格站在镜子前看新买的裙子，嘴里感叹：“果然店里的灯光都是骗人的。这裙子店里看可漂亮，拿回家再看，也就那样吧。”

“我跟你说李默的事儿呢，你别打岔。”

“妈，是你说要看我换新衣服的啊。”

“我现在不要看了。”

苏格无奈地把裙子往手上一挂：“妈，你别着急好吗？我今天才下了点决心和他在一起，你们再这么逼我，我真想跑了算了。”

“你敢。”

一向好脾气的周婉婷假装露出一丝凶相，装了半天还是装不像：“苏格啊，男大当婚，女大当嫁，这都是正常的。再说你们又不是没有感情基础。明明两个人都喜欢对方，也没有经济方面的压力，父母也都支持，你还有什么可犹豫的呢？”

“不知道啊，总觉得跟他在一起会有压力。”

女人找老公都想找出色的，可一旦找到一个过于出色的，又会有烦恼。

老公太有魅力女生都喜欢他怎么办？钱多的男人，女人更喜欢，他要出去应酬，女人往他身上靠怎么办？

这么一想，好像跟他结婚除了幸福外，还有无穷无尽的烦恼。

“你这傻孩子，你以为没钱的男人就不会出轨？长得丑的男的就不找小三？”

“妈，你这想法很……现代化。”

“我天天看电视，也上网，有什么不懂的。看得多了就那么回事儿。就跟你买电视似的，明明挑了个最好最贵的，就因为怕它以后会坏，索性不买了。你这不是犯傻吗？”

“被你这么一说，我好像真的有点儿傻。”

“你不是傻，你是没想明白。当然，一开始秦嵩没醒，你跟小李之间确实也有点儿问题。但现在问题解决了，就不该再固执下去了。人生短短几十年，珍惜二字很重要啊。”

苏格被洗了一通脑，再回房的时候看到李默，心情又有了点变化。今天这一整天，怎么人人都在给她上课啊？

李默刚洗完澡出来，头发还没全干，身上套了件T恤，薄得能勾勒出他一身的肌肉。

苏格鬼使神差地伸出手去，摸了摸他的上半身：“身材保持得不错。”

“是更好了。要不要欣赏一番？”

“不用了。”

“我还以为你要吃了我呢，一副女流氓的样子。”

“谁说的？我就是摸摸。”

苏格把手缩回去，李默一把抓住：“摸完就想跑，你不负责啊。”

“对啊，我就不负责。你又不是第一天认识我……哎哟。”

苏格话没说完，人直接被李默推到床上，摔了个结结实实。她挣扎着要起来，被对方一下摁住。

这男人力气大得惊人，苏格在他手里讨不到半点好处。

“不打了不打了，我认输。”

李默一个翻身压住她：“认输？那可得交点什么出来才行。”

……

秦嵩醒了之后，苏格几乎天天去医院看他。

他进步飞速，不过一个星期，已经可以自己坐着拿勺子慢慢吃东西了，虽说有时候会洒出来，但协调性正在越变越好。

苏格最关心的就是他的智力问题。

李默带她去找了秦嵩的主治医生，把心里的疑问详细向对方说明。医生这几天大概也接受了无数家属的盘问，已是驾轻就熟，面对苏格的时候侃侃而谈，把苏格绕得云里雾里。

有些太专业的东西苏格不懂，李默就在边上给她用浅显的话解释出来："医生的意思就是，他虽然头部受伤严重，但这几年恢复得不错。按目前的表现来看，以后的智力不会低于正常水平。当然，和他以前比，可能在记忆力或逻辑方面会差一些，但他还是一个正常人。"

"那他可以生活自理是吗？"

医生和李默同时笑了起来。

苏格一脸纠结："医生，不要笑好吗？"在医生办公室坐了近一个小时，总算搞清楚了所有事情，苏格满意地离开，又回病房去看秦嵩。

秦嵩已经吃完早饭，正自己拿着纸巾擦嘴。他的手还是会抖，拿东西也有点儿困难。但他不让别人帮忙，就这么慢慢地做，倔强地靠自己的力量，花了几倍的时间完成了这个简单的动作。

当他擦完的时候，苏格激动地拍手鼓掌，就跟教自己的孩子刷牙洗脸似的。

秦嵩现在在她的眼里，就跟个孩子似的。

秦嵩也很高兴，冲她笑了笑，还吐出两个清晰的字："谢谢。"

"哦，你说话大有进步啊。"

"我不是小孩子。"这句说得有点儿含糊，但苏格听懂了。

旁边的秦伯突然插了句嘴："苏格，你们打算什么时候要孩子？"

苏格还沉浸在逗"孩子"的乐趣中，一时没接上话。李默搂了搂她的腰，自然地回了一句："正在进行中，随时都可以。"

病房里有短暂的沉默，苏格看他的表情有些纠结。

李默冲她一扬下巴，那神情分明在说：怎么，你还想不承认？

秦嵩听到这话微微一笑，情绪没什么太大的起伏。他又成了从前那个温文尔雅好脾气的男人，默默地望着苏格，看着她跟李默恩爱的举动，不难过也不失望。

在医院里又住了一段时间后，秦伯把秦嵩接出了院。用他的话来说，秦嵩在医院里住了太长时间，也是时候走出那个充满消毒药水的地方，开始新的生活了。

“苏格，你也要开始新的生活。”秦伯最后这么劝苏格。

苏格挂了电话忍不住笑了。决定和李默在一起后，就像搬掉了一直压在她心头的那块大石，整个人都明亮了起来。

李默依旧赖在她家里“吃软饭”，天天无所事事。苏格不止一次问他工作的事儿，他总说停薪留职。可他这么长时间不回去复职，他的职位还保得住吗？

“保不住也没什么，以后就靠你养我。你不是配音界大神吗？挣的应该不少，粉丝一大拨，我想你养个我应该没问题。”

“那怎么行？”

“我吃得不算多，对生活要求也不高。偶尔抽烟，为了你戒掉也行。酒也不必喝了，天天看你就够了。你看看，我一个月花销要不了多少，在家还能做饭、打扫卫生。将来你生了孩子，也不必放弃事业，我可以在家带孩子。作为一个医务工作者，照顾孩子我比你拿手。”

苏格越听越害怕，抓起桌上阿姨洗好的葡萄，塞进了李默嘴里。

赶紧打住吧，再说下去，该连孙子孙女的事情都安排好了。

李默被塞了一嘴的葡萄，终于暂停了为儿女的事情操心。但结婚这事儿确实要提上日程，领证要户口本，李默人在S市，这事儿一时半会儿还办不了。

他倒也不是特别急，正好苏家爸妈回了邻市，苏格不需要抽时间陪他们，整个人闲了下来，李默就有了别的打算。

他想带苏格去旅游：“秋天快过去了，这个季节出去玩最好。带你妈妈一起去。”

“我妈不爱出门。”

“那是因为怕你累。我带她去，她肯定乐意。”

说着，李默就去敲周婉婷的房门，把旅行的事情和她说了说。

向来爱宅在家里的周婉婷居然没有反对：“要是在国内我就去，出国就算了，我这身子受不了。”

“去G市好吗？我妹妹在那边，顺便去看看她。那边天气更暖和，食物也不错。您想不想试试？”

周婉婷笑得两只眼睛眯成一条缝，哪有不答应的道理？

搞定丈母娘对李默这个准女婿来说，不过几句话的事情。

苏格对他真心佩服。她妈这人对生人轻易不相信，怎么偏偏到了李默这里，就说什么听什么，乖得跟个小孩儿似的？难道就因为他是医生？

李默又把苏格拉进房间："你妈没意见，这下放心了吧？"

"我还得上班。"

"你最近接了活吗？"

说起这个，苏格也有点儿纳闷。好像不知不觉，她已经有半个月没工作了。以前李导那边活接得很紧，经常连一天休息时间都不给她。

这次是怎么了，电视台要倒闭了？

"他不找你，你也别理他，先出去玩了再说。"

李默一边说一边刷旅行应用安排行程。苏格有点儿郁闷，想着要不要给李导去个电话。合作了三年一直没问题，这是要抛弃她的节奏吗？

身边的男人还在认真地玩手机，苏格看着他的侧脸发呆，有种"啊，这就是我丈夫"的错觉。

突然，一个念头从她脑子里闪过，她问道："李默，不是你搞的手脚吧？"

"什么？"李默头也不抬。

"你是不是找过李导，让他别给我安排工作？"

"是。"

他承认得这么直接，苏格都不知道该怎么接了，好半天她才憋出一句话："你怎么能这样？"

"我是为你好。你看秦嵩一醒，你每天忙着看他，哪有心思工作？我们又要结婚，人生大事，总要留出点时间好好安排。你也不希望婚礼留什么遗憾吧。至于工作，李导说了，等你忙完了随时可以去找他。他对你挺满意，不会让别人取代你。当然，如果真的有别人想抢你的位置，你也不用着急。"

"你什么意思？"

"我能让他不用你，也能让他重新用你，甚至让他只用你一个人。要不要试试？"

他说这话时一根手指挑在了苏格的下巴上，眼里有一丝挑衅的味道。那样子真是帅啊，苏格完全意乱情迷了。苏格明明觉得这人大男子主义十足，偏偏又讨厌不起来。

从决定去 G 市到正式出发，也就两天时间。

机票李默一早就订好，接送的车也提前打电话通知到位。到了出行的那天早上，司机开车来接，把行李装上后备厢，李默就带着苏格几人往机场赶。

阿姨也一道过去，方便照顾周婉婷。去机场的路上，她一直在夸李默，仿佛这男人是她的未来女婿。

周婉婷听了那些话特别高兴，觉得脸上有光，出行带来的那一点点紧张，也一扫而空。

飞机订的是头等舱，从S市出发到G市不到三个小时的路程，吃点东西、看部电影就给打发了。

苏格在飞机上问李默："你过去这事儿，跟李茜说了吗？"

"没有。"

"也不提前打声招呼？"

"没必要。就要杀她个措手不及，我才能知道她在学校里到底干什么。"

所谓本性难移，李茜当年为了宋晖头悬梁，锥刺股，现在目的达到，还会不会把心思放在学习上，李默对此表示怀疑。

"虽然有朋友在那里照顾她，不过她这人古灵精怪，人家碍于面子也不好怎么管她。还得我去看看才行。"

"原来你是借旅游的名义监督妹妹啊。"

"对啊，顺便带上她嫂子一起。两个人一起管她，事半功倍。"

苏格做了个鬼脸。她才懒得管呢，李茜这孩子放飞得厉害，她也管不了。不过几年不见，她应该有所变化吧。

结果她发现，果然还是她太天真了。

到了G市之后，四个人先去酒店。周婉婷身体不好，一进房间就躺下睡觉。阿姨自然陪着她，哪儿也不去。

李默则带苏格去吃东西，找了家海鲜餐馆。

出来旅游心情总是好的，苏格也有点儿兴奋，不愿坐包厢，就要挑个临街的位子，边吃边看外头的风景。

这里天气热，马路上的行人穿得也少，五颜六色的服装看得人赏心悦目。

菜很快端上来，个头巨大的螃蟹差点把苏格吓着。她戴了手套正准备开吃，眼睛瞟到楼梯上走下来的一堆年轻人，目光有些顿住。

非周末的中午，一群穿着校服的中学生从二楼的包厢里出来，显得格外扎眼。

更让苏格意外的是，这里面有几个女生，其中一个她还认得，是长开了，变漂亮了的李茜。

苏格愣了两秒，把头低了下去。李茜没发现她，跟着一帮男男女女出去了。她刚出门，苏格就冲李默小声道："你妹妹。"

李默背对着楼梯，真没发现李茜，听苏格这么一说，立马眉头紧锁。他扭头透过玻璃看外头的大马路，发现李茜跟一帮人混在一起，有人在招手拦车。

这里出租车不好打，根本没车停下来。其中一个男生走到路边掏出钥匙，黑色法拉利的车灯亮起。

人群里有人起哄般笑，把李茜朝那车推过去。

李默一下子就怒了，起身直接出去，二话不说就走进人群，像提溜小鸡一样把李茜扯了出来。

别人不知道发生了什么，以为光天化日之下有人当街抢人，一下子都急了。

李茜吓了一跳，以为碰上流氓，结果回头一看发现是她哥，心情非但没好，反而更糟了。还不如有人耍流氓呢。

朋友们已经围了上来要帮忙，李茜赶紧解释："熟人，我的熟人。"

"什么人啊，这么横？晗少爷的面子都不给。"

那个开法拉利的男学生就朝这边看了眼，目光对上了李默的眼神。他虽年轻稚嫩，眼神却很犀利，一点儿不怕李默，反倒笑了笑。

他直接钻进车里，半点没有管闲事的打算。

李默只看了那少年一眼，心里就有了评价：是个挺厉害的主儿，不是那种只会花家里钱吃喝玩乐的败家东西。但这样的人反而更麻烦，他一点儿不想妹妹跟这种人扯上关系。

他把李茜拉回餐厅，问经理要了个包厢，坐下来慢慢喝茶。

他这个架势，把李茜吓了一跳，还不等人开口问呢，自己先招了："哥，我们就是同学关系，一起来吃顿饭。"

"学生来海鲜餐厅包厢吃饭，你们这一顿饭吃了多少钱？"

"不知道，薛晗付的钱。"

"这个姓薛的小子家里挺有钱。"

"听说挺厉害的，具体干什么的我也不清楚。"

“那你们这饭吃完后准备去哪儿？”

“他们说要去唱歌，我不太想去。”

“那你想去哪儿？”

“我……”李茜一时语塞。

李默一脸严肃的表情，吓得她心脏都要停跳了。这眼神李茜非常清楚，当年他不准她来广州找宋晖时，就是这个样子，任凭她怎么哭闹都没用。

李茜吓着了：“哥，我知道错了，我现在就回学校上课。我就逃过这一次学，真的。”

“我觉得不应该相信你。”

“你要信我，你可以去学校问老师。我今天是被宋晖气到了，他总不理我，我才跟薛晗出来吃饭的。也不是跟他啦，我们一帮人一起吃的，他这人钱多脾气差，我也没打算跟他交朋友。”

“我看人家对你也没意思吧？”

李默多毒辣的眼神，那个姓薛的小子对李茜存没存心思，他一眼就能看出来。

就是这样，他才更生气。他这个妹妹到底有没有脑子，为了气一个男人，跟另一个男人出去吃饭？她以为感情是什么？气来气去的，宋晖就会理她了？

“我劝你还是好好念书，别想那些乱七八糟的事情。对宋晖来说，他现在是他们家唯一的希望，他不会自甘堕落到跟你在这儿谈恋爱。他要好好读书，将来有了出息，他们宋家才有东山再起的希望。至于你，不管他喜不喜欢，他都不会跟你在一起。”

苏格听了有点儿担心，这么重的话，李茜也不知道受不受得了。

可李茜到底不是凡人，听完这话居然问了一句：“所以你的意思是，他有可能是喜欢我的？”

要不是李默涵养好，苏格真觉得他会爆揍李茜。

一通脾气发完，李默亲自把妹妹送回学校。苏格没跟着去，她有点儿怕见宋晖。

虽然当年事发后，她跟宋晖通过电话，这个少年老成的男孩子并没有怪她的意思，反倒将她当亲人看待，可苏格依旧不敢见他，她觉得自己是欠这个孩子的。

没跟着去，苏格就在酒店附近闲逛了一会儿。路过一家药店的时候，她想起忘了带创可贴，就进去买。

在货架间流连的时候，苏格突然想起件事儿来，掏出手机查日期，越查越觉得不安。之前明明不觉得有什么，当事情真的有可能发生时，她发现自己紧张得手都在抖。

创可贴没买成，苏格最后买了两支验孕棒回了酒店。她的例假还没来，已经推迟一个星期了。

李默送妹妹去了大概两个小时，回来的时候发现苏格靠在床头，正在玩手机，电视开着，声音被调得很小，显然她并没在看。

“中午没吃饱吧，我又买了点东西回来。”

李默把手里的纸袋子搁在桌子上，拿出里面一个个小盒子，都是一些广式点心。

他记得苏格挺爱吃这些东西。

苏格把手机往床头柜上一放，人有些慵懒，走到桌边看着那些可爱的点心，突然没了食欲。

人真的不能接受心理暗示，明明中午那螃蟹她恨不得吃掉一整只，怎么这会儿看什么都有点儿反胃呢？

李默注意到她情绪不好，以为她在为李茜操心，就劝慰她：“不用理她，已经回学校了。我问了一下老师，她在校表现还行，考试成绩也是中游。逃课确实只有今天这一次。”

苏格突然抓住他的手，问：“李默，李茜是你带大的吗？”

“不算是。她一直是阿姨带的。以前请了专门的保姆带她。”

“是同一个人吗？”

“不是，保姆有流动性，她经常换。我爸没空管她，我也忙，对她有点儿疏于照顾。你怎么了，担心她以后会学坏？”

“嗯。”苏格抿了抿唇，“她本性不坏，就是不喜欢被约束，可能从小自由惯了。我有点儿担心小孩子如果从小管教不严格，长大了自由散漫，就再也教不好了。”

“你怎么突然担心这个？”

苏格眨巴着眼睛盯着他看，李默问：“你是怕以后我忙于工作，没空管我们的孩子？”

“是，你的工作一向很忙不是吗？”

李默微微一笑，一把搂住苏格：“有件事儿一直没跟你说，B 市那边的工作我不打算再要了。我奋斗了这么些年，觉得有些累了。也像你说的，我也不缺钱，个人幸福更重要，我不打算这么拼命了。”

“那你以后做什么？”

“做一些研究型的工作。我想去大学教书。S 市有家医科大学想请我当教授，我正在考虑这个事情。”

苏格有点儿呆。他这事儿筹划多久了，为什么今天才说？

“想等确定了再跟你说。看你这么担心孩子的将来，就先跟你说了。咱们可能要在 S 市待上几年了，你有没有意见？”

怎么会有意见呢？这简直是最完美的结果。苏格笑得都快合不拢嘴了。这个男人，为她牺牲得也太大了吧。

李默凑过去吻苏格：“不用太感动，晚上好好陪我就是。等从 G 市回去，咱们就结婚。至于孩子的事儿，还没影儿，你就先不必担心了。我不会让咱们的孩子，变成李茜那个样子。我会从他一出生就保护他教育他，你不用操心。”

“怎么能不操心呢？他现在在我的肚子里，我整个人都不好了。”

李默吻得入神，一开始没听明白这话，等反应过来的时候，苏格已经笑得扑进了他怀里。

所以他的女人，给了他一个更大的惊喜？

跟苏格的这个消息一比，他调动工作的事情简直不算什么。

“什么时候知道的？”李默把手轻轻按在苏格的肚子上，明知道什么都不会感觉到，可还是想同这个小生命离得近一些。

“就刚才。我去药房买创可贴，想起来例假推迟了一星期，就买了两根验孕棒，结果都验出来了。你说这东西会不会出错啊？电视里常演呢。”

“不会。”李默吻着她的额头，“这东西很准，电视里是为了戏剧冲突。尤其你还验了两根，出错的概率更低。苏格，你怎么让人这么想爱呢？”

李默把苏格抱起来，轻柔地抱回床上，贴着她的额头慢慢地吻她。

背后电视里还在放着嘈杂的音乐，他却什么也听不见。眼前的这个女人，能让他爱一生一世。